U0804738

赵进美诗注评

〔清〕赵进美 撰
张宇声 注评

齊魯書社
·济南·

图书在版编目（CIP）数据

赵进美诗注评 / 张宇声注评. -- 济南 : 齐鲁书社,
2023.8
ISBN 978-7-5333-4758-1

Ⅰ. ①赵… Ⅱ. ①张… Ⅲ. ①赵进美—诗歌研究
Ⅳ. ①I207.22

中国国家版本馆CIP数据核字（2023）第140792号

责任编辑：李军宏　井普椿
装帧设计：赵萌萌

赵进美诗注评

ZHAOJINMEI SHI ZHUPING

〔清〕赵进美　撰
张宇声　注评

主管单位	山东出版传媒股份有限公司
出版发行	齊魯書社
社　　址	济南市市中区舜耕路517号
邮　　编	250003
网　　址	www.qlss.com.cn
电子邮箱	qilupress@126.com
营销中心	（0531）82098521　82098519　82098517
印　　刷	日照日报印务中心
开　　本	787mm × 1092mm　1/16
印　　张	25
插　　页	3
字　　数	450千
版　　次	2023年8月第1版
印　　次	2023年8月第1次印刷
标准书号	ISBN 978-7-5333-4758-1
定　　价	146.00元

前 言

赵进美是今山东省淄博市博山区人，当时这里是青州府益都县颜神镇。直到清雍正十二年（1734）建县，方有博山这一县名。在介绍赵进美之前，我们要先说说发源于这里的一条河流——孝妇河。

孝妇河的源头是孝泉，泉、河得名都是因为那位被封神的孝妇。河名又称笼水，也与孝妇的传说有关，可以参见孙廷铨的《笼水辨》一文。笼水也就成了博山的别称，如赵进美就自称“笼水”人。孝妇河一直往北流，历历落落地串起了今天的博山、淄川、张店、周村、邹平、桓台等区县，全长近 140 公里，汇入小清河入海。

在很长的历史时间里，这条河的名气并不大。但到了明清时期，这条河所流经的区域人文蔚起，星光煜耀，诞生了一批在全国有很大影响的文化名人。现在人们熟知并热衷称道的是孝妇河畔“三大名人”，即王士禛、蒲松龄、赵执信。但是这种简单的称谓实际上是以漠视或遮蔽了一众优秀的文人群体为代价的。同一区域、同一时期，在“三大名人”之外还有一批杰出人物，对文化颇有贡献。据粗略调查统计，明清时期除“三大名人”外，还有 50 余位优秀文人，他们保存至今的著作有 150 余种之多。这一时期、这一地域的文化有三个特征：一是文化世家突出，二是科第仕宦发达，三是以传统的诗文创作为主。而蒲松龄恰恰是个例外。这一文化繁盛期大约从明朝万历时期到清朝乾隆时期，持续了将近 200 年。基于这种认识，我们提出在保留孝妇河畔“三大名人”这一说法的同时，再有一个新的文化概念，这就是“明清孝妇河文化带”。而今天要讲的赵进美、这位“三大名人”之一赵执信的叔祖，就是“明清孝妇河文化带”的一位重要代表人物。

一

赵进美（1620—1692），字韫叔，又字韫退，号清止，又号鹅岩道人。出身于博山著姓赵氏世家。博山赵氏分为两支：南赵与北赵。总体上北赵盛于南赵，而赵进美就是北赵的一支。

北赵一支的振兴是从赵进美的父亲开始的。其父名振业（1588—1671），字在新，号暨垣。明天启五年（1625）38 岁中进士，初任邯郸县令，即在赋税及社会治安等方面表现出才干，同时颇具爱民之心，在政治上又极为清醒，有勇气、有策略地抵制魏忠贤阉党。他任职邯郸五年期间，惠政很多，大得民心，百姓为之建生祠。后调任云南道监察御史。崇祯八年（1635），48 岁的赵振业调任四川布政司右参议，分守川北道，第二年又升任湖广按察司副使，分巡荆西道，驻扎安陆。当时这里已是抵御李自成、张献忠部队的前线。赵振业在此表现出了很好的军事谋略，勇气与才干兼具。他反对熊文灿对张献忠的招抚，力主围剿，曾率兵出其不意、以弱胜强地击溃剽悍的起义军首领“革里眼”（贺一龙）。赵振业在安陆六年，政绩突出，但晋升受阻，再加上与新任巡抚的矛盾，遂辞职归家。第二年就是甲申年明亡清兴的历史大巨变，此时的他已 57 岁，又应清廷荐举，出任山西按察司佥事、管督粮道右参议事，这些地方事务几乎是他最为擅长的领域。不久，他又升任江南布政使司右参议，管理庐州兵备道，驻扎江西。他几乎又回到了当年的战场，不过这时是应战山寨蜂起的抗清武装，他依然发挥军事、政治才能，为巩固清朝政权而勤勉工作。赵振业大概于顺治八年（1651）64 岁时才致仕，家居 20 年病故，享寿 84 岁。我们如此较为详尽地叙述赵进美的父亲，不仅仅因为他是振兴这个家族的第一人，是这个家族科举得第、出仕为高官的第一人，更值得注意的是，他对赵进美个人的深刻影响。赵进美的为官经历几乎是其父经历的翻版：以出任按察司、布政司为主，转江西、广东、陕西、河南、福建数省。其由明入清的两朝为官与父亲同，其经济与军事才能不亚于其父。稍微感觉不同的是，他的政治风骨略为逊色，为人处事要比乃父圆熟。另外，在文学创作上，赵进美有乃父所不具有的杰出才华，他可以说是这个家族文化创造之第一人。

赵振业有 7 个儿子，赵进美是第四子。赵进美自幼聪慧好学，人称“圣童”，14 岁入学成秀才，15 岁学业大进，据说《左传》、《史记》、两汉、唐宋诸大家的许多文章皆能成诵，17 岁成乡试解元。这一早慧早成，与他那位得享大名的族孙赵执信相似。赵执信也是 17 岁中举，可赵进美是解元，名次上取胜。但赵进美在次年的会试中铩羽，不能像赵执信那样 18 岁中进士。赵进美是崇祯十三年庚辰（1640）科进士，时年 21 岁。当时其父赵振业在湖北安陆任职，他未立即谒选任官，而是先去安陆省亲，归途中又滞留扬州数月，与朋友诗酒往来，直到第二年冬季才赴京任行人司行人。这是个正八品的闲散官职，负责出使、颁诏、祭祀等，运气好的话能担任乡试考官。赵进美此时为官情绪不高，他因病告假，回家休息了近一年，于崇祯十六年（1643）深秋进京履职，被派往江西宣慰宁、益二藩王。他冬季离京，先回老家过完年，春天出发，匆匆地几乎是象征性地完成了出使任务。此时明朝已经灭亡，三月十九日崇祯皇帝在煤山自缢，他得知消息时已是五月份，正在从长江返程的船上。

当年的五月一日，福王朱由崧在南京监国，五月十五日登基为皇帝，年号弘光。同年的五月三日，吴三桂已引领清军进入北京。赵进美此时正在南京，但并未参加南明政权，而是隐于南京，与朋友游园饮酒。此时的朋友有些是后来的抗清志士，如聊城人耿章光等。只是这时的真实情感后来被掩饰了起来，只能从诗歌中得窥一二。不久，赵进美与宋琬、王崇简等一起避地去了浙江嘉兴的吴村、蒋湾。这些朋友后来都入清为官了，相信对他也不会没有影响。赵进美于顺治二年（1645）秋天返乡，此时南明弘光王朝已灭亡，南京被清军占领。回乡之时，其父已出山仕清。不久，他也应召出仕，为新王朝效力了。

在此，我们要讨论一个比较重大的问题，即赵进美和他父亲都是两朝臣子，也就是乾隆年间修《明史》时确定的“贰臣”。虽然他们父子没有钱谦益、吴伟业的名气与地位，写不进《明史》，但也不妨碍认定其“贰臣”身份，这无须讳饰。那么，如何看待这种现象，关键是分析其产生的时代因素。

现在回望明清之交，很容易发现一种现象，即山东一带明遗民较少，出仕清朝的人多。山东的明遗民集中在胶东，以赵士喆、董樵为代表，莱阳姜埰、姜垓兄弟是有名的明遗民，但明亡后主要生活于南方城市真州与苏州。莱阳的宋继澄父子也是明遗民，但也很长时间生活于扬州。就现今淄博地区而言，知名的明遗民只有徐夜一人。造成这种局面的原因主要有两个方面。第一是明朝灭亡后，山东最早处于“无政府”状态。刘泽清从临清撤退到了淮安；李自成任命的一些地方官成为“伪官”，在各地士绅领导下被民众驱逐，或者杀害；南明政权则无力经营山东。当左懋第受南明委派出使北京时，其奉命有二，一是与清讲和，二是经略黄河以北一带。他路过扬州，面见史可法，诉说两命不可兼得的苦衷，史可法劝他说：“经理具文耳，通和诏旨也。公宜疾行毋留。”于是左懋第也放弃了联络黄河以北的任务，专意赴京与清讲和，结果讲和不成，只能以身殉国，做个文天祥式的人物。这种情况下，山东各地只能倒向入关不久的清政权。大批明朝官员从风而靡，纷纷投靠新朝。第二，与清廷招抚山东的政策有关。这实在是一种高明的办法。贡献并实施这一办法的，恰恰就是淄博人王鳌永。降清不久的王鳌永任户部侍郎兼工部侍郎，他建议免除山东赋税，实行招抚政策，迅速平定山东。此建议与多尔衮的意向一拍即合，王鳌永遂被派招抚山东。王鳌永原本一路顺利，招降纳叛，却在青州被诈降的农民军余部赵应元所杀。尽管这样，王鳌永对山东籍的明朝官员影响很大，也很直接，他曾向多尔衮进献过一个36人的山东官员名单，其中就有今淄博籍官员李化熙。他对高珩的影响就更为直接，据杨士聪的《甲申核真略》记载：就在高珩与人商量如何逃出北京城时，王鳌永即劝他们归顺。“是日（五月四日），庶吉士高珩、李呈祥访余于寓，议出城事。因鳌永即寓东郊，又珩之同县也，同过相商。鳌永曰：‘今日之事，何所逃于天地之间？孔子曰：“素夷狄，行乎夷狄。”今日纵欲归家，大兵旦夕即到，二公家将何往？’余与高、李各默然而出。”高珩就是在这种利害劝说中臣服了，淄博籍的明朝官员大都直接或间接受到王鳌永的影响，纷纷出山。单就博山一地而言，赵振业、任濬、赵进美的同年进士孙景昌、孙廷铨叔侄都出山了，从南方归来的赵进美又焉有不出山之理？设身处地还原历史场景，我们似乎会对古人更具有同情之理解。持大历史的眼光来看，我们没有必要对这批人的再仕清朝加以苛责。何况，这批官员入清任职后，仍然保持仁政爱民之情怀，做了许多维持社会安定、减轻人民负担的好事，同时为政勤勉廉洁，在新政权下仍然体现出其一贯的儒家教养。撇开改朝换代之际的忠君情结，这些品格与行为都是值得肯定的。

二

入清之后，赵进美先是担任正七品太常寺博士负责祭祀时的礼节、祝文等。正如王士禛在赵进美《墓志铭》中所说：“博士冷曹，无所短长，而公负文章盛名，都人士负笈从游甚众。”① 公事不多，文学活动似乎成了赵进美的主业，也加重了他夙昔的文名。顺治三年（1646）花朝节，龚鼎孳在曹溶家发起社集，参加者皆一时名流。据说赵进美在这次集会中表现得极为擅场，诗作令人折服，后来赵执信在为其所作《行实》一文中专门加以强调。顺治二年（1645），他担任顺天乡试考官，慧眼识才。赵进美担任太常寺博士六年，直到顺治七年（1650）才转任刑部给事中，成了言官，可以上奏疏、进谏言、做弹劾，后来又转礼部、户

① 王士禛：《诰授中大夫福建提刑按察使司按察使清止赵公墓志铭》（以下简称《墓志铭》），下引王士禛语，除特别注明外，均出此文。

部右给事中等，部门虽不同，但职责都是监督监察、进言进谏。赵进美的从政态度是“崇国体，行实政，不为矫激，不轻弹劾”，“立言本经术，务识大体”。[①]这的确是他的个性所在。他的父亲在明代也做过监察御史，立言激烈，直接攻击首辅温体仁，令人侧目。赵进美就没有如此激烈，他的近20篇奏疏俱在，多是正面建议，几无弹劾之章，表现出政治上的温和性格。顺治十一年（1654）秋，他担任湖广乡试主考官，号称得人，但其间也受到别人的蜚语中伤，他上疏自辩，安然过关，毫无风险。他温和、谦恭的性格，使他很少树敌，在清初满汉官员并列的复杂政治局面中，确实得益不少。赵执信总结道：“公才名甚盛，而守之以谦，外和内介，不苟异同，故仕惟平进，位不卿宰，而亦鲜祸患。”这“外和内介”四字总结得极好，外面一团和气，内里实有自己的操守，不轻易附和别人，有立场，有底线。

但也正是如此，赵进美官场晋升很慢，仅太常寺博士一任就是六年多，又任给事中四年多。顺治十三年（1656），已在京城任职12年的他，被外放为江西按察使司副使，分巡湖西道，驻江西吉安。其为正四品官衔，一省司法官副手，又主管一方，所辖事务繁多。应该说，这进入了赵进美最为擅长的地方事务领域，也与其父亲所擅长的领域近似。他的工作热情似乎被激发出来，与其在明末的状态完全不同。在江西任上，他面临的首要任务是肃清“匪盗”，其实是一些残余的抗清势力。江西“山谷深阻，郁为盗薮”，隐蔽的分散抗清力量还很活跃。他多方侦查，获其首领，占据了主动优势。赵进美又和巡抚配合，派重兵把守要地，围困逼迫，对敌招降，瓦解了不少抵抗力量，表现出了卓越的政治、军事才干，为清廷的一方安定做出了不小的贡献。这种贡献现在看来，也是顺应历史潮流，有其正面价值与积极意义。顺治十六年（1659）四月，郑成功进攻南京，东南半壁响应者众，清廷震动。江西一带人心不稳，所谓“沿江戒严，彭蠡以南，人心汹汹不自保”。赵进美于此保持了清醒的战略判断，他断定郑成功的军队不可能到达江西，只需防备当地土兵即可。他表面上“视事如常”，镇定自若，暗中却部署军队，严密防范。果然永丰兵起，早有准备的他迅速调兵派将，第二天就开战，以快制胜，击溃叛兵，擒获首领。他又从赣州借兵，防范兴国、永丰、新干三地土兵会合。兴国兵发，赵进美判断他们会逃往永丰山中，于是他不正面

---

① 赵执信：《中大夫福建提刑按察使先叔祖韫退赵公暨元配张淑人合葬行实》，以下引赵执信语，除特别注明外，均出此文。

围剿，而是派遣军队涉险从近路邀击，遂获大胜，所谓“擒斩殆尽，夺其俘获”。几次战斗下来，江西之战事次第平定，既稳定了地方，也有力地配合了南京解围。后来他又捕获“盗首”李毛，利用李毛查出隐藏于赣州部队的内奸，连夜派兵越境将其擒获，清除内患。

上述这一系列行动有识见，有谋略，有胆量，令同僚与军将都十分佩服。赵执信对其在江西的这一番作为做了大篇幅的叙述，成为其传记中浓墨重彩的一笔，并特意总结：“公早岁服官，特优文誉。及在江西，乃以兵略自见。”在江西任上，赵进美一干就是五年多。直到顺治十七年（1660）十月，调任广东布政司参政，分守左江道，驻节端州。赵进美一到任就是平定因缺饷造成的肇庆兵变。此时的他，从政倦怠，归家意切。顺治十八年（1661）二月到端州，八月即想借机离开，争之甚力，直到十二月才有一个进京机会，在粤时间十个月。此后他居家养亲三年，又起补为陕西布政使司参政，分守关西道，驻节凤翔。在陕西任上，他专务与民休息。当年，关西道裁撤，他又辞官回家。两番归家，广东离职时 42 岁，陕西离职时 46 岁，都是年富力强之际，但他选择急流勇退，其中的深层原因当是政治上的厌倦。此后他居家近九年，其间经历了父母之丧，并守三年之制。康熙十三年（1674），吴三桂叛起云南，“三藩之乱”爆发，已经 55 岁的赵进美又毅然应诏出山，被任命为浙江杭严道参政。当时用兵之际，家人不愿其出山，他“束装不顾”，可以看出其政治热情又一次被激发出来。他赶到浙江，但其职位已被军前应急题补，他只好退回家中。

康熙十六年（1677），赵进美再一次起补为河南布政使司参政，分守河北道。从出任江西地方官至今，已逾 20 年，官位几无晋升，职责无大变化，大概是朝廷看中了他的地方治理经验，也可能与他的为人处事有关，即赵执信所谓“仕惟平进”是也。其间，他参加了一次所谓的“博学鸿儒科”考试，此次特科，专门推荐那些享有文誉的名士，他的被推荐，证明其在诗文写作以及博学多闻方面的名气。但他年已 60 岁，又是前朝老进士，不愿与后辈争功名，最后未考中，“报罢”而归。这“报罢”之中，似乎有故意为之的因素。在河北任上，他为政宽和，做了一些好事。康熙二十一年（1682），他被任命为福建按察使，这次是提拔为一省的监察首长，与以前的副职不同。他依然勤勉，亲自断狱，并协助姚启圣攻取台湾，为之出谋划策。此时的新任巡抚金鋐与他平级，是当年他在顺天府乡试中录取的举人，论辈分是他的学生。他于公务交往之外，“言不及私”，自律甚严，分寸把握得很适当。在福建任上一年余，赵进美真心厌倦，再加上唯一的儿子在家病亡，他遂心灰意懒，“归计益决”，于是在康熙二十三年（1684）已经65岁才真正退休。此后，赵进美过上了悠然自得的养老生活，着手营建怡园。王士禛云：“归治怡园于城东之秋谷。丘壑胜绝，泉水绕舍下，幅巾藜杖，相羊其间，如是者八年。”康熙三十一年（1692）十二月初五日，赵进美病逝于家中，享年73岁。

纵观赵进美的一生，应该说儒家思想始终占据其思想主导地位，参与社会，为国效力，为民做好事，而且居家孝悌，都是其思想的底色。但他也受道家思想的影响，热爱自然，向往田园，时时表现出对从政的厌倦。这种情绪在两个时期最为突出：一是明末的出使时期，这自然有其时代因素；二是其任职江西之后，也是归意甚浓。他也有两次政治热情最为高涨的时期：一次是初任江西的平定反清势力，以及郑成功“南京之役”时的守卫江西；另一次是“三藩之乱”时的毅然出山，供职河北。所以，他的政治热情都与“军兴”有关，他的政治才能中的确有以“兵略”见长的一面，得遇时机，则跃跃欲试。他的政治性格谦恭和易，即所谓“外和内介”，即使多次平级调动、长时间不晋升，也都处之安然，真可谓“公之出处，如云舒卷”。在人生最后的八年，赵进美“角巾东第，飞盖西园”，享受园林丘壑、泉水清风，这才是他最为惬意的归宿。

三

应该说，赵进美是极富文学才能的，他的诗、文都有很高的成就，另外能词，还有戏曲作品，文学创作较为全面。但是，有一个令人不太能理解的问题，即赵进美对文学创作缺乏持久的热情，似乎未能将之作为一种不朽的事业来坚持。最典型的表现就是他的词作，现存20首，全部写于顺治十五年（1658）在江西任职时的夏天。因为天气太热，公务之暇，他躺在一个小楼上，吃了午饭后就犯困，于是填词消遣，作了这20首。等天气凉爽了，他也就不再创作。他的词作清词丽句，颇有韵味，很有才情，但在之前和之后不再继续创作，这种不珍惜自己才情的情况真是令人感到可惜。他的散曲与两部戏曲都是作于明代，是其20余岁的作品，此后也不再创作。他的诗歌1480首，数量尚可。现存的诗歌是从崇祯十三年（1640）21岁中进士开始，到康熙元年（1662）43岁自广东辞官回乡止，此后的30年也不再创作。王士禛说他“公既倦游，而笔墨亦奇减”。他的散文写作，数量不多，在江西五年间，一共写有18篇；从江西至广东两年，仅写有5篇，连他自己也觉得惭愧。其晚年居家所作，也多是修庙建祠、祭文墓志之类。

赵进美没有珍视自己的文学才情，没有把文学写作当作崇高的事业来看待，也没有“藏之名山、传于后世”的文学自觉意识，这种态度很显然影响和限制了其文学成就。

赵进美的诗作，以他出仕清朝为界，分为前后两期。前期作品被编为《庚癸诗集》上、下两编，《南征草》两卷，总计792首，是其21岁至25岁5年的作品。入清以后，其作品有《燕市草》《西征草》《楚役草》《白鹭草》《白鹭续草》《江粤二岁草》各一卷，另加“未刻遗诗”25首，总计688首。[①]前后两期诗作数量相当，但前期仅5年，后期则20余年。其诗歌创作以前期精力最好，成就也最高，这些作品使他在明末就建立了自己的诗名。《清史稿》说他“早著诗名”，就是指其明末的诗歌创作。

赵进美在明末创作的诗歌曾被辑为一个刻本，有查继佐、吴道凝、方以智、李雯四位友人作序，现在这一版本已经亡佚，四人的序文也不得见。现存的明末诗歌是在顺治十五年（1658）赵进美自己重编的，估计一些易代之际有所触忌的作品被删掉了，据其“自序”说是删除了十分之二。尽管如此，看他前期的作品，最大的特点仍是强烈的时代性。无论是叙事还是抒情，都与行将覆亡的明王朝息息相关，一种浓重的末代情绪流贯在诗中，透露出吸引人、打动人的况味。前期作品中写时事的多，这在后期是很少见的，如《对雨作二首》写崇祯皇帝祷雨，《禁旅》写御林军虚报军功、军纪松弛，《闻寇归襄城遽陷》写张献忠占领襄阳事，《河决二首》写崇祯十五年黄河决口，《渔阳》《悲清源》都与清军南侵有关等。其诗歌开卷之作《北征》组诗，计16首五律，是崇祯十三年（1640）赵进美从湖北安陆出发，赴京城应会试的作品，序称“顾山川而兴思，遵都邑而起叹”，写一路见闻，触景生情，见事兴感，兵荒马乱、满目残破之情景充盈诗中，感喟极深。《北征》其八：

郡将振旅归，北风吹马蹄。板桥布严霜，氤氲村烟低。
杀伤委草莽，人去饥鸟啼。丰年安耕凿，歌舞皆蒸黎。

诗中有军队的经过，有杀伤之惨与饥饿之困，北风严霜的冬日氛围有力地渲染着情感，“丰年安耕凿”成为一种绝望中的盼望。当年赵进美中进士后赴湖北省亲，

---

① 其诗歌数量统计均据国家图书馆藏康熙抄本目次。

作《途中杂感》组诗 8 首五律也是如此，如其诗序所称是写“逐境惨目”，“涉郊而伤仳离，入城而闻督责”，充满着时代的感伤，表露着对百姓的同情。其《将发邳中感怀》4 首五古，记叙父亲驻守邳中的艰辛，感慨于战事之下的百姓生活之困苦，其二还特别记载了父亲反对招抚张献忠的政策，其四遥想家乡也在遭遇灾荒，天下几无宁处。这组古体诗感情深沉，风格厚重，是其早期诗歌的佳作。除了这些现实题材的作品外，即使是写与友人的交往或是写自然山水，都透着浓浓的悲凉情绪。如写给孙廷铨的《寄怀孙枚先》云：“兵火相寻事渐非，神州北望驿书稀。友人歉岁独家食，天子深宫尚布衣。”前二句慨叹时逢乱离，诸事皆非，友人间书信稀少。后二句写中进士后的孙廷铨还未任职，岁歉家居，而此时国事蜩螗，皇帝深宫布衣，节俭度日。诗有呼吁孙廷铨为国分忧之意。《寄孙羲侣》是写给孙景昌的，开头就是“大江两岸多菰芦，干戈满眼舟楫孤”。中间有“千家闭门城郭静，纵横白骨填路衢”之句，目击心伤，有不尽之哀情在。写自然景物之作品，可以取其《晚行》来看。此诗写于崇祯十四年（1641）赵进美赴京谒选路上，诗云：

平野风吹暮听潮，荒原草木尽萧萧。
远游有客矜奇服，落日为谁赋大招。
到处田庐因乱静，近城鼓角向人骄。
高谈博袖休持筑，燕市哀歌久寂寥。

荒原弥望，暮风劲吹，草木萧萧。颔联用《楚辞》典故，“奇服”喻己之才能，而落日的意象则是时代的写照，这一意象经常出现在他此时的诗中。“赋大招”者，《大招》为《楚辞》篇名，传为景差所作，内容为招魂。此句是写谁为这个残破的时代招魂，语意极为悲凉。颈联写战乱后田庐无人，城中只听到军队的鼓角声。尾联写京中士人也非过去“高谈博袖”之生活，纵是哀歌也早已沉寂了。整首诗情景荒凉，情绪忧伤。这种情感基调完全是作者所体会的时代感受，是王朝覆亡前夕在部分士人心中普遍而又真实的心理反应。

赵进美前期有一组诗名《放吟十首》，是一组乐府古题，王士禛最为看重，专门评价说：“其《放吟》一卷，皆乐府诗，丁明末造，多悲天悯人之思，顾盼跌宕，不主故常，有邯郸生天人之叹。”所谓“邯郸生天人之叹”，是指邯郸淳评价曹植为“天人”，借以指这组诗所表现出来的才气有类曹植。王士禛特意指出这组诗的创作是“丁明末造”“多悲天悯人之思”，都是极为准确的。这组诗写于崇祯十四年（1641）赵进美赴京谒选的前夕，诗中借乐府旧题表达的感情极为繁复，有别离之哀伤，有侠客之义勇，发不甘贫贱之壮志，抒壮志难遂之悲歌，有午夜狂欢反成叹息，也有寒夜幽怨弹琴解忧，全无本事背景，而是尽情地发泄，纵横奇肆。这些情绪也完全来自时代之感，蟠结胸中，不吐不快。组诗中有《乌栖曲》云：

乌求安栖，风激其枝。相顾鸣唤，踌蹰心悲。
岁晏繁霜骄，日暮寒河驰。
短叹微吟何所思，但愿有酒斟酌之。
佳人劝我黄金卮，檀槽象板声参差。
褰袂仰视夜何其，天低月淡星气垂。
三十不足二十余，日读鲁连之策秦风诗。
纵酒狂歌若有托，岁月既去诚可疑。
绕庭冰雪清，缥缈长庚明。
城头乌啼吹角声，吁嗟海内方用兵。

这首诗在《放吟十首》中是现实性最强的，这里既有“三十不足二十余”的作者自指，也有“吁嗟海内方用兵”的现实描写，而其他首写实较少，显得更为虚幻放纵。这首诗的用意较曲折：先借乌鹊择枝写乱世难安居，从乐府旧题展开生发；再写忧心忡忡，借酒销忧；最后写纵酒享乐，心有不甘。“鲁连之策”有“义不帝秦”之志，《秦风·无衣》有抵御外侮之义，可觇作者所指。岁月易逝，年华老大，担心报国之志成空。如今国家不宁，战事方兴，令人忧虑不已。作者的情感是鲜明的，确有“悲天悯人之思”。写法是“跌宕”和“不主故常”的，句式不齐，节奏起伏，比兴鲜明，用典隐微。组诗在艺术上都如此高超，也难怪王士禛会表达“有邯郸生天人之叹”了。

崇祯十五年（1642）冬至十六年（1643）春这一时间的诗歌创作，在赵进美前期的创作中是极为特殊的，应该特别予以注意。崇祯十五年冬，赵进美因病回家休养。此时清军南侵，占临清，攻济南，东围莱阳，也逼近颜神镇，只是未予攻城而已。此时，赵进美写了一系列表现清军入侵的诗歌，数量近30篇。既表达悲愤，更多是表达忧虑。如《渔阳》云：

海色平临碣石悬，渔阳日落见寒烟。
营边片角龙沙月，马后双弓雁字天。
远道羽书方计日，中原牛种尚无年。
传闻卫律今犹贵，意气黄云万幕前。

此诗乃清军入塞之际，作者正家居，闻讯悲愤，遂作此诗。诗末用“卫律”典，是谴责那些为清军效力的明朝降将如孔有德之流，他们为敌前驱，成为进攻明朝的主力。另外如《猎骑》诗“频将绮陌泪，沾洒对哀鸿”，对清军南侵造成的灾难表示悲悼。清军攻破兖州，鲁王朱以派自杀，是此时的大事件，对朝廷震动极大，作者写了《鲁殿二首》，来表达难以掩饰的悲愤情绪。当时的孙廷铨也自魏县知县任上归家，两人坐于城楼饮酒，共论时事，感慨遥深，叹息忧危何日能定，乱世何处存身。除夕之夜，作者写《除日作二首》，毫无过节心情，系心国事，忧心不已；其产生“轻戎从策”之设想，盼望能有猛将出现，早日击退清兵。这既是盼望，也是节日的祝祷。面对清军的进攻，明军无力抵御，而且将荒兵嬉，作者有《初春城上二首》《有感四首》抒感慨，表达讥讽。直到崇祯十六年（1643）三月清军退兵，作者还有《清笳》《卢龙》《雕戈》《列营》等诗加以表现。赵进美这一时期的诗作，是对这次清军南侵较为完整的真实记录，有极大的现实意义。

在居家养病的一年之中，在清军南侵的前后一段时期，赵进美写了一些表现家乡山水田园的诗作，既是欣赏山水景致，也是排遣忧时心情，还是表达隐逸情怀，如《游黄红峪》《家园作》《闲夕四首》《溪上晚归》等。这类诗作正是王士禛评价“清真绝俗，得王孟之趣”的诗歌。这些诗歌中，最值得一提的是《田家冬日杂兴》5首，可谓是为田园诗开辟了新境界。赵进美在诗序中说：“前人咏田家诗，多道其春秋作苦，锄获征输之事，未尝及冬日也。频年伤歉，今幸稍丰。予适居乡里，家世知农，乐观稼毕，祝鸡洒酒，自以为娱。乃作田家冬日诗五首。”这组诗写冬日农家生活，场面十分生动，生活气息极浓，写出较多农家细节，抒情闲适快乐，表现出作者对农村田园的熟悉与喜爱。确如诗序所说，文学史上的田园诗很少写冬日情形，此诗为传统田园诗开出新境界，为其一大贡献。组诗语言通俗晓畅，写法近乎白描，不用故实，深受陶渊明和唐代田园诗派的影响。其第四首云：

云气归远山，空原骄冰雪。初日入寒林，回风鸣枯叶。
众村集网罟，野烧尚明灭。农夫有意气，常因田事屈。
丰年多闲暇，斯时复凛冽。荒阜既群发，危岭或独越。
远近响相寻，谷静昼萧瑟。疑狐与狡兔，仓卒无安穴。
奔走力所获，余技安足设。归来庭户暗，稚子灯下列。
闻声惊出看，委地笑枕藉。天晴新月澹，牖冷星光射。
何用解劬劳，邻即酒家宅。

冬日农家打猎，放火烧山，驱赶野兽。归来将猎物掷于院中，妇人稚子好奇观看，一家笑乐。打猎后心情愉快，不顾疲劳，即去邻家饮酒。这样的题材，前人何曾写过？说是开辟了新境界，当不为过。

四

乱世中的不愿出仕，欲归隐田园，是赵进美前期创作的一大主题。刚中进士，20余岁，即萌发此种情绪，也是基于时代所感。《徐闇公李舒章吴子远高葱佩过雪鸿斋小饮作》一诗就很典型，这是赵进美在京与友人的相聚，诗中“慷慨纪乱离，悲凉感畴昔。归意在渔钓，疏榛照荒泽”已表达了这种向往。这一主题集中反映在他奉命出使江西的路上，也即《南征草》一集的诗中。顺治十七年（1660）初春作者上路，离明亡还有三个月的时间。开篇的《金岭驿》就写“时危依道路，计拙失渔樵”“岂堪称傲吏，湖海自相招”。归隐意念之强，是源于对“时危”的清醒认识。到了青州，有《郡城望西南诸山有感》，表达隐居之志，写行藏出处的矛盾，表示尽管现在不能如愿隐居，但与白云约定，终践此诺。到了苏州，其《松陵》云：“乡书逢客少，渔火向城分。旅食终何托，归从麋鹿群。”思乡心切，感慨旅食，表达隐居之念。到了富春江，有《严子陵钓台》，更是不失时机地表达“奔走依薄禄，愧作扁舟客”，于怀古中表达惭愧之情。一路上这种主题的反复出现，不厌其烦。这种情绪一直延续到作者出使结束、明朝灭亡，即使到了吴村、蒋湾避难也未结束。

当赵进美完成出使要顺江返回的时候，明朝覆亡的消息传来。他写了《江上闻国难四首》《泊舟河中感作二首》《悲歌四首》《秣陵六首》等组诗，表达亡国的悲痛心情。这些诗很真挚，情感很鲜明，笔力厚重，是赵进美为故国故君献上的一瓣心香，也构成其创作的一个特殊时期。这些诗都值得赏读，它们代表了一个传统知识分子在异代之际的故国之思。《江上闻国难四首》其四云：

闲居欲采旧山薇，零落兵戈万事违。
湖海一时惊鼓角，风尘何处望庭闱。
袖中锦字经年隔，河上军书百道飞。
独有茂陵无限泪，北来先洒使臣衣。

首联写自己隐居心愿在兵戈抢攘中无法实现。颔联写一夜惊传哀讯，自己正在风尘路上，何处望庭帏而痛哭先帝。颈联写皇帝赐予的出使诏书已经带了一年，睹物思君；如今只见河上军书飞传，情况紧急。尾联写唯有痛哭先皇的眼泪，打湿了自己这位北来使者的衣襟。全诗哀而不伤，没有用典，全凭朴实真挚的力量动人。“袖中锦字”“北来……使臣”也切合自己特殊的经历与身份，语不泛设。《泊舟河中感作二首》其一之颈联“节旄未落黄尘断，繐帐空悬紫殿遥”、其二之颈联“故国浮云秋欲尽，新亭浊酒晚堪登”，也都具有这种朴实、真切的特点。这种从心底流出的诗，无疑是值得称道的。

《悲歌四首》和《秣陵六首》在悲悼故国的同时，内容上又略有不同，两组诗写于南明弘光帝即位以后，作者对这一新建的南明小朝廷抱有短暂的幻想。《悲歌四首》其三云：“初日丽江城，钟山晓气清。”“即传哀痛诏，杂拥六师征。”他希望弘光帝能有率师北伐的勇气与魄力。《秣陵六首》其四说“灵武回戈处，金台得士年”，希望弘光帝能像“安史之乱”后在灵武即位的唐肃宗那样建立收复之功，能像燕昭王那样筑黄金台以重视、招揽人才。其二说：“中原余子弟，涕泗作前徒。”其五说：“早下缟衣檄，无深父老忧。”其六说：“遗民百战在，何处望旌旄。”都能看到北方民心可用，盼望恢复。此时所作还有《愁云》：“愁云不散鼎湖悲，海内纷纷揭义旗。急草三秦讨罪檄，共迎八月渡江师。”但随着南明小朝廷的内讧与不思进取，这种希望很快就破灭了。这年重阳节以后的诗歌，就已全然不抱任何希望了，剩下的只是浓郁的思乡之情与饮酒解忧。《秋暮》云：“故园薜荔终堪隐，游子沧洲且未还。”《冬夕》云：“鹿门妻子在，漂泊忆庞公。”《闲居四首》其一云：“故园难独望，雨雪正霏霏。”这些都是思乡之情。《晚》云：“风尘复留滞，频共酒人居。”《雪》云：“浊酒开我颜，莫问箪瓢空。”都是借酒浇愁。《冬日拟古五首》较特殊。诗中写“佳人弃我去，远道郁漫漫”“美人在何所？高阁白玉床”，都是继承《离骚》传统，以“美人”代指崇祯帝，表达故君仙逝的哀伤。“行子恋旧乡，远臣思故君”两句更是直接、显豁。这是他对崇祯皇帝及故国的最后一次致敬了，这种主题以后就很少见。到了弘光元年也就是顺治二年（1645）五月，南明已亡，赵进美同宋琬等人避地嘉兴的吴村、蒋湾，他作《避地吴村十二首》《吴村偶作十二首》《蒋湾六首》，皆五律，又作七律组诗《蒋湾秋怀十首》，全是思乡之情与隐居之念，甚至在忧愁叹病之中也时而表达闲适之情，几乎看不出是亡国之人。比如《避地吴村十二首》之六：

积水无他适，空林宜昼眠。未归鼓鼙乱，多病友朋怜。
雨后分村火，花间出钓船。衡门时倚杖，薄暮起溪烟。

诗前四句还有乱离的影子，因战乱而不能归家，身体多病靠朋友关心。而后四句则只写闲居而已，尽管傍晚的饮烟中还含着淡淡的惆怅。再看《蒋湾秋怀十首》其六：

逍遥南浦复杖藜，渚禽园鸟傍幽栖。
含风池筱湿袅袅，穿云野日秋凄凄。
每怜芳树临水静，更有轻雷过槛低。
轩窗悠然昼可适，谁堪薄暮闻雕鼙。

杖藜南浦，逍遥徜徉，看到禽鸟的幽栖，自然引动隐居之念。颔联一上一下，大开大合。池畔之竹含风酿雨，“穿云野日”是惊人之笔，归于秋意凄凄，颇有顿挫之感。颈联写风雨欲来之状。尾联说傍晚虽有“鼙鼓”声，战乱未远，但轩窗悠然，诗意总体上还是闲适的。

应该指出，我们作如此分析，只是指出一种变化，说明经历南明覆亡后，赵进美心境与此前有所不同。我们并不否认他此时诗歌的思想与艺术价值。南京至蒋湾的诗歌仍是他前期诗歌创作的一部分，总体还要好于他后期的作品，情感的饱满与真挚仍是这些诗歌的优长所在，时代气息仍然渗透在诗歌的字里行间，一种写实精神仍被他在诗歌创作中坚持着。而且在《蒋湾秋怀十首》中，我们也明显地看到赵进美学习杜甫《秋兴八首》的痕迹。看来，赵翼的“国家不幸诗家幸，赋到沧桑句便工”，在赵进美这里也同样适用。如果沿着这样的路子走下去，赵进美的成就当不限于此，但入清之后，进入诗歌创作后期，其生活状态与创作精神都发生了一些变化，导致其诗歌成就无法与前期相比。

五

顺治二年（1645）应诏入京做官，是赵进美人生的一大转折，也是其诗歌创作的一道分水岭。自此，亡国之思基本消退，或者转入意识的最深处，不敢表露；隐居之念也基本消失，一度成了积极用世。当隐居之念再度泛起的时候，是其做官很久又感到厌倦的时候。离乱的时候，他关注时事，关心现实，同情民瘼；后期这种关注很少了，更多是与诗友、同僚之间的唱酬应和，再加上仕宦南北时顺便而为的游览山川、登临凭吊。我们应该承认，有些题材天然地具有诗意，而有些题材在高手写来也不免乏味。西方有句谚语：少女可以歌唱她失去的爱情，而守财奴则不能歌唱他失去的钱包。艺术的价值取决于情感的高度，而且悲伤的东西天然地具有美感。赵进美的后期诗歌应该说失掉了这些特质。

在入清为官初期，赵进美与京中一批名流诗人交往，如龚鼎孳、曹溶、宋琬等，其处于诗兴勃发的状态，甚至赢得了“一时擅场”的清誉。王士禛说他：“丙戌后，官京师，与龚芝麓尚书、曹秋岳侍郎诸公唱合，一变而为高华，尚声调。”应该说，“尚声调”是其前期艺术倾向的延伸，而“为高华”是此时创作面貌的一种新变。前期万方多难，悲凄深沉是主调，而难以“高华”。所谓“高华”，是指格调高雅，语言俊美，同时也包含着意境的开朗。赵进美后期的诗歌用“高华”一词来概括这种变化，还是比较准确的。

赵进美入清初期的诗歌中，还潜藏着一种令人难以察觉的低沉情绪，前期的亡国意绪和隐逸情怀还在若有若无地延续着。在曹溶家里那次著名的雅集上，其所作就有“壶觞良友事，薇蕨旧山情”“怀古经过督亢里，思归回首汶阳田”“敢向干戈伤远目，只应药饵供高眠”这样的诗句，心事遮掩，不欲明言。这时所写的“梨花”“枫叶”二题，曾得到王士禛的称赞。《窗下梨花二首》其二：

暮烟无语更依依，清影含春望欲稀。
疏近琐窗留月照，寒垂网户见莺飞。
共停阙外青丝骑，细舞灯前白纻衣。
莫向后庭歌玉树，故宫风雨已全非。

全诗写的是月下窗前的梨花。首联写其姿态，暮烟中无语独立，月下清影，同为白质，望中似无。颔联写月映疏枝，影留窗下；春寒之中，门户紧闭，唯有莺飞。颈联着重在后句，以灯下白纻衣之舞喻梨花，同时也是写此际夜间的欢会。但作者借梨花与“玉树”的联系，于尾联作直露的表达：莫唱亡国之曲，故宫在风雨中已面目全非。王朝已换，自己也非昨日。这既是凭吊语，也是解脱语。这首诗在咏物之中，寄托了比较深厚的内涵。

《赋得枫叶微红近有霜》是被王士禛称道的另一首名篇。诗云：

郭外西风绕岸斜，长林秋静有啼鸦。
微寒已入娟娟月，远色初分淡淡霞。
千里题书临白雁，重阳疏雨映黄花。
洞庭木叶伤心日，寂寞怀人在水涯。

也是借物咏怀，但描写物象似稍远，只有“远色初分淡淡霞”与枫叶微红有关，诗的精神全部贯注到最后两句。颈联似将红叶题诗和鸿雁传书两典揉合在一起，时逢秋季，白雁此时南飞，重阳亦寓登高望远意。“洞庭木叶”用屈原《九歌·湘夫人》“洞庭波兮木叶下”之句典，亦有望远怀人之意，所怀之人在水边涯涘。揣测诗意，作者此时所怀，可能与南明有关，词旨隐微，不便明言。王士禛也不敢抉发，只能说二诗水平不在明初的高启（青丘）、袁凯（海叟）之下。因为高启有《咏梅》组诗，袁凯有《白燕》一诗，都是咏物中有寄托的作品，可以作为比较。

真正得见作者还怀有故明情意的诗篇是《冬日感兴兼寄葱佩二首》，这是写给同乡好友高珩的，故能透露真实心情。其一云：

猎猎寒沙昼欲昏，纷纷画角晚仍繁。
城边日落分尧向，塞外山来绕蓟门。
不少探丸乘暮发，虚传屠狗至今存。
独余海上田横客，犹自悲歌忆旧恩。

首联写京城冬季风沙蔽日，颔联写日落，“塞外”一句不难产生想象。颈联“探丸”“屠狗”指京中尚有不安分之人，“虚传”二字化实为虚，也是指此类人不足凭。唯有岛上田横客，还在悲歌之中怀念故主之恩。“田横客”或指明遗民，作者自然不是“田横客”，但对之还是抱有同情、理解甚至是几分敬意的，这也隐微地反映了作者的心境。

但后期这样的作品毕竟太少了，大多是与朋友的交游唱酬。这些作品虽然也自有其价值，但精神特质难以与前期相比，唯有艺术上颇有进境，日趋“高华”。此时的《送宋玉叔还莱阳》《拔剑行赠王子》《古剑歌为张幼量作》等歌行体，也有前期所不常见的劲健之风。出使山西，多记行程与交游，虽因时地常有感发，但不足以言其深刻。出使湖北，也大多是登临游眺，寄怀友人，但有一些现实性较强的诗歌，如《蔡州行》《武昌频灾歌以吊之》《刍豆行》等。特别是五律《江行十二首》、七律《金陵怀古四首》、七律《广陵三首》等，旧地重游，勾起历史回忆，缅怀过往，诗风仿佛回到前期。王士禛称：“使楚一集，尤为艺林所贵重。”单独点出《楚役草》这卷，极有见地。且看《广陵三首》其一：

争奉华林翠辇游，空传宰相领扬州。
青巾结阵兵先破，白水临江气已收。
五马荆榛迷晋渡，千家灯火乱隋楼。
遗民犹自歌袁粲，日暮风烟接石头。

首联写南京拥戴福王即位，史可法驻扎扬州。“争奉”写出当时拥戴的混乱，“空传”写出史可法之无力作为。颔联以元代“青巾军”喻江北四镇兵之溃败，“白水真人”喻福王已无中兴气象。颈联前句用晋代“五马渡江”典故，写明代渡江诸王之迷失，后句写如今扬州的千家灯火在隋楼中闪烁。最后以袁粲代指史可法，因南齐袁粲曾开府扬州，故有此比。尾联写遗民至今怀念史可法，惋惜扬州陷落而南京遂亡。这首诗写于顺治十一年（1654），离南明弘光朝灭亡整十年。诗完全以怀古的形式写前朝，表达的感慨虽很深沉，但感觉已经拉开了一种历史的距离。

赵进美外任江西后，诗不外乎登临山水和同事酬唱两类，仍以格高调逸为主，但情思的确减退不少。作者自己在《白鹭草序》中说："以是簿书之暇，或杜门谢谒，或徜徉山水，吟啸自适，无几微汲汲不自安之意。"作者此时心情完全平定了，陶然自适，没有令自己激动感发的东西，难以写出深刻的诗篇。王士禛评价他："江西以还，浮湛监司者，积三十年。公既倦游，而笔墨亦奇减。"赴任江西以来，赵进美最可称道的是《述征诗十八首》。这组诗写自广东辞官归来的路上，诗人夙愿已遂，遂情兴勃发，沿途咏叹。此后，他就几乎不再作诗了。一个43岁的诗人，终止了自己喜爱的同时也给自己带来声誉的写作，闲置了自己的才华，这不禁令人感到可惜，同时也令人十分不解。

六

赵进美有自己的诗学思想，这决定了其诗歌创作的面貌，由此也可以确定他的历史地位。这一诗学思想的表达见于其《庚癸诗集》上编的序言：

> 盖予尝取古今论诗之合者，于宋得严沧浪，明得徐昌谷、王元美。严不具论，昌谷最称深造。然所自为，不愧其言者十可五六，元美十可三四，止矣。夫格律严而境地狭，拟议盛而性情薄，虽作者亦病之。至于放意背驰，侏儒嘈滥，以棘晦为超诣，以疏佻为亮节，又下不足道矣。或者雌黄异调，讪諌先哲，足未履门阈而历数曲室之藏，甚非修士所乐闻也。夫众乐殊音，而竹不掩丝，宫不病徵；八方殊语，而闽粤燕秦，未尝不通舟车而洽友朋之宴笑也。陶谢不必为潘陆，李杜不必为王骆，君子泯其同而慎其异，斯可矣。

此序言写于顺治十五年（1658），是赵进美重编自己早年诗作时所写，带有总结回顾自己诗歌创作的意味。我们将其观点归纳为几点：第一，论诗于宋取严羽，于明取徐祯卿和王世贞。严羽《沧浪诗话》主张诗学盛唐，开“明七子”之先声。徐祯卿为明“前七子”之一，而王世贞则为“后七子”之主将，他们都持“复古”之论，主张“诗必盛唐”。但向盛唐学习什么？他们的看法并不一致，严羽主张学气象，徐祯卿主张学情韵，王世贞主张学格调，但又并非截然对立，而可以兼收并取。赵进美总起来看是主张情韵和格调的。第二，对于诗家作品，要看其主要倾向，取其最好的创作，因为诗作不是篇篇皆善，也不是篇篇都与自己论诗主张相合。严羽最典型，其诗作根本不能与其诗论相统一，正如王世贞《艺苑卮言》论书法所云“眼中有神，腕下有鬼”。而徐祯卿“最为深造”，诗作造诣最高，其诗能与其论相合者不过十分之五六；至于王世贞，不过十分之二三。这是通达之论。第三，赵进美对几种诗学批评的倾向表示了不满的意见。其中，“格律严而境地狭，拟议盛而性情薄”最重要。“境地”大致是指意境，“拟议”则是指议论。赵进美反对过分讲求格律以束缚写作，反对太多的议论而遮掩性情。反过来说，赵进美是主张作诗要重视意境和性情的。至于其他不讲规矩、怪异晦涩、狂放轻浮等毛病，更不足道。而信口雌黄，随意批评前人，则于诗学根本未入门，更是等而下之。总之，对于诗学批评，要有一个正确的态度，对前人要有基本的尊重。第四，提倡风格的多样化，在此基础上讲个性，诗人要有自己的基本面貌。正如众乐殊音，而各有音色；八方殊语，而南北相通。“泯其同而慎其异”，即其同处可不论，而其异处最可注意。“异”是个性，是诗人的独创性，是一个诗人独有的东西，最可珍贵。

以上诗论，在今天看来或许很普通，但在明末清初的诗学背景下，还是有其特定的意义的。明末清初是“明七子”诗学最盛甚至是占统治地位的时期，明末清初的诗人鲜有能与“明七子”摆脱干系者。当时南方有“云间派”，代表人物为陈子龙，他排斥、诋毁公安派、竟陵派，以期重振“明七子”诗风。当时在北方与之桴鼓相应者，赵进美就是一位，而这也代表了山左风气。赵执信说赵进美中进士后，“与莱阳姜如须、宋荔裳，桐城方密之，华亭陈卧子、李舒章、宋辕文辈，以诗名雄视南北。”也正是在共同推崇“明七子”这个意义上，这一说法才更具有诗学意义。另外，按照赵进美的诗学观点来反观其诗歌创作，也正可观察其总体特色及其演变。明末的诗歌创作风格，赵进美近似徐祯卿，主性情，重意境，情韵深，同时重视语言的提炼。即学习盛唐的倾向很明显，但多是从格调入手，而气象上倒更像晚唐，这是时代原因造成的。入清以后，赵进美正像王士禛所说“一变而为高华，重格调”，从徐祯卿的重情韵向王世贞、李攀龙的“重格调”方向发展。赵执信说他“公童年为诗，少好华艳。而登第后，遂践信阳、历下之庭”，其童年华艳之诗今皆不存，可能都被他删掉了，已无法观其面貌。登第后的诗歌像何景明（信阳）、李攀龙（历下），也即走上了“明七子”的路数。赵执信的这种说法，放在赵进美诗歌创作的后期才更为恰当。其后期诗作，格高调逸，器大声宏，语言雄健，意境开阔，情韵不及前期之幽深，但风格要比前期爽健。更重要的一点是他的诗论，体现了由“格调”到“神韵”的过渡，或者说，他是“明七子”到王士禛之间的一个过渡人物，这也正是他的历史地位所在。下面，结合他与王士禛的关系对此稍加论述。

赵进美大王士禛14岁，是王士禛的长辈，无论是论年龄还是论亲戚，都可这样说。两人彼此尊重与欣赏，但真正的交集并不多。王士禛在济南举办“秋柳诗社”以及中进士时，赵进美正在江西任上，无缘得见。王士禛任扬州推官，诗学影响力甚大时，赵进美正在广东端州，也无缘相见。顺治十八年（1661），赵进美从广东任上回家，路过扬州，两人似也未得见。赵进美的“未刻遗诗”中有《为王贻上题画二首》《秋日王贻上节推招游红桥八首》，推测时间都非从广东归家路上，因为时令不对。大概是康熙元年（1662）秋季赵进美居家时，王士禛曾有信招其游览扬州红桥，但未能成行。赵进美和王士禛真正的一次诗歌交往，是顺治十八年（1661）他在广东任上，王士禛将在扬州所写诗歌抄写后汇寄给他，他写了一篇《书阮亭近作后》的文章，后来被收入《渔洋山人集外诗》作为序言。这篇文章极力称赞王士禛在扬州的诗歌活动与诗歌创作，于王士禛对自己的称赞则表示逊不敢当，称“诗文千秋之事，彼门户相角，议论相胜，徒自苦耳。黠者矜独运，庸者逐余波，其失一也”。这与他上引自序之论相一致。这些都不重要，最关键的是文章中有这样一段话：

> 近世公安、竟陵，排击历下、琅邪，不遗余力。虞山指摘，并及何、李，几于棘手骂坐。然杜少陵诗中大成，而推服六朝、唐初人不容于口。自今视之，六朝、唐初人何如少陵？公安、竟陵、虞山著作具在，又何如北地、信阳、历下、琅邪乎？此语独可与吾贻上道，亦愿与贻上共勉之。

这是捍卫“明七子”的态度，对公安派、竟陵派不满，对钱谦益《列朝诗集》中对“明七子”的批评不满，认为批评者的诗作比“明七子”也高不出多少。对于赵进美的这一态度，王士禛完全同意。对于钱谦益《列朝诗集》中贬低“明七子”的说法，王士禛多次表示很不赞同，其《居易录》说：“钱牧翁撰《列朝诗》，大旨在尊李西涯，贬李空同、李沧溟，又因空同而及大复，因沧溟而及弇州，索垢指瘢，不遗余力。”对于赵进美这一文章，王士禛在扬州所作《岁暮怀人绝句三十二首》，其十三云：“风尘憔悴赵黄门，岭表迁移役梦魂。昨见端州书一纸，说诗真欲到河源。”说赵进美对“明七子”的推崇是追溯源头之论。这是赵王诗论相通的第一个方面。两人诗论相通的第二个方面是对宋代严羽和明代徐祯卿的推崇，《渔洋诗话》说：“余于古人论诗，最喜钟嵘《诗品》、严羽《诗话》、徐祯卿《谈艺录》，而不喜皇甫汸《解颐新语》、谢榛《诗说》。”又云：“弇州《艺苑卮言》，品骘极当，独嫌其党同类，稍乖公允耳。”他后来推崇“明代古淡一派”，都从此引申而出。这些说法与赵进美“自序”中的话也相一致。而且在这一点上，应该说是赵进美影响了王士禛。另外重要的一点，即赵进美的诗其实得“神韵”之先，他是从“明七子”格调入、从徐祯卿诗“情深”入而致此境界。尽管其个人尚未自觉，王士禛也未明确地以“神韵”评赵诗，但王士禛称道其“枫叶”“梨花”、《南康登楼》等诗，都实具“神韵”批评之眼光。《渔洋诗话》云：“赵韫退按察官湖西，有诗百余篇。余取其《南康登楼》一绝句云：‘返照临高阁，苍烟淡淡分。城空何所有，一半是匡君。’”这就是赏其神韵。清末俞陛云称道其七绝《题画》：“泛泛渔舟直到门，田田荷叶大于盆。若添茅屋倚修竹，便是江南雨后村。”也是以意象鲜明、言外有意的神韵诗看待。最典型的还有李慈铭的《越缦堂诗话》：“益都赵韫退按察进美《咏画竹》云：‘记得君山古庙前，沙鸥如雪水如天。数丛惟在苍岩下，风雨才晴便有烟。’李武曾良年评云：‘佳处不可言传。盖以寄意萧寥，取神遗迹耳。’然诗中无事在也。”李良年的评语是指诗中有神韵，而李慈铭“诗中无事”的批评也就是赵执信批评王士禛的话头。赵王二人有这几点相通相似之处，说赵为王的先声，是明末清初由“明七子”到王士禛、即由格调到神韵诗风的一种过渡，不是很恰当吗?!

在这里，我们再说说赵进美与其族孙赵执信诗风上的关系。赵执信于康熙十八年（1679）中进士，继而出使山西，初步登上文坛之时，赵进美早已辍笔不为诗。而此时是王士禛执诗坛牛耳，神韵诗风引领天下的时候，赵执信倔强地不入门墙，要标新立异。此时，他清楚地知道，他不仅是与王士禛分道扬镳，同时也是与其叔祖分道扬镳。他在《冯舍人遗诗序》一文中说：“余少先生（冯廷櫆）

十三岁，越轶山左门庭，弃其家学，而宗虞山冯氏，讪笑哄然，渔洋亦内薄之。”“山左门庭”即指从李攀龙至王士禛形成的山左诗风，经过一个由格调到神韵的演变过程，其间就有其叔祖在。“弃其家学”也就是放弃由其叔祖赵进美开创的家族诗歌风尚。在赵执信那里，我们可以清楚地看出，其叔祖与王士禛在诗歌思想上的内在联系。

至此，我们可以简要地归纳一下赵进美在诗歌史上的地位：他是明末清初一位有全国性影响的诗人，是由“明七子”格调论至王士禛神韵说之间的过渡性人物，是其时“本朝诗人，山左为盛”①中的代表诗人，更是当时淄博地区“明清孝妇河文化带”的开山人物之一。《续修博山县志·艺文志》云：“邑揽山川之秀，故博雅之士，应运而兴者，如云蒸霞起，以润色休明。若水任公，沚亭孙公，清止赵公，实开风气之先。”这种评价确实是恰如其分的。

七

就我们前述赵进美的历史地位来讲，对比后来他的声名不彰，可以看出他是有些吃亏的。其中，主要的原因是其文集流传不广。没有流传，就没有接受；没有接受，就形不成影响，也就成不了经典。《四库全书》未收其书，邓之诚《清诗纪事初编》未选其诗，即可知其诗文集在很长一段时间内流传极少。赵进美《清止阁集》的现存版本主要是“两抄一刻”，即山东省图书馆藏清初抄本《清止阁集》8 卷，即今入选《山东文献集成》者（以下简称“省图抄本”）；国家图书馆藏清初抄本 14 卷（以下简称“国图抄本”）和清康熙间刻本 8 卷《清止阁诗》（以下简称“康熙刻本”）。这三个本子还都是“养在深闺人未识”。对赵进美的著作予以规范整理，使成便于阅读之现代版本，使其诗文能够重新被今人所认识，是吾辈学人之职责。在整理完《赵进美集》之后，考虑到其诗歌数量较多，遍读不易，再加没有注评，不便于今人阅读，遂不揣浅陋，选取其诗歌 500 余首加以注释、评析（在选辑过程中，以“国图抄本”为底本，以“省图抄本”和“康熙刻本”为参校本），成此注评本，或于赵进美研究、于明末清初诗歌研究、于淄博地区“明清孝妇河文化带”研究，均不无裨益。

① 赵执信：《谈龙录》，《清诗话》（上册），上海古籍出版社 1963 年版，第 315 页。

目　录

前　言 …………………………………………………………………… 1

庚癸诗集上编

北征 …………………………………………………………………… 2
次新城同孙枚先作 …………………………………………………… 8
周其章孙枚先见过 …………………………………………………… 9
同徐乾若方密之饮姜如须寓次密之韵 ……………………………… 10
数过孙羲侣枚先叔侄 ………………………………………………… 11
对雨作二首 …………………………………………………………… 11
偶至水关暑甚小憩药庙柳下 ………………………………………… 14
兄弟子侄集饮 ………………………………………………………… 15
数至溪上 ……………………………………………………………… 15
笼泉 …………………………………………………………………… 16
过泰安 ………………………………………………………………… 16
过曹县 ………………………………………………………………… 17
途中杂感 ……………………………………………………………… 17
禁旅 …………………………………………………………………… 21
夜听涂君弹琴二首 …………………………………………………… 23
微雪复霁 ……………………………………………………………… 23
使归作书有怀家峭伯 ………………………………………………… 24
寄怀孙枚先 …………………………………………………………… 25
腊日 …………………………………………………………………… 25
十二月二十日大雷电至夜不止 ……………………………………… 26
除岁前二日大雪感赋 ………………………………………………… 27
守岁 …………………………………………………………………… 28

暇日 …… 29
闻寇归襄城遽陷 …… 29
春日有感 …… 30
花朝出郭外 …… 31
将发邳中言怀四首 …… 31
雨后泛大别湖 …… 36
寒食江上二首 …… 36
闻笛 …… 37
夜雨 …… 38
晚过黄州 …… 39
江行口号三首（选二） …… 39
泊浔阳 …… 40
马当山 …… 40
夜发雷港遇风暂泊莲花洲 …… 41
蟂矶 …… 42
采石矶 …… 43
吴子远方直之邀泛秦淮不果赴复惠诗见留舟发后和其韵 …… 43
维扬卜寓二首 …… 44
江上 …… 45
留云亭 …… 45
集郑超宗影园得七虞 …… 46
微雨同郑超宗饮姜如须舟中二首 …… 47
寄孙羲侣 …… 48
孙介黄将谒选北上书以问之 …… 50
口占戏寄 …… 51
暑甚偶忆郑超宗园居漫书奉问 …… 51
赠汤佐平二首 …… 52
再赠戴初士并订游白门 …… 53
寄怀高葱佩二首 …… 54
将赴白门留别查伊璜 …… 55
集梁饮光斋中 …… 55

积雨微霁独至雨花台坐木末亭日暮归舟中作二首 …… 56
中秋同社诸子宴集 …… 57
竹枝次友人韵八首（选四） …… 57
九日集陈氏山庄分得吾字 …… 59
真州留别郑伯崑 …… 60
寓汪汝为余筑园并赠汝为 …… 60
影园别姜如须 …… 61
河上阻风远望淮波遂通邗曲怆然有怀 …… 62
腊十六夜，月色皎甚，呼酒独酌，诵雪堂和陶诗既，复命琴弹塞鸿、秋思二操，其声凄然，如冻泉欲下，乃阻危石，林雪将落，复激回风。投弦而起，不自知其声之悲若此也。中夜不寐，遂成五言诵之 …… 62
放吟十首 …… 63
远别离 …… 63
置酒行 …… 64
行路难 …… 65
岁暮行 …… 66
放歌行 …… 67
悲歌行 …… 68
夜宴曲 …… 68
寒夜怨 …… 69
乌栖曲 …… 70
作客行 …… 71
济上 …… 72
野宿 …… 72
旅邸与孙羲侣夜谈 …… 73
过天雄见援兵 …… 74
渡桑干 …… 74
微雨 …… 75
从祀定陵恭祀二首 …… 76
来青轩 …… 77
春怀六首（选三） …… 78

卧病四首 …… 80
燕市五月歌八首（选三） …… 81
过丁野鹤双河庵小饮纵谈并道其山中遇仙事 …… 82
徐闇公过饮赠之 …… 83

庚癸诗集下编

自河间至济南途中作二首 …… 86
雨中游洗砚池上有古寺即逸少故宅 …… 87
宿郡城作 …… 88
病中闲咏四首（选二） …… 88
秋日病后独游溪上偶忆孙介黄次其见寄二诗韵 …… 89
斋中即事 …… 90
河决二首 …… 91
冬日过山中有感二首 …… 92
田家冬日杂兴 …… 93
游黄红峪 …… 95
渔阳 …… 96
悲清源 …… 97
猎骑 …… 98
城望三首 …… 99
阵云四首（选二） …… 99
鲁殿二首 …… 100
城楼同孙介黄夜坐小饮作四首（选二） …… 102
除日作二首 …… 102
偶过范泉 …… 104
人日饮孙介黄城楼 …… 104
上元小病偶成 …… 105
上元答高葱佩见寄之作 …… 105
十六夜三首（选二） …… 106
初春城上二首 …… 106
有感四首（选二） …… 108

清� ……………………………………………………………… 108

景州 …… 128
阜城 …… 128
献县 …… 129
涿鹿 …… 130
良乡微雨 …… 130
桑干 …… 131
机妇 …… 131
无题六首（选四） …… 132
帝城早秋 …… 134
寄孙介黄抚宁 …… 135
吴子远写归舟离绪图见赠 …… 137
徐闇公李舒章吴子远高葱佩过雪鸿斋小饮作 …… 137
秋日 …… 138
饮高葱佩邸中 …… 138
归梦 …… 139
夜闻邻家弹声 …… 139
昌平道中 …… 139
重阳日诣茂陵因经九龙池翠屏山诸处四首（选二） …… 140
秋夜短歌 …… 141
赋得薄命妾 …… 142
秋日偶作 …… 143
答高葱佩戏赠之作 …… 143
留别方密之 …… 144
留别李舒章 …… 145
涿鹿送别桑笈云使秦 …… 145
途中作 …… 146
晚行 …… 147
饮酒放言 …… 147
有感 …… 148
晚望 …… 148
冬月 …… 149

寄高葱佩庶常时予有豫章之役二首 …… 149
对雪效李商隐二首 …… 150
岁暮 …… 152
迎春日大雪戏作俳体 …… 153
除夜 …… 153
偶步城上 …… 154
薄暮独眺 …… 154
微雪 …… 155
大风示客时予将南行 …… 156

南征草

宿盘阳高镇青携酒相过剧谈至夜分时镇青亦将赴都视葱佩庶常 …… 158
金岭驿 …… 158
郡城望西南诸山有感 …… 159
晚至临朐 …… 159
冶源二首 …… 160
冶源喜逢冯孔博谈旧因忆高葱佩孙介黄 …… 161
穆陵关二首 …… 161
高桥 …… 163
东莞 …… 163
有感 …… 164
郯城 …… 164
钟吾行 …… 165
黄河遇风 …… 165
野泊是夜大风雷电 …… 166
桃源独饮 …… 167
清江浦歌 …… 167
漂母墓 …… 168
宝应二首 …… 169
高邮 …… 170
芜城 …… 170

吴鉴在钱幼光枉顾舟中以所集过江诗见示 …… 171
饮吴子远寓中 …… 172
沚园 …… 172
瓜洲 …… 173
渡江 …… 173
京口 …… 174
甘露寺 …… 174
寒食京口城下放舟 …… 175
寒食咏所见四首（选二） …… 176
吴帝祠 …… 176
即景四首（选二） …… 177
清明 …… 178
三月三日 …… 179
微雨游惠山二首 …… 179
舟行有感 …… 180
寒山寺答老僧 …… 181
金阊六首（选五） …… 181
嘉禾独饮偶作 …… 184
即事三首 …… 185
虎林四首 …… 186
西湖四首 …… 188
浙江 …… 189
舟行 …… 189
自富春至桐庐道中 …… 190
桐庐二首 …… 191
严子陵钓台 …… 192
七里濑 …… 192
泊严州 …… 193
泛舟即景 …… 194
晚行 …… 194
兰阴 …… 195

晚泊对酒 …… 196
江上作 …… 196
晓至龙游作歌 …… 197
怀孙介黄 …… 198
村行二首 …… 199
宿兴安二首 …… 200
弋阳 …… 200
晚行即事 …… 201
贵溪二首 …… 201
上清宫 …… 202
挹秀亭独饮金谿县令送酒 …… 202
雨中山行 …… 204
麻姑山歌 …… 204
晚 …… 205
有感 …… 206
早发进贤 …… 206
至南昌二首（选一） …… 207
江上感作 …… 208
南昌偶作 …… 208
五日戏作三首（选二） …… 209
雨中泛彭蠡 …… 209
望庐山 …… 210
江上闻国难四首 …… 211
泊舟河中感作二首 …… 213
悲歌四首（选二） …… 215
秣陵六首（选三） …… 216
病二首（选一） …… 217
愁云 …… 218
江上 …… 219
九日 …… 219
秋暮 …… 220

冬日感怀 …… 220
闲居四首（选二） …… 221
雪 …… 222
冬日拟古五首（选三） …… 223
人日招客小饮 …… 225
赠耿玄度二首 …… 225
将去金陵次刘宪石老师见送韵 …… 227
避地吴村十二首（选五） …… 227
吴村偶作十二首（选四） …… 229
木榻行赠宋玉叔 …… 230
曲水庵同玉叔题四首（选二） …… 232
西塘六首（选二） …… 233
蒋湾六首（选二） …… 234
蒋湾秋怀十首（选五） …… 234
闻玉叔病诗以问之四首（选二） …… 236
广陵三首（选二） …… 237

燕市草

初春登慈仁寺阁二首 …… 240
十五夜 …… 241
春日过秋岳斋头限韵近体各一章即席同赋六首（选二） …… 242
清明过介黄斋中同宋玉叔赋 …… 244
窗下梨花二首 …… 245
赋得枫叶微红近有霜 …… 246
秋怀 …… 247
冬日感兴兼寄葱佩二首 …… 247
雪夜集介黄斋中听弦索 …… 248
送秋岳还里五首（选二） …… 249
送宋玉叔还莱阳 …… 251
寄慰高葱佩时淄川乱定二首 …… 253
暇日二首 …… 254

冬日集梁眉居先生水堂 …… 255
快雪行酬介黄 …… 256
灯夕行 …… 256
夏同葱佩大木子下游城南池亭三首（选二） …… 258
周清熙席上听筝歌 …… 258
拔剑行赠王子 …… 260
春雨叹 …… 262
柬宋辏文卧病二首 …… 263
古剑歌为张幼量作 …… 264
重九日病起寻葱佩孔博皆出游不值 …… 265
王敬哉招饮谈旧醉歌 …… 266
送孙介黄使会稽祭南镇禹陵广州祭海二首 …… 267
寄宋辏文 …… 269
送宋荔裳司勋赴秦州佥宪五首（选三） …… 270

西征草

舟行 …… 273
舟雪 …… 273
德州送宪翁师使秦二首（选一） …… 273
自获鹿至太原道中作十首（选五） …… 274
太原作 …… 278
义堂镇 …… 278
平阳偶作六首（选二） …… 279
至邯郸 …… 280

楚役草

出都 …… 282
宿定州忆予庚辰春过此今十五年矣 …… 282
真定二首（选一） …… 283
邺下有感二首 …… 283
淇门道中 …… 284

宿荥泽二首 …… 285
新郑憩故相高少师废园二首（选一） …… 286
蔡州行 …… 286
安陆作二首家大人饬戎此郡者七年（选一） …… 288
武昌杂感十首（选四） …… 289
刍豆行 …… 292
江行十二首（选五） …… 293
金陵怀古四首（选二） …… 296
高坐寺访无可上人 …… 297
广陵二首 …… 298
人日集园亭二首 …… 300

白鹭草

闰月端阳真州观竞渡 …… 303
舟行即事 …… 303
维舟滕王阁感旧 …… 304
白鹭洲晚眺 …… 305
南康登楼 …… 305
渡彭蠡 …… 306
御史大夫龚芝麓谪丞上林于役东粤过吉见访惠示二律次韵奉答二首（选一） …… 307
峡江道中 …… 307
有感 …… 308
严氏柱国伯禄二坊 …… 309
无题三首（选二） …… 309
登楼望螺山有感 …… 310
闲日庭花盛开即物漫兴八首（选二） …… 311
茉莉 …… 312
季秋苦热三首（选一） …… 312
至永新县作 …… 313

白鹭续草

舟雪 …… 316
上巳 …… 316
庭花后咏十首（选二） …… 317
锦鸡 …… 317
画眉 …… 318
中秋无月饮查伊璜感旧二首 …… 318
庭际芙蓉一株始开花正白既而澹红久而深红矣即昔人所称三醉也二首 …… 319
早行 …… 320
泰和县作 …… 321
予至吉四腊矣，丙申观雪于铜鼓道中，戊戌观雪于新淦，吉州独无。
今岁腊十七日，大雪自辰达午，喜而有作 …… 321

江粤二岁草

早春江上作 …… 324
次韵答王迈人方伯 …… 324
暮春江行 …… 325
舟中听涂生弹琴 …… 325
江上偶作 …… 326
暑日登白鹭洲阁 …… 326
题泰和署中 …… 327
晚宿万安 …… 328
晚凉江行 …… 328
赠李太虚先生 …… 329
九日雨中游青原听南昌涂君弹琴 …… 330
维舟夜雨 …… 331
舟中骤暖 …… 331
雨雪 …… 332
初霁早行 …… 332
微雨 …… 333

度庾岭数里山势郁秀松萝蒙蔚怪石嵌空苔绣错出有作 …… 334
韶州作 …… 334
浈阳峡 …… 335
端州登舟 …… 335
舟中有感 …… 335
登阅江楼 …… 336
夏日放舟 …… 336
羚山寺 …… 337
食荔枝歌 …… 337
送鲍夏生宪副赴秦臬便道归省二首 …… 339
食荔枝戏作 …… 340
闰月七夕二首（选一） …… 340
寄王贻上 …… 341
龙眼 …… 342
初游七星岩四首（选二） …… 342
再游七星岩四首（选二） …… 343
舟行不寐 …… 344
述征诗十八首 …… 344

未刻遗诗

元夕月蚀戏拈 …… 357
华岳二首 …… 357
为王贻上题画二首 …… 358
为冯易斋题冶泉图有忆甲申旧游二首 …… 359
秋日王贻上节推招游红桥八首（选五） …… 360

后　记 …… 363

庚癸诗集上编

庚辰为明崇祯十三年（1640），癸未为崇祯十六年（1643）。赵进美庚辰年中进士后，授行人。《庚癸诗集》上下编诗均写于这四年间。这两编诗曾在明末刊刻行世，并有查继佐、方以智、吴道凝、李雯四人作序。现在这一刻本已失传。顺治十五年（1658），作者重新整理这两编诗，删除了原诗的十分之二，并重写了《序言》，《序言》中表达了作者的诗学见解。作者论诗推崇宋严羽、明“前后七子”的徐祯卿、王世贞，这代表了明末清初诗坛的一种风尚，特别是山左诗坛的一种风气。这种风尚与稍后的王士禛有相通之处。关于诗序所表达的诗学思想可参看本书《前言》。这一时期的诗歌创作，表明了作者与时代的深刻联系，有较多反映社会现实内容的诗作，也集中体现了这一时期作者的真实情感和时代感受。同时，这些诗歌有意境，重情韵，抒情性强，颇具艺术功力，在当时也很有影响。作者在《序言》中认为保存自己在明代所写的这些诗歌，就是保存了那个时代的记忆与情思。在“溯回飙则慕归云，遵澧浦则怀香草”两句中，他以隐微的用典，反映了对已逝的明代岁月的一种缅怀。

《庚癸诗集》上编共存诗 199 首，选注 134 首。

北征

庚辰上元，发邳中，逾月至春明。①雨雪载途，岁又值闰，行李涉春，但成凛冽。②顾山川而兴思，遵都邑而起叹。③遇事成谣，语无伦次，凡十六首。

【注释】

①庚辰为崇祯十三年（1640）。上元：正月十五元宵节。邳中：即郧中，今湖北安陆，为古郧国所在地，故称郧中。春明：唐代长安有春明门，后因以“春明”代指京城。作者父亲赵振业时任湖广按察司副使，分巡荆西道，驻安陆。上年作者前来省父，今年上元始赴京参加会试。　②载：满。岁又值闰：本年有闰月。查陈垣《二十史朔闰表》，本年闰正月。行李：行旅。杜甫《赠苏四徯》：“别离已五年，尚在行李中。”凛冽：寒冷。　③此二句是说，旅途中看到山川、城邑而兴起诗思，表达叹惜之情。“兴思”“起叹”互文。

迢递望申关，苍茫发楚岭。①乱石杂雪明，虚崖受风冷。②
溪转闻人语，蒙蒙草树影。③灯火远峰巅，鸡鸣发深省。④

【注释】

①迢递：遥远貌。申关：地名，在湖北安陆。苍茫：杜甫《北征》：“杜子将北征，苍茫问家室。”仇兆鳌注：“苍茫，急遽之意。”此诗用杜甫诗题，“苍茫”亦同杜甫诗意。楚岭：安陆属楚地，故山岭可称楚岭。　②此二句是说，乱石杂雪而显明亮，空寂的山崖因受风而寒冷。此二句即表现小序中所写“雨雪载途”“但成凛冽”之情景。　③蒙蒙：草树之影模糊不清状。　④此二句是说，远处山巅已见灯火，村落之中已有鸡鸣声，此时已是黎明景象。此处亦用《诗经·齐风·鸡鸣》典。《鸡鸣》写贤妃督促君王早起上朝事，朱熹《诗集传》云：“盖贤妃当夙兴之时，心常恐晚，故闻其似者而以为真。非心存警畏，而不留于逸欲，何以能此。”发深省，令人醒悟。杜甫《游龙门奉先寺》：“欲觉闻晨钟，令人发深省。”此处即表现《鸡鸣》所写勤于王事之情景而发人深省。

侵晓出远郊，严冰渡浉水。[1]日出乱鸦飞，茫茫枯草里。[2]
积雪市痕残，空墙烟气紫。[3]惟喜见人居，逃亡安可指。[4]

【注释】

①侵晓：拂晓。浉水：河名，自湖北随州流入河南信阳。　②茫茫：广大无边状。　③空墙句：空墙中弥漫着的烟气呈现紫色，是日光反射的缘故。④此二句是说，见有人居而高兴，因此时逃亡之人已难以计数。此地正逢战争，故云。

荒岭集众木，冥冥万光中。[1]有时回风起，远近遂不同。[2]
微寒仆马静，始知乱山空。断桥饥鸟啼，遥见前溪穷。[3]

【注释】

①冥冥：昏暗不明状。《诗经·小雅·无将大车》："无将大车，维尘冥冥。"朱熹《诗集传》："冥冥，昏晦也。"万光：岭上树木众多，阳光折射其间，呈现出光影繁复之状。　②回风：旋风。风吹树木，光影摇动，远近景色各不相同。　③仆马：仆从与乘马。穷：尽。此四句明写空山无人，暗写战时荒乱。

依稀远林杪，时睹漯水湾。[1]小舟载余雪，出没晨烟寒。[2]
居人争初日，野鸟聚冰餐。[3]时患多仓徨，谁知旅游难。[4]

【注释】

①杪：树梢。漯水：黄河支流，上游在河南。此指其在河南一段。　②此二句是说，小船在雨雪之中，于晨烟之际，载物出没往来，是居人勤于劳作。③此二句是说，居民在初日中劳作，野鸟在冰上觅食。　④仓徨：匆忙急迫状。时逢朝廷与李自成军作战，故云。旅游：远行。

雨过车辙乱，纷纭大梁客。[1]乱离有新感，零落少陈迹。[2]
寒木被古堤，乌飞女堞夕。[3]云气满黄河，布帆如一尺。[4]

【注释】

①大梁：今开封。 ②此二句是说，开封屡经战乱后，旧迹所存无多，触发作者乱离之新愁。 ③被：覆盖。《楚辞·招魂》："皋兰被径兮，斯路渐。"女堞：即女墙。刘禹锡《石头城》："淮水东边旧时月，夜深还过女墙来。"此两句写黄河古堤被寒气中的树木覆盖，乌鸦于傍晚在女墙上飞翔。一片萧瑟、衰飒之景。 ④布帆：指船。一尺：此处形容船小。此写作者乘小船渡过黄河。

河流暮溅溅，策卫向延津。①枯烟横野草，安知蕙叶春。②
斜景下西陆，陇树兼归人。③莫听逆旅歌，远客意气真。④

【注释】

①河：黄河。卫：古代指驴。策卫：驱赶驴子。延津：今河南延津。②蕙叶：春天新生的柔软的叶子。 ③西陆：通常指秋天，如骆宾王《在狱咏蝉》"西陆蝉声唱"。此组诗写于初春，与秋季不符。故此"西陆"指西边的陆地，此句指太阳西沉。陇树句：指夕阳映照着陇上的树与远归的人。归人乃自指。 ④逆旅：此处指旅途。此二句写旅途之人的歌声有真情，易于引人伤感，故劝自己不须听。

细雨载清寒，缥缈过林麓。①偶与谷风集，漫漫隔远目。②
疲马随野潦，俯仰同枯木。③黄昏烟火微，安问淇园竹。④

【注释】

①缥缈：隐约状，若有若无之形。林麓：山林。杜甫《客堂》："舍舟复深山，窅窕一林麓。" ②谷风：东风。《尔雅·释天》："东风谓之谷风。"也指山谷中的风。此句二义均通。集：聚合，遇上。漫漫句：指风雨交集，将目光阻隔。 ③潦：积水。此二句写疲惫的马在野地积水中，上下挣扎，如同枯木一般，艰于行走。 ④淇园：古代卫国园林名，产竹，在今河南淇县。《史记·河渠书》裴骃集解："卫之苑也，多竹筱。"此写黄昏天暗，已不能去淇园游览。

郡将振旅归，北风吹马蹄。[①]板桥布严霜，氤氲村烟低。[②]
杀伤委草莽，人去饥鸟啼。[③]丰年安耕凿，歌舞皆蒸黎。[④]

【注释】

①郡将：守城之军将。振旅：指整队班师。此二句写守将在严寒中带队离开郡城。　②板桥句：温庭筠《商山早行》："鸡声茅店月，人迹板桥霜。"氤氲：烟气弥漫状。此二句写天气严寒与烟雾迷蒙。　③草莽：草丛。此二句是说，战死之人的尸体被弃于草丛，人皆逃亡，饥鸟悲啼。　④耕凿：耕田凿井，语出《击壤歌》："日出而作，日入而息。凿井而饮，耕田而食。帝力于我何有哉?"指勤于劳动，过安定的生活。蒸黎：百姓。此二句写假如丰年勤于劳作，百姓即可安享其乐。写百姓盼望安定，反衬战乱之苦。

寒风吹霜气，晓望邺城尘。[①]漳河悬急流，宫殿余荆榛。[②]
对酒何慷慨，失意非贱贫。[③]名士与倾城，同归悲歌人。[④]

【注释】

①邺城：今河北临漳为古邺城旧地，为魏王曹操封地，是汉末的实际政治中心（汉末都许昌），曹操在此建铜雀台等。　②漳河：即漳水，发源于山西，流经河南、河北。邺城在漳河以北。宫殿：指曹魏时期邺城所建宫殿遗址。荆榛：灌木丛生。此指宫殿荒芜。　③对酒、慷慨：曹操《短歌行》："对酒当歌，人生几何。譬如朝露，去日苦多。慨当以慷，忧思难忘。何以解忧，唯有杜康。"失意：不得志。失意之人，身负才华，终非贫贱之辈，建安时期多此类人物。　④名士：汉末名士如"建安七子"等人。倾城：美女。如甄妃，传说曹植《洛神赋》即为甄妃而作。名士与倾城，同处乱离之世，同是悲歌之人。

参差溪畔柳，楼阁带寒色。[①]妖姬弄新晴，当垆明夜饰。[②]
天空星气垂，酒洌歌舞直。[③]远行异闻见，纵横徒太息。[④]

【注释】

①参差：柳枝长短不齐状。　②妖姬：美女。阮籍《咏怀》之六四："念

我平居时，郁然思妖姬。”垆：酒店中放酒瓮的土台，当垆即卖酒，《史记·司马相如列传》“而令文君当垆”。明夜：即夜明珠。宋之问《奉和晦日幸昆明池应制》：“不愁明月尽，自有夜珠来。” ③酒洌：酒清。欧阳修《醉翁亭记》：“泉香而酒洌。”歌舞直：歌舞连续不断。此诗中间四句有“商女不知亡国恨”之意。 ④纵横：此处是“多”义。指一路上见闻不一，多是令人徒然叹息之事。

小市散晨烟，短篱带枯柳。千钱买蒺藜，喧哗惜升斗。①
叹息父母身，终为沟壑有。②日午野哭微，朔风度林薮。③

【注释】

①蒺藜：本为野生植物。此指无用之微物。升斗：本为容量单位，借指少量的粮米。此写小市物价腾涨，千钱买不到有用之物，市民为升斗之粮而喧争。②沟壑：本指山沟。借指野死之处。此二句是说，叹息战乱之时，有父母不能奉养，不免野死沟壑。 ③朔风：北风。林薮：山林与水泽地。此二句承接上二句，写日午时分有人在荒野哭葬父母，北风吹过林薮，更增益悲凄之情。

丛台俯阴谷，县小暮寒逼。①年荒虽易迁，少游自多惑。②
叹息见遗民，念旧常恻恻。③敢忘明府仁，伫立问颜色。④
邯郸，大人旧治。⑤

【注释】

①丛台：在邯郸城中，战国时赵武灵王所建，为阅兵及观赏歌舞之地。据颜师古《汉书注》记载，因楼榭台阁众多而“连聚非一”，故名“丛台”。俯阴谷：指丛台下对山谷。 ②此二句是说，年岁荒乱，百姓虽易于迁徙，但联系少时游历所见，又增加了许多困惑。作者年少时曾随父居住邯郸，故云“少游”。③遗民：指作者父亲旧时治理下的百姓。恻恻：悲伤之情。百姓怀念作者父亲之时，念及今日战乱，故有悲凄之感。 ④敢：岂敢。明府：汉代对太守的尊称，唐以后多称县令，明清称知县。伫立：久立。指百姓未忘作者父亲的仁爱，伫立询问老知县的近况。 ⑤邯郸：赵国故都，今河北邯郸。作者父亲赵振业

明天启五年（1625）中进士后即任邯郸知县，任职五年，颇有政声。治：治所，指县衙。

山色慰行役，云起太行幽。①褰衣披霜露，驱车乱寒流。②
朝餐劝僮仆，近城风力柔。③久客自惨淡，慎莫羞弊裘。④

【注释】

①慰：心安，宽慰。太行：太行山。此二句云，幽深的太行山色宽慰了自己的行役之情。　②褰衣：提起衣服。《诗经·郑风·褰裳》："子惠思我，褰裳涉溱。"披霜露：冒霜露行进。驱车句：驱车涉过寒冷的河流。　③朝餐句：即僮仆劝其早餐。　④惨淡：指触目所及，心境伤感。弊裘：用苏秦典。《战国策·秦策一·苏秦始将连横》："（苏秦）说秦王，书十上而说不行，黑貂之裘弊，黄金百斤尽。"这两句讲时局如此，勿以一己之不遇为羞，写出自己此次赴京应会试的想法，不以中试为念。

滹沱荡残澌，风沙昼萧萧。①民少县门静，城卑塞马骄。②
破屋余父老，努力供军徭。③国家不忘仇，魂去谁能招。④

【注释】

①滹沱：河名。在河北西部，东流至天津入海。残澌：河水解冻后残留的冰块。风沙句：写白昼风沙强劲。萧萧，风吹声。　②塞马：边塞的马，即"胡马"。此二句写经战乱后，县中人口稀少，城墙低矮，时常受到胡马的威胁。此处塞马指清军。　③军徭：去军中服劳役。此二句写县中所剩不多的百姓，还在努力承担繁重的军中劳役。努力，写其无怨状。　④此二句写国家虽不忘大敌当前，但死去的人由谁去招魂?！作者哀叹为抵御外敌，伤亡之众。

日暮遵上谷，雉堞绕高吹。①健儿佩双弓，大堤试边骑。②
天下多事时，恃侠亦非易。③顾盼何足云，谁无斗酒气。④

【注释】

①遵：沿着。上谷：古郡名，故址在今河北怀来。雉堞：城墙。高吹：高亢

的吹角声。　②健儿：此指守城军士。试边骑：骑兵演练。　③侠：侠客，仗义而有武艺之人。此二句说国家多事之时，依靠侠客不易成事。　④顾盼：左右观看，此指侠客顾盼自雄之状。斗酒气：饮酒后表现出的气概。此二句指侠客酒后使气之不足为道。

春意犯冰雪，先至都门树。①芦沟连晓色，车马动野雾。②
山气引积晦，雁字逐微昫。③遥传古寺钟，开林得清路。④

【注释】

①此二句写春初之际，冒着冰雪，临近京城，望见城门之树。　②芦沟：指芦沟桥。在北京城西南约十五公里处。　③积晦：长夜。《世说新语·文学》："启晨光于积晦，澄百流以一源。"雁字：春归之雁阵。微昫：早晨的日光。④清路：干净、明朗的道路。此二句写接近京城时的轻快心情。远处传来古寺的钟声，树林敞开，一条大路通向京城。

【评析】

《北征》为杜甫著名诗题，作者借用此题，也有继承杜诗写实抒情之精神与手法之意。组诗共十六首，每首虽然五言八句，并时有对仗，但实际上是一组古诗。组诗写了作者自湖北安陆赴北京一路上的见闻与感受，行程历历，纪实性强。当时因有李自成、张献忠之农民起义军，再加清军不时入关骚扰，故农村凋敝，百姓逃亡，死伤遍地，穷困不堪，这些都引起了作者深深的忧虑与伤感。时值初春，冰霜凛冽，雨雪载途，行路崎岖，作者将景物描写与内在情感很好地结合在一起，构建了诗歌萧瑟、忧伤的意境，也充分地体现了其重意境、重抒情的诗学主张。这是一组现实感很强、在精神上很像杜诗的诗歌作品。

次新城同孙枚先作①

远陌浮新柳，孤城向晚吹。②团沙较马健，返照与人宜。③
水色通荒径，花枝对旅思。④一杯寒夜寂，几处梦魂疑。⑤

【注释】

①次：居停。新城：今河北高碑店，位于北京南郊。孙枚先：即孙廷铨，字

枚先，一字沚亭，今山东淄博博山区人，为作者同乡友人，亦为同年进士。入清后累升至兵、户、吏三部尚书、秘书院大学士，人称孙阁老。著有《沚亭删定文集》《汉史亿》《颜山杂记》等。 ②此二句是说，远路遥见新柳浮动，傍晚城中风吹正劲。 ③团沙：风卷尘沙如团。较马健：马在与风沙较量中显得矫健。返照：落日余辉。宜：适宜。此写落日适于观赏。 ④旅思：行旅之思。⑤此二句是说，两人于寂寂寒夜相对饮酒，分手后梦魂犹惊疑不安。

【评析】

此诗写于崇祯十三年（1640）初春，作者抵京前。孙廷铨亦于本年赴京参加会试，两人在新城相遇。诗歌写初春景象，意境清空，清丽之景寓有淡淡忧思。“梦魂疑”写出忧思难安之状，此或与时事有关，也可能与参加会试前的心境有关。

周其章孙枚先见过①

年来为客独何如？犹对微风满架书。②
感慨自成伏枕后，人情非复阅交初。③
春归小雨宜呼酒，日落余寒尚卜居。④
几树柔烟垂漠漠，徘徊相讯旅窗虚。⑤

【注释】

①周其章：即周肅，字其章，苏州太仓人，本姓胡，故明清《进士题名碑》记为胡周肅。崇祯十三年（1640）进士，与作者为同年。 ②为客：作者于崇祯十年会试下第后，曾有一段江南游历生活，又赴湖北安陆省父，故言“年来为客”。犹对句：言客中不废读书。 ③伏枕：此指生病卧床。杜甫《病后过王倚饮赠歌》：“王生怪我颜色恶，答云伏枕艰难遍。”阅交：交往。此句写人情不复从前。 ④卜居：选择居处。作者此时在京城须赁屋而住，故云。 ⑤几树句：漠漠春烟中柳枝低垂。徘徊：此指往来。相讯：即问讯，也即题目所云之“见过”。旅窗虚：旅舍之静。

【评析】

作者与周薷、孙廷铨均为崇祯十三年进士，此为本年春在京城作。诗写作者经年“作客”，不废读书，并写病后感慨，人情非昨，皆表达上次未第之落寞。诗歌后四句写雨中朋友相聚饮酒，足慰寂寞之情。“虚”既指虚静之意，也指卜居寂寞之情，写出两人“见过”之欣慰。

同徐乾若方密之饮姜如须寓次密之韵[①]

慷慨能同语，从容聊授餐。[②]读书常意气，作客近艰难。[③]
喜见都人士，高谈古鸟官。[④]寥寥向夕月，麈尾自相看。[⑤]

【注释】

①徐乾若：《江南通志》：“徐律时，字乾若，宣城人。崇祯庚辰进士，知胶州，清介自律。时土寇讧发，亲率州人防御，民得安堵。”方密之：即方以智，字密之，安徽桐城人。崇祯十三年进士。明亡后参加南明抗清斗争，失败后出家为僧，为著名明遗民，著述众多。姜如须：即姜垓，字如须，莱阳人。崇祯庚辰进士，官行人司行人。曾参与南明鲁王抗清，入清后甘为遗民，顺治十年病逝于苏州。有《流览堂诗集残稿》存世。次韵：此次在姜垓寓中的聚会，由方以智先写诗，诸人按原韵唱和。　②此二句写四人在一起谈论、宴饮之情景。慷慨，情绪激昂貌。引领下文“意气”“高谈”等句。　③此二句是说，平常读书意气风发，近来客居远行，常觉时事艰难。　④鸟官：古代少昊氏以鸟名官，见《左传·昭公十七年》，此句指四人一起议论官制情况。　⑤寥寥：空旷貌。麈尾：本为“拂秽清暑”（王导《麈尾铭》）之物，魏晋士人常持麈尾清谈，因此成为雅集、清谈的象征。此二句写直到素月升起，众人清谈之兴依然不倦。

【评析】

徐、方、姜、赵四位都是崇祯十三年进士，此诗写于本年赴会试之前。从此诗与上诗可以看出，这几位举人于会试前频繁过往的情形，他们关心时局，慷慨高谈，表现出对艰难时世的忧心。诗中对这种“艰难”未多着墨，点到为止，结语宕开，悠然不尽。

数过孙羲侣枚先叔侄[①]

几窗不与主人殊，清夏科头白日孤。[②]
先至自呼作黍侍，闲时应赌佩囊无。[③]
故园风雨分君想，旅舍晨昏借客沽。[④]
岂若元龙床下卧，望门怀刺正崎岖。[⑤]

【注释】

①孙羲侣：即孙景昌，字仰之，一字羲侣，山东淄博博山区人，为孙廷铨从叔父。与孙廷铨、赵进美同中崇祯十三年进士。初授清苑知县，入清被起用为南昌令。事迹见孙廷铨撰《叔父南昌公行略》。　②科头：不戴帽子。既因夏日，也指相处亲切、随意。此二句写到了孙氏叔侄寓所，就像到了自己家一样。③作黍：用黍米做饭。自己先至孙家，即唤人做饭。佩囊：佩带的香囊。赌佩囊：《晋书·谢玄传》："（谢）玄少好佩紫罗香囊，（谢）安患之，而不欲伤其意，因戏赌取。即焚之于地。"此代指游戏且用叔侄典，写闲时孙氏叔侄一起游戏。　④故园句：写三人都有故园之想。旅舍句：写于京城旅舍中分酒而饮。⑤岂若：岂能比。元龙：即陈登，字元龙。《三国志·魏书·陈登传》："元龙无客主之意，久不相与语，自上大床卧，使客卧下床。"此处以元龙代指孙氏叔侄。望门怀刺：指在京城拜访达官贵人。刺，相当于旧时名片。拜访别人时，先经门房递上名片，以作通报。崎岖：以山路不平喻指拜访权贵之不易。此二句是说，与其在京城拜访权贵经历坎坷，还不如与孙氏叔侄在这里自在相处。

【评析】

此诗写于崇祯十三年会试之后，或是等待放榜之时。写与同乡友人孙氏叔侄相处之平易随和，三人惺惺相惜，同怀故园之想。末句表达了不愿于此时去拜访权贵的清高品格。

对雨作二首

今岁河南北，赤旱数千里。[①]流亡蚁道路，足裂弗可止。[②]

仓促委沟壑，疾病羡老死。[3]野色散乌雀，晓烟望城市。
盗贼称困饥，所司不能理。[4]国家仰全漕，舟楫无尺水。[5]
旅食何彷徨，惧为僮仆累。[6]诏书感父老，赈发戒任使。
平台求直言，北郊虔明祀。[7]小臣敢鄙细，俯仰深愧耻。[8]
常恐天地心，默默不足恃。[9]清晨闻雨声，开门再拜视。
微凉落遥吹，云势正逶迤。[10]海内近多事，先自田家始。[11]
聊借草木恩，上报圣天子。[12]

【注释】

①河南北：河南、河北地区。赤旱：因酷热而成旱灾。　②蚁：道路之上，流亡之人如蚁，形容逃亡之人众多。足裂句：言足部裂开，也只能忍痛逃难。　③委沟壑：即死亡。此二句言逃亡之人仓促间死去，而逃亡途中患病之人的痛苦更甚，反而羡慕死去之人。“疾病羡老死”是沉痛语。　④此二句是说，逃亡之人有时转为抢掠，故称“盗贼”，但这是困饥所致，官府也无法治理。所司，地方官府。　⑤此二句是说，国家仰仗漕运，但河道无水，运粮船无法通行。　⑥旅食：时作者客居京城，故称旅食。此二句是说，因担心缺粮而不安，害怕因僮仆之食连累自己。　⑦前二句是说，崇祯皇帝因旱灾而下诏书令父老感动，开仓赈灾并诫谕官吏用心办事。后二句是说，崇祯皇帝既要求百官上书直言，其又在北郊虔诚祈雨。明祀，对神明的祭祀，这里指祈雨仪式。
⑧小臣：作者自指。敢：岂敢。鄙细：微贱。俯仰：形容沉思默想。此句指自己不能为国效力，深感惭愧与羞耻。　⑨此二句是说，恐怕天地无言，不足依靠。即恐是担心皇上求雨无济于事。　⑩云势句：雨云正在堆积。有盼望下雨之意。　⑪海内句：当时明王朝正忙于镇压李自成起义军，又时时有清军入关侵扰，内忧外患，故云多事。　⑫此二句是说，如同草木沾雨水之惠，自己也深沐皇恩，要尽力报答皇上。圣天子，指崇祯皇帝。

夜雨入长安，晓色满苍霭。[1]人家一气中，鸟雀孤烟外。[2]
田野半凋残，耒耜幸不废。[3]筋力苟可施，谁能厌污莱。[4]
远客闭门卧，萧条收众籁。梦寐杂鸥鹭，诵读喜澎湃。[5]

因思故乡时，林木正蓊蔚。雨足散西山，众峰互显晦。
度涧石泉鸣，乘岩瀑布大。⑥暇日愧淹留，端居谢冠带。⑦
世事逼荒年，浮生忧进退。⑧圣主独焦劳，陨涕屡告诫。⑨
中原杳茫茫，岂敢忘草昧。⑩榆关慎防秋，闾阎勤负戴。⑪
天意在经营，努力惜粗粝。⑫

【注释】

①此二句是说，夜里京城下起雨，早上青黑色的云气弥漫。 ②此二句是说，房屋都在雨气笼罩中，只有鸟雀飞翔在雨烟之外。 ③此二句是说，田野半已荒残，所幸农具尚未缺废，正可趁雨从事劳作。耒耜，农具。 ④污莱：荒废的田地。《诗经·小雅·十月之交》："彻我墙屋，田卒污莱。"毛传："下则污，高则莱。"此二句写农人不惜力气，趁雨耕作荒地。 ⑤远客：作者自指。众籁：多种自然声响。后二句是说，睡梦中似有鸥鹭之声，自己在澎湃雨声中喜悦地读书。 ⑥蓊蔚：树木茂密状。此六句回想故乡下雨的情形。树木茂密，雨脚遍布西山，山峰或明或暗，石泉流过山涧发出鸣响，遇到岩石形成大的瀑布。 ⑦淹留：久滞北京。端居：平常居住，即闲居。孟浩然《望洞庭湖赠张丞相》："欲济无舟楫，端居耻圣明。"谢冠带：辞去官职。 ⑧逼：接近，迫近。荒年：灾年、歉岁。浮生：人生。进退：出仕与退隐。 ⑨圣主：指崇祯皇帝。焦劳：焦虑、烦劳。此二句写崇祯皇帝为时世与灾荒焦虑不安，多次流泪告诫臣下。 ⑩中原：指二首诗其一开头之"河南北"地区。茫茫：纷乱不清。杜甫《成都府》："鸟雀夜各归，中原杳茫茫。"草昧：草野、民间。 ⑪榆关：即山海关。在今河北秦皇岛。闾阎：泛指民间。负戴：劳作。此二句是说，秋季正是民间劳作之时，同时要在山海关防备清军入侵袭扰。 ⑫此二句是说，天意在于人的经营、擘画，要努力爱惜食物，以度过灾年。粗粝，粗劣的食物。杜甫《有客》："竟日淹留佳客坐，百年粗粝腐儒餐。"

【评析】

此诗作于京城。崇祯年间的大旱自崇祯十年（1637）始，延续有七年之久。从"诏书感父老，赈发戒任使。平台求直言，北郊虔明祀"四句来看，此诗作于崇祯十三年（1640）。《明史·庄烈帝纪》："（十三年二月）戊寅，以久旱求直言。三月甲申，祷雨。……戊戌，振畿内饥。丁未，免河北三府逋赋。”“诏书”四句与《明史》记载颇相符合。另，从“小臣”一词来看，本年赵进美中进士，虽未授职，但仍可以“小臣”称之。二首诗其一重在写旱情。大旱灾年，民众流亡，甚至被迫成为盗贼，皇帝忧心不已，屡屡下诏赈灾。作者虽然职位微贱，无力回天，但也为之揪心，愿效绵薄之力，报答皇上。其二主要写面对下雨的心情。作者希望雨后可以迅速恢复残破的农业生产。诗中也遥想老家颜神镇的雨后情景，引出“谢冠带”“忧进退”之思。但皇帝为国的“焦劳”，打消了作者的这些念头。中原正值战乱，山海关也要加强防守，更重要的是不要忘了“草昧”“闾阎”的苦难。最后，作者归于努力“经营”，以度过灾年。全诗写得沉挚顿挫，满腔忧思，表达了作者担忧国事、民胞物与的情怀。

偶至水关暑甚小憩药庙柳下①

闲浦芰荷共午阴，石桥斜转水痕深。②
云流积气成新响，波引微吹到远林。③
斟酌公卿近世法，顾瞻宫阙小臣心。④
蝉声犹有溪山意，幸为独来尽日吟。⑤

【注释】

①水关：京城附近地名。小憩：短暂休息。药庙：药王庙。　②浦：池塘。芰荷：菱叶与荷叶，此指荷叶。此二句写正午时分，转过石桥，见池塘水深，荷叶与柳荫并存。　③此二句是说：云气积聚欲雨，流动成响如新；微风吹引水波，直到远处树林。　④斟酌：考虑、思索。公卿：朝中高官。顾瞻：回头远望。《诗经·桧风·匪风》：“顾瞻周道，中心怛兮。”小臣：作者自指。⑤溪山意：徜徉山水之意，与官场相对。此二句写满耳蝉声，充满山水情思；自己有幸独自闲游，正可尽日吟诗。

【评析】

诗以写景为主，表达山水情思，但颈联“斟酌”两句，提振、开拓诗境，表达作者眷念国事之忠忱。全诗句法曲折，对仗工整，音节响亮，为七律佳作。

兄弟子侄集饮

命坐欢杯酒，优游月影中。①族多依古法，岁歉见家风。②
稼穑随时得，诗书因事通。③相将多暇日，松菊旧园空。④

【注释】

①优游：闲适。此二句写一家人在月下相聚饮酒，闲适自得。 ②古法：古礼。此二句是说，家族中多遵从古礼仪，荒岁之年显出家风节俭。 ③随时：按季节。此二句是说，农事按季节安排，诵读诗书因事而得通解。 ④相将：相伴、相随。空：空闲、安静。此二句是说，于闲暇之日，相伴游赏家中旧园。

【评析】

此是崇祯十三年作者中进士后回家居住时的作品，描写了在家中园林与兄弟子侄的一次宴饮集会。诗歌表现出闲适与富足感，也反映了其守礼、节俭及耕读的家风。

数至溪上

短砌虚窗引夕凉，离离林木绕溪长。①
风中历乱孤蝉响，石上逍遥众草香。②
旧日衣冠长者教，今年禾黍下农忙。③
独过山麓思飞鸟，犹带轻烟在小堂。④

【注释】

①短砌：短墙。虚：静。短砌虚窗：即指诗末的“小堂”情景，堂在溪水之旁。离离：盛多貌。 ②历乱：杂乱。写蝉声聒耳。逍遥：缓步行走，悠然自得。 ③旧日句：指衣着近古，遵长者教导。今年句：写农民忙于种地。④思飞鸟：意指羡慕飞鸟之自由自在。小堂：溪边小屋。犹带句：写轻烟微霭萦绕小屋。

【评析】

诗中之溪水在作者家乡颜神镇近郊，溪旁有“小堂”，作者时常来往此地。诗写夏日景象，表达闲适、逍遥之情思。颈联以士大夫的悠闲与农民的农忙作对比，无意之中表达了其作为士人的闲适感。

笼泉①

惆怅石桥古树凉，天涯行李岂能忘。②
已知山意多秋雨，自听泉声到夕阳。③

【注释】

①笼泉：即博山文姜泉，亦称孝妇泉，为孝妇河源头。传说当年孝妇颜文姜曾以缉笼盖泉，故亦称笼泉，孝妇河亦称笼水。　②行李：行旅，代指旅人。天涯句：走到天涯也不能忘记笼泉。　③此二句是说，时值秋季，山雨欲来，伫立听泉，直到夕阳西下。

【评析】

诗写对文姜泉的一片深情，后两句较为传神。最后一句有悠然不尽之意，作者深谙此法。

过泰安①

总是矜秋意，徂徕风雨余。②逃亡成大盗，涕泗上灾书。③
野阜林香细，荒原日气虚。④谁能知李涉，车马正萧疏。⑤

【注释】

①泰安：今山东泰安。　②矜：怜惜。徂徕：山名，在泰安市东南约三十公里处。　③此二句是说，逃亡之人成了大盗，官员流泪上奏章报告灾情。逃亡句疑暗用唐黄巢典故。黄巢失败后，死于泰安虎狼谷（今山东济南莱芜区西南，旧属泰安）。涕泗句暗用汉贾谊《治安策》典故。汉文帝时，贾谊曾上《治

安策》陈政事，中有“臣窃惟事势，可为痛哭者一，可为流涕者二，可为长太息者六”之句。④阜：小土山。日气虚：日光模糊、浮动。⑤李涉：唐代诗人，曾任国子博士，人称“李博士”。据范摅《云溪友议》记载：长庆二年(822)，李涉前往九江，遇上劫匪。劫匪知道是李涉后，不但未抢劫他，还向其求诗。此处作者以李涉自比。萧疏：稀疏、稀少。自己车马随从很少，故有行路不安之担忧。

【评析】

此诗为崇祯十三年秋季作者自家乡赴湖北安陆省父路上所作。写路上担心盗之患，但成为盗皆是灾民无奈之举。这是作者一种可贵的认识，也是作者出诸现实的真实观察。作者希望能像李涉那样，凭借诗才免于抢劫。既写道路之虞，也表现对于自己诗才的自信。

过曹县①

斜日依山郭，微茫目力通。②倦游惊木落，忧盗祝年丰。③
河气生秋雨，林烟聚夜风。寒钟同宿鸟，欲满暮郊中。④

【注释】

①曹县：今属山东菏泽，古时属曹国。②此二句是说，夕阳依山傍郭，景色于迷漫、模糊之中仍可极目而见。③此二句是说，游程疲倦而生惊秋之感，忧虑逢盗而祈丰收之年。④此二句是说，晚钟在秋寒中响起，宿鸟归巢，秋意弥漫郊野。

【评析】

诗以写景为主，突出秋意满眼，微茫广大而不甚萧瑟。“忧盗祝年丰”一句，表达了作者的现实感受。

途中杂感

汴至邳千里，野余枯茭，林鲜病叶，狼籍殿吚，逐境惨目。①涉郊而伤仳离，入城而闻督责。戏谓长吏，鞭朴之下，有丰年矣。[2]蛾贼连迹，客若寻隙，征力设戒，辄与交臂以过。[3]顾山川之纡回，叹时序之寥慄，行李委迟，怆焉兴咏八首。[4]

【注释】

①汴：今河南开封。郧：亦作“郧”，今湖北安陆。枯荄：干枯的草根。狼籍：即狼藉，形容困厄、窘迫之状。殿屎：呻吟声。此数句描写从开封至安陆一路所见，田野只存干枯草根，就连枯叶已很稀少，到处困穷，一片呻吟，所过之境，满目惨象。　②仳离：亲人离散。督责：地方官员因督促赋税而责打百姓。鞭朴：即“鞭扑”，鞭抽棒打之意。此数句写所过之处，皆看到骨肉分离之悲伤场面；入城即听说官吏在督责百姓交税。作者对官吏开玩笑说：鞭抽棒打，就有丰年了，百姓就能交上赋税了。这实际是反语讥讽。　③蛾贼：指众多的农民起义军。蛾，形容人多。寻隙：寻找空隙经过。征力设戒：征集军力作为守卫。交臂以过：肩并肩地错过。此数句写到处都是农民军余部，只能寻找空隙经过，虽有军队设防，但不能与农民军对抗。　④迂回：曲折。寥慄：凄怆貌。宋玉《九辩》：“憭慄兮若在远行，登山临水兮送将归。”委迟：缓慢行走。怆焉：悲伤的样子。此数句写回望山川曲折，感叹时序凄清，行走缓慢，悲伤地兴起诗情，写下八首诗歌。

萧瑟夜霜中，林疏落叶红。[1]荒田秋草合，坏壁暮鸦通。[2]
仓促征求意，迢遥战伐功。[3]斜阳戒仆马，默默向寒风。[4]

【注释】

①萧瑟：清冷状。此二句是说，林木稀疏，树叶经霜呈现红色。　②合：覆盖。坏壁句：傍晚乌鸦穿过损坏的墙壁。　③仓促：急迫。征求：索要税赋。迢遥：远貌。此二句是说，为作战而急迫征税，而战功则遥不可期。　④戒：有停止义。此二句是说，斜阳之中，让仆从和马匹停驻，在寒风中默默无言。

郡符昨暮下，鼙鼓出危城。[1]晓日村烟断，寒云野树平。[2]
威仪新练帅，坐卧旧乡兵。[3]饥岁多虚伍，连营久未成。[4]

【注释】

①郡符：郡中的文书。鼙鼓句：城中传出战事，情况危急。　②此二句是说，早上感觉村中已无人，但见寒云笼罩野树。二句写出惨淡气氛。　③威仪：威武严肃之状。新练帅：新选任的将帅。坐卧：写士兵疲惫状。此二句是说，帅为新手，貌有威仪；兵是原有的乡兵，疲惫且缺少训练。　④此二句是说，饥年军队多不济事，长久组织不起来。连营，军营相互联络为一体。

残月照行色，秋痕晓未安。[1]西风生雁早，中野履霜难。[2]
葛蔓前溪断，苔封旧井寒。[3]流移当此日，凄绝不能看。[4]

【注释】

①此二句是说，战乱中乘月夜行，到早上未能停歇。秋痕，秋霜之迹。②履霜：踩踏霜地。《易经·坤卦》："初六，履霜，坚冰至。"　③此二句是说，前溪被葛藤隔断，旧井被青苔寒封。二句写出荒寒无人之景象。　④流移：流亡、迁移。指百姓战时逃亡。凄绝：极度悲伤。

犹自叹劳薪，含声谁敢陈。[1]催科畏吏议，弭盗怨时贫。[2]
疾病皆人子，驰驱恃大臣。[3]悲歌对夕照，飘飒远游巾。[4]

【注释】

①劳薪：典出《世说新语·术解》，指长年使用的木车轮。此指以车为军队运送粮草。含声：犹吞声。此二句写农民叹息运输之苦，但不敢向人陈述。②催科：催交赋税。吏议：官吏议事，此处即指官吏。弭盗：平定盗贼。盗，指李自成农民起义军。　③驰驱：奔走效力。此二句是说：征夫患病，要怜惜其皆为人之子；为战事奔走效力，得依靠大臣善于调度。　④飘飒：随风飘动。此二句写闻听征夫劳苦之状，悲歌而慨。

孤村怜病叟，避客倚空墙。[1]岁暮贫非病，时危老易伤。[2]
人烟随落日，林影照寒霜。又逐归鸦宿，城昏灯火凉。[3]

【注释】

①避客：写病叟惊惧貌。 ②此二句是说：岁暮之贫，有“何以卒岁”之感；时危之老，有“生不逢时”之悲。 ③此二句写傍晚入城投宿，灯火昏黄，心境悲凉。

污田通断岭，篝火喜深秋。①月暗磷争起，风寒雾未收。②
草根朝露滑，枫叶野塘幽。③此地曾经战，前程尚裹鍪。④

【注释】

①污田：荒地。断岭：无路可通之山岭。篝火：此处指战地残余的野火。②磷：鬼火。此二句写战后战场之夜景。 ③此二句写所经战场早晨之景象。④裹鍪：即兜鍪，本指士兵所戴之头盔，此处代指战事。此二句写此地曾经历战争，而前路还有战事。

入楚众峰连，霏微立远天。①溪烟一径转，灌木数家悬。②
日落兵传檄，天寒吏索钱。③鹿皮难避世，空住万山巅。④

【注释】

①入楚：此组诗前六首所写均是河南一地之情形。此首写进入湖北。霏微：迷蒙状。写楚地山峰在烟霭迷蒙中相连高耸。 ②悬：指居家住在半山腰。③传檄：军中传递檄文，指仍有战事。吏索钱：官吏仍在催征。 ④鹿皮：即鹿皮公，传说中的仙人，见刘向《列仙传》：“鹿皮公者，淄川人也。……食芝草，饮神泉。”杜甫《遣兴》之三：“但讶鹿皮翁，忘机对芝草。”此二句意为在这种战乱年代，即使是鹿皮公这样的神仙，住在万山顶上也难以避世。

涧折因乘石，岩回直到门。①阴晴千嶂夕，草树四邻昏。②
败屋星光入，危墙火气存。③虎鸣应不寐，幸有旧毡温。④

【注释】

①此二句是说，流水乘石曲折过涧，转过山岩一直到门口。 ②此二句是

说：千山之间，傍晚阴晴不定；草树之中，四邻昏暗无光。二句写投宿村庄已空。 ③此二句是说，投宿的破屋内能望见星光，倾欹的墙壁仍残存火气。二句暗写原主人逃离不久。 ④此二句是说，夜晚闻听虎啸不敢入睡，幸有旧毡可抵御秋寒。

【评析】

这组诗写于崇祯十三年秋作者自家乡赴湖北安陆省亲路上，是作者很有分量的一组五言律诗。组诗于近体短章中寓有丰富的现实内容，不但反映了战乱之惨痛，更对百姓苦难表示深切同情、对时政表示深切担忧，表现了诗人的时代眼光与悲悯情怀。同时，组诗艺术纯熟、情景交融、叙事简练，诗格清幽之中，潜气内转，沉郁顿挫。读这组诗歌，很容易想到杜甫的“三吏”“三别”。但杜诗是古体，侧重叙事；此是近体，以抒情为主。

禁旅[①]

江山应失险，闻寇过巴东。[②]射雁暮云白，呼卢夜火红。[③]
飞章荐朝士，归路数军功。[④]应有群臣贺，铙歌向朔风。[⑤]

【注释】

①禁旅：即禁军。旧称京城御林军为禁军。 ②巴东：今四川东部、湖北西部地区。此二句谓贼寇已离开，江山暂无危险。 ③此二句写禁军的休闲活动，语含讥讽。呼卢，赌博。 ④飞章：迅疾呈上奏章。此二句写禁军太监向朝廷报功，推荐立功人员。这是讥讽之语。 ⑤铙歌：军中乐歌，此指凯歌。朔风：北风、寒风。此二句写朝廷中群臣闻听消息，向皇上祝贺。朔风映衬铙歌，语带讥刺。

落日浮清汉，悲笳动楚山。[①]蛾飞犹在野，隼戾莫言还。[②]
新税劳群吏，征师至百蛮。[③]传闻都护怒，郡县事方艰。[④]

【注释】

①清汉：天空。悲笳：笳为军中号角，其声悲壮。写禁军仍驻扎楚地。

②蛾：喻指零散的农民起义军。隼戾：鹰类猛禽，喻指李自成的主力。此二句写李自成的主力虽未回来，但零散的兵众犹在。　③此二句是说，地方官在催征新税，还要到“百蛮”征兵。百蛮，南方少数民族聚居之地。　④都护：汉唐设置在西域地区的最高军事将领。此处借指当时的最高军事长官。此二句是说，“都护”为催税、征兵事发怒，郡县地方事务都很艰难。

栖迟调战马，歌舞息危城。①野哭旌旗色，贼闻将佐名。②
居民怨岁俭，天子望功成。③雨暗悲风急，凄凄涢水声。④

【注释】

①此二句是说，禁军在空闲中训练战马，危城中已不闻歌舞之声。栖迟，游玩休憩。息，止。　②此二句是说：野外旌旗翻动，望之欲哭；一战之后，将佐姓名已为贼所知。将佐，高级将领。　③此二句是说：居民埋怨歉年，无粮可供；天子心情急切，期望平寇早日功成。　④凄凄：既形容河水之冰冷，也表达心情之悲凉。涢水：汉水支流，流经安陆。

宝剑紫骅骝，双弓映锦鍪。①列营中卫尉，持节大长秋。②
若过山前骑，何愁关内侯。③解鞍且笑乐，少妇在楼头。④

【注释】

①骅骝：骏马。锦鍪：锦衣与头盔。此二句写禁军的军容佩饰。　②中卫尉：禁军军官。大长秋：汉代官名，为皇后近侍，由宦官充任。此指禁军太监。③山前骑：指敌寇。关内侯：爵位名。此二句意谓：若能与山前敌寇直接对垒立功，不愁封侯之事。　④此二句是说，禁军不能作战，只知贪图享乐。

【评析】

这是一组讽刺诗，矛头直指当时的监军太监。这些所谓的“禁军”，虚报军功，军纪松弛，催征赋税，贪图享乐，完全辜负皇上的信任。诗歌语气冷峻，反语讥讽，对禁旅所为进行了深刻的揭露。

夜听涂君弹琴二首[①]

摇落对幽居，萧然独感予。[②]思连秋竹冷，响尽夜窗虚。[③]
月静微风里，庭寒积雪初。[④]数弦迢递去，叹息远情疏。[⑤]

【注释】

①涂君：涂姓友人，南昌人，明亡后作者多次听其弹琴，其余情况不详。②摇落：凋残、零落。《楚辞·九辩》："悲哉，秋之为气也！萧瑟兮草木摇落而变衰。"杜甫《咏怀古迹》其二："摇落深知宋玉悲。"萧然：冷清、清幽，此指琴声。　③此二句是说，琴思与秋竹寒意相连，琴声停止时感到夜窗之静。④此二句是说，月夜微风中听琴，感受到庭中积雪之寒。　⑤此二句是说，几处弦音传达出遥远的情思，叹息这种远意久已不闻。

遥心生静夜，幽意写清弦。[①]似有回风起，高斋更寂然。[②]
树寒雪尽落，鸟定月初悬。[③]拟逐成连逝，吾庐沧海边。[④]

【注释】

①此二句，作者继续写琴声中的"遥心""幽意"。幽意，清幽、静远之意。写，传达，即清弦传达出幽意。　②回风：旋转的风。高斋：高雅的书斋。寂然：幽静。　③鸟定：鸟已入巢栖息，寂静月下任由琴声回荡。　④成连：春秋时著名琴师，传说伯牙曾从其学琴，三年未精通。成连带其到东海中蓬莱山，使闻海水激荡、林鸟悲鸣之声，伯牙曰"先生将移我情"，技艺遂大进。逝：远去。此二句写作者听琴后萌发隐居之念，隐居于"沧海边"。

【评析】

二诗写听琴感受，借明月、积雪以衬托琴声之幽情远意，最后表达归隐之情，也是衬托涂君琴声的移情作用。

微雪复霁[①]

北风吹暗牖，惆怅掩荒园。[②]寒日依云落，空林见雪痕。[③]

中原蠲赋诏，新岁藉田恩。[4]春事何时起，农家器尚存。[5]

【注释】

①霁：雪止晴天。　②暗牖：暗窗。惆怅：失落状。　③此二句写“复霁”状。雪痕，雪下得很少。　④蠲赋诏：皇上下的免除赋税的诏书。藉田：即“籍田”。古代每逢春耕前，天子、诸侯象征性地耕种，表示重视农耕，祈求丰年，称为“籍田”礼。　⑤此二句是说，农具尚存，盼望早日春耕。

【评析】

作者遗憾雪下得太小，于年景不利，联想到皇上蠲赋、重农，盼望春耕早日开始。

使归作书有怀家峙伯[1]

入目风尘未解戈，幽情空托旧山萝。[2]
晨昏先悉双亲健，雨雪遥思故苑多。[3]
上相旌旄游白帝，饥民鼙鼓绕黄河。[4]
秋归共有茱萸想，岁暮椒樽更若何。[5]

【注释】

①使归：派人回家送信。家峙伯：即赵继美，字峙伯，作者长兄。事迹见作者《先兄峙伯墓志铭》一文。　②前句言时局混乱，战争未息。后句言长兄在家，隐居未仕。幽情，隐居之情。山萝，山中藤萝。　③前句写长兄在家侍奉双亲。晨昏，“晨昏定省”之省称，指早晚问讯服侍。此时其父在安陆任职，母亦随任居官署，故此句是写平时长兄侍亲情形。后句写自己在雨雪中思念故乡。④上相：本指丞相，也泛指大臣，此处指领兵作战的大臣，疑指扬嗣昌。旌旄：军中旗帜，借指军队。白帝：白帝城，位于重庆奉节瞿塘峡口的长江北岸，此代指长江中上游一带。前句指部队在长江一带无所作为。后句写黄河边的饥民在战争中流离失所。　⑤茱萸：重阳节有登高、臂佩茱萸香囊之习俗。椒樽：酒被称为椒浆，见屈原《九歌·东皇太一》：“奠桂酒兮椒浆。”椒樽即酒杯。此二句

谓：本来想秋天回去共度重阳节，现在只想在年末回家一起饮酒度岁了。若何，问讯之辞，意为如何。

【评析】

诗歌写在外思念长兄，并相约在岁末回家团圆。颈联穿插描写当时形势，写出作者的现实关注，为单纯的怀亲诗增加了厚重的现实内涵。

寄怀孙枚先

兵火相寻事渐非，神州北望驿书稀。①
友人歉岁独家食，天子深宫尚布衣。②
入暮暗烟孤角动，绕城寒雨数鸿飞。③
遥知万里同吾感，犹得行吟至夕晖。④

【注释】

①驿书：驿使带来的书信。此二句是写：兵火之际，形势越来越坏；遥望北方，消息也很稀少。驿书既指京城消息，也指友人孙廷铨的个人书信。 ②此二句是说：荒歉之年，孙廷铨在家独居；而深宫中的皇上也身着布衣，极为节俭。此有敦促孙廷铨出仕，为国效力之意。 ③孤角：军中号角，喻战事。 ④此二句是说，遥知两人感受相同，孙廷铨此时也正在日暮吟诗。

【评析】

此诗怀念家居的友人孙廷铨，充满关切与知己之感，也表达了对于当时形势的感受，希望孙廷铨结束家居，积极出仕为国效力。

腊日①

薄阴斜日影皆摇，楚塞寒深雁字飘。②
蜡鼓空传贫市静，梅花应放小溪遥。③
客中节物随风俗，岁晚冰霜见寂寥。④

微霰欲晴冬事尽，西南红祲未全消。⑤

【注释】

①腊日：腊月初八。　②楚塞：楚地关塞。湖北安陆属楚地，故云。雁字：雁阵。　③蜡鼓：即“腊鼓”，腊日社祭之鼓声。梅花：此应是蜡梅。④此二句言客中风物与故乡不同，岁暮冰霜时节，愈感寂静空旷。　⑤微霰：小雪粒。红祲：不祥之气。指西南寇盗未平，战气未消。

【评析】

此诗为崇祯十三年（1640）腊日，作者客居湖北安陆，写冬末景象。末句写到西南战事未消，表达自己的担忧。

十二月二十日大雷电至夜不止

冬杪积穷阴，雷声如相追。①严冰合浮云，电火中逶迤。②
入暮雨霰急，北风多怒吹。③太息正襟坐，绕屋栖鸟悲。④
昨年当盛夏，大雪摧坚枝。⑤如何修省诏，屡闻圣明时。⑥
雨旱不相妨，南北伤孑遗。⑦盗贼独闲暇，笑乐羁王师。⑧
天心托忧患，长恐人事迟。⑨不寐问夜漏，微贱思易危。⑩

【注释】

①冬杪：冬末。穷阴：指年末之阴霾。雷声句：写冬末雷声，亦不祥之兆。②此二句是说，厚冰与浮云相应合，闪电之光呈曲折状。　③雨霰：雨中夹杂小雪粒。　④此二句是说，冬日雷电较为罕见，故引起叹息、惊异。　⑤此二句是说，去年盛夏大雪，亦为天象之异。　⑥修省诏：由于出现灾异，皇帝下诏书责己修身，加以反省。崇祯帝时曾多次下达这类诏书，故云“屡闻圣明时”。　⑦相妨：互相妨碍、抵销。此句谓雨灾、旱灾交替而至。孑遗：遗留、残存。此句谓南北方人民死伤殆尽。　⑧此二句是说，当时熊文灿主张招抚农民起义军，故农民起义军于谈笑之间拖住了明朝军队。羁，束缚。　⑨此二句是说，将忧患之意付之于天意，常恐延误了人事。迟，缓慢、延误。　⑩夜

漏：计时工具。此句写长夜难眠，忧心忡忡状。后句写微贱之人容易把事情想得更坏。作者此时还是进士身份，尚未入仕，故云“微贱”。

【评析】

冬日雷电，属天象异常，引起作者诸多联想。想到时局危殆，想到皇上屡下“修省诏”，也想到对于农民起义军的招抚之误，故夜不能寐，忧心忡忡。作者之父赵振业时任湖广按察司副使，分巡荆西道，曾极力反对熊文灿对农民起义军的招抚政策，主张力战剿灭。事见作者所撰《先考朝议大夫江南庐州兵备道布政使司参议晋封中大夫陕西布政使司参政府暨先妣晋封淑人李太君合葬行实》一文。作者当时也是反对招抚政策，主张与其父相同。

除岁前二日大雪感赋①

闭户层阴落，霏霏岁欲阑。②畿南新盗起，河上片书难。③
地远传闻异，雪深关塞寒。④应无黄竹猎，且放老农看。⑤

【注释】

①除岁：除夕。除夕前二日即腊月二十八。　②霏霏：雪落貌。岁欲阑：接近年末。　③畿南：京畿以南。新盗起：农民起义军重又兴起。河上：河指黄河。此句指难以收到黄河一带的消息。　④传闻异：传说不一。　⑤黄竹猎：《穆天子传》卷五：“日中大寒，北风雨雪，有冻人，天子作诗三章以哀民，曰‘我徂黄竹’。”猎，《穆天子传》卷一：“癸未，雨雪，天子猎于钘山之西阿。”此二句意为，大雪天应无民众冻馁等让天子哀悯之事，可从老农情形加以观察。

风定暮烟合，天低夜火悬。①愚民应悔盗，明主正祈年。②
色约帘衣静，寒垂树杪圆。③客心兼众感，遥寄塞鸿边。④

【注释】

①此二句是说，风止暮烟围拢，云低灯火悬张。此写雪止时傍晚景象。
②此二句是说：百姓受困为贼，应当悔悟；天子圣明爱民，正在祈求丰年。下雪

为丰年之兆，年岁好，百姓不再饥饿，遂后悔作乱。明主，此指崇祯皇帝。③前句写暮色隐约，帘幕静垂，是风定雪止情景。后句写寒夜成冰，树梢积雪成为圆形。树杪，树梢。　④客心：客居之心情。众感：是指“新盗起”“明主正祈年”等时事所引起的众多感受。遥寄句：言将“客心”“众感”托鸿雁寄往远方。

【评析】

此诗先写因大雪引起的感受，作者担心天寒年末，有民众冻馁流离之事，引起天子担忧。这些感受又多因“新盗起”之时事而发，作者客居异地，传闻不一，更生出几多忧虑。如此“客心”与“众感”，遂借雪夜景象，托鸿雁寄往远方。

守岁

万里度间关，遥怀此夜阑。①时危荷主德，禄远慰亲欢。②
看雪留冬气，烧灯入晓寒。③汉东分霁色，云尽众星安。④

【注释】

①间关：旅途艰辛。此句言自己从家乡来到安陆。“万里”为夸大之辞。遥怀：怀远之情。夜阑：夜将尽，夜深。　②荷主德：蒙皇上的恩德。此时作者已是进士身份，故云。禄远：在远方做官。此时作者父亲赵振业任湖广按察司副使，驻湖北安陆。作者前来，与父亲及家人度岁，故云“慰亲欢”。　③此二句写雪夜守岁，时已拂晓。　④汉东：安陆正处汉水之东，故云。霁色：天晴之色。此二句谓天气晴朗，拂晓可见众星列天。

残雪泛灯光，辛盘散众芳。①慈帏亲赐食，幼弟解行觞。②
春绕梅花至，晴随雁影长。③尚存丰岁意，爆竹夜苍苍。④

【注释】

①辛盘：将葱、韭等五种味道辛辣的菜蔬置盘中供食，取迎新之意，为过年

习俗。 ②慈帏：母亲。幼弟：指赵凯美，字峋叔，小作者十六岁。时母、弟都随父在安陆。解行觞：弟幼小，已知依次敬酒。 ③此二句写梅花已开，雁已北归。 ④此二句是说，尚有丰年之兆，天未亮爆竹即已响起。苍苍，夜色尚黑状。

【评析】

这是作者在安陆与父母一起过除夕的情景。作者既感亲情之温馨，又感春信之将至，从过年的氛围中也感到有丰年之兆，末句更多的是祈祝。"时危荷主德"一句写出感怀，作者的这种时代责任感时常表达于诗中。

暇日

图书休子舍，斜日望亭皋。[①]兵去犹丰岁，春来慰浊醪。[②]
乱离轻禄食，童稚厌旌旄。[③]芳草缘溪发，东风吹岸高。[④]

【注释】

①子舍：小房，偏室。亭皋：水边的平地。前句写室内读书。后句写室外漫步。二句皆表现出作者的闲暇。 ②此二句是说，兵后收成尚好，春来饮酒，心情甚快。浊醪：浊酒。 ③禄食：官家俸禄。旌旄：代指军队。此二句是说，乱世不愿为官，连小孩子也讨厌军队。 ④东风：春风。此二句是说，岸边芳草已长高，春风吹拂，绿意满眼，清气散发。

【评析】

此诗写春日闲暇，作者欣赏春景，祈盼丰年，欲远离战争。

闻寇归襄城遽陷[①]

漠漠繁阴野色残，回风夜起大堤寒。[②]
吹笛久听襄阳乐，饮马休歌蜀道难。[③]
初制犬牙随汉立，恐矜隆准得人看。[④]
城头弦管催春酒，应慰余俘各尽欢。[⑤]

【注释】

①襄城：今湖北襄阳。崇祯十四年（1641）二月，张献忠部队突然攻陷襄阳。　②漠漠：密布、布满。此二句是说：浓阴密布，田野一片凋残气象；夜里风起，襄阳江堤充满寒意。大堤，《襄阳乐》："朝发襄阳城，莫至大堤宿。大堤诸女儿，花艳惊郎目。"　③襄阳乐：据郭茂倩《乐府诗集》题解，为南朝宋刘诞所制。蜀道难：亦为乐府旧题，唐代李白诗歌最为著名。此二句意谓：军队已经习惯了《襄阳乐》，不再愿听《蜀道难》。指明朝军队放松警惕，不愿追逐入川之农民起义军。吹笛、饮马均指战备松弛，部队逸乐状。　④初制句：指襄阳城地形犬牙交错，历来为兵家必争之地，自汉代以来即如此。隆准：鼻子高。《史记·高祖本纪》："高祖为人，隆准而龙颜。"后以"隆准"代指皇帝。此句言襄阳失守，天下震惊，故皇上要派得力将领驻守。　⑤此二句是说，张献忠部队占领襄阳后，于城头置酒作乐，安慰战败的俘虏。

【评析】

崇祯十四年（1641）二月襄阳"遽陷"，作者闻知消息可能在几天以后。全诗写明军防备松懈，毫无战斗意愿，无视襄阳战略要地的防守，特别是表现了对张献忠实行招抚政策所造成的失误。作者能在七律短章中表达如许重大内容，是很难能可贵的。

春日有感

闭户支离惜远春，一年更听战鼙新。①
东厢应有陈灾异，前席谁能说鬼神。②
清夜自悬岘山月，悲风先入洛京尘。③
高楼柳色通遥思，烟雨凄凄欲浃旬。④

【注释】

①支离：分离、流浪。杜甫《咏怀古迹》其一："支离西北风尘际，漂泊东南天地间。"战鼙：军中之鼓，代指战争。　②东厢：庙堂东侧的厢房。《史

记·吴王濞列传》："（袁）盎曰：'臣所言，人臣不得知也。'乃屏（晁）错，错趋避东厢。"前席：用贾谊典，可参见《史记·屈原贾生列传》。李商隐《贾生》诗"可怜夜半虚前席，不问苍生问鬼神"，即用此典。此二句言崇祯帝面前应有大臣建言。 ③岘山：襄阳的岘山。洛京：洛阳古为东京。前句仍与前诗襄阳"遽陷"有关。后句谓农民起义军先入洛阳。 ④遥思：指北望京城，有忧国之思。凄凄：既指春天的寒意，也指心境的悲凉。浃旬：一旬，十天。

【评析】

此诗颈联，写李自成攻占洛阳后，张献忠再占襄阳之事。李自成占洛阳、杀福王发生在崇祯十四年正月，张献忠占襄阳发生在同年二月。此诗与前首诗所发生的事件相接，集中表达了作者对时局的担忧。

花朝出郭外[①]

近日遨游少，徒存令节名。[②]贫郊初草静，废院暮花明。[③]
接岸通余骑，依林见早莺。[④]岘山鼓角乱，惟恐失春耕。[⑤]

【注释】

①花朝：民间节日，亦名花神节。明朝田汝成《西湖游览志馀·熙朝乐事》记载："二月十五日为花朝节。"亦有以二月十二日为花朝节者。郭：指安陆外城。 ②遨游：远游、漫游。令节：佳节。 ③此二句写出郭所见，"贫""废"写荒败状，"草""花"写春景。 ④接岸句：对岸犹有骑兵。 ⑤岘山句：仍指襄阳战事。作者担心战事影响春耕。

【评析】

此诗写花朝节出游郭外所见所感，虽是佳节，但所见多是荒废情景。襄阳战事刚过，作者担心耽误春耕生产。

将发郧中言怀四首[①]

大人秉钺来，寇骑薄城下。[②]民贫将士喧，其势如漂瓦。[③]

女墙分异域，春去岂有夏。④如今三四年，郊外无嘶马。⑤
昨岁迎东耕，父老泪盈把。⑥焉知禾稼力，且复乐原野。⑦
戟门风气肃，衙斋自潇洒。⑧膝前再拜跪，罗列进酒斝。⑨
篝灯检文书，训戒兼风雅。⑩高松时鸟啼，幽亭晓露泻。
图史澹棐几，苔竹护短厦。⑪晨夕多优游，所憾志虑寡。⑫

【注释】

①郧中：湖北安陆。　②大人：指作者父亲赵振业。秉钺：执掌兵权。据作者《先考朝议大夫江南庐州兵备道布政使司参议晋封中大夫陕西布政使司参政府君暨先妣晋封淑人李太君合葬行实》（以下简称“《合葬行实》”）记载：赵振业于崇祯九年（1636）丙子升任湖广按察司副使，分巡荆西道，驻安陆。时“楚豫之交，流寇数十股，盘踞往来”，即后句所云。　③漂瓦：喻危殆状。④女墙句：城被围，百姓不能出城，即城墙隔开了两个区域。春去句：谓到了夏天岂能支撑。作者《合葬行实》一文记：“荆西南接郧襄，北连申蔡，寇不时至，城门昼闭，士乘埤不休。府君至，叹曰：‘士未见敌而先疲，且郁塞薰蒸，疾疫将兴，是自困也。’乃开门休士，而严斥堠，明侦探，纵老弱樵采，民始有乐生之心。”可有助理解此二句。　⑤此二句是说，赵振业崇祯九年莅任，到此时已三四年。郊外句：谓无战事。　⑥东耕：春耕。父老：指百姓感激赵振业守卫数年而能从事春耕。　⑦此二句是说，百姓乐见田野上庄稼生长，而不知劳作之辛苦。　⑧戟门：军营中的大门。衙斋：衙门。此二句写其父治军严肃，理政宽松。　⑨酒斝：酒杯。此二句是说，作者拜跪父亲，并与家人一起为其敬酒。　⑩篝灯：灯火外罩有竹笼。前句指其父在灯下阅读公文。后句谓训诫其多读诗书。　⑪棐几：桌几。指桌上摊有图书。短厦：指其父所居房屋。⑫此二句是说，自己在父亲这里早晚优游，遗憾的是自己志向不远大。志虑，志向。

郧子一丸地，被兵十载余。①其中最骁腾，受抚忽若愚。②
微言不敢争，我势犹能驱。③匹马历艰危，夜雪凝眉须。④
孤城戈戟内，远近半丘墟。⑤士骄将律衰，指顾如笞奴。⑥

己卯革贼来，慷慨励车徒。邀击多杀伤，老弱为我俘。
贼遁兵亦去，驱驰日月殊。以此数胜卒，一旦歌朱儒。⑦
郧人独小康，出入荷镰锄。⑧远臣易得罪，执事诚难诬。⑨
但忧贼未平，常令气不舒。食禄二十年，臣罪何时无。⑩

【注释】

①一丸地：弹丸之地。 ②骁腾：骏马奔驰腾飞状。受抚：对农民起义军实行招抚政策。愚：指招抚政策之误。此二句指熊文灿对张献忠实行招抚，不允许官军镇压，其策实“愚”。作者父亲赵振业当时极力反对招抚。作者《合葬行实》一文记载：“伪八大王张献忠，于诸寇中为最狡。以力并他寇，而严刻少恩，他寇稍叛去之。久战亦疲，恐官军乘而灭之，乞抚于经略熊司马。熊信之不疑，府君力言其不可，且条具贼可灭状上之，熊不听。贼日纵掳掠，官兵以抚故，相顾不敢击。”可助理解此诗。 ③此二句是说，面对时局，其父不敢相争，虽然尚可使用兵力。 ④此二句是说，其父独自支撑危局，雪夜巡视，雪花凝于眉须。 ⑤戈戟：泛指兵器，借指战争。此二句是说，于战争中保住孤城，而远近则多已成为废墟。 ⑥士骄句：士兵骄横，缺乏纪律。指顾：指点、顾盼。笞奴：鞭笞奴仆。 ⑦己卯：崇祯十二年（1639）。革贼：指张献忠部将贺一龙，外号“革里眼”。邀击：拦击、截击。朱儒：即侏儒。《左传·襄公四年》：“我君小子，朱儒是使。朱儒朱儒，使我败于邾。”此处指革里眼兵败。此八句写其父夜袭革里眼事。《合葬行实》一文记：“贼名革里眼者，时方暑，休其众数千于深山之中。人密赴府君白之，府君念众寡虽不敌，而可出奇胜也。乃率兵二千夜往袭之，而多募山民为内应。贼不虞兵之猝至，一战而溃，斩获无遗。楚人以为兵兴以来所未有。” ⑧此二句是说，安陆人独得安宁，方能从事农耕。小康，此处指安宁。 ⑨执事：官员。此二句乃为其父抱屈。外地大臣容易获罪，但官员所做之事实难诬陷。 ⑩此四句是说，父亲所忧在于盗贼尚未平定，常常心情不快。做官二十年，时时都有获罪之处。这是激愤语。

初桐引条吹，杂芳依令月。①小子顾朝命，脂车严晨发。②
俯仰听告诫，远离意难豁。责我惟勉旃，感时兼呼咄。③
后生有高怀，约躬就所削。④幼小学诗书，惟恐少陵越。⑤

家世本儒素，不知生事拙。[⑥]阅历常艰难，藜藿固可悦。
淡泊非有为，无才乐微节。[⑦]至尊尚忧勤，年凶厌征伐。[⑧]
细儒多悲歌，志士无骚屑。[⑨]日月自勖厉，拜跪愁仓卒。[⑩]
崎岖抱明训，攀援济愚劣。[⑪]春风慎远道，江野共萧瑟。
兵气满神州，羽书聚北阙。[⑫]艰虞饶遗失，冠盖思前哲。[⑬]

【注释】

①条吹：风吹枝条。令月：吉月，也指二月。　②小子：作者自指。朝命：朝廷的命令。脂车：以油涂车轴，使车利于运转，代指驾车出发。严晨：清晨。　③俯仰：低头与抬头，此指恭敬貌。意难豁：难以开心。勉旃：勉力、努力。呼咄：感慨、叹息。此四句是说，自己即将远行，来听父亲的告诫。父亲要求其努力，且有感于时，常常叹息。　④高怀：高远志向。约躬：约束自己。就所削：听从父亲的训诫。削：刮削、修理。　⑤少：同“稍”。陵越：越规矩。　⑥儒素：读书人家。不知句：谓其家拙于人事。　⑦藜藿：野菜，指粗劣的饭食。微节：疑为“薇节”，用伯夷、叔齐典，即隐居之节。⑧至尊句：写皇上忧勤天下，连遇歉年，百姓厌恶战争。　⑨细儒：小儒。骚屑：愁苦貌。志士句：谓志士不必如小儒，勿作愁苦之态。　⑩勖厉：勉励。拜跪句：写自己匆忙之中拜跪父亲，与之告别。　⑪崎岖：既指行路，也指世路。明训：指父亲的上述教诲。攀援句：谓靠努力弥补能力不足。　⑫北阙：宫殿北面的门楼，代指朝廷。此二句指战争众多，形势危急。　⑬艰虞：困难、忧患。饶：多。冠盖：指仕宦、官员。前哲：前贤。此二句谓艰难时刻会有很多过失，官员要向前代贤哲学习。

中原积荒歉，四方合流移。[①]笼上力坂田，穷旱无所施。[②]
旧村今几家，大族日一炊。空山草木尽，严冬雨雪悲。
别来沟壑中，狼籍知是谁。[③]清晨得乡使，险道来逶迤。[④]
惊喜共仓皇，微怪探书迟。[⑤]亲戚半凋丧，吁哀薤露诗。[⑥]
疾病亦天意，摧折非所宜。[⑦]昨夕接残寐，犹是怨生离。[⑧]
此信若可忘，久客能无思。更言揭竿乱，枵腹相奔驰。

杀气涨林莽，惨淡寡旌旗。孤城百里外，屠掠几靡遗。⑨
游子畏遽闻，万感同一时。⑩但觉辞家近，惟幸心中疑。⑪
楚江闻遥楫，行迈尚艰巇。⑫未必胜他乡，归叹空犹夷。⑬
漂泊干戈际，旅志常离披。⑭过此庶可释，茫茫任吾之。⑮

【注释】

①荒歉：灾年。流移：逃亡。　②笼上：笼水之上。笼水：孝妇河的别称。坂田：坡地。　③此二句指尸体众多。狼籍，即“狼藉”，多而散乱貌。④乡使：家乡的信使。险道句：谓信使历经艰险曲折而来。　⑤此二句是说，既惊喜又悲伤，且嗔怪来信太晚。　⑥亲戚：此指族人。薤露：古乐府歌曲，本为送葬的挽歌，此处叹惜族人的不幸死亡。　⑦此二句是说，死于疾病也是天意，人不该受此摧折。　⑧此二句是说，昨晚做梦，亲人犹是埋怨别离。⑨更言六句：信中又言故乡饥民起义，到处充满杀气，百里之外，都遭到了屠掠。林莽，草木丛聚之处。　⑩遽闻：突然而至的消息。　⑪此二句是说，自己离家不久，对信中的消息不敢相信，希望不是真的。　⑫此二句是说，从楚江乘船远行，路上充满艰险。楫，船桨。艰巇，险恶、险峻。　⑬此二句是说，家乡情况未必好于他乡，归家之念令人徘徊不定。　⑭离披：纷乱貌。此二句是说，离乱之际在外漂泊，常常心志烦乱。　⑮此二句是说，过此阶段即可放下这些烦恼牵挂，茫茫天地任我行走。释，释怀。

【评析】

这四首诗写于崇祯十四年（1641）春天，作者辞别父亲，离开湖北安陆，要回京接受朝命。其同乡好友孙廷铨有《寿赵太公序》一文，其中记载赵进美的行迹，说：“嗣值天下多故，借先生（赵振业）两出为方面，抗贼楚蜀间，而予适与其叔子韫退同学里门，又同举为进士。韫退蚤悟，有声名，能文章，时时道其家法，则予亦习其家。予既行作吏，韫退亦省觐入楚，还为大行，每有书问往来，得悉先生起居，且道及治状。”“予既行作吏，韫退亦省觐入楚，还为大行”几句，记载赵进美中进士后曾赴安陆省父，然后回京担任行人司行人。

作者的这一组诗，其一写其父抗敌守城之功绩，使当地百姓受惠甚多。其父为政简易，喜读诗书，且对作者教诲甚多。其二写安陆一带被兵多年，总督熊文灿招抚政策存在失误。其父突袭“革里眼”大胜，但功成不被嘉奖，作者颇为其父表示不平。其三写自己离开安陆情景，临行之时，接受父亲训诫，自己本无意仕宦，但考虑到天下多事，圣尊忧勤，便要遵循父亲教导，努力为国效力。其四写接到家中书信，得悉家乡荒歉，族人有冻馁而死者。家乡又有灾民揭竿起义等情形发生，作者忧虑满怀。整组诗反映了较多的现实内容，表现出当时的政荒战乱，也表达出自己忧国忧民的情怀。

雨后泛大别湖①

极目汀洲尽远波，谷风漠漠起渔歌。②
夜移江水从雷雨，春入山烟散薜萝。③
棹转半侵芳草上，湖平偏得夕阳多。④
中原寥落羽书急，白马能看更一过。⑤

【注释】

①大别湖：当是大别山区一个湖泊的名称。　②汀洲：水中小洲。屈原《九歌·湘夫人》：“搴汀洲兮杜若。”漠漠：风起迷蒙状。　③薜萝：香草名。此二句是说：夜里雷雨，江水上涨；山烟散尽，春意见于薜萝。　④此二句是说，船桨侵扰岸边芳草，平湖上夕阳映照。　⑤寥落：空旷貌。羽书：传达战况的紧急文书。白马：大别山主峰白马尖。此句谓因战事紧急，大别山主峰只能匆匆远望而过。

【评析】

此诗写雨后湖上泛舟，扣题严密，写景明丽，而取径别致。末云因形势急迫，匆匆赶路，与大别山主峰失之交臂。

寒食江上二首①

江阔众流平，山虚春草明。初杨侵远道，悲角散孤城。②
隔岸分烟色，归舟共晓晴。连年频作客，不羡鸟啼声。③

【注释】

①寒食：古代冬至后一〇五天为寒食节，一般在清明前一二日。江上：此处为长江武昌段。　②悲角：军中号角，其声悲壮。　③不羡：不贪慕，不留连。

花暗远堤晴，烟涵埤堄明。[1]官湖新树隔，鄂渚晓帆生。[2]
江汉方存险，波澜莫教平。[3]遥传幕府檄，群盗欲连营。[4]

【注释】

①埤堄：城上矮墙，也称女墙。　②鄂渚：长江中小洲，在武昌黄鹄矶上游一段的长江中。屈原《楚辞·九章·涉江》："乘鄂渚而反顾兮。"　③此二句是说，江汉地区险况尚存，波澜不能平息。　④幕府：地方军政大吏的府署。此二句写幕府传达文书，农民起义军欲连营结阵，军情紧急。

【评析】

第一首诗写寒食春景，诗中有不敢留连、急欲归去之意。第二首诗写江汉形势，险况仍在，农民起义军正欲连营进攻，写出作者的关切与担忧。

闻笛

星河气静大江深，长笛漂摇度夕吟。[1]
风满山城初入破，月明楚客欲沾襟。[2]
不堪春至惟高枕，忽作秋思散远林。[3]
到处金戈杂画角，此声清怨恐难寻。[4]

【注释】

①漂摇：笛声飘忽、幽咽状。度夕吟：从傍晚开始一直在吹。　②入破：唐宋大曲的一节，声调繁促。《新唐书·五行志二》："至其曲遍繁声，皆谓之'入破'……破者，盖破碎云。"白居易《卧听法曲霓裳》："朦胧闲梦初成

后，宛转柔声入破时。”楚客：客居楚地之人，此为作者自指。沾襟：流泪。③春至：春分季节。秋思：指笛中传出悲秋之声。 ④金戈、画角：均指战声。此二句谓在金戈、画角的嘈杂战乱声中，能听到如此清怨、幽美的笛声，很是难得。

【评析】

此诗写春夜笛声，悲凄幽怨，令人闻之下泪。作者如此动情，与“金戈”“画角”的社会现实有关。

夜雨

大江雨中寒，楚泽无安流。①夕风逆清汉，城郭如扁舟。②
鸡声达前邻，湿钟隐戍楼。③秉烛听高树，苍茫接远洲。④
故乡隔万里，独夜集百忧。⑤已闻干戈外，空悲道路修。⑥
存亡皆入梦，伫立同夷犹。存者望我归，没者何所求。⑦

【注释】

①楚泽：楚地江水。无安流：指波涛起伏不定。 ②逆：倒吹，即与江水流向相反。清汉：汉江之水。扁舟：小船。 ③湿钟：指雨中的钟声。戍楼：城上供瞭望的楼台，楼上有钟可报警。 ④此二句是说，在烛光中听雨打高树，雨声苍茫一直伸展到远方。 ⑤集百忧：各种悲伤集于心头。 ⑥此二句是说，在战乱之中，归家之路漫长，使人难以返回。 ⑦此四句是说，家乡存、殁之人都入梦中，只有自己在悲伤中伫立徘徊。存者盼自己归去，而殁去之人已无所求。夷犹，犹豫。屈原《九歌·湘君》：“君不行兮夷犹。”

【评析】

诗歌前四句写雨，后四句写夜。雨夜思乡，百感交集，干戈遍地，有家难归。从最后四句看，内容仍与《将发邳中言怀》（其四）中所写的家书有关，因此可能写于离开邳中之后。

晚过黄州[①]

苍茫斜日下，迢递众波声。[②]世乱轻余险，舟空快晚行。[③]
岩留孤棹转，风散片帆横。[④]赤鼻矶前雨，烟林作夕晴。[⑤]

【注释】

①黄州：今湖北黄冈，在武汉东。　②迢递句：长江波声从远处传来。迢递，遥远貌。　③轻余险：不畏险。快：既指船行之疾速，也指心情之轻快。④岩留句：船绕过岩石。　⑤赤鼻矶：在今黄冈城北江滨。后讹为赤壁，苏轼《赤壁赋》即作于此地。

【评析】

作者乘船沿江东下，路过黄州。诗写船行江中、雨后夕晴之情景。

江行口号[①]三首（选二）

南风吹水神鸦飞，汀洲日落荻芽肥。[②]
空村寂寞乱离后，时见樵舟带唱归。[③]

【注释】

①口号：即兴口占。　②神鸦：乌鸦争食祭品，故称神鸦。荻芽：芦荻之幼芽，亦称荻笋。宋代梅尧臣《范饶州坐中客语食河豚鱼》："春洲生荻芽，春岸飞杨花。"　③樵舟：樵夫砍柴后驾船而归。

盘塘风急野烟开，白鹭依洲水绕回。[①]
晓放中流闻磬响，小舟载得社神来。[②]

【注释】

①盘塘：长江边地名。　②社神：土地神。此二句写江上祭祀社神情形。

【评析】

作者船行江上，即兴口吟成诗。此类诗多写目之所见，描绘江畔生活颇为生动。

泊浔阳[①]

两岸西风动渺茫，万帆齐落舟人忙。[②]
遨游欲老何子晳，国家未得桑弘羊。[③]
匡庐云起众峰变，湓城树没高烟长。[④]
琵琶亭静估客少，空艇山色徒徜徉。[⑤]

【注释】

①浔阳：今江西九江，庐山在其境内。　②万帆句：描写浔阳江畔船只云集状。落舟，船只停泊。　③何子晳：即何点，字子晳，南朝齐、梁时人。《梁书》本传记其“遨游人世，不簪不带，或驾柴车，蹑草屩，恣心所适，致醉而归，士大夫多慕从之，时人号为‘通隐’”。桑弘羊：西汉大臣，曾推行盐铁官营、均输、酒榷等经济政策，为理财能臣。前句以何点自比，有遨游、隐居之意。后句慨叹国家未有桑弘羊这样的理财能臣，亦隐含对自己才能的自信。④匡庐：庐山。湓城：浔阳县治在湓城。《旧唐书·地理志》载江州浔阳县：“炀帝改为湓城，取县界湓水为名。”匡庐句：写遥望庐山景色。　⑤琵琶亭：在浔阳，因白居易在此写《琵琶行》诗而得名。估客：商人。空艇句：指下船在此漫步，欣赏山色。

【评析】

作者停泊浔阳，遥望庐山，徘徊琵琶亭，欣赏江景山色。颔联用何点与桑弘羊典，写出自己仕与隐的矛盾心理。

马当山[①]

天际一缕生，逡巡数十里。[②]晴江与远山，共漾寒云里。[③]

晨光照不定，渚风荡难起。岸阔淡靡声，高深尽积水。④
轻舟发昧旦，云意无终始。久之氤氲分，逶迤见洲沚。⑤
偶喜众峰近，方觉长帆驶。⑥岩石本孤峭，波浪相倾倚。⑦
飞鸟鸣系烟，林木映清泚。⑧初旷通遥怀，幽眺何能已。⑨

【注释】

①马当山：在今江西彭泽东北。《元和郡县志》：“马当山，在江州彭泽县东北一百里，横入大江，甚为险绝，往来多覆溺之惧。” ②一缕：指云。逡巡：船只缓行貌。 ③此二句是说，晴日寒云下，山映江水中，山光水色一起荡漾不止。 ④渚风：江风。靡声：无声。此四句写晨光之中，微风波静，江岸无声，积水绕山。 ⑤昧旦：天将亮。氤氲：云气浓郁。逶迤：曲折连绵。洲沚：水中陆地。此四句谓天将亮时乘舟出发，云气笼罩，时间长了，云气方分开，见到了曲折的水中陆地。 ⑥此二句是说，靠近山峰，方觉船行较快。 ⑦此二句写浪打岩石状。 ⑧此二句是说，飞鸟在烟岚中鸣叫，山上的树木倒映在清澈的江水中。 ⑨此二句是说，视野开阔起来，感觉情思遥远，不住地眺望马当山。

【评析】

此诗写舟过马当山。行舟前半段云气氤氲，后半段云开山现，山与水相映，令人眺望不已。

夜发雷港遇风暂泊莲花洲①

挂帆出冥漠，江夜合幽霭。②川阔星汉摇，天近百灵会。③
落月水族喜，却射异光碎。④迢递乱众痕，咫尺闻急濑。⑤
厉风终夜发，岸远惊澎湃。⑥黄雾映空游，白涛破晨晦。⑦
方舟不知附，恐非波力载。篙工啸相及，遥火辨暧曃。⑧
时与前山平，复下万丈内。⑨惨澹云雷气，缥渺鱼龙背。⑩
虚洲有微雨，独坐收早籁。⑪

【注释】

①雷港：在今安徽望江东。莲花洲：地名，亦在望江。 ②冥漠：隐约、模糊。幽靄：云气幽深。此二句写夜晚行舟。 ③此二句是说：江面开阔，觉星光摇动；天低近人，觉百神来会。百灵，百神。 ④落月：月光洒落。杜甫《梦李白》："落月满屋梁，犹疑照颜色。"此二句写月光下鱼龙翻动，水面反射出奇异的细碎波光。 ⑤此二句是说，远近波痕凌乱，附近的水流湍急起来。意谓风起。 ⑥厉风：急风。终夜：整夜、彻夜。澎湃：水流汹涌声。 ⑦此二句是说，黄雾弥江，在空中游动，白色的波涛打破了早晨的昏暗。 ⑧方舟：两舟并排为方舟。此四句指惊风波涛中，两舟不能靠近，担心水波承载不了船只。能听到船工的呼喊声，能看到远处模糊的灯火。暧曃，昏暗。《楚辞·远游》："时暧曃其曭莽兮，召玄武而奔属。"王逸注："日月晻黮而无光也。"
⑨此二句写船随波浪上下起伏。 ⑩此二句是说，阴郁的云雷天气中，船只仿佛随风漂流在鱼龙背上。缥缈，随风漂流状。 ⑪早籁：早晨的各种天然声响。

【评析】

诗歌写夜行江上遇风，船只随风飘荡。诗人体验细微，描写工致。

蟂矶[1]

石静蛟寒云气迟，月明古木护荒祠。[2]
蘋花风起晚潮落，江畔独行应不知。[3]

【注释】

①蟂矶：明代朱国祯《涌幢小品·蟂矶》："芜湖江心有矶，矶上有祠，祠孙夫人，曰蟂矶。"陆游曰："凡山临江，皆谓之矶"。 ②蛟寒：水中蛟龙形成的寒气。祠：即孙夫人祠，祠祀三国时刘备的夫人，孙权之妹。 ③蘋花：一种水生植物。

【评析】

诗歌写月夜独行江畔，凭吊孙夫人祠的情景，凭吊之意全在不言中。写蟂矶夫人祠的诗，后世以王士禛所作最为知名，诗云："霸气江东久寂寥，永安宫殿莽萧萧。都将家国无穷恨，分付浔阳上下潮。"王诗突出"家国之恨"，并以浔阳江潮加以烘托，神韵悠然。赵诗题旨不如王诗鲜明，风神亦稍欠缺。

采石矶[①]

闲亭分野树，随意俯长流。山色因江润，松声向夕幽。
客帆依鸟影，樵径接渔舟。[②]石壁苔文冷，逍遥映白鸥。[③]

【注释】

①采石矶：在今安徽马鞍山长江东岸。　②此二句是说，从采石矶上俯看，客帆与鸟影相伴，渔舟与樵径相接。　③此二句是说，石壁上覆盖着青苔，呈现冷色，与江上飞翔的白鸥相映。

【评析】

诗歌写采石矶之江景，目见耳听，上下远近，或山或水，写法细腻，境界清幽。

吴子远方直之邀泛秦淮不果赴复惠诗见留舟发后和其韵[①]

一池萍藻映虚庭，林际山光对晓青。[②]
短笠独看江上雨，微波漫过水边亭。[③]
友朋自拟非今法，鸥鹭闲来共远汀。[④]
燕子矶前风欲急，潇潇芦苇晚时听。[⑤]

【注释】

①吴子远：即吴道凝，字子远，号虚来，安徽桐城人，清顺治四年（1647）进士。初任山东长清知县，改令浙江奉化。有《大指斋诗集》。方直之：即方其义，字直之，安徽桐城人，方以智弟。秦淮：南京秦淮河。惠诗：赠诗。诗题意为吴、方两人邀请作者秦淮泛舟，但作者未能去，两人又赠诗挽留，待坐船离开后，作者方照原韵和此诗。　②虚庭：静庭。此二句是说，一池萍藻与林际山

光相对映。此二言早晨离开时情景。 ③此二句写已行舟江上。 ④友朋句：自己以为于今不宜交接友朋。鸥鹭句：以鸥鹭自比，萧散闲远。 ⑤燕子矶：在南京城北观音门外。潇潇：雨声。此二句有暗喻时局之意。

【评析】

此诗之“邀泛秦淮”是委婉的说法，实际上是两位友人邀作者去秦淮河宴游享乐。作者婉辞谢绝，一则是归程甚急，不能逗留；二则是时局风雨飘摇，此举不合时宜。

维扬卜寓二首①

夹岸修林带远津，芜城日静曲江滨。②
近看乡国难成返，病寄天涯须卜邻。③
故亩应无荒岁积，长途犹是旧家贫。④
纷纷组甲黄尘内，燧火传闻事太频。⑤

【注释】

①维扬：扬州的别称。卜寓：选择住宅。 ②远津：远处的渡口。芜城：亦为扬州别称，出自南朝鲍照的《芜城赋》。曲江：扬州地名。 ③此二句写家乡一时难以返回，因病要在扬州寻找居所。 ④此二句是说：故乡连年荒歉，应无多少蓄积；身在途中，仍如居家之贫。 ⑤组甲：甲衣，代指军队。燧火：战火。

沧江短楫向清晨，楚思若怜涢水春。①
进退几人存直道，国家多事用劳臣。②
凶年应改愁遗里，羽檄时传虑老亲。③
怅望邗州烟雨远，草堂谁问浣花滨。④

【注释】

①沧江：江水，此指扬州之地。楚思：思念楚地。怜：爱惜。涢水：湖北安

陆之地。此二句写作者在扬州思念在安陆的父亲。本年春，作者离开安陆。②进退：指官员的升降任免。直道：正直之道。劳臣：功臣。此指作者父亲。③愁遗里：将愁怀留存家里。虑老亲：担忧父亲。　　④前句写自扬州怅望楚地，烟雨迷蒙。邗州，扬州。后句写欲选择住所暂居。草堂，杜甫曾在成都浣花溪畔筑草堂，诗用此典。

【评析】

作者急于返乡，但因病滞留扬州，须暂时赁屋以居，故作二诗。其一写思家忧时，其二写对在湖北安陆任职父亲的担忧。“纷纷组甲”与“羽檄时传”都反映了时局的危急。

江上

杖履随幽意，来依渚鹭群。①山川通海气，城郭动江云。②
暮景千峰立，潮风两岸分。③孤亭披竹木，远橹过皆闻。④

【注释】

①此二句写扶杖游览，与江渚的鹭群相伴。　　②此二句是说：长江入海，故曰山川与海气相通；城郭临江，故曰江云流动于城郭之上。　　③此二句是说，傍晚见江边千峰矗立，风挟江潮流向了两岸。唐代王湾《次北固山下》：“潮平两岸阔，风正一帆悬。”　　④披：分开。此二句是说，孤亭分开了竹木，能听到过往的船声。

【评析】

诗歌写漫步江上所见，意境闲适。

留云亭①

绝壁留微径，疏钟落急湍。②亭台分气色，舟楫望高寒。③
雷雨愁迁徙，登临接杳漫。④鱼龙犹泽国，竹树即云端。⑤
远嶂浮前浦，晨光发积澜。⑥古桥依岸立，危石藉波安。⑦

旅眺连吴楚，遐思寄羽翰。[8]干戈迷鸟道，烟水静渔竿。[9]
棹影开林过，潮声绕座看。[10]长风吹白日，沧海共盘桓。[11]

【注释】

①留云亭：在镇江金山顶峰。　②此二句是说，穿过绝壁小路，方能到达此亭，亭中钟声同急流一同散落。　③前句言亭台在云气雾色中显现。下句谓自江中船上可以仰望景色。　④迁徙：指雷雨的流动。杳漫：渺茫旷远。此二句指雷雨中登临亭台，一派弥漫渺茫之景。　⑤泽国：水域。前句是下视江水，鱼龙曼衍。后句是登临此亭，竹树入云。　⑥前句写远山浮动于水面。后句写江水波澜中反射着晨光。　⑦藉波安：指危石凭借波浪之力安稳地矗立。⑧旅眺：远望。吴楚：吴地以苏州为中心，镇江旧属吴地；楚地乃湖北，此指其父所在的安陆。羽翰：书信。遐思句：谓将这种对远方的思念通过书信来传递。⑨前句写因为战争，消息不通，意为书信难达。后句谓只能在烟水中静静地垂钓，意为希求隐居。　⑩此二句是说，从亭中望去，船只从山林边驶过，于亭中可见江潮环绕四周。　⑪盘桓：徘徊、徜徉。此二句是说，在留连江景中不知不觉白日将晚，此生愿与沧海为伴。沧海，代指隐居生活。

【评析】

全诗写登亭所见所感。“遐思寄羽翰”一句表达对父亲的思念，但“干戈”遍地，寄书不易。末尾“沧海共盘桓”仍是表达归隐之念。这种念头在诗中经常出现，虽不能说不真诚，但在其思想实际中只是偶尔一现。诗为五言排律，对仗工整中潜气内转，颇具远势，表现力很强。

集郑超宗影园得七虞[1]

虚亭野色映葑芦，皂帽青尊意已殊。[2]
诵读何人惟大略，行藏对客且高呼。[3]
疏林共绕烟仍澹，乱水绝通石愈孤。[4]
蜡屐从容幽望远，晚风啼鸟下平芜。[5]

【注释】

①郑超宗：即郑元勋，字超宗，扬州人，崇祯十六年（1643）进士。南明弘光元年因高杰兵围扬州，受到扬州民众的抵制，郑元勋欲劝说高杰放弃进城，却被民众误解殴杀。影园：郑元勋在扬州的私人园林。七虞：《平水韵》上平声第七为虞部。　②葑芦：即菰芦。葑即菰根。借指隐者之居。皂帽：黑色帽子，为隐者所戴。青尊：青色的酒杯。殊：特别。前句写影园环境。后句写招待之盛。　③大略：大的谋略。宋代陈亮《中兴五论·序》："臣闻治国有大体，谋敌有大略。"行藏：出处或行止。此二句写郑超宗读书有谋略，酒后举止豪放。④此二句写影园澹烟疏林，水石相通。　⑤蜡屐：以蜡涂木屐。典出刘义庆《世说新语·雅量》："或有诣阮（阮孚），见自吹火蜡屐，因叹曰：'未知一生当着几量屐！'神色闲畅。"后指悠闲、洒脱的生活。平芜：平旷原野。此二句写两人于酒后在影园漫步望远，突出郑元勋的风度。

【评析】

郑元勋在明末因"扬州事件"而声名显著。郑为人热情好客，作者路过扬州，郑于影园设宴招待，其在扬州的"卜寓"也可能得到了郑的帮助。本诗突出了郑元勋的才华、风度，也写出了影园的风致。题目既云"集"，又分韵赋诗，当不只郑与作者两人，应当还有其他扬州朋友参加。

微雨同郑超宗饮姜如须舟中二首①

吴越尽舟居，知君旅望虚。②尊明山水影，袖灭友朋书。③
乍雨雷难定，蹙波烟有余。④开窗临四座，予意亦萧疏。⑤

【注释】

①姜如须：即姜垓，字如须，莱阳人。姜埰之弟，与作者同为崇祯十三年（1640）进士。后参与南明鲁王抗清，兵败后客居苏州，为明遗民，顺治十年（1653）病逝。　②此二句是说，吴越水乡，多乘舟以行，客吴越者则常居船上。旅望，远望。虚，远且静貌。　③前句写舟中饮酒，杯中映出山水之影。后句谓过去往来书信的字迹已模糊，意在写两人是旧交。　④此二句写烟雨景

象。　⑤萧疏：散淡的情怀。

轻雷遥入水，疏雨但随云。旧日连床约，孤舟对酒闻。①
交游弟畜我，风雅事归君。②野寺微钟发，苍烟至晚分。③

【注释】

①连床：同床而卧，形容交情深厚。前句写昔日友情。后句写今日饮酒相会。　②弟畜我：将我视为其弟。风雅：文才。君：指姜垓。　③此二句写在舟中饮酒至傍晚的情形。分，时分。

【评析】

作者此次在扬州盘桓甚久，直到重阳节以后方离开，这期间多次与郑元勋、姜垓等友人相会。诗歌以写景为主，同时突出与姜垓的友谊。

寄孙羲侣①

大江两岸多菰芦，干戈满眼舟楫孤。
茫茫烟水数千里，飘然荆楚来三吴。②
他乡岂必尽乐国，世乱未敢辞驰驱。
万事忧虞何日定，此时去住安可图。③
悲歌旅食自激烈，遥望鸟道空崎岖。④
犹思故里若夙昔，能无归志徒踌躇。⑤
千家闭门城郭静，纵横白骨填路衢。
女墙日落暗风起，鸣噪唯见鸢与乌。⑥
到处泉源通磵户，至今石裂清沙枯。
飞蝗蔽天耕牛死，瘠地不得伸勤劬。⑦
故人家居良独苦，萧条十口愁妻孥。
交游僮仆俱足累，食贫恐与常时殊。⑧
君有双亲皆七十，晨昏劝餐以为娱。⑨

折腰束带焉能惜，年来斗米如量珠。⑩
嗟余三匝绕庭树，支离风雨羁长途。⑪
溪边林下可高卧，安得浊酒相劳为君沽。⑫

【注释】

①孙羲侣：即孙景昌，孙廷铨堂叔。　②此四句写自己从荆楚（今湖北）历经茫茫三千里水路来到三吴之地。如今干戈满眼，独自停泊在两岸芦苇的大江之中。三吴，历代所指不一，郦道元《水经注》指吴郡、吴兴、会稽。唐《元和郡县志》则以吴郡、吴兴、丹阳为三吴。此处指扬州，扬州旧隶丹阳，故以三吴称之。　③此四句谓他乡不是乐土，世乱之际仍然驰驱路途。万事担忧，何日能够安定。此时是走是留尚难以决定。乐国，乐土。《诗经·魏风·硕鼠》："逝将去女，适彼乐国。"忧虞，忧虑。　④旅食：客居、寄食。鸟道：指道路难通，只有飞鸟可往还。此指归乡之路。李白《蜀道难》："西当太白有鸟道，可以横绝峨眉巅。"此二句写难以归乡的激烈悲愤情绪。　⑤夙昔：过往。踌躇：犹豫，彷徨。此二句谓思乡之情仍如过去一样强烈，但难以归去，徒有彷徨而已。　⑥此四句写家乡灾难中死亡人数之多。如今城头风起，不见人影，唯见鸢乌鸣噪。鸢乌：老鹰与乌鸦。　⑦此四句写家乡旱蝗之灾。过去家家泉水，现在已经枯干。遭受蝗灾，且耕牛已死，贫瘠的土地已无法耕作。勤劬，辛勤、劳累。　⑧故人：指孙景昌。此四句写孙氏一家的困窘。人口多，生活困苦，奔波已倦，生活比过去更加贫困。　⑨此二句写孙氏奉养双亲，晨昏劝父母加餐，以孝为乐。　⑩折腰束带：反用陶渊明典，指外出做官。此二句写年来米价昂贵，斗米如珠，不出仕则无以养亲。　⑪三匝绕庭树：曹操《短歌行》："月明星稀，乌鹊南飞。绕树三匝，何枝可依。"比喻自己犹豫、彷徨。羁长途：停留于路上，指长期客居在外。　⑫此二句写自己如有溪边林下可以隐居，如何能沽来浊酒相加慰问。安得，如何能。劳，慰问。

【评析】

自"飘然荆楚来三吴"一句看，此诗写于自湖北安陆东来之后卜居扬州期间。从"萧条十口愁妻孥"等句看，因家乡灾荒，孙氏之家境竟也如此贫窘。"折腰束带焉能惜"一句，是劝孙氏出仕，此时孙景昌已经中进士，或正处于待选之际，作者劝其尽快出仕，以纾解家贫。此诗也反映了在国势忧危之际，自己仕隐两难的矛盾心理。

孙介黄将谒选北上书以问之①

柳阴深照草堂孤，犹自高歌旧酒垆。②
署字但书前贡士，理生应愧上农夫。③
几年旅卧惊秋雨，何处排衙对晓乌。④
秦氏城南休借问，鬑鬑遥认使君须。⑤

【注释】

①孙介黄：即孙廷铨。谒选：进士赴吏部应选。书以问之：寄信询问谒选情况。　②草堂：作者在扬州租住的房屋。草堂用杜甫典，喻其简陋。酒垆：酒店中放酒缸的台子。此二句谓自己仍是在野身份，尚未谋官。　③贡士：会试中试者称为贡士。作者此时已成进士，因未谒选任职，故仍以前贡士署名。理生：治生。上农夫：收益较好的农民。语出《孟子·万章下》："上农夫食九人。"赵岐注："一夫一妇，佃田百亩。百亩之田，加之以粪，是为上农夫。其所得谷，足以食九口。"此句写自己的治生能力尚不如一个农民。　④旅卧：旅行起居在外。排衙：旧时主官升座，衙署陈设仪仗，僚属依次参谒，分立两旁，谓之排衙。晓乌：汉代时御史台外柏树上有很多乌鸦，所以人称御史台为乌台，此处指做官。　⑤秦氏：汉乐府《陌上桑》："日出东南隅，照我秦氏楼。"鬑鬑：汉乐府《陌上桑》："东方千余骑，夫婿居上头。……为人洁白皙，鬑鬑颇有须。"使君：对太史或刺史的称呼。二句用此典，是询问孙氏谒选的职务是否是"使君"。

【评析】

孙廷铨与作者同年进士，其谒选在崇祯十三年末，初任魏县县令。作者当年并未谒选，而是去湖北安陆省父。诗写于崇祯十四年的扬州，作者此时尚未知道孙谒选何职，故寄信以问。

口占戏寄

夜凉明月照邗沟，爱听箫声近酒楼。[①]
若问牧之薄幸事，竹西犹是旧扬州。[②]

【注释】

①邗沟：在扬州。酒楼：此处指青楼。　②牧之：唐朝诗人杜牧，字牧之。其《遣怀》诗为："落魄江湖载酒行，楚腰纤细掌中轻。十年一觉扬州梦，赢得青楼薄幸名。"竹西：指扬州。《乾隆江都县志》载："禅智寺在城北五里蜀冈上，即上方寺，本隋炀帝故宫，一名竹西寺。杜牧诗'谁知竹西路，歌吹是扬州'是也。"此二句写杜牧当年在扬州的风流繁华之事仍在。

【评析】

此为即兴口占，写扬州的风流之事，虽为戏作，但流连风月之事作者自应有之，当日士风如此，不足怪也。

暑甚偶忆郑超宗园居漫书奉问[①]

鹿床萧瑟倚茅亭，散发拥书户自扃。[②]
长日树阴蝉嘒嘒，微风石气水泠泠。[③]
独居定作愚溪对，客至先观退谷铭。[④]
载酒若还寻孝绪，满林疏雨可同听。[⑤]

【注释】

①郑超宗：即郑元勋。园：指影园。　②鹿床：古人所谓坐榻。《梁书·阮孝绪传》："所居室唯有一鹿床，竹树环绕。"茅亭：茅草覆顶之亭。散发：头发散开，为居家随意状态。孟浩然《夏日南亭怀辛大》："散发乘夕凉，开轩卧闲敞。"拥书：持书。户自扃：门自关。此二句指郑元勋。　③长日：夏日。嘒嘒：蝉声。《诗经·小雅·小弁》："菀彼柳斯，鸣蜩嘒嘒。"泠泠：水声。西晋陆机《招隐诗》："山溜何泠泠，飞泉漱鸣玉。"此处写郑元勋所居影园之环境。

④愚溪对：柳宗元《愚溪诗序》："古有愚公谷，今余家是溪，而名莫能定……故更之为愚溪。"愚溪在今湖南永州零陵区。柳宗元又有《愚溪对》一文，阐述"愚"之一理。退谷铭：唐代元结作《退谷铭》，退谷在湖北武汉武昌区。此二句用典，表达"愚""退"之意。　⑤孝绪：即阮孝绪，字士宗，南朝齐、梁间人，事迹见《梁书·处士传》："自是屏居一室，非定省未尝出户，家人莫见其面，亲友因呼为'居士'。"此以阮孝绪喻郑元勋。末二句谓欲寻郑元勋一同饮酒，一起听满林风雨。

【评析】

作者因想念郑元勋而作是诗，想象其在影园闭户读书，甘为退隐，表示自己与郑愿为同调。诗中屡屡表达此意，虽与抢攘乱世有关，但仍不免有"为文造情"之嫌。

赠汤佐平二首[①]

之子声闻藉，长风散远襟。[②]邗江秋水阔，隋苑晓烟深。[③]

吏事无殊法，交朋有素心。[④]论文犹不废，尊酒夜钟沉。[⑤]

【注释】

① 汤佐平：即汤来贺，字佐平，号惕庵。江西南丰人。崇祯十年（1637）进士，崇祯十三年授扬州推官。明亡后抗清，为明遗民。　②之子：指汤来贺。声闻藉：声名很盛。长风句：写汤之风度襟怀。　③隋苑：扬州园名，为隋炀帝所建，故名。杜牧《寄题甘露寺北轩》："天接海门秋水色，烟笼隋苑暮钟声。"邗江：在扬州。　④吏事：汤来贺时任扬州推官，其处理狱讼皆用常法。殊法：执法严苛。素心：纯洁的心地。南朝宋颜延之《陶徵士诔》："弱不好弄，长实素心。"　⑤此二句写汤来贺除善于吏事，还着意文章，夜深犹在与作者饮酒论文。

郡城微雨度，晓色远林疏。[①]歉恃君为政，寒惊客卜居。[②]

莫轻刀笔事，拟上治平书。[③]负巷应回辙，高眠似敝庐。[④]

【注释】

①此二句写扬州城之微雨晓色。　②歉恃句：歉年靠汤来贺做主，曾给予自己周济。为政，此处为做主。《左传·宣公二年》："畴昔之羊，子为政；今日之事，我为政。"寒惊句：写自己客居扬州。　③刀笔：书写工具。古代以笔写于竹简，误则以刀削之，故曰刀笔。此指治狱公文。治平：治国平天下。此二句劝汤来贺不要轻视推官所做狱讼之事，因可成治平之业。　④负巷：穷巷。《史记·陈丞相世家》："家乃负郭穷巷，以弊席为门，然门外多有长者车辙。"回辙：回车。此处亦暗用陈平典，谓自己身居穷巷，却有汤来贺这样的长者来访。敝庐：破旧房子。陶渊明《移居》："敝庐何必广，取足蔽床席。"

【评析】

汤来贺时任扬州推官，与作者交往。诗中既道出两人友谊，感激汤来贺对自己的帮助，又写汤来贺之执法平恕，乐于论文，并赞誉其可成大事。

再赠戴初士并订游白门[①]

闭户修瓶政，焚香著酒经。[②]才名邺中士，歌吹竹西亭。[③]
狂客朗吟去，丈人安坐听。[④]好过桃叶渡，秋至水清泠。[⑤]

【注释】

①白门：南京之别称。订游：两人计划游历南京。戴初士：作者友人，时居扬州。　②瓶政：瓶为酒器，瓶政即饮酒之事。酒经：书名。《新唐书·王绩传》："追述（焦）革酒法为经，又采杜康、仪狄以来善酒者为谱。"此二句写两人闭户饮酒。　③邺中士：指"建安七子"等文人。邺中，指三国魏的都城邺，故址在今河北临漳。竹西亭：在扬州。此二句写两人俱有诗名，在扬州吟诗。　④狂客：指戴初士。朗吟：高声吟诵。丈人：此处指主人。　⑤桃叶渡：南京秦淮河古渡口，因东晋王献之在此歌送其妾桃叶而得名。王献之有桃叶、桃根二妾。此诗前有《赠戴初士同日纳二姬》一诗，此次拟游南京，戴初士可能带新纳二姬同行。

【评析】

诗歌前六句写两人在扬州过往甚密，饮酒赋诗，自负才名。末二句始点出拟游南京。桃叶渡一典寓有戏谑之意，用典恰切，含蓄而不着痕迹。

寄怀高葱佩二首①

布帆何处去，泽国变晨昏。月影静千里，江声散一村。②
荻芦通楚水，烟树满吴门。解缆频相忆，闲洲宿鹭痕。③

【注释】

①高葱佩：即高珩，字葱佩，号念东，晚号紫霞道人。今山东淄博淄川区人。崇祯十六年（1643）进士，入选翰林院庶吉士。入清仕至国子监祭酒，刑部左侍郎。　②泽国：水乡。此四句写自己栖居扬州。　③此四句写自己从楚地来到扬州，并时时想念高珩。吴门，指扬州。扬州旧属吴地，北周时曾称吴州。解缆，开船。末句既写景物，也寓意自己如闲洲宿鹭，一路不留痕迹。

日澹长堤树，晴看小渚花。相携银凿落，每到玉钩斜。①
吾病世多故，江清烟有涯。遥怜山桂发，高卧对林鸦。②

【注释】

① 银凿落：银丝镶嵌的酒盏。白居易《送春》："银花凿落从君劝，金屑琵琶为我弹。"玉钩斜：扬州地名。宋代陈师道《后山诗话》："广陵亦有戏马台，其下有路，号玉钩斜。"此四句写在扬州晴日观花、饮酒游宴之生活。　②世多故：世不太平。遥怜二句：喜爱山中桂树开花，但无心欣赏，只是在林鸦声中高卧于家而已。

【评析】

高珩是作者同乡挚友，作者寄诗以怀。二诗主要描述自己的扬州生活，表达意兴阑珊之意，对友人的怀念，除了"相忆"一词略微点出之外，其他几乎全在不言之中。

将赴白门留别查伊璜[①]

浮家千里意蹉跎，时听吴歈变楚歌。[②]
苑满烟霜古木尽，江连斥堠远帆多。[③]
良朋每自无心得，故里空看有雁过。[④]
别去登临同怅望，西风应起莫愁波。[⑤]

【注释】

①白门：南京。留别：自己离开告别朋友为留别。查伊璜：即查继佐，字友三，号伊璜，浙江海宁人。曾参与南明鲁王抗清活动。著有《罪惟录》《鲁春秋》等，为清初著名文人。　②浮家：以船为家，在水上生活。吴歈：吴地的歌。《楚辞·招魂》："吴歈蔡讴，奏大吕些。"王逸注："吴、蔡，国名也。歈、讴，皆歌也。"此二句指自己乘船从楚地来到了扬州，楚地的歌曲变成了吴地的歌谣。③苑：扬州之花园。古木尽：指树叶落尽。斥堠：侦察敌情的堡垒。　④前句写良朋之间不存心机。后句写思家只见空中大雁飞过。　⑤西风：秋风。莫愁：莫愁湖，在南京。此二句写分别以后，心境相同，秋风也照样吹临南京。

【评析】

诗歌先写自己自楚来扬，见到良朋查伊璜。末写自己将去南京之意。全诗突出秋景，表达忧时思乡之惆怅情怀。

集梁饮光斋中[①]

闲日深居乌角巾，绳床棐案共逡巡。[②]
醇醪几斗称名士，佳竹数竿作主人。[③]
久客乡心乱后尽，高城秋色雨中真。[④]
更移短烛同长啸，梧叶蛩声夜气新。[⑤]

【注释】

①梁饮光：即梁于涘，字饮光，号谷庵，扬州江都人。与郑元勋同为崇祯十六年进士。南明弘光时为马士英所忌，为万安令，守城被执，在狱中自经而死。②乌角巾：一种黑色有折角的头巾，常为隐士所戴。绳床：为一种轻便坐具，以板为之，以绳穿连，又称“交床”“胡床”。棐案：即棐几，棐木做成的桌子。绳床棐案指居处简陋。　③醇醪：美酒。《世说新语·任诞》：“痛饮酒，熟读离骚，便可称名士。”前句写两人一起饮酒。后句写梁于涘家中景物。　④此二句写历经战乱，客居已久，思乡之心都没有了。这是哀伤语。　⑤此二句写饮酒至深夜。啸，撮口作呼声。梧叶蛩声，梧桐落叶与蟋蟀叫声。蛩，蟋蟀。

【评析】

本诗仍以秋意烘托友朋相聚之情及客居之感。颈联一情一景，取宽对方式，有开合，具张力，且音节响亮。作者七律受“明七子”格调影响，从中可以看出这一情形。

积雨微霁独至雨花台坐木末亭日暮归舟中作二首[①]

荒台分野色，出郭澹幽寻。[②]微雨侵残照，孤亭收众阴。
疏林无近响，远客有客心。[③]徙倚回风起，萧然陵谷深。[④]

【注释】

①雨花台：在南京城南。木末亭：在雨花台上。　②幽寻：游赏。③远客：作者自指。客心：旅人之情，游子之思。　④徙倚：徘徊、流连。唐代王绩《野望》：“东皋薄暮望，徙倚欲何依。”萧然：清幽寂静貌。陵谷：山谷。

薄暮林方静，独游雨亦佳。宁耽十日饮，长厌六朝俳。[①]
入谷连幽色，初晴抱远怀。渔歌催短艇，夜火望秦淮。[②]

【注释】

①六朝俳：指六朝骈丽文风。明代胡应麟《诗薮·古体上》：“建安诸子，雄

赡高华；六朝俳偶，靡曼精工。” ②此二句写夜晚乘船去秦淮河。

【评析】

作者此次去南京，估计为时甚短，交游亦不多，诗仅存此一题二首。诗写木末亭秋雨之景。“长厌六朝俳”一句，稍嫌突兀，可能是因南京为六朝古都，故联想到六朝俳俪之文风。此联有喜饮酒而厌作文之意。

中秋同社诸子宴集①

淮南木落晚潮生，共映寒江星汉明。②
几日客愁因薄暮，满城秋意向微晴。③
论交海内方多事，呼酒年来欲不平。④
四座徘徊清露湿，悬知月赋最先成。⑤

【注释】

①诗题意谓诗社诸人宴集赋诗。宴集：聚会。同社诸子可能有郑元勋、梁饮光、刘宜绥等扬州朋友，也可能有此时寓居扬州的姜垓。 ②淮南：此指扬州，扬州地处淮河以南。宋代沈括《扬州重修平山堂记》载：“扬州常节制淮南十一郡之地。”星汉：银河，此处泛指星光。 ③此二句是说：日暮微晴，满城秋意；中秋客居，乡思弥增。 ④此二句写海内多事，友朋社集，饮酒赋诗，抒发积郁不平之气。 ⑤悬知：料想、预知。月赋：南朝宋谢庄作《月赋》。此句是说，因中秋宴集，料想同社之人会有咏月诗章最先成篇。

【评析】

中秋宴集作诗，作者并不着眼于月，甚至一字不写月，而是抒发对海内多事之忧心与不平，可谓独辟蹊径，力避俗套。从末句看，作者认为此时咏月诗章最易写成，不足为奇。

竹枝次友人韵八首①（选四）

远堤烟接木兰船，细雨寒灯荻叶边。②

闻道长干消息近，从今夜夜对潮眠。③

【注释】

①竹枝：七绝诗之一种，也是最早的词牌之一，可配乐演唱。以唐代刘禹锡《竹枝词九首》为最早。今人唐圭璋认为，竹枝词的形式类同于七绝。清代王士禛在《渔洋诗问》中也说："竹枝泛咏风土。"竹枝词在题材上以写风土习俗为主，也受南朝民歌影响，多写女郎情思，风格上比较通俗，具有民歌情韵。
②木兰船：用木兰树做的船。南朝梁任昉《述异记》卷下："木兰川在浔阳江中，多木兰树。昔吴王阖闾植木兰于此，用构宫殿也。七里洲中，有鲁班刻木兰为舟，舟至今在洲中。诗家云木兰舟，出于此。"后常用为船的美称。　③长干：古金陵街巷名。古乐府有《长干行》。李白《长干行》："同居长干里，两小无嫌猜。"诗为女性口吻，此处代指丈夫。对潮眠：期盼音信。唐代李益《江南曲》："早知潮有信，嫁与弄潮儿。"

绕楼修竹碧琅玕，楼上何人夜倚栏。①
独唱竹枝声未尽，石尤风起荡舟难。②

【注释】

①修竹：长竹。琅玕：似玉的美石，后用作竹子的美称。　②石尤风：逆风。传说古代有商人尤郎娶石氏女，情好甚笃。尤郎远行不归，石氏思念成疾，临死叹曰："吾恨不能阻其行，以至于此。今凡有商旅远行，吾当作大风为天下妇人阻之。"唐代戴叔伦《送裴明州效南朝体》："潇水连湘水，千波万浪中。知郎未得去，惭愧石尤风。"

木落天高秋水清，闻郎洲畔刺船声。①
缓载江南离恨去，布帆虽远却无情。②

【注释】

①郎：女子对情人或丈夫的称呼，多见于南朝民歌。刺船：撑船。　②缓载句：宋代郑文宝有诗："不管烟波与风雨，载将离恨过江南。"此处化用郑诗诗

意，指载离恨离开江南。

欲寄离心远问郎，秋深寒雁满潇湘。①
莫嫌字数多如许，珍重中间只一行。②

【注释】

①雁满潇湘：雁能传书。潇湘指湖南，湖南衡阳有回雁峰，传说雁南飞至此而止。唐代温庭筠《瑶瑟怨》："雁声远过潇湘去，十二楼中月自明。" ②此二句谓最珍重的是表达相思的那一行。

【评析】

组诗多写江畔之景，以表达女、郎相思之情为主，情思杳渺，情韵婉转，"木兰""琅玕"等词语都增加了诗的美感。这些与南朝民歌极为近似，是竹枝词当行本色之作。

九日集陈氏山庄分得吾字①

欲将秋色问茱萸，修竹黄花志不殊。②
岁暮偶随陶靖节，时艰谁是管夷吾。③
晚烟积水寒偏远，野树高天响易孤。④
载酒行吟斜日里，幽寻慷慨岂能无。⑤

【注释】

①九日：重阳节。陈氏山庄：在扬州。诗题意谓，与朋友宴集，分韵赋诗，得"吾"字韵。 ②茱萸：植物名。重阳节历来有佩带茱萸的习俗。王维《九月九日忆山东兄弟》："遥知兄弟登高处，遍插茱萸少一人。"黄花：菊花。修竹句谓修竹与菊花表现的秋色与茱萸并无二样。 ③陶靖节：即陶渊明，字元亮，私谥靖节，世称靖节先生。陶渊明《饮酒》："采菊东篱下，悠然见南山。"管夷吾：春秋齐国贤相，名夷吾，字仲，世称管仲，曾辅佐齐桓公成就霸业。④响：风吹树声。 ⑤慷慨：激昂之气。尾联照应颔联，幽寻即如陶渊明，慷

慨即如管夷吾。

【评析】

重阳节的“幽寻”中现“慷慨”之气，“陶渊明”与“管夷吾”代表了作者“时艰”中的两种思想倾向。一种是陶渊明式的归隐，虽经常出现但仍是“偶随”；另一种是管夷吾式的建功立业，有所作为。这种“慷慨”之气应该才是作者思想的主流，是其真面目的显现。

真州留别郑伯崑[1]

别棹思仙令，长吟竹树间。[2]草凉放吏散，禄薄事亲闲。[3]
斜日村中社，寒烟江外山。相如多病后，独向酒垆还。[4]

【注释】

①真州：扬州属县，今江苏仪征。郑伯崑：即郑瑜，字伯崑，山东诸城人，崇祯十三年（1640）进士，时任真州县令。　②仙令：对知县的美称，指郑瑜。　③此二句写郑瑜为官之闲散。　④相如：汉代文学家司马相如，曾与卓文君当垆卖酒，晚年又患消渴病。此代指自己。

【评析】

郑瑜与作者为同年进士，崇祯十四年四月接替姜埰为真州知县。诗除写郑瑜任知县之从容闲适外，末以司马相如患病自指，言外有些感慨。作为同年进士，郑已担任知县，而自己尚未谒选，原因之一是赴湖北安陆省父，之二为在扬州患病滞留。这种感慨在诗末借用典作了隐微的表达。

寓汪汝为余筑园并赠汝为[1]

寒梧丛竹远清庐，遥寄蒹葭郭外居。[2]
闻说到门多好客，悬知种树有奇书。[3]
尽通石气晨流静，半入江烟秋色疏。
酌酒对君乡思满，远山落木正愁予。[4]

【注释】

① 汪汝为：真州人。余筑园：汪汝为的私家园林。冒襄《影梅庵忆语》载："銮江汪汝为园亭极盛，而江上小园，尤收拾江山胜概。"銮江为真州别称。②蒹葭：芦苇。"寒梧丛竹"写园内景色，"蒹葭"写园外江景，而园在城郭外。③悬知：料想。种树有奇书：辛弃疾《鹧鸪天》词："却将万字平戎策，换得东家种树书。"此写汪汝为隐居园中。 ④愁予：使人发愁。屈原《九歌·湘夫人》："帝子降兮北渚，目渺渺兮愁予。"

【评析】

诗写筑园内外景致，称道主人之隐逸情怀，表达自己思乡之愁。

影园别姜如须[1]

夜雨潇潇广陵客，短檠照壁寒无色。[2]
四座呼卢愿尽欢，门外芦花风瑟瑟。[3]
离怀俯仰各依然，珍重孤蛩秋草边。[4]
敝裘燕市愁风雪，空忆吴江载酒船。[5]

【注释】

①姜如须：即姜垓，作者同年进士。影园为郑元勋之私家园林，在扬州。②广陵客：姜为莱阳人，与作者同客居扬州。短檠：小灯。此二句写夜雨饮宴送别。 ③呼卢：酒宴间游戏。芦花风瑟瑟：白居易《琵琶行》："枫叶荻花秋瑟瑟。"此二句写酒宴间热闹，而自己心情忧伤。 ④此二句写各自都有离怀，相互道声珍重。写两人分别情景。 ⑤敝裘：破旧的皮衣。《战国策·秦策一·苏秦始将连横》："苏秦说秦王，书十上而说不行，黑貂之裘敝，黄金百斤尽。"燕市：京城。吴江：今苏州。此处泛指南方地区。此二句写两人在京城或不得志，只能回忆在南方相处的时光。

【评析】

此次作者与姜垓在扬州郑元勋影园的分别是在崇祯十四年秋末。两人都是崇祯十三年的进士，都未曾谒选任职。作者是因为省父与生病滞留扬州，姜垓为何未谒选，其原因不好揣度。姜垓二兄姜埰任真州知县十年，于本年三月已离职进京就任给事中，姜垓何以仍在扬州未赴京？且本年闰十一月姜埰因上疏被捕，姜垓时任行人司行人。姜垓谒选也可能在两人分别后不久。

河上阻风远望淮波遂通邗曲怆然有怀①

波起风寒落日黄，长河秋意晚微茫。②
游多易作忧时计，客久翻成去国伤。③
露下棹声连射水，月明渔梦满雷塘。④
暮烟遥望归帆灭，野树疏鸦照远霜。⑤

【注释】

①河：指黄河。时黄河从淮河河道入海。邗曲：即邗沟，是淮水以南扬州连接长江的一段运河。此处指回望扬州。怆然：悲伤貌。 ②秋意晚微茫：秋意迷远广大。 ③此二句谓：游历多处，更容易担忧时世；在扬州作客已久，离开时有了离乡的感觉。去国，离开故乡。 ④射水：射阳湖，在今扬州宝应东。雷塘：在扬州城北，代指扬州。 ⑤归帆：此指自扬州回乡的船。

【评析】

诗写自扬州北归的路上，在黄河遇风，回望扬州，表达了对久客扬州的留恋情感。感伤的情绪与苍茫的秋意结合在一起，境界阔大，风格沉郁。

腊十六夜，月色皎甚，呼酒独酌，诵雪堂和陶诗既，①复命琴弹塞鸿、秋思二操，②其声凄然，如冻泉欲下，乃阻危石，林雪将落，复激回风。③投弦而起，不自知其声之悲若此也。中夜不寐，遂成五言诵之

短檠清夜寂，迢递起遥思。④明月自相照，素琴何事悲。
故人伤岁暮，多病觉时危。⑤徙倚谁能醉，寒霜远漏迟。⑥

【注释】

①雪堂：即苏轼。苏轼在黄州筑雪堂，并作《雪堂记》以记事。和陶诗：苏轼贬官惠州后，曾创作了一些唱和陶渊明诗歌的“和陶诗”。黄庭坚《跋子瞻和陶诗》：“……饱食惠州饭，细和渊明诗。彭泽千载人，东坡百世士。出处虽不同，风味乃相似。” ②塞鸿、秋思：两首琴曲名。 ③冻泉、林雪两句：比喻琴声之呜咽、悲凉。 ④短檠：短柱之灯。迢递：此处形容思绪之远。⑤此二句写岁暮因思念故人而伤感，多病时候更感到时局之危机。 ⑥徙倚：徘徊、孤独貌。末句言寒霜之中感觉黑夜漫长。漏，古代计时工具。

【评析】

诗题颇长，形同诗序。此诗似作于崇祯十四年岁末，作者时任行人司行人。初到京城，年末思念老友，又觉时局不靖，因而倍感忧伤孤独，诗中将这种情感表达得很鲜明。

放吟十首

远别离[①]

我闻古之远别离，梧云湘水不相知。[②]
日暮忽逢狭路间，君马臣马同时嘶。[③]
行吟杨树下，握手溪水湄。[④]
解带脱帽坐呼酒，壮游寂寥多苦辞。[⑤]
青春易谢白日速，纵云强饭长相思。[⑥]
寿君此觞愿君尽，别离虽远两不疑。[⑦]
远别离，当奈何，回顾美人为我歌。[⑧]

【注释】

①远别离：古乐府诗题。郭茂倩《乐府诗集》列为《杂曲歌辞》。
②古之远别离：此指李白《远别离》诗，写帝舜之二妃娥皇、女英死于湘江事。

诗首云："远别离，古有皇、英之二女，乃在洞庭之南，潇湘之浦。"末云："苍梧山崩湘水绝，竹上之泪乃可灭。""梧云湘水"正指此。 ③君：指相分离的友人。臣：指自己。臣古代可用作对自己的谦称。此句写两马同时嘶鸣，正是分离之状。 ④湄：水边。此写分离之处。 ⑤壮游：漫游，浪游。 ⑥此二句是说：时光如流，青春易逝，故漫游多苦。别离时虽说保重身体，可别后难免长相思念。强饭，好好吃饭。古代常用于别离时的祝愿。汉乐府《饮马长城窟行》："上言加餐食，下言长相忆。" ⑦此二句写为友人祝寿，劝友人饮尽此杯酒。两不疑，指友情深笃。 ⑧美人：别筵上的歌女。

【评析】

自《远别离》至《作客行》十首诗，均为乐府旧题，可能是因为同为乐府，故被编在一起，但未必是同时之作。因用乐府旧题，故不好推测其本事。本诗写与朋友别离，表达了"壮游"之苦，包含了作者的切身经历，也可能写于扬州与朋友分别之际。

置酒行①

年来风尘交四国，画角处处严城夕。②
西北浮云落照黄，中原鼙鼓狼烟黑。③
侧身遥望空踟蹰，忧时吊古常离居。④
但当远结游侠子，何能更读诸生书。⑤
屏车下徒步，路与酒佣语。⑥
手弄百万刀，目盼十五女。⑦
美人皓齿发清音，哀弦幽意自相寻。
曲终拔剑作楚舞，壮怀艳思同时深。⑧
栖鸟怀高树，苍茫纷薄暮。
山中岁晚多悲风，明日置酒邀诸公。⑨

【注释】

①置酒行：古乐府诗题，多写饮宴之事。 ②风尘：指奔走于风尘中。四

国：即四域，四方之内。画角：古管乐器，军中常用来报知昏晓。严城夕：此处指城中晚上戒严。南朝梁何逊《临行公车》："禁门俨犹闭，严城方警夜。"　③西北浮云：喻李自成农民起义军。中原鼙鼓：中原战事。狼烟：即烽火。在烽火台燃烧狼粪，其烟直，用以报警。此指代战事。　④侧身句：遥望形势，空自徘徊，没有办法。忧时：忧虑时事。离居：离开家乡，四处流离。　⑤游侠：好义尚武之人。前句写结交游侠。后句言书生此际无用。　⑥以下数句写游侠。屏车句：不坐车而徒步走。酒佣：酒保。意为好饮酒。　⑦此句写喜欢弄刀。北朝乐府《琅琊王歌辞》："新买五尺刀，悬著中梁柱。一日三摩挲，剧于十五女。"　⑧此二句是说：游侠饮宴中喜听美女唱歌，欣赏悲哀幽深的曲意。歌后拔剑起舞，壮怀与艳思兼具。楚舞，楚地之舞。《史记·留侯世家》："戚夫人泣，上曰：'为我楚舞，吾为若楚歌。'"　⑨最后四句写自己感怀。栖鸟句为比兴，喻高远志向。山中句喻时局。邀诸公：指多结交有志之人。

【评析】

本诗开头两句写出一年多来的游历，以及自己观察到的四方形势，写出时局的纷乱，表达自己的忧虑与无奈，空自叹息。作者表示要结交游侠，不做拘曲无用的书生。语含激愤，反映出一种救世的激情。

行路难①

溪上有寒石，门前多衰柳。②荡子归非迟，感路觉已久。③
贫贱慕远游，意气难独守。海内事渐非，安能依陇亩。④
盛年努力讵足云，莫使穷愁成老丑。⑤
殷勤赠我平生亲，君但日饮美酒近妇人。
古之英雄失志多自污，悲歌淋漓何足陈。⑥

【注释】

①行路难：古乐府诗题。李白同题作品极有名。　②此二句似写家乡情景。　③荡子：离家远游之人。　④此四句写出游结交，要保持意气。海内多事，不能守着田亩劳作。　⑤讵足云：岂足道，也即岂足惜。此二句谓盛年

应努力，建立功业，莫使老年穷愁。 ⑥此四句是亲人的劝阻。“殷勤赠我平生亲”语序应为“平生亲殷勤赠我”。日饮美酒近妇人：《史记·信陵君列传》：“公子自知再以毁废，乃谢病不朝，与宾客为长夜饮，饮醇酒，多近妇女。”英雄失志多自污：《史记·萧相国世家》：“时客有说相国（萧何）曰：‘……今君胡不多买田地，贱贳贷以自污，上心乃安。’”自污，故意玷污自己，以作韬晦，即指“日饮美酒近妇人”。悲歌淋漓：意气外露，慷慨放歌。何足陈：何足道。

【评析】

诗歌有感于海内多事，不甘家居，立志远游，结交英雄，欲有所作为。虽遭亲人劝阻，亦置之不顾。

岁暮行①

岁事欲暮雨雪繁，客听我歌慎勿喧。②
使酒骂坐，人无与言。③独骑肥马，暮驰西门。
道逢故交下马立，劝我加餐揖我入。④
腰间大箭何所为，明日折节读书，今日射鹿饮血南山陲。⑤

【注释】

①岁暮行：古乐府诗题。 ②雨雪：下雪。《诗经·小雅·采薇》：“今我来思，雨雪霏霏。”慎勿喧：南朝宋鲍照《代东武吟》：“主人且勿喧，贱子歌一言。” ③使酒骂坐：喝醉了酒骂人。《史记·魏其武安侯列传》：“灌夫为人，刚直使酒。……武安遂怒……劾灌夫骂坐不敬，系居室。” ④肥马：壮马。故交：旧交。揖我入：拱手请我进酒家。 ⑤折节读书：改变旧习而读书。今日句：写在南山边打猎的粗豪行为。

【评析】

诗写侠客行径，使酒骂坐，骑马饮酒，射猎南山，并欲折节读书，表达一种不拘世俗的洒脱豪气。

放歌行[1]

中山美酒映玉壶，家藏赵瑟与吴歈。[2]
华堂高宴日击鼓，花间皆照红氍毹。[3]
颠倒刘碧玉，调笑秦罗敷。[4]
功名虽不盛，气象远过执金吾。[5]
然后药成鸡犬亦仙去，[6]丰隆为导白蜺车，
暇日尽启龙威函，薄游遥问青城居。[7]
此数事者未能一，愁思踯躅何时无。[8]

【注释】

①放歌行：古乐府诗题，常用来表现自叹失意或激励奋发的内容。 ②中山美酒：一种产于中山的好酒。语出《搜神记》卷一九："狄希，中山人也，能造千日酒，饮之千日醉。"玉壶：酒壶之精美者。赵瑟：赵地的瑟。吴歈：吴地的歌。 ③红氍毹：红色的毛织地毯。 ④刘碧玉：晋代汝南王司马义之妾。乐府旧题有《碧玉歌》，郭茂倩题解引《乐苑》："《碧玉歌》者，晋汝南王所作也。碧玉，汝南王妾名。以宠爱之甚，所以歌之。"秦罗敷：汉乐府《陌上桑》："日出东南隅，照我秦氏楼。秦氏有好女，自名为罗敷。"碧玉、罗敷此处皆代指美女。 ⑤执金吾：京城卫队的军官。《后汉书·皇后纪》："仕宦当作执金吾，娶妻当得阴丽华。" ⑥鸡犬亦仙去：传说淮南王刘安炼成丹药，服之成仙飞升，遗留在院子里的药，其家鸡狗吃了，也随之升天，即"一人得道，鸡犬升天"之典。此指迷信道教求仙长生。 ⑦丰隆：神话中的雷神。屈原《离骚》："吾令丰隆乘云兮，求宓妃之所在。"为导：为先导，在前开路。白蜺：白虹。以白虹为车。龙威：异书。函：盛书的木匣。青城居：青城山为道教十八洞天之第五，故青城居为神仙所居之所。 ⑧数事：指华堂高宴、仕宦执金吾、成神仙三事。踯躅：徘徊、犹疑状。

【评析】

此诗抒发作者人生失意，吐其抑郁不平之气。

悲歌行[1]

回风激林，落叶有声。[2]登皋望野，薄暮不平。
贫贱不至屠狗，饮酒纵博无所知。[3]
但当闭门独坐，安用意气为。
谷寒日落天四垂，悲歌慷慨，笑杀轻薄儿。[4]

【注释】

①悲歌行：古乐府诗题。郭茂倩《乐府诗集》列于《杂曲歌辞》。 ②回风：旋风。 ③屠狗：《史记·樊郦滕灌列传》："樊哙者，沛人也。以屠狗为事，与高祖俱隐。"纵博：快意赌博。 ④谷寒：寒冷的山谷。南朝宋颜延之《秋胡行》："椅梧倾高风，寒谷待鸣律。"《文选》李善注引刘向《别录》云："邹衍在燕，有谷，地美而寒，不生五谷。邹子居之，吹律而温至，黍生。"轻薄儿：不正经、放荡轻佻之人。杜甫《佳人》："夫婿轻薄儿，新人美如玉。"

【评析】

诗借旋风吹落叶起兴，抒发胸中不平之气。作者不屑与屠狗之辈为伍，不愿做饮酒赌博之事，素有志向，悲歌慷慨，但不为世人所知，只为轻薄人所笑。写出有志之士的苦恼。

夜宴曲[1]

北风一夜寒，庭中数尺雪。
高堂置酒列明烛，共听飞鸿孤影灭。[2]
故人慰良夕，引满相娱乐。
笙鼓既以陈，樗蒲兼六博。[3]
饮酣请歌杨叛儿，朱帘素袂何绰约。[4]
独鸟宵鸣，忧来求旦，四座欢呼，中闻微叹。[5]
乌飞月落光迷离，歌出复止谁能知。[6]

【注释】

①夜宴曲：古乐府诗题，多写夜晚欢宴情景。 ②飞鸿孤影：秋末冬初，偶见飞鸿，转瞬即逝。或解为画有雁鸿的旗子，在雪中冻住，了无声响。《礼记·曲礼》："前有车骑，则载飞鸿。" ③此四句写欢宴场景。笙鼓，宴乐。樗蒲、六博，均为棋类游戏，用于酒间娱乐。 ④杨叛儿：乐府曲名，属《清商曲辞·西曲歌》。朱帘句：写歌女之婉约多姿。 ⑤独鸟宵鸣：比兴句。写孤鸟夜里鸣叫，在忧虑中盼望天明。兴起下面"中闻微叹"，即在四座宴饮中有人清醒、叹息。 ⑥此二句是说，月落光暗，歌声停止，饮宴结束，但叹息之情终归无人能知。

【评析】

诗虽写夜宴场景，但突出的是宴饮中的"中闻微叹"，有众人皆醉而我独醒之感。

寒夜怨①

霜平月出觉天高，谁能怀人夜不遥。②
含愁敛怨歌且谣，宿鸟惊鸣求其曹。③
徘徊闭户掩长帷，寒灯抱影无扬辉。④
揽衣慷慨哀鸿飞，意气不随游子归。⑤
星欲稀，夜未央。⑥
清露下，素琴张，繁音密绪皆茫茫。⑦
推案置之亦何益，有酒且须劝我千金觞。⑧

【注释】

①寒夜怨，古乐府曲名。郭茂倩《乐府诗集》列于《杂曲歌辞》。 ②此二句是说，严霜月夜，怀念远人，感觉夜长。 ③含愁句：歌谣中传达出愁怨。敛，凝聚。宿鸟句：以惊鸟求偶比喻在愁怨不安中怀念远人。曹，同类。④掩长帷：合上帷帐。无扬辉：灯光昏暗貌。此二句写长夜难寐。 ⑤揽衣：

提起衣衫。《古诗十九首·明月何皎皎》："忧愁不能寐，揽衣起徘徊。"此二句谓慷慨意气的游子不能随鸿雁而归。 ⑥夜未央：夜未尽。 ⑦素琴：不加装饰的琴。密绪：深密的情思。 ⑧推案置之：指放弃弹琴。弹亦有何用处？且再饮酒浇愁而已。

【评析】

诗写寒夜不寐，怀人不止，一腔幽怨，积郁在胸，慷慨意气，无处发泄，只得弹琴抒发。但弹琴无益，推案置之，最后归于借酒浇愁。

乌栖曲[①]

乌求安栖，风激其枝。相顾鸣唤，踌躅心悲。[②]
岁晏繁霜骄，日暮寒河驰。[③]
短叹微吟何所思，但愿有酒斟酌之。[④]
佳人劝我黄金卮，檀槽象板声参差。[⑤]
褰袂仰视夜何其，天低月淡星气垂。[⑥]
三十不足二十余，日读鲁连之策秦风诗。[⑦]
纵酒狂歌若有托，岁月既去诚可疑。[⑧]
绕庭冰雪清，缥缈长庚明。[⑨]
城头乌啼吹角声，吁嗟海内方用兵。[⑩]

【注释】

①乌栖曲：古乐府诗题，郭茂倩《乐府诗集》列于《西曲歌》。 ②此四句是说，乌鸦本求安栖于巢，但被风摇动，于是相顾悲鸣，徘徊心悲。此为比兴，喻乱世中人不能安居。 ③岁晏：岁晚，岁暮。 ④短叹句：沉吟之中思虑什么？愿能有酒来排遣忧思。 ⑤黄金卮：酒器的美称。檀槽：琵琶、琴等乐器上的檀木柱，此处代指琵琶等乐器。象板：象牙拍板，一种打击乐器。⑥褰袂：挽起衣袖。夜何其：犹言夜何时。语出《诗经·小雅·庭燎》："夜如何其？夜未央。" ⑦鲁连之策：即鲁仲连之术。鲁仲连，战国齐人，习纵横之

术，主张抗秦。秦风诗：指《诗经·秦风·无衣》："岂曰无衣，与子同袍。王于兴师，修我戈矛。"都有抵御外侮之志。　⑧此二句是说：纵酒狂歌中，似有壮心豪情可以寄托。但时光易逝，壮心是否可用，令人生疑。　⑨长庚：彗星之属。古代以为主兵戈。《史记·天官书》："长庚……此星见，兵起。"鸣：指兵戈之声。　⑩吹角声：军中画角声。此句叹息海内正起战事。

【评析】

诸古乐府中，此诗现实性最强，用意也颇为曲折。先写乱世难安居，再写忧心忡忡、借酒消忧，又写纵酒享乐、心有不甘。岁月易逝，年华易老，担心报国壮志成空。如今国家不宁，战事方兴，令人忧虑不已。

作客行①

男儿生当天下多事时，读书击剑将何之②。
醉即高歌，醒当别离，掷觞上马无一辞。③
朔风吹衣落日寒，美人莫唱行路难。④
千里当有好颜色，书生何能能作客。⑤

【注释】

①作客行：古乐府诗题。　②读书句：是读书，还是击剑，作何选择。《史记·项羽本纪》："学书不成，去。学剑，又不成。"　③掷觞：抛下酒杯。④行路难：乐府歌曲。亦可取字面意思。　⑤此二句谓前面仍有美女，书生何能得见，只能漫游而已。

【评析】

天下多事，书生何为；漫游作客，欲有所依。无奈之中流露出洒脱之气。以上十首乐府诗，作者集为《放吟十首》组诗，高珩曾为之作序，极力称道。作序时间为明末作者在京城任行人司行人时。

济上①

送客登临共忆乡，凄风萧瑟上河梁。②
但云慷慨须呼酒，莫道别离各尽觞。③
塞下劳人歌太白，城南初月照流黄。④
天涯何处留征梦，日暮旗亭济水傍。⑤

【注释】

①济上：济水之滨。此指济水下游一段，即大清河流域。 ②河梁：河上桥梁，指分别之处。语出汉代李陵诗："携手上河梁，游子暮何之？" ③此二句是说，但说饮酒，不道别离之情，有慷慨意气。 ④劳人：忧伤。《诗经·小雅·巷伯》："骄人好好，劳人草草。"马瑞辰通释："高诱《淮南子》注：'劳，忧也。''劳人'即忧人也。"歌太白：李白《塞下曲》其二云："天兵下北荒，胡马欲南饮。横戈从百战，直为衔恩甚。握雪海上餐，拂沙陇头寝。何当破月氏，然后方高枕。"可参看。流黄：室内黄色的帷帐。语出唐代沈佺期《古意呈补阙乔知之》："谁为含愁独不见，更教明月照流黄。" ⑤征梦：远行之梦。旗亭：市楼。古代观察、指挥集市的处所，上立有旗，故称。

【评析】

此为济水送别之作。虽有"凄风萧瑟"之描写，但颈联不作感伤之语，意气颇豪壮。歌太白《塞下曲》，似有微意，李白《塞下曲》其一有"愿将腰下剑，直为斩楼兰"之句，其二又有"何当破月氏，然后方高枕"之句。此人远行，似从军平寇。

野宿

北风烈烈古城西，野树苍烟向晚低。①
日欲下春寒策卫，村方经乱夜无鸡。②
怀人千里闻鸿雁，多病十年怨鼓鼙。③

共有征魂何处遇，板桥霜月满长堤。④

【注释】

①烈烈：风劲而冷。　②日欲下舂：日欲落时为下舂。《淮南子·天文训》："（日）至于渊虞，是谓高舂。至于连石，是谓下舂。"高诱注："连石，西北山。言将欲冥，下象息舂，故曰下舂。"无鸡：无鸡叫声，指乱后情景。曹操《蒿里行》："白骨露于野，千里无鸡鸣。"　③鸿雁：既切时景，亦代指友人书信。鼓鼙：战争征伐之事。　④征魂：旅途中的梦魂。板桥霜月：唐代温庭筠《商山早行》："鸡声茅店月，人迹板桥霜。"

【评析】

诗写野宿中怀人，背景为多年战乱，突出荒村无人的场景，是作者北行赴京时所写。

旅邸与孙羲侣夜谈①

门外霜飞夜色残，蒯缑长剑欲重弹。②
风尘悯乱歌犹壮，旅舍篝灯梦亦安。③
纵酒恐成游子病，怀乡且劝故人餐。④
春梁社燕多离思，莫起逍遥向月看。⑤

【注释】

①旅邸：旅店。孙羲侣：即孙景昌，与作者同年进士。　②蒯缑：用草绳缠结剑柄。《史记·孟尝君列传》："冯先生甚贫，犹有一剑耳，又蒯缑。"裴骃集解："言其剑把无物可装，以小绳缠之也。"此暗用冯谖弹铗典故。　③悯乱：伤乱。篝灯：点起灯笼。　④此二句是说，两人一起饮酒，同具怀乡之情，劝老友保重加餐。　⑤社燕：燕子春社时来，秋社时去，故称。社，社祭，祭土地神。莫起句：劝莫起看月，怕触动思乡之情。

【评析】

作者与孙景昌为同年进士，此次赴京谒选，可能两人同行。时间已是崇祯十五年初春。夜谈中涉及纷乱形势，也涉及思乡之情，两人相互劝慰。

过天雄见援兵①

夕霭平芜宿鸟过，疏林返照意如何。②
日传赤羽燕门近，雪霁白沟边气多。③
野烧虚原连戍火，列营寒月满雕戈。④
材官彀骑今如雨，应发河梁未济歌。⑤

【注释】

①天雄：唐时曾设魏博节度使，又称天雄节度使，驻所在魏博（今河北大名），管辖范围颇广。此处指河北北部一带，即诗中所说的白沟。 ②此二句写平原暮景以引起全篇，亦点出援兵去处。 ③赤羽：紧急文书，上插红色羽毛。燕门：京城。白沟：今属河北保定。 ④虚原：旷野。戍火：军中营垒之火。雕戈：武器。 ⑤材官：汉代指地方上经过训练的预备兵。彀骑：持弓弩的骑兵。河梁未济歌：《吴越春秋》卷一〇载有越王勾践伐秦之时的《河梁歌》，其中有“渡河梁兮渡河梁，举兵所伐攻秦王”，又有“陈兵未济秦师降，诸侯怖惧皆恐惶”之句。此是祝愿援兵胜利。

【评析】

诗为见援兵路过而作。作者善于化实为虚，将叙事转化为抒情，借景物来渲染情感。全诗情感浓郁，末句寓有祝愿。

渡桑干①

北望飘摇落远鸿，桑干积雪起回风。②
山连朔漠边声外，树没长河夕照中。③
三辅旧游时易变，两都新事赋难工。④
燕歌日暮谁能听，惆怅春寒韦曲东。⑤

【注释】

①桑干：河名，永定河的一段，在今河北北部。 ②此二句写冬末春初桑干河旋风吹起积雪情景。 ③朔漠：北方沙漠地带，指边关。长河：指桑干河。 ④三辅：汉代左、右内史与都尉为三辅官，主管京畿地区。此处指京城附近地区。旧游：过去来过。两都：东汉班固有《两都赋》，铺叙长安与洛阳两都形势。此处两都指明代的北京与南京。此二句写所见情形与过去已大不相同。 ⑤燕歌：燕地歌谣，声调悲壮。韦曲：唐代首都长安有韦曲镇，因诸韦姓聚居而得名，为当时游览胜地。此指京城地区。

【评析】

渡过桑干河，已临近京城，已是初春，积雪回风。作者有感时事，日暮时分，惆怅不已。

微雨

燕市回风思渺然，长歌新著董逃篇。①
欲分春事潇潇雨，共绕寒城澹澹烟。
薄暮角声来树杪，出郊花意在人前。②
金台上巳遨游近，杨柳萧疏未可怜。③

【注释】

①燕市：京城街市。董逃篇：汉乐府有《董逃行》，写上山求仙事。《后汉书·五行志》又载，东汉灵帝时，京都有《董逃歌》，预言董卓败亡事。此处或用后者，预言敌人败亡。 ②此二句是说，日暮闻军中号角声，出郊外已见花开。 ③金台：即传说中战国燕昭王为郭隗所筑黄金台遗址。明蒋一葵《长安客话》记："都城黄金台，出朝阳门循濠而南，至东南角，岿然一土阜是也。"上巳：即农历三月三，此日修禊，可水边饮宴，郊外游春。萧疏：稀疏、稀少。可怜：可爱。

【评析】

此诗写于崇祯十五年（1642）上巳以前，初春微雨，杨柳尚未尽绿，情景虽然冷清，但作者情绪较为乐观。

从祀定陵恭祀二首[①]

鼎湖云散漏初鸣，遥望氤氲片月轻。[②]
万壑森森无露气，千官寂寂有钟声。[③]
熊罴宵静金舆秘，翡翠烟深贝殿清。[④]
瞻拜菁茅生已晚，时从父老问升平。[⑤]

【注释】

①从祀：跟从皇帝祭祀。定陵：明万历皇帝的陵墓。此崇祯十五年清明，皇帝祭祀定陵事。　②鼎湖：地名，在今河南灵宝，传说黄帝在此仙逝升天，见《史记·封禅书》。后代指皇帝去世。此指万历皇帝之陵墓。漏初鸣：天要亮时。白居易《禁中夜作书与元九》："五声宫漏初鸣后，一点窗灯欲灭时。"氤氲：云气笼罩状。　③千官寂寂：写随祭官员肃穆状。　④熊罴：指侍卫的御林军。金舆：皇帝乘坐的车轿。秘：放于隐密处。翡翠：美玉，此指陈列祭品之精美。贝殿：即宝殿，此指享殿，祭祀大堂。　⑤菁茅：一种香草，古代祭祀时用以缩酒。此指祭祀。此二句意为：瞻仰、参拜祭祀仪式，自己是后辈，时时从父老处了解当年的太平景象。

穆穆当时咏在宫，垂衣海内诵年丰。[①]
遗风今尚传民愿，粉饰何劳奏狱空。[②]
牍背示人非汉吏，楼船临海有周戎。[③]
共承宵旰神孙志，不待牲牷气已通。[④]

【注释】

①穆穆：端庄恭静貌。《诗经·周颂·雍》："相维辟公，天子穆穆。"咏在

宫：即歌咏《雍》诗，以想象当年气象。垂衣句：即垂衣而治，海内年丰。称道当年盛世。　②此二句是说：万历遗风传至今天，代表了百姓愿望；无须用狱无犯人（即无人犯法）来粉饰当年的治世。过去文人喜用“狱空”来颂世。③牍背示人：《史记·绛侯周勃世家》：“人有上书告勃欲反，下廷尉。……吏稍侵辱之。勃以千金与狱吏，狱吏乃书牍背示之。”狱吏将文字写在吏板背面，告诉周勃诽诬告他。后为冤狱的代称。此句指万历时无冤狱。周：指周朝。戎：西方外族，称西戎，与周人经常发生战争。此处周指明朝，戎指清军。此句指万历时用楼船在沿海防御，抵御清军。　④宵旰：“宵衣旰食”之简称。天不亮就穿衣起床，天晚了才能吃晚饭。此指帝王之勤政。神孙：崇祯皇帝是万历皇帝的嫡孙。牲牷：古代祭祀用的纯色全牲。泛指祭品。此二句写崇祯皇帝是万历皇帝的孙子，继承了祖先的勤政传统，不待献祭，两人已是精神相通。

【评析】

跟从崇祯皇帝祭陵，在作者看来是一件大事，故郑重以记。诗中描写庄重之仪与肃穆之情，并对万历之世作了称颂，寄望崇祯继承先皇之志。万历朝前期，有张居正执政，振作有为，或是作者称颂的依据；但后期怠政，史有明载，明朝之坏局，始于万历。现在看，作者对万历一朝的称颂是与历史不符的，但当时如此写也可以理解，不必苛责。

来青轩[1]

苍岩势若削，凭高发遥唱。闭户澹烟余，倚杖飞鸟上。[2]
日薄松径幽，风起壑声壮。[3]平原共逶迤，众山亦奔放。
群意让孤岩，百里见萧旷。悬流既屡断，远峰更森创。[4]
久之氛霞生，离披非一状。[5]余寒峦谷静，微吹草木漾。[6]
登临多朗怀，渺渺复惆怅。[7]

【注释】

①来青轩：在北京西山香山寺内。　②此四句是说：山势陡峭，登高而吟诗。关门外出，于淡烟微霭中，拄杖登上飞鸟栖止之高处。　③此二句是说，

傍晚沿着松林幽径登山，听到山谷中风声颇大。 ④此六句写登高俯瞰。平原绵延，众山奔放。孤峰突出，百里之内冷落空旷。悬瀑屡断，远峰森然突兀。⑤氛霞：晚霞。离披：摇荡，晃动。 ⑥此二句是说：山谷中犹带春寒，显得静谧；微风吹过，草木摇动。 ⑦朗怀：高爽开朗的情思。渺渺：此处是微弱、若有若无之意。惆怅：此处是寂寞之感。

【评析】

诗非写来青轩，而是写从来青轩登山所见，境界阔大，笔力劲健，所写山势雄奇，生动如见。

春怀六首（选三）

空林日日掩清轩，庭草春来烟雨繁。①
岂恃薄游称外史，偶因闭户著中论。②
横鞭时上铜驼陌，避世何须金马门。③
朝罢登临犹自壮，燕台寒色满平原。④

【注释】

①清轩：指自己居室。 ②薄游：为薄禄而外出作官。杜甫《赠蜀僧闾丘师兄》："漂然薄游倦，始与道侣敦。"外史：本古代官名，后世文人常取以为雅号。中论：建安文人徐幹的一部政论著作。前句写岂能依靠薄禄就号称外史。后句指偶尔闭门著书。 ③铜驼陌：街名，在洛阳。西晋陆机《洛阳记》："洛阳有铜驼街，汉铸铜驼二枚，在宫南，四会道相对。俗语曰：'金马门外集众贤，铜驼陌上集少年。'"后借指繁华游乐场所。金马门：汉代宫门名。《史记·滑稽列传》：东方朔"时坐席中，酒酣，据地歌曰：'陆沉于俗，避世金马门。宫殿中可以避世全身，何必深山之中，蒿庐之下。'金马门者，宦署门也，门傍有铜马，故谓之'金马门'"。前句写时时去游玩。后句反用东方朔意，谓避世未必在金马门。 ④朝罢：公务之余。燕台：战国时燕昭王所筑黄金台。此二句写登临燕台，犹有壮心。用燕台典，有自许贤人之寓意。

绿树方成阴尚稀，微波娇燕共依依。[①]
愁中伏枕怜人健，病后登高见客归。[②]
比屋新烟因岁减，初晴寒鸟背城飞。[③]
五陵日暮朱帘远，犹自清歌白纻衣。[④]

【注释】

①此二句写初春景象。依依，春燕相依偎状。另，依依也可作象声词，春燕啁啾声。 ②愁中句：愁中卧床，虽病尚健。伏枕，指长久卧床。 ③比屋：所居屋舍相邻。 ④五陵：五陵原，汉代地名，因汉代五座帝陵在此而得名。在今陕西西安西北。此指京郊地区。朱帘：本为红色帘子，代指贵族豪宅。白纻衣：乐府舞曲名。此二句写自己在京郊游玩。

史窗一榻自徘徊，怀古空思贾傅才。[①]
帷帐星高虒氏馆，箜篌露静柏梁台。[②]
边风时起春难定，朔气初销花欲开。[③]
闲过御堤垂柳浅，流澌方尽见鸥来。[④]

【注释】

①史窗：于窗下读史，故云。贾傅才：西汉文学家贾谊，曾任长沙王太傅，史称贾傅。其文章《治安策》《过秦论》，均表现出时代忧患的思想。 ②虒氏馆：汉代馆名，在上林苑。箜篌：乐器名。柏梁台：汉代台名，为汉武帝建，武帝曾在此与群臣联句赋诗，史称柏梁体。此二句概括京城生活。 ③边风：边塞之风。朔气：北来之气。此二句不仅写春景，也有寓意。“边风”“朔气”皆喻指清军动向。 ④御堤：皇家园林的河堤。流澌：初春河水解冻时流动的冰块。屈原《九歌·河伯》：“与女游兮河之渚，流澌纷兮将来下。”王逸注：“流澌，解冰也。”

【评析】

此组诗写于崇祯十五年（1642）春。组诗内容丰富，是作者春日郊游时所思所感，反映作者初任官职时的心境。所选其一写官职闲散，可以著书。暇日登临，犹有壮心。其二写久病之后，春日京郊游赏事。其三写自己空怀贾谊之才，于游赏中表达了时代忧患。对现实的忧虑，对时局的揪心，是这组诗的突出表现内容，同时也表达了作者初任官职时欲为国效力的心情。

卧病四首

阅世原无适，遂成卧疾时。①孤吟清昼过，初夏众阴移。
乱久势当变，谏多论不危。②近来因避客，长自抱幽思。③

【注释】

①适：舒适。无适即指生病。　②此二句是说：战乱已久，期望形势变好；大臣虽多上谏书，但有些并非直言。危，直言。　③此二句是说，因病不与人交往，自己怀有深长的思虑。

高卧当清夏，萧条尚觉寒。能无怀旧隐，已愧负微官。①
世乱家频徙，年丰客岂难。②故人来尺素，日日病中看。③
时闻母兄已离广陵并得孙魏县消息。④

【注释】

①旧隐：早已有的隐居之心。此二句是说，因低微的官职而辜负隐居之志，故而惭愧。　②家频徙：指去年与母亲、哥哥流移在外，可能自湖北安陆至扬州皆在一起。　③故人：指孙廷铨。尺素：书信。　④此句是说，得知母亲与哥哥已离开扬州回家。作者去年夏秋在扬州时，与母亲、哥哥同在一起。孙魏县：作者同乡、同榜挚友孙廷铨，中进士后初授魏县知县。魏县在今河北邯郸。消息，书信。

久病思微雨，况闻减膳忧。①官贫知米价，市静少歌楼。②
物竭宁天意，人穷与鬼谋。③总为黎庶祝，星照蘸筵幽。④

【注释】

①减膳：指崇祯皇帝因世乱而减少饮食，以示自责。 ②此二句是说，京城物价腾贵，街市亦无生机。 ③物竭：物资匮乏。宁：岂，难道。与鬼谋：指占卜吉凶。《易经·系辞下》："人谋鬼谋，百姓与能。"孔颖达疏："谓圣人欲举事之时，先与人众谋图以定其失，又卜筮于鬼神以考其吉凶，是与鬼为谋也。" ④黎庶：百姓。醮筵：即醮筵，醮坛，道教祭神的场所。

何事生乡思，凉风逼麦秋。①春声薄暮静，药气一灯幽。②
颇忆音书少，宁关道路修。③干戈如已定，羁旅不须愁。④

【注释】

①麦秋：麦熟季节。 ②此二句谓自春至夏，一直服药。 ③此二句是说，家里与友人来信很少，是因为世乱，与道远无关。 ④此二句是说，如果战事平定，即使长期在路途中也无须担忧。

【评析】

诗写于崇祯十五年夏，作者自春徂夏，一直服药。卧病之中，得知母亲与哥哥已离开扬州归家，也收到了友人孙廷铨的书信，颇感欣慰。对亲人与友人的思念与关切，是这组诗的主调。唯其三写病中得知皇帝"减膳"，京城物价上涨，百姓生活困难，为之担忧不已。

燕市五月歌八首（选三）

徐文长旧有燕京五月歌，皆竹枝体也。壬午徂夏，戏效之为八首，同人时相过，出以示之，无不捧腹而去。寒官不能多具酒，聊以此为娱乐焉。①

芍药开时红满街，青枝掩映美人腮。
家家买得齐供养，一日佛前换一回。②

【注释】

①徐文长：明代著名文学家徐渭，字文长，号青藤老人，浙江绍兴人。作有竹枝体《京师五月歌》。壬午：崇祯十五年（1642）。捧腹而去：认为此组作品好玩，大笑而去。寒官句：微官薄禄，不能备酒，以此为娱乐。　②此诗写京城人家买芍药供养于花瓶。

小巷逶迤露曲房，榴花如火照门傍。
乌纱纸扇遥遥见，翠袖罗衫个个藏。①

【注释】

①曲房：幽静之密室。乌纱：官员之帽。翠袖句：写京城妓家招摇状。此诗写五月榴花盛开时，京城官员流连妓家。

小饮围棋散故迟，青楼红骑月初移。
灯前弦索帘前影，总是羁人肠断时。①

【注释】

①弦索：乐器演奏。羁人：客居之人。此诗写京城青楼围棋、听戏情景。

【评析】

竹枝词以写风土人情为主，善于抓住细节作刻画，重趣味，多诙谐，故能令人捧腹。此组竹枝体多写夜月青楼，间接反映了京城官员的狎妓冶游生活。

过丁野鹤双河庵小饮纵谈并道其山中遇仙事①

高风散微雨，虚阁生夏凉。钟鸣清梵毕，夜静佛火光。②
僧眠古殿幽，余音落渺茫。③月出见二子，寂坐临绳床。④
复置一尊酒，论旧心翱翔。微言意殊深，久之变荒唐。⑤
怪事惊僮仆，灯下列成行。⑥读书何须多，所期在难忘。

山经与穆传，会意何其长。[7]空林有木客，吟啸声琅琅。[8]
交游厌常士，仙鬼喜清狂。[9]夕露下前除，满浮尽君觞。[10]

【注释】

①丁野鹤：即丁耀亢，字西生，号野鹤，山东诸城人。明秀才，入清拔贡，任容城教谕。此人为明清之际名士，才名籍籍，著述甚丰。除诗文集外，尚有小说《续金瓶梅》，传奇《表忠记》等。双河庵：佛寺名，在京城内。②钟鸣句：佛寺钟声响过，念经也已结束。清梵，僧人诵经的声音。 ③此二句是说，夜已深，僧已眠，诵经声消失在渺茫之中。 ④二子：指自己与丁耀亢二人。绳床：又名“胡床”“交床”，能折叠的坐具。 ⑤此四句是说：饮酒论旧，情意颇深。时间一长，所谈就荒唐起来。此指遇仙之事。 ⑥此二句是说，所论遇仙事，吸引着仆人来听。 ⑦山经：《山海经》。穆传：《穆天子传》。此二句谓丁耀亢对这类书尤为喜爱。 ⑧木客：传说中的深山精怪。琅琅：声音响亮。 ⑨此二句写丁耀亢多结交奇士，性格清狂，喜谈仙鬼之事。⑩前除：门前台阶。此二句指深夜仍在饮酒。

【评析】

丁耀亢此时只是一诸生，但好交游，喜纵饮，以才气自诩，性格清狂。此次与作者相会，谈及自己山中遇仙事。作者对此事未作正面描述，只一句“荒唐”带过。只是表示丁喜欢此类事，自己似乎没有兴趣。

徐闇公过饮赠之[1]

击筑休寻燕市行，共将杯酒尽平生。[2]
晚云欲起帝城壮，微雨初过夏木清。
忧世方思王景略，论交今得郑康成。[3]
高歌日暮看长剑，四座回风变羽声。[4]

【注释】

①徐闇公：即徐孚远，字闇公，晚号复斋。松江华亭（今属上海）人。明末

与陈子龙等人组建“几社”，一时名动天下。崇祯十五年（1642）举人。明亡后坚持抗清，随郑成功居于厦门，为著名抗清义士。 ②筑：乐器，声情悲壮。“击筑”用《史记·刺客列传》典：“至易水之上，既祖，取道，高渐离击筑，荆轲和而歌，为变徵之声，士皆垂泪涕泣。”击筑代表悲壮不平之气。 ③王景略：即王猛，字景略，前秦重臣，杰出将领，辅佐苻坚统一北方。郑康成：即郑玄，高密人，汉代大儒，著名经学家。此二句誉徐孚远为王猛、郑玄一类的人物，能治世，有学问。 ④羽声：古代音乐分宫、商、角、徵、羽五等音阶，羽声高亢悲壮。《史记·刺客列传》：“复为羽声慷慨。士皆瞋目，发尽上指冠。”

【评析】

徐孚远为明末“几社”成员，胸怀大志，素有谋略，学术精湛。这次会面，作者表达了对徐孚远的仰慕，更重要的是反映了两人的忧世之情，可以想见两人晤谈内容之不同寻常。诗首之“击筑”与诗末之“羽声”，用同一典故，首尾照应，饱含情感。“王景略”一典也寓有平定北疆之意，语义深微。

庚癸诗集下编

崇祯十五年冬，赵进美因病告假，回家休养，其间创作了一批田园诗歌，以《田家冬日杂兴》最具代表性。此年冬，清军入侵，山东一带多被占领，受祸甚烈，直到崇祯十六年（1643）三月方退兵。作者家乡一带烽火逼近，他目睹时艰，忧愤不已，创作了大量反映清军入侵的诗歌，既完整地记载了这段历史，也深切地表达了时局忧危之感。崇祯十六年（1643）秋，作者回京复职，不久即奉命出使江西。其冬月离京，回家度岁，于崇祯十七年正月奉使南征。《庚癸诗集》下编共有古今体诗 221 首，选注 141 首。

自河间至济南途中作二首[1]

征夫不可止，出郭无安行。旧墟岂复识，败垣犹纵横。[2]
或存一两家，惨澹晨鸡声。早烟荆柘暗，晚照岭谷明。[3]
茫茫阡陌合，茂草亦不生。大路唯蒿藜，寂寞绕古城。[4]
昔年车马途，先驱势若争。鸟兽皆新长，见人踞弗惊。[5]
初秋林木翳，远听蝉悲鸣。[6]揽辔再三叹，周道何时清。[7]

【注释】

①河间：今属河北沧州。　②此二句是说，作者三年前曾经过此地，故云“岂复识”。败垣，倒塌的墙。　③荆柘：两种树木。　④蒿藜：荒草、蒺藜。　⑤此四句写沿途所见，今昔对比。昔日车马争先，行人众多；今日鸟兽占据道路，见人不惊。　⑥翳：遮蔽。　⑦周道：大路。《诗经·小雅·四牡》：“四牡騑騑，周道倭迟。”朱熹《诗集传》：“周道，大路也。”清：太平、安定。

沃田绕巨宅，大字署其隅。谁能受之去，官仍给所须。[1]
今人何其廉，昔为群力趋。[2]蒿莱废天意，久旱如沾濡。[3]
旷野烟火微，夕阳依山孤。旧市豺迹交，白日鸺鹠呼。[4]
壮色皆荒凉，何暇问村墟。[5]此径得偶通，岂敢恨榛芜。[6]
黄昏哀角声，行客尚艰虞。[7]愚民昧祸机，反覆乃须臾。[8]
明时方劝耕，窃伏悲尔徒。[9]

【注释】

①大字句：写有大字的牌匾弃之角落。此四句是说，过去的豪家已败落无人，其土地也被官府分给无地之人。　②廉：谓土地不值钱。　③蒿莱：荒草。此二句是说：土地荒废已久，这是天意；大旱已久，刚刚下了点小雨。④豺迹：豺狼踪迹。鸺鹠：猫头鹰的一种。　⑤壮色：壮美的景色。　⑥此二句是说，幸而有路能通过，岂敢怨恨路上荒草阻碍。榛芜：丛杂的草木。

⑦此二句是说，黄昏时分尚闻军中画角，道路上仍有许多艰难险阻。 ⑧愚民：百姓。昧：不明白。祸机：隐伏的祸患。须臾：短时间。此二句是说，百姓困于灾荒，不断地揭竿而起，这是不明白其中的祸患。 ⑨此二句是说，政治清明时应劝民力耕，私下里为百姓感到担忧、悲伤。窃伏，私下，私心里。尔徒，指起义之百姓。

【评析】

诗为作者自京返乡途中所作，一路所见，触目惊心。土地荒芜，人烟稀少，过去的城邑沦为荒城，过去的豪宅已败落无主。道途荆棘，野兽出没，画角时闻，战事不止。农民被迫起义，危机更趋严重。这篇诗歌纪实性很强，是明末社会现实的真实反映，也是作者忧国忧民思想感情的自然流露。

雨中游洗砚池上有古寺即逸少故宅[①]

清潭秋至半残荷，入暮风吹此一阿。[②]
气没高城非借雨，凉侵远岸不成波。[③]
人看晚节书方伏，知有名山地尽过。[④]
闻道乌衣遗巷在，中原今亦渡江多。[⑤]

【注释】

①洗砚池：在山东临沂，传为王羲之故宅。逸少：王羲之字逸少。 ②阿：小山丘。 ③远岸：指沂河岸。 ④晚节：王羲之晚年辞官居会稽，尽情游赏浙东山水，颇有高致，书法亦愈发为人所佩服。 ⑤乌衣遗巷：即指乌衣巷，在今江苏南京秦淮河畔，为东晋王、谢两大豪门居处。此二句是说，乌衣巷犹在，而现在中原人士亦如东晋之时，纷纷渡江避难。

【评析】

诗因洗砚池引起，赞誉王羲之晚年归隐，保持晚节，以书法名于天下。作者由此引出东晋士人南渡，慨叹现在时局危难，士人亦谋渡江避难。感慨极为深刻，于明之末世亦极具预见性。

宿郡城作①

艰难海表此途成，父老惊闻车马声。②
岁歉王人多贵俭，秋来山水有余清。③
高丘日照荡阴里，残垒烟生广固城。④
欲问吹竽十万户，连宵寒雨听鸡鸣。⑤

【注释】

①郡城：青州府城。　②海表：海边。　③王人：朝廷微官，此处自指。岁歉句言年成不好，一切从简。　④荡阴里：地名，在齐国故都临淄城南。汉乐府《梁甫吟》："步出齐城门，遥望荡阴里。"广固城：在青州城西北，为前赵青州刺史曹嶷所建，曾为南燕都城。　⑤吹竽：《战国策·齐策》："苏秦为赵合从，说齐宣王曰：'……临淄甚富而实，其民无不吹竽、鼓瑟、击筑、弹琴、斗鸡、走犬、六博、蹹踘者。'"十万户：《史记·齐悼惠王世家》载主父偃言："齐临淄十万户，市租千金，人众殷富，巨于长安。"

【评析】

诗写于崇祯十五年（1642）秋，咏郡府青州。时齐国故都临淄属青州，故多注目临淄，感慨古时临淄富丽，今已不再。

病中闲咏四首（选二）

虽适初归意，能无远梦劳。①晚云山澹泊，秋气夜萧骚。②
宝马鱼油障，新弦凤尾槽。③因思与尔隔，长抱灌畦槔。④

【注释】

①初归：归田之初心。远梦：思念远方。此指京城。　②萧骚：冷落、冷清。　③鱼油障：用鱼油涂饰车上的帷布。凤尾槽：指琵琶。乐史《杨太真外传》："妃子琵琶逻逤檀，寺人白季贞使蜀还献。其木温润如玉，光耀可鉴。有金缕红文，蹙成双凤。"槽，琵琶上架弦的木格。苏轼《宋叔达家听琵琶》："数弦

已品龙香拨，半面犹遮凤尾槽。”　④尔：指京城。灌畦槔：此指耕田灌园生活。灌畦，出自《庄子·天地》，指浇地。槔，即桔槔，井上汲水的工具。

微波澄远浦，云气发幽岩。欲载游山屐，新成处士衫。①
风尘伤短鬓，雨雪咏长镵。②但去高城上，悲歌亦不凡。③

【注释】

①游山屐：即谢公屐。谢灵运自制的一种登山木鞋。处士衫：隐士的衣服。②伤短鬓：鬓发短而稀，是病弱之态，故而忧伤。长镵：一种农具。杜甫《乾元中寓居同谷县作歌七首》之二：“长镵长镵白木柄，我生托子以为命。”　③高城：此指博山城楼。

【评析】

此组诗写于崇祯十五年秋，作者告假归里，在家养病。诗其一说虽如愿归田，但仍思念京城，耕田生活中也有不甘心处。其二末句之“悲歌”亦与此等心情有关。组诗其他两首多写病中灌园、郊游、远眺等田园生活。

秋日病后独游溪上偶忆孙介黄次其见寄二诗韵①

古墟霜冷木萧萧，壑气溪声晚更骄。②
避世功名秋社过，暮钟风雨故人遥。③
苍烟远泽生阴火，返照高原见野桥。④
游事辋川多病阻，满园衰草屐痕消。⑤

【注释】

①孙介黄：即孙廷铨。孙有诗见寄作者，此次其韵。　②骄：高，响声大。　③避世功名：有功名且隐居。秋社：秋祭土地神。故人：指孙廷铨。④阴火：谓火光若隐若现。　⑤辋川：在陕西蓝田。王维有辋川别居，作《辋川诗》二十首。此二句是说，因病不能像王维那样游事山水而作诗，自家园林也久已不去，满是衰草。屐痕，足迹。

短卫西风忆帝阛，旧游空自指遥津。[①]
辟窗高卧人犹晋，种豆哀歌声是秦。[②]
寒雨入林秋稼毕，孤城经乱戍楼新。[③]
思君欲寄闲居赋，青女霜前有雁臣。[④]

【注释】

①短卫：矮小的驴。帝阛：帝城，京都。遥津：遥远的渡口。旧游句：孙廷铨所在的魏县是作者的旧游之地，但现在作者空自向往而未能前往。　②辟窗句：开窗高卧犹如晋代人物。指隐居生活有魏晋风流气度。种豆哀歌：汉代杨恽《报孙会宗书》："田彼南山，芜秽不治。种一顷豆，落而为萁。"声是秦：《史记·张仪列传》记陈轸云："今臣虽弃逐之楚，岂能无秦声哉！"秦声的特点是凄断、悲咽。　③戍楼：城上瞭望楼。　④闲居赋：西晋潘岳所作赋名，写田园闲居生活。青女霜：此指秋霜。青女，传说中掌管霜雪的女神。雁臣：此处指鸿雁，欲借鸿雁传书。

【评析】

二诗寄怀友人孙廷铨，时孙廷铨任魏县知县。诗写病中归隐的生活，同时怀念友人，情绪低沉、落寞。多病的身体、闲居田园的寂寞，使作者一方面有归田之念，一方面又回忆京城生活，真实反映了作者的思想矛盾与内心痛苦。

斋中即事[①]

高斋久寂寞，门巷尽寒苔。舍后酒初熟，篱边菊未开。
闲云晚易徙，饥鸟雨还来。落叶何时定，遥砧更欲催。[②]

【注释】

①即事：写眼前事物。　②后二句是说，树叶未全落，而遥远的捣衣声似在催促离人回归。

【评析】

诗写即目所见，以景物呈现为主，情感含而不露，学唐人笔法甚是到位。

河决二首[1]

竹箭安流久弗移，宁关伏雨渺难知。[2]
求薪不属人将罪，湛璧无灵巫有辞。[3]
午夜澹烟收燧火，女墙寒浪映旌旗。[4]
应逢海若骄秋水，已胜中原十万师。[5]

【注释】

①诗写黄河决口。崇祯十五年（1642）四月，李自成率大军第三次包围开封，围而不攻，至八月，"开封久困食尽，人相食"。九月，河决开封，"士民溺死数十万"。　②竹箭：本为竹制的箭矢，后喻河流迅疾。《慎子》佚文："河之下龙门，其流驶如竹箭，驷马追弗能及。"宁关：岂关。伏雨：久雨，淫雨。宁关句谓此次河决是否与久雨有关，岂能知道。　③求薪：用薪柴堵塞决口。语出《汉书·沟洫志》："于是上（汉武帝）以用事万里沙，则还自临决河，湛白马玉璧，令群臣从官自将军以下皆负薪置决河。是时，东郡烧草，以故薪柴少，而下淇园之竹以为楗。"不属：不及。湛璧：沉玉璧于河中。此二句是说：用薪柴来堵塞，则人将获罪；沉玉璧于河中亦无济于事，而巫有借口。　④前句写河决以后，李自成军退，故曰"收燧火"。燧火，烽火。后句写水淹至开封女墙上的旌旗。　⑤海若、秋水：《庄子·秋水》："秋水时至，百川灌河。泾流之大，两涘渚崖之间，不辨牛马。"又曰："北海若曰：'井蛙不可以语于海者，拘于虚也；夏虫不可以语于冰者，笃于时也。'"海若，海神。已胜句：谓河决后围城兵退，胜过明朝的十万军队。

秋雨苍茫散浊河，高城冉冉入惊波。[1]
时清应见神鱼舞，乱久忽传瓠子歌。[2]
故殿岂能留碧瓦，残黎犹自抱霜戈。[3]
汉庭何日遣堤使，闻道淇园竹尚多。[4]

【注释】

①浊河：黄河。冉冉：慢慢地。　②此二句是说，太平时会看见河中鱼龙

翻舞，今为乱世，忽然传来黄河决口的消息。瓠子歌，汉武帝时期黄河在瓠子一带决口，至元封二年，武帝亲命堵塞决口，并作歌，以咏其事。可参见《汉书·沟洫志》记载。瓠子：在今河南濮阳。　③故殿：开封旧为宋都，明时为周王封地，并有宫殿。残黎：遭难之百姓。抱霜戈：在寒霜中执戈自卫。　④汉庭句：朝廷何时派遣官员，将决口堵上。淇园：古代卫国之园林，在今河南淇县。汉武帝曾命砍伐淇园竹，编成竹排以封堵黄河决口。可参见《汉书·沟洫志》。

【评析】

崇祯十五年的黄河决口，溺死开封几十万人，是一件震惊全国的大事。关于此次决口，说法不一，或说是李自成军决河灌城，或说是明官军决河退军。作者于此不置可否，似乎不确定地将之归于久雨成灾，这与作者僻处家乡、无可靠消息有关。诗除描写开封被淹之惨状外，也写围城的李自成退兵，并主张效法汉武帝迅速派人堵塞决口。但诗中议论并不高明，对城中百姓苦难之同情也较少。

冬日过山中有感二首

林端独往客，遥听隔溪钟。①归鸟入残雪，晚烟生远峰。
岩鸣分众瀑，石静出孤松。闻有鹿皮子，时艰岂可从。②

【注释】

①林端：林外。　②鹿皮子：即仙人鹿皮公，淄川人，隐于岑山。末句谓欲追随鹿皮公而隐居，但因时世艰难做不到。

暝色孤村路，萧萧枯树前。群情依晚照，冬意在轻烟。
林转遥通谷，溪穷更得泉。狂歌如可老，唯忆接舆贤。①

【注释】

①接舆：楚之隐者。《论语·微子》："楚狂接舆歌而过孔子曰：'凤兮凤兮！何德之衰？往者不可谏，来者犹可追。已而已而！今之从政者殆而！'孔子下，欲与之言。趋而辟之，不得与之言。"此二句也是表达隐居之念。

【评析】

诗写于崇祯十五年冬，写山中景象，表达欲隐居而不能的心理。隐与仕是此时作者的一大矛盾，但出仕的想法一直占据上风，故曰“时艰岂可从”。

田家冬日杂兴

前人咏田家诗，多道其春秋作苦，锄获征输之事，未尝及冬日也。频年伤歉，今幸稍丰，予适居乡里，家世知农，乐观稼毕，祝鸡洒酒，自以为娱。乃作田家冬日诗五首。[①]

北风吹茅宇，小春应微缓。[②]比邻机杼鸣，平畴麦叶短。[③]
初日聚童稚，坐卧杂鸡犬。屋梁悬众耜，寂寞岁事晚。[④]
石寒溪流激，雪霁烧痕浅。疏林不隔烟，冬野能见远。
飞鸿顾前渚，饥乌噪空坂。[⑤]啸侣登东皋，暮逐樵声返。[⑥]

【注释】

①祝鸡：发出“祝祝”声以唤鸡。 ②小春：农历十月称为“小阳春”。 ③平畴：平旷的田野。陶渊明《癸卯岁始春怀古田舍二首》：“平畴交远风，良苗亦怀新。” ④众耜：各种农具。 ⑤前渚：前面的水池。空坂：空旷的山坡。 ⑥东皋：陶渊明《归去来兮辞》：“登东皋以舒啸，临清流而赋诗。”此用陶语。

仲冬多良辰，玄霜澹园圃。新酒鸣槽床，遥春暮能数。[①]
今岁幸少丰，馇粥闻笑语。[②]田家事事难，余力幸可举。
夜听箫鼓过，西邻方嫁女。泠泠老僧呗，僛僛村巫舞。[③]
古陌走儿童，社鬼饱鸡黍。[④]衰柳负严风，密霰兼微雨。
众鸟兢暗栖，孤灯出高树。寒野旷无声，猎火照柴户。

【注释】

①槽床：即糟床，榨酒器。杜甫《羌村》：“赖知禾黍收，已觉糟床注。”

②饘粥：稀饭。　③泠泠：清朗的声音。刘长卿《听弹琴》："泠泠七弦上，静听松风寒。"老僧呗：老和尚诵经。僛僛：歪歪斜斜地跳舞。《诗经·小雅·宾之初筵》："屡舞僛僛。"毛传："舞不能自正也。"　④社鬼：冬日祭鬼神。

漠漠积雪中，风吹众山立。晓空雁字斜，天静远烟白。
云没哀响尽，日带寒影急。茅屋三五间，苍岩为四壁。
皆值清涧转，各受修林迫。[1]老翁檐下曝，农妇窗前缉。[2]
霜际见早樵，冰声闻夜汲。是时感岁去，闭户共偃息。
剥啄过邻叟，浊酒共今夕。[3]疏篱隔野色，濛濛岚气湿。
归鸦暮复多，田舍岂能寂。

【注释】

①修林迫：茅屋靠近树林。　②缉：搓麻或纺织。　③剥琢：敲门声。

云气归远山，空原骄冰雪。初日入寒林，回风鸣枯叶。
众村集网罟，野烧尚明灭。[1]农夫有意气，常因田事屈。
丰年多闲暇，斯时复凛冽。荒阜既群发，危岭或独越。[2]
远近响相寻，谷静昼萧瑟。疑狐与狡兔，仓卒无安穴。[3]
奔走力所获，余技安足设。归来庭户暗，稚子灯下列。
闻声惊出看，委地笑枕藉。[4]天晴新月澹，牖冷星光射。
何用解劬劳，邻即酒家宅。[5]

【注释】

①网罟：捕鸟兽的工具。指冬日打猎。野烧：冬日火烧田中荒草，以驱赶野兽。　②此二句是说，农夫或集体行动，或单独劳作。　③此四句是说，野兽四处逃窜。　④枕藉：纵横交叉，叠压在一起。　⑤劬劳：劳累、辛苦。末二句写到邻家酒店喝酒解乏。

星尽晓色分，日出飞鸟外。高枝残雪堕，寒村散微霭。
田家门始开，篱落闻犬吠。草际风未定，树杪霞犹在。
方见牛羊群，一一远岭背。农夫倚杖立，默默念卒岁。[①]
鸟雀鸣阶前，儿女笑窗内。入口饱新粒，未冬完官税。[②]
皎皎清溪水，飒飒幽林籁。板桥无屐迹，静与草舍对。
时有旧邻来，拂石坐相待。

【注释】

①卒岁：年终。《诗经·豳风·七月》："无衣无褐，何以卒岁。" ②未冬句：未至冬天，就已交完官家租税。

【评析】

这组诗写冬日农家生活，场面十分生动，生活气息极浓，写出较多农家细节，情感闲适快乐，表现出作者对农村田园的熟悉与喜爱。确如诗序所说，文学史上的田园诗很少写冬日情形，此诗为传统田园诗开出新境界，为一大贡献。其四写农村冬日田猎，题材更是新颖、别致。组诗语言通俗晓畅，写法近乎白描，不用故实，深受陶渊明和唐代田园诗派的影响。王士禛在赵进美墓志铭中评价其诗歌"清真绝俗，得王、孟之趣"，就是对这类诗的准确评价。

游黄红峪[①]

严冬方凛慄，绪风沐寒畴。[②]空林依积雪，寂寞发奇游。
暝色入鸿蒙，岩静清潭幽。[③]微云翼孤峰，素石鸣潜流。[④]
绝壁无晦明，日夕苍烟留。岚气何处灭，时见归鸟投。[⑤]
阴壑雷雨古，山光草木收。[⑥]苔洁含晨冰，返照披暮丘。[⑦]
众岑相波涛，渺如漾轻舟。[⑧]

【注释】

①黄红峪：在今山东淄博博山区石马镇五阳山西麓。作者同时作《游黄红峪

记》一文，可以参看。 ② 凛慄：寒冷。绪风：冬日余风。屈原《九章·涉江》："乘鄂渚而反顾兮，欸秋冬之绪风。"王逸注："绪，余也。"寒畴：冬日的田野。 ③ 暝色：暮色。鸿蒙：天地开辟之前的混沌状态。此句谓暮色已至，峪内一片混沌、模糊。《游黄红峪记》一文云："峪既窈窕幽宥，层嶂阻蔽，暝色冉冉方自众山来，而遂已先暮。" ④潜流：黄红峪有泉水，形成三个池潭。时值冬日，表面结冰，水在冰下流淌，故曰潜流。 ⑤岚气：山中雾气。此二句言雾气消失后，时时见到飞鸟飞入峪中。 ⑥阴壑：幽深阴暗的山谷。雷雨古：雷雨仿佛自太古时来，有不知今世何世之感。山光句谓山顶有光亮，草木可见。 ⑦前句写石上苔藓还带着早上的冰，明亮莹洁。后句写日光返照又覆盖着傍晚的山丘。 ⑧此二句是说，迷蒙中众多山峰高低起伏，其状如轻舟在波涛中荡漾。渺如，茫茫然，看不清楚。

【评析】

诗写冬日游黄红峪经历，仰观俯察中，突出其间的晦明变化。尾联写众山起伏，如舟在波涛，比喻新奇生动。

渔阳①

海色平临碣石悬，渔阳日落见寒烟。②
营边片角龙沙月，马后双弓雁字天。③
远道羽书方计日，中原牛种尚无年。④
传闻卫律今犹贵，意气黄云万幕前。⑤

【注释】

①渔阳：地名，在今北京密云西南一带。唐代渔阳郡为安禄山起兵反叛之地。白居易《长恨歌》："渔阳鼙鼓动地来，惊破霓裳羽衣曲。"崇祯十五年（1642）十一月，清兵大举入关，掠河北、山东一带，作者家乡青州、临淄一带亦被清军劫掠，此诗为时事而作。 ②碣石：碣石山，在今河北昌黎，濒海。悬：高悬于海上。 ③龙沙：今河北喜峰口（古称卢龙塞）北即沙漠，古称龙沙。雁字天：指秋冬季节鸿雁南飞之际。此二句谓清军自秋季即准备南进。

④羽书：紧急文书。计日：计算天数。此句有羽书迟延之意。中原句谓正值中原歉收。 ⑤卫律：本为“胡人”，长期生活在汉朝，后投降匈奴，甚被倚重，可参见《汉书·苏武传》。此处指降清之孔有德，此次清军入侵即以孔有德领兵。意气句写清兵统帅不可一世的样子。

【评析】

清军入塞之际，作者正值家居，闻讯悲愤，遂作此诗。诗中谴责降清孔有德之流，为敌前驱，为虎作伥，成为进攻明朝的主帅。

悲清源①

清源水落霜气幽，锦缆素榜芙蓉舟。②
绿窗氤氲开朝镜，红楼夹岸垂银钩。③
可怜赵舞随秦讴，阮咸声尽闻箜篌。④
但知结带房中曲，谁识飞沙塞上愁。⑤
边风一夜吹芳树，箫鼓初停栖乌语。⑥
满城罗绮散晨烟，寒水无声流不去。⑦
焉支山下雨冥冥，芦管悲笳竟日听。⑧
自掩朱弦对汉月，空留青冢满龙庭。⑨

【注释】

①清源：临清的别称。临清今属山东聊城，为运河沿岸城市，车马辐辏，商业发达。清军于崇祯十五年闰十一月攻陷临清。 ②锦缆句：写临清运河船只之美。 ③绿窗：绿色纱窗，指女子居室。韦庄《菩萨蛮》：“劝我早归家，绿窗人似花。”垂银钩：朱帘不卷。银钩，挂朱帘的钩子。此二句写运河两岸倡家众多。 ④可怜：可爱。赵舞、秦讴：赵、秦两国的歌舞。指倡女能歌善舞。阮咸、箜篌：皆为乐器，为倡女所擅长。 ⑤结带：巾带相结，谓男女欢好。房中曲：乐府曲名。亦喻男女欢会。谁识句谓倡女被掳掠到北地边关。 ⑥边风句：指汉族女子被清军摧残。箫鼓句：谓歌舞不再，只闻栖乌之声。栖乌，归巢之鸦。 ⑦罗绮散：倡女被清军掳掠已尽。寒水：冬日的运河之水。

⑧焉支山：又名“胭脂山”，为祁连山的一段，在今甘肃张掖，为汉代匈奴所据。汉武帝元狩二年（前121），霍去病攻打匈奴，占领焉支山一带，匈奴悲歌曰：“失我焉支山，使我妇女无颜色。”此处代指清军所在之东北地区。芦管、笳：皆为乐器。李益《夜上受降城闻笛》：“不知何处吹芦管，一夜征人尽望乡。”此二句写汉族妇女掳掠至东北后，已听不到往日的阮咸、箜篌，都是芦管、胡笳之声。　⑨此二句是说，朱弦不弹，对月思乡，死后只能葬于北地。青冢，为王昭君墓，在今内蒙古呼和浩特。杜甫《咏怀古迹》写王昭君：“一去紫台连朔漠，独留青冢向黄昏。”龙庭，亦作“龙廷”，本为匈奴祭天之所。此代指清军发祥地东北。

【评析】

清军攻陷临清，大肆劫掠。作者选取了一个独特的角度，即倡家女子被抢掠北去。其实，当时岂止倡女，大批良家女子也被掠走。对此历史劫难，作者表达了悲愤之情，留下了这一历史记录。

猎骑①

猎骑名城下，边尘万里通。②遥传左当户，更入右扶风。③
马首平原黑，弓衣落照红。④频将绮陌泪，沾洒对哀鸿。⑤

【注释】

①猎骑：清军的骑兵。　②边尘：指清军远道入侵。　③左当户：匈奴官名，由匈奴贵族担任。此指清军将领。右扶风：本为汉代官名，后指所辖地区。汉代右扶风所辖为今陕西扶风西部，为京畿之地。此指明京畿地区。
④前句写中原被兵之黑暗。后句写清兵军衣在残阳中呈现红色。　⑤绮陌：繁华街道。此二句是说：过去繁华，如今衰败；闻之落泪，对之凭吊。

【评析】

此诗对清军南侵的灾难表示悲悼。

城望三首[①]

飒飒空畴霜叶稀，冷烟返照自相依。
山中千骑无声过，树杪寒光片片飞。[②]

【注释】

①诗题谓在家乡颜神镇城头遥望。时清军已深入山东地区，南到兖州，东到莱阳，青州、临淄均已被兵。　②空畴：空旷的田野。寒光：军中武器闪光。

野哭遥随落木声，北风戎马夜连营。
微阴满目沙场色，一雁寒飞白草城。[①]

【注释】

①北风戎马：指北兵入侵。白草城：清军过后，城中唯余冬日白草。

处处飞尘野色黄，千家掩泪望天狼。
孤城半夜悲风发，不辨星光辨火光。[①]

【注释】

①天狼：天狼星，主侵掠。屈原《九歌·东君》：“举长矢兮射天狼。”苏轼《江城子》：“会挽雕弓如满月，西北望，射天狼。”

【评析】

作者于家乡城头遥望，深为当时清军入侵、涂炭山东各地而忧心。诗以写景为主，每诗仅用一二词语点明战事，具有强烈的抒情性。

阵云[①]四首（选二）

阵云遥出没，飞鸟一时还。骝马依风健，牙旗背日闲。[②]
寒阴生众树，暝色失前山。杀气惊沙里，萧萧龙雀环。[③]

【注释】

①阵云：战场云气。　②骝马：黑鬣黑尾的红马。王昌龄《出塞》："骝马新跨白玉鞍，战罢沙场月色寒。"牙旗：军中主帅所建的大旗。　③萧萧：马鸣声。龙雀：晋时赫连勃勃的宝刀名。制作极巧，下为大环，以缠龙为之，其首鸟形。萧萧句：意为在萧萧马鸣中，清军将领的大刀环头也发出声响。

积雪黄花戍，寒沙青海湾。①屯营遥拥日，轻翼静连山。②
马怒知风急，城危喜士闲。③鸣弓同慷慨，数石亦能弯。④

【注释】

①黄花戍：地名，河北道平州北平郡有黄花戍。郭茂倩《乐府诗集》载《伊州歌》："闻道黄花戍，频年不解兵。"青海湾：即青海湖，汉代常与匈奴在此交战。李白《关山月》："汉下白登道，胡窥青海湾。"用此语典指清兵入侵。
②屯营：军营驻扎。轻翼：骑兵的侧翼。　③喜士闲：战事空闲，让士兵暂时高兴。　④此二句是说，士兵意气慷慨，能拉动强弓。指士气高昂。

【评析】

此四诗写清兵入侵的战局形势，渲染战场气氛，想象调兵战况。末首似写想象中的明军列阵情况，盼望军队士气尚可迎战。

鲁殿二首①

鲁殿萧条万骑腾，龟蒙寒色不堪登。②
旃墙月落单于垒，猎火风吹少昊陵。③
鼠舞庭中人欲尽，雕盘战后雪难胜。④
荒原白草临斜照，宾客淮南旧日称。⑤

【注释】

①鲁殿：明鲁王宫殿，在兖州。此指崇祯十五年（1642）十二月清军攻陷兖

州，鲁王朱以派自杀。　②此二句指鲁殿被围。龟蒙，龟山与蒙山的合称，在今山东平邑、蒙阴以及新泰一带，呈西北向东南走势，长约八十余里，其西北一段名龟山，东南名蒙山，主峰为龟蒙顶。《诗经·鲁颂·闷宫》："奄有龟蒙。"③旃墙：即毡墙，借指毡帐，此处指清兵的军帐。单于垒：匈奴军队的营垒。单于，匈奴首领。此处指清军兵营。少昊陵：黄帝之子少昊的陵墓，在曲阜。④鼠舞庭中：《汉书·五行志》："昭帝元凤元年九月，燕有黄鼠衔其尾舞王宫端门中。往视之，鼠舞如故。""鼠舞"为叛臣乱君之兆。雕盘战后：雕盘旋于战场上空。　⑤宾客淮南：汉淮南王刘安，喜养宾客，据说有数千人，高士八人。此指鲁王。此二句是说，昔日鲁王以宾客众多为人称道，如今经历兵事，荒原白草，夕阳残照，极为冷落。

营头孤日照鱼櫜，城上斜风落雁毛。①
谁识大黄朝矢尽，愁看太白夜星高。②
王孙犹佩珊瑚玦，老士偏矜径路刀。③
旧日诸生缝掖地，岂能秣马具银槽。④

【注释】

①鱼櫜：鱼皮做的箭袋。《诗经·小雅·采薇》："四牡翼翼，象弭鱼服。"鱼服即鱼櫜。雁毛：此处代指羽箭的羽毛。　②大黄：弓弩名。太白：星名，即金星。　③王孙：明代世袭的王孙子弟。珊瑚玦：珊瑚玉佩。矜：夸示。径路刀：匈奴宝刀名。前句谓鲁王之弟朱以海尚在（后袭封鲁王，在浙东监国抗清）。后句谓清兵在鲁殿炫耀宝刀。　④缝掖：大袖单衣，古儒者所服。此代指儒生。秣马：喂马。银槽：马槽。此二句是说，鲁殿过去是儒生聚集之地，现在岂能成为清军喂马之处。

【评析】

兖州被攻破，鲁王朱以派自杀，也是此时的大事件，对明人震动极大，作者言之极为痛心。诗多以匈奴比喻清军，以用典来写鲁殿被清军占领，语言注重修饰，但内心的悲愤难以掩饰。

城楼同孙介黄夜坐小饮作[①]四首（选二）

埤堄回风发，中宵铁箭过。[②]感时吾辈晚，忧乱古人多。[③]
夜气生哀角，寒灯散画戈。[④]谁知丘壑里，共听陇头歌。[⑤]

【注释】

①城楼：建在城墙上用于防御的城楼，又称谯楼。孙介黄：即孙廷铨。②埤堄：城上矮墙。中宵：半夜。铁箭：清军的飞箭，以铁为箭头。 ③此二句是说，自己的感时、忧乱之心虽晚于古人，但比古人更多。 ④哀角、画戈：均指战争。 ⑤陇头歌：即《陇头歌辞》，乐府诗题，其三为："陇头流水，鸣声幽咽。遥望秦川，心肝断绝。"

太息将何往，行藏与子安。[①]风尘为吏拙，兵甲置身难。[②]
画鼓霜中急，危楼雪后寒。[③]远天多惨澹，唯辨斗阑干。[④]

【注释】

①行藏：指出处或行止。《论语·述而》："用之则行，舍之则藏。"安：安身。 ②此二句是说，自己身处战乱年代，做官不易，存身亦难。 ③画鼓：喻军情。危楼：高楼。 ④斗阑干：星斗纵横貌。曹植《善哉行》："月没参横，北斗阑干。"

【评析】

诗作于崇祯十五年（1642）岁末，孙廷铨自魏县告假回乡度岁，两人在城楼饮酒，共论时事，感慨遥深。作者叹息忧危何日能定，去乡做官艰难，乱世难以存身，将忧世心情表达得鲜明且浓郁。

除日作二首[①]

入暮愁闻起朔风，悲歌椒酒映樽红。[②]
谁人鸣剑伊吾北，连岁饥民大小东。[③]

虚拟短衣方看射，何妨轻策竟从戎。④
荒原铁马骄腾地，草木寒依夕照中。⑤

【注释】

①除日：除夕，大年三十。　②朔风：指北风，也有暗喻清军入侵之意。椒酒：用花椒浸制的酒。春节向长辈敬献椒酒，有祝寿、拜贺之意。　③鸣剑：良剑。伊吾：在新疆哈密。《后汉书·臧宫传》："臧宫、马武之徒，抚鸣剑而抵掌，志驰于伊吾之北矣。""志驰于伊吾"为渴望在边塞建立功勋。谁人句：慨叹无人能立功边陲。大小东：《诗经·小雅·大东》："小东大东，杼柚其空。""大小东"为周代东方各诸侯国。此指山东地区。　④虚拟：设想。短衣：士兵所服，便于骑射。轻策：即轻骑，指轻便的马。策，马鞭，代指马。从戎：从军。此二句是设想自己也能从军。　⑤铁马骄腾：战马奔腾。此指清军跋扈状。

山城积雪晚方幽，鼓角星高出戍楼。①
烽火天寒连大泽，欃枪宵暗拥之罘。②
边声千里春犹壮，朔气三冬夜雨收。③
亲见材官能脱胄，宁无猿臂慕封侯。④

【注释】

①戍楼：御敌之城楼。　②大泽：此指大泽山，在今山东平度。欃枪：彗星的别名，主战事。之罘：即芝罘，岛名，在山东烟台。崇祯十五年（1642）冬清兵已进军胶东，围莱阳，故云。明年二月初六，莱阳破，阖城士民多遇难者。③此二句是说，春天到来，期望形势或有改变。　④材官：秦汉设置的一种预备兵种。此指明代地方武装。脱胄：指决一死战。《隋书·权武传》记权武之父权袭庆："袭庆力战矢尽，短兵接战，杀伤甚众，刀矟皆折，脱胄掷地，向贼大骂曰：'何不来斫头也！'贼遂杀之。"猿臂：臂长如猿，可以运转自如。也喻勇猛。典出《史记·李将军列传》："广为人长，猿臂，其善射亦天性也。"封侯：建立功勋，封为侯爵，泛指显赫功名。此二句是说，明朝地方官兵都能决死一战，其中难道就没有像李广那样勇猛善战、能立赫赫之功的人吗？

【评析】

除夕之日，作者毫无过节心情，系心国事，忧心不已，甚至有“轻策竟从戎”之设想，盼望能有勇猛将领出现，击退清兵，建立不世功勋。这既是盼望，也是节日的祝祷。

偶过范泉①

风日今晨定，山烟尽作春。艰难郭外意，珍重乱余身。②
溪色分晴远，城寒借柳新。清吟同倚杖，幽磬更依人。③

【注释】

①范泉：在山东淄博博山区城东范公祠内，因纪念范仲淹而得名。　②后二句是说，时世艰难，自身应珍重。郭，外城。　③幽磬：附近寺庙中的磬声。

【评析】

诗写于崇祯十六年春，作者写春意新生，表达战乱中难得的闲适。

人日饮孙介黄城楼①

层阴返照晚冥冥，寒色危城昼自扃。②
气散西山千雉入，风连北渚片鸿听。③
牛羊夜徙穹庐黑，冰霰春骄燧火青。④
万井萧条人日过，雕盘彩胜雨中停。⑤

【注释】

①人日：正月初七日。　②此二句是说，傍晚满城晦暗，白天城门也关闭。　③西山：今谓凤凰山，在孝妇河西岸。片鸿：时已初春，有零星鸿雁北飞经过。　④穹庐：北方游牧民族的毡帐，此指清军军营。燧火：烽烟。⑤雕盘：即雕花的盘子，以贮食品。彩胜：用彩纸或绢剪成的各种头饰，为妇女

与小儿所戴，此为人日风俗。此二句是说，在清军进攻下，市井萧条，人日的各种风俗活动都停止了。

【评析】

正月初七，作者与孙廷铨在城楼小饮，有感时局危急，已无过节心情，唯忧心时事而已。

上元小病偶成[①]

冶游何处见，戍火接遥山。[②]令节干戈里，余生药饵间。
幽怀随岁减，素月向人闲。[③]榻静闻疏柝，迢遥夜梦还。[④]

【注释】

①上元：正月十五日。 ②冶游：野游。戍火：戍卒在营地所燃之火。 ③令节：佳节。幽怀：幽静的情思。素月：明月。 ④疏柝：远处的打更声。迢遥：远貌。此二句是说，夜梦为更声唤醒。

【评析】

诗写上元节感受，虽有“戍火”“干戈”，但情感平淡，没有流露过多忧伤。

上元答高葱佩见寄之作[①]

铁骑尚凭陵，星高夜不澄。[②]应无千日酒，欲负百枝灯。[③]
旧绪愁中失，孤城乱后登。一丘堪避世，皂帽忆吾朋。[④]

【注释】

①高葱佩：即高珩，字葱佩，号念东，又号紫霞道人，今山东淄博淄川区人。崇祯十六年（1643）进士，入清仕至吏部左侍郎、刑部左侍郎。有《栖云阁集》。 ②铁骑：指清兵。凭陵：侵犯、横行。 ③千日酒：酒名，传说为中山人狄希所造，饮后能醉千日。见干宝《搜神记》卷一九。百枝灯：据《开元天宝遗事》记载：“韩国夫人置百枝灯树，高八十尺，竖之高山，上元夜点之，

百里皆见，光明夺月色也。”欲负句写不欲观灯。　④皂帽：黑色帽子，常为隐者所戴。

【评析】

高珩写诗问讯，作者以诗答之，因清兵入侵，上元夜亦无情趣，表达自己的“避世”心情，也写出对高珩的怀想。

十六夜三首（选二）

星毬火树照初春，鹅管鹍弦事事新。[①]
歌易流连沽易醉，干戈乍定作游人。[②]

【注释】

①星毬火树：元宵节之灯火。鹅管鹍弦：以鹅毛管为笙，用鹍鸡筋做琵琶弦。此谓演奏音乐。　②干戈乍定：清军入侵的战事稍停。

彩烛清烟漏未央，画桥宛转月如霜。[①]
岂因忧乱频耽酒，但喜今年是故乡。

【注释】

①彩烛清烟：元宵灯火。未央：未尽。

【评析】

元宵佳节，火树银花，歌舞喧闹。作者也不免出游、饮酒，甚至欲纵情忘忧，既欣喜是在家乡过节，又时时感到战争的迫近。战事背景下的特殊节日氛围被作者细微地传达出来。

初春城上二首

孤城寒日照林长，薄暮飞乌避女墙。[①]
远见白榆通紫塞，应无玄鸟报青阳。[②]

云中故守名今盛，灞上新营旗昼扬。[3]
六郡少年多意气，解刀纵博酒胡傍。[4]

【注释】

①女墙：城上矮墙。　②白榆：星名。汉乐府《陇西行》："天上何所有，历历种白榆。"紫塞：北方边塞。西晋崔豹《古今注·都邑》："秦筑长城，土色皆紫，汉塞亦然，故称紫塞焉。"远见句写清军入塞内侵。玄鸟：燕子。青阳：春天。　③云中：今山西大同古称云中。灞上：亦名霸上，古地名，在今陕西西安东南。《史记·高祖本纪》："汉元年十月，沛公兵遂先诸侯至霸上。"此"云中故守"指明军将领，"灞上新营"指明军将领新统领的军队。　④六郡少年：《汉书·地理志》："汉兴，六郡良家子选给羽林、期门，以材力为官，名将多出焉。"颜师古注曰："六郡谓陇西、天水、安定、北地、上郡、西河。"此指明军士兵。纵博：赌博。酒胡：辛延年《羽林郎》："依倚将军势，调笑酒家胡。"此指酒店。

牙旗风过橐驼鸣，暝色初开孝妇城。[1]
独发双砧郭外静，遥临千灶雪中明。[2]
角严鼓壮春难入，星动天垂夜未平。[3]
自倚危台歌独漉，剑缑虚映曼胡缨。[4]

【注释】

①牙旗：旗杆上饰有象牙的大旗，多为主将主帅所建。橐驼：骆驼。此指清军。孝妇城：即今山东淄博博山区，因孝妇颜文姜而得名。此二句是说，清军临近博山。　②此二句是说，独自一人去郭外，听到城内捣衣声，看到雪中的千家炊烟。　③此二句是说，兵临城下，使人感受不到春天的气息，夜晚也不平静。　④独漉：《独漉篇》是李白用乐府古题创作的诗歌，写为国雪耻之怀抱。其中有"国耻未雪，何由成名"之句。曼胡缨：亦作"缦胡缨"，指武士冠缨，也指武服。李白《侠客行》："赵客缦胡缨，吴钩霜雪明。"

【评析】

诗写于崇祯十六年（1643）初春，时清兵尚未退去。此次清兵入塞，山东一地风声鹤唳，博山虽未被兵，但战争气氛甚浓，作者也时刻关注此时形势。其一“云中故守”写明军御敌，语含讥讽。其二末句写自己亦有从军之意，可以看出作者对形势的焦虑。这一年的春天，全部在清军入侵的氛围中度过。

有感四首（选二）

援师非不早，铁骑自骈骈。[1]来往山田熟，流离鸡犬稀。
铙歌十日饮，烽火数重围。[2]候卒时时遣，村中莫掩扉。[3]

【注释】

①援师：指明军援兵。骈骈：马行走不止貌。《诗经·小雅·四牡》：“四牡骈骈，周道倭迟。” ②前句写官军歌乐饮酒。后句写官军坐视重围而不救。③候卒：侦察兵。莫：即“暮”。

岩栖兼穴隐，转徙复纷纭。[1]雪尽石方出，烧残草未分。[2]
驱鸡呼稚子，荷锸避官军。[3]亦识嫖姚贵，征鼙不可闻。[4]

【注释】

①岩栖、穴隐：本指隐士，此处指冬季因躲避战乱而藏在家中之人。转徙：转走四方。 ②草未分：草开始萌芽，但尚未分明。 ③荷锸：身负农具。锸，一种农具。官军：指明朝的军队。 ④嫖姚：汉代霍去病曾为嫖姚校尉、骠骑将军。后多以“嫖姚”指霍去病。此代指明军统帅。杜甫《后出塞》：“借问大将谁，恐是霍嫖姚。”征鼙：战事。

【评析】

此诗有感于时事而作。时清人未退，明军防卫懈怠，官军涣散，无所作为，作者颇感愤慨，但讽刺较委婉，有怨而不怒之风。诗将田园春景与时事感愤相结合，增强了诗歌的抒情性。

清笳[1]

皂尾旗明大野西，黄沙腓草气凄凄。[2]

村余茅屋烟难起，树积寒云日易低。
马掠高林如烟过，鸮藏幽壑作人啼。[3]
萧萧远听清笳发，已聚牛羊数万蹄。[4]

【注释】

①清笳：凄清的笳声。笳为胡人乐器，此代指清兵。　②皂尾：以黑色的兽尾来装饰旗杆。杜甫《复愁十二首》其五："金丝镂箭镞，皂尾制旗竿。"仇兆鳌注："箭饰金丝，旗装皂尾，贼恃利器以作逆者。"腓草：枯草。　③马掠高林：此写清军退兵时的气势。鸮：猫头鹰。此句写猫头鹰藏于深谷，发出像人哭一样的啼叫，既是渲染气氛，也是写百姓深藏山谷以避兵。　④萧萧：形容笳声。此二句写清兵掳掠牛羊之多。

【评析】

清兵自崇祯十五年（1642）十一月大举入塞，至崇祯十六年（1643）三月方退兵。此写清兵撤退情景。诗既渲染兵后荒寒、凄清气氛，也写了清兵骄气之横与掳掠之多。

卢龙[1]

牙旗远指丈人峰，[2]十载金珠一骑从。[3]
瘦尽明驼行不急，可能四月过卢龙。[4]

【注释】

①卢龙：地名，今属河北秦皇岛。　②牙旗：军旗。丈人峰：山西大同七峰山顶峰名丈人峰，或即指此。　③十载金珠：许多辆车拉着金银珠宝。④明驼：善走的骆驼。此二句是说，清军因掳掠之多，装载颇重，故而退军缓慢。

【评析】

此诗仍写清军退兵，其掳掠极多，故而行走迟缓，而明军无力阻击。诗短而意深，情感极为沉痛。

雕戈

雕戈空说羽林兵，毳幕新开君子营。①
夕望狼烟交臂过，虚劳白羽日相迎。②

【注释】

①雕戈：即画戈，刻有精美花纹的戈。羽林兵：一般指京城御林军，此指明朝官兵。毳幕：毡帐。指野外军营。君子营：古代皇帝以亲信或贤者组成的禁卫军。意同羽林军，为皇帝依赖和倚重的军队。 ②狼烟：烽烟，古代以狼粪燃烧传递信息，取其烟直，故称狼烟。此指清兵。白羽：古代军中主帅所执的指挥旗，又称白旄。亦泛指军旗。此指明军。

【评析】

此写明军在清军退兵时无所作为，不敢反击，任其从容撤去。本为皇帝所倚重之“羽林兵”“君子营”，却怯懦如此，实在辜负信赖。

隔林①

隔林吹角落晨星，飞矢遥鸣表海亭。②
此地双牙开虎幕，平时诸将说龙庭。③
密通战道尘难息，静负城阴鼓未停。④
但说嫖姚能蹴鞠，悲歌空向宝刀听。⑤

【注释】

①此诗以开头二字为题。 ②吹角：军中号角。表海亭：又名表海楼，在青州。此为后人纪念姜太公治齐而建，语出《左传·襄公二十九年》：“表东海者，其太公乎?” ③牙：指牙旗，主将所建。虎幕：绣有虎图案的帷帐。龙庭：匈奴祭天的场所。此二句是说，明军将领安营扎寨，诸将平时吹嘘自己能破敌。 ④前句写有秘密通道传递消息。后句写城北的战鼓声未停歇。 ⑤蹴

鞠：一种踢球游戏，既可娱乐，也可用于练兵。

【评析】

此诗诗意略同上诗，讽刺明军虚张声势，自我吹嘘，毫无斗志，不敢与清兵正面交锋，只能在军营蹴鞠玩乐。对此作者表示悲愤，末句“悲歌”是作者个人情绪的激愤表达。

寒食偶出郊外[1]

久失河干路，初成寒食晴。[2]早年频丧乱，何物是生平。[3]
晓日村村燕，微风叶叶莺。悲歌聊醉放，共对李花明。[4]

【注释】

①寒食：在清明节之前一日，传说是为纪念春秋时晋国介子推而设的节日。②河干：河边。河，孝妇河。 ③丧乱：本义是死亡，此处指战乱。 ④李花：李树之花，白色，寒食节正开放。

【评析】

诗写于崇祯十六年（1643）寒食节，诗人于晴日在河边漫步，于融融春景中感慨战乱，抒发悲歌。

偶至别墅

早霞修林端，雨止景初豁。[1]旭日动远陌，白云照川末。
单椒近自妍，新草绿方阔。[2]亹亹红泉鸣，弱荇接流沫。[3]
鹣鹢喜独啭，莫放弦管聒。[4]逍遥怀灵岫，岚气静可掇。[5]
平生坦步心，每为忧患夺。[6]芳树映清溪，塞马曾此秣。[7]
我忆刘越石，抗愤志难遏。[8]今日临青樽，莫呼紫叱拨。[9]

【注释】

①修林：树林。豁：开。此二句写早霞初映，雨后景开。 ②单椒：孤立

的山。郦道元《水经注·济水二》写华不注山："单椒秀泽，不连陵以自高。" ③亹亹：水流貌。弱荇：细枝荇菜。荇，水生植物。 ④鹩鸖：鸟名，即黄莺。此二句是说，喜听黄莺独鸣，不用弦管喧噪。 ⑤灵岫：有仙气的山峰。掇：拾。 ⑥坦步：安然步行。 ⑦塞马：边塞之马。此指清兵。秣：喂马。此句写博山曾为此次清兵入侵所威胁，实则清兵未至博山。 ⑧刘越石：西晋刘琨，字越石，中山人。驻守并州，抵御后赵石勒。金代元好问《论诗三十首》其二："可惜并州刘越石，不教横槊建安中。"抗愤：激昂慷慨。 ⑨叱拨：良马名。

【评析】

诗写战乱后春日游别墅园林。早霞雨霁，旭日白云，泉涌鸟鸣，景色怡人。诗后半段笔锋一转，想到刚刚经过的战乱，激起忧患之心与激昂之志，欲效刘琨之所为。春日景色与战乱背景的结合，是这一时期作者诗歌的基本特色。

送孙介黄赴抚宁二首①

垂杨遥忆塞垣春，满目鸣笳战后尘。②
未释兵戈轻去土，身经离乱易怜人。③
几年安攘思中策，自昔忧危出小臣。④
应念故园萝薜色，南风边草亦争新。⑤

【注释】

①抚宁：今河北秦皇岛抚宁区。孙廷铨于崇祯十六年（1643）由魏县知县调任抚宁监纪推官。 ②塞垣：边关，指抚宁一带。此二句是说，遥忆孙廷铨所在的地区，也经历了战乱，清军入关与撤退都经过这一带。 ③去土：离开家乡。怜人：爱惜别人。 ④安攘：排除祸患，使天下安定。中策：《汉书·匈奴传》记载，王莽将伐匈奴，大将严尤谏曰："臣闻匈奴为害，所从来久矣，未闻上世有必征之者也。……周得中策，汉得下策，秦无策焉。当周宣王时，猃狁内侵，至于泾阳，命将征之，尽境而还。其视戎狄之侵，譬犹蚊虻之螫，驱之而已。故天下称明，是为中策。"此以匈奴代指清军，中策即驱赶之策。小臣：谓

孙廷铨与自己两人皆官职低微。 ⑤萝薜：即薜萝。指薜荔与女萝两种植物。屈原《九歌·山鬼》："若有人兮山之阿，被薜荔兮带女萝。"后世遂以薜萝指高士隐居之所。南风句写抚宁一带的草色，经春风吹拂亦欣欣向荣。

韎韐年来换纻衣，愁闻征路向金微。①
久看戍火边愁浅，初得丰年讼事稀。②
碣石潮回知雨过，骊城春尽见鸿飞。③
漫言长组终堪试，梁傅从前太息非。④

【注释】

①韎韐：皮革制成的军服。纻衣：纻麻做成的衣服，《左传·襄公二十九年》："聘于郑，见子产，如旧相识。与之缟带，子产献纻衣焉。"后用为朋友交谊之典。此处纻衣既指春服，也指两人交谊。金微：山名，即阿尔泰山，为匈奴所居。此句谓孙廷铨所在抚宁离清军更近。 ②久看句：烽火看久了，边愁也就淡薄了。讼事：孙廷铨任职掌管狱讼之事，故有此祝愿。 ③碣石：山名，在河北秦皇岛，离抚宁不远。骊城：在抚宁城西。此二句写抚宁春景。 ④长组：即长缨。《汉书·终军传》记载，终军自请出使南越，"愿受长缨，必羁南越王而致之阙下。"梁傅：汉贾谊曾任梁怀王太傅，故以"梁傅"称之。其《治安策》云："臣窃惟事势，可为痛哭者一，可为流涕者二，可为长太息者六。"此二句是说，如今国是日非，不要轻易说自己才能可以施展。

【评析】

朋友升迁，本该祝颂，但兵火乱离、清军初退之际，孙廷铨所调之地更趋北方，故作者为友人担忧不少。忧危之时，个人才能难以施展，功业难以建立，故归隐之愿一时也难以实现，作者于此作真诚表达。虽有祝愿如"讼事稀"者，但更多的是知己之言，希望孙廷铨能尽力而为。另外，对待清军，作者持"中策"之论，亦可注意。

家园作

世乱虽多感，远怀纷无托。①初晴丽日长，策杖共行乐。

新花如争妍，依依劝春酌。草明燕影回，柳动莺衣掠。
条风起微寒，海棠照绮阁。[2]登台吹参差，仰叹红雨落。[3]
更效鸲鹆舞，莫惜鸬鹚杓。[4]一座既尽倾，千场当纵博。
高会尚裸裎，即事贵盘礴。[5]幽愤与达生，古人皆不作。[6]
兹时何艰难，幸免怨漂泊。初值干戈定，愈觉天地廓。[7]
行见青帝去，绿树荫成幕。[8]月出复留连，严城闻哀柝。[9]

【注释】

①远怀：远游之怀，也即仕宦之怀。　②条风：东北风，即春日之风。绮阁：华丽楼阁。　③红雨落：风吹落花如红雨。李贺《将进酒》："况是青春日将暮，桃花乱落如红雨。"　④鸲鹆：鸟名，即八哥。鸬鹚杓：刻为鸬鹚形的酒杓。李白《襄阳歌》："鸬鹚杓，鹦鹉杯，百年三万六千日，一日须倾三百杯。"王琦注："鸬鹚，水鸟，其颈长，刻杓为之形。"　⑤裸裎：裸体。盘礴：本为箕踞而坐，后引申为恣意、任情。语见《庄子·田子方》："公使人视之，则解衣盘礴，裸。"　⑥达生：通达生命。可参见《庄子·达生》。　⑦初值：初逢。廓：开阔辽远。　⑧青帝：春神。"青帝去"谓春天即将过去。　⑨严城句：城池仍严防戒备，时闻巡更之声。杜甫《南极》："睥睨登哀柝，蝥弧照夕曛。"

【评析】

诗写家园春末夏初景象，作者感受到一种闲适与快意，时时有一种任情、放纵之感，想把冬春压抑的情绪加以发泄。时运艰难，留在家园实属幸运，此诗写出了一种乱世之中对于家园的深切的依赖感。

闲夕四首（选二）

徘徊望皎月，戚戚中无欢。[1]露下芳树清，风依素琴寒。
众星灿相倚，揽衣独长叹。夏潦无澄流，高云何其难。[2]

【注释】

①戚戚：忧伤貌。　②夏潦：夏季久雨后的大水，泥沙俱下，故无澄流。

清飙起树杪，栖鸟时惊鸣。[①]窗虚见月入，草色三径平。[②]
高咏何足贵，古人有微情。敛襟自逍遥，冉冉孤云明。[③]

【注释】

①清飙：清风。　②三径：陶渊明《归去来兮辞》：“三径就荒，松菊犹存。”　③敛襟：整理衣襟。陶渊明《九日闲居》：“敛襟独闲谣，缅焉起深情。”

【评析】

此乃夏日田园诗，颇具陶诗风韵，也多用陶诗语句，隐居意识真诚明白。语言朴实，风格恬淡，意象鲜明，意味隽永。此组五律，对仗多取宽对，亦显自由随和。

端午日悼念亡弟嵚叔[①]

孤鹤飞归更不留，重悬新月蕙帷收。[②]
悲风淅沥频吹树，积雨萧条欲作秋。
虚说长丝能续命，闲寻幽草未忘忧。[③]
白鸥青浦苍茫远，郭外寒烟澹自流。[④]

【注释】

①端午：五月初五。嵚叔：作者弟赵萃美，字嵚叔，庠生，崇祯十六年（1643）卒。　②蕙帷：蕙草做的帷帐，多指灵帐。此二句是说，人如孤鹤飞去，新月空照，蕙帷已收起。　③长丝：端午节有系长命丝的习俗，宋代陈元靓《岁时广记》：“五月五日，以五色丝系臂者……一名长命缕。”幽草：指忘忧草，又名萱草，俗称黄花菜。传说食之能忘忧，故名。《诗经·卫风·伯兮》：“焉得谖草？言树其背。”谖草即萱草。　④白鸥：此以白鸥喻亡弟，想象他已飞到苍茫远处。

【评析】

此诗为端午节悼亡弟。“虚说”句切近风俗，叹息虚言无济；五月萱草正芳，也无忘忧之效：此皆言悲痛无可消除也。“悲风”“积雨”衬托悲情，尾联以景作收，超脱淡远，哀而不伤。

画荷

双鹜飞来搅水浑，绕波荷叶大于盆。①
再添茅屋临修竹，更是江南雨后村。

【注释】

①鹜：鸭子。

【评析】

图画中荷塘有双鸭游动，荷叶硕大。后两句设想增补画意，表达隐逸志趣。

夕望

东皋闻独啸，陌上晚烟稀。①树接青丝骑，溪明白板扉。②
澹烟侵竹粉，素石护苔衣。③沽酒初收钓，苍岚绕郭微。④

【注释】

①东皋：泛指田园、田野。陶渊明《归去来兮辞》：“登东皋以舒啸，临清流而赋诗。” ②青丝骑：汉乐府《陌上桑》：“青丝系马尾，黄金络马头。”扉：门户。 ③竹粉：竹节上的白粉。李商隐《闲游》：“危亭题竹粉，曲沼嗅荷花。”素石句谓白石上有苔衣作为保护。 ④沽酒句：自己望见渔夫收起钓钩去买酒。郭，城郭。

【评析】

此诗写作者傍晚所见城郭外情景，景物中包含着人物活动。作者体会细微，善于创造意境。

漫兴

远望意与孤鹜飞，自爱荷瓢入翠微。①
一斗径醉筼筜谷，十日高眠薜荔衣。②
青林有月留禅榻，白鱼随波上钓矶。③
槿篱雨后收药甲，未觉平生与汝违。④

【注释】

①孤鹜飞：王勃《滕王阁赋序》：“落霞与孤鹜齐飞，秋水共长天一色。”荷瓢：带着酒葫芦。翠微：青翠的山。　②筼筜谷：长满竹子的山谷。苏轼有《筼筜谷》诗和《文与可画筼筜谷偃竹记》一文。筼筜谷在陕西汉中洋县，此是借用。薜荔衣：隐者之服。屈原《九歌·山鬼》：“若有人兮山之阿，披薜荔兮带女萝。”　③禅榻：僧人坐禅的坐榻。钓矶：钓鱼时坐的石板。　④槿篱：木槿花边的篱笆。药甲：药材新生的幼芽。汝违：与这种生活状态不相违背。

【评析】

诗写一种极为惬意的隐居生活状态，醉酒高眠，坐禅垂钓，流连自然，与天性相合。

古意①六首（选三）

幼小解秦声，灯前银甲行。②欲知上客意，听问曲中名。③

【注释】

①古意：拟古、仿古。此仿南朝乐府如《吴歌》《西曲》等。　②银甲：弹琴所带的指甲，以银制成。行：手指弹奏。　③上客：贵客。

歌起银筝缓，酒行玉珥寒。①周郎今夜醉，虽误不曾看。②

【注释】

①酒行：依次饮酒。玉珥：玉制的耳饰。　②周郎：三国时周瑜。《三国志·周瑜传》："瑜少精意于音乐，虽三爵之后，其有阙误，瑜必知之，知之必顾。故时人谣曰：'曲有误，周郎顾。'"

绮屏照绿发，舞席接红巾。[1]得酒佯不饮，随意取人嗔。[2]

【注释】

①绿发：乌黑有光泽的头发。李白《游泰山六首》："偶然值青童，绿发双云鬟。"　②佯：假装。嗔：嗔怪。

【评析】

此六首诗仿古，写歌女情态，风格宛似民歌，朗朗上口，颇有情韵，不输古作。

即事[1]

寂寞乌皮几，从容白接篱。[2]草凉随杖远，柳暗听蝉迟。
竹喜临溪静，山当欲雨奇。衡门暮不掩，农事满东陂。[3]

【注释】

①此为常见诗题，即写当前事。　②乌皮几：黑羔皮包装的几案。清代宋长白《柳亭诗话》："高士传，宋明不仕，杜门注黄老，孙登遗以乌羔皮裹几。"白接篱：以白鹭羽为饰的帽子。南朝刘义庆《世说新语·任诞》："山季伦为荆州，时出酣畅，人为之歌曰：'……复能乘骏马，倒着白接篱。'"　③衡门：简陋的门，多指隐者所居。《诗经·陈风·衡门》："衡门之下，可以栖迟。"东陂：东坡。

【评析】

诗写自己隐居家乡的生活，时当夏日，从容惬意，轻松愉悦。

偶至南城外

长日柔风木槿开，杖黎随鹭共徘徊。[①]
高林昼静多清响，更听幽泉林外来。

【注释】

①木槿：植物名，夏季开花。

【评析】

诗写城南漫步，赏夏日风景。

夏日范泉[①]

清酒遥寻野树香，鹅岩烟后渐苍苍。[②]
十年马迹惭幽磬，六月蝉鸣在草堂。[③]
雨接泉声摇竹色，云含日气作山光。
方塘影暗流萤起，绕座桐阴引夕凉。[④]

【注释】

①范泉：在山东淄博博山区范公祠内。　②鹅岩：在范泉祠内，作者曾自号鹅岩道人。　③马迹：旅行之迹。幽磬：此指范公祠内清幽的磬声。草堂：亦指范公祠。　④方塘：范泉以方池石栏围之，水汇为塘，故名。

【评析】

诗写夏日范泉之清幽景色，流露隐逸情怀。

独卧

闲辟虚窗接远岚，渐移晚照入清潭。[①]
避人矍铄青笻杖，对酒萧条白石庵。[②]

居有高怀游易助，病多幽意卧能堪。[3]
日看仲蔚园中色，麈尾风吹未欲探。[4]

【注释】

①辟：开。远岚：远山之烟气。　②矍铄：精神健旺，一般指老人。青筇杖：青竹做成的手杖。白石庵：此或是泛指，非专名。　③此二句是说，游历能助高怀，但因病只能独卧。　④仲蔚：东汉张仲蔚隐居不仕，不与人往来，门外蓬蒿没人。后以"仲蔚蓬蒿"为隐居之典。此处作者以张仲蔚自比。麈尾：魏晋清谈家所持的如羽扇状的器物。此二句是说，自己欲持麈尾往园中清谈，但病中因风大未能前去。

【评析】

作者病中独卧，欲出游而不能，欲窥园则惧风大，但幽意可赏，并无忧色。

梧

高梧连众色，能使月光分。[1]台上秋难倚，寒声最早闻。

【注释】

①此二句写月光透过梧枝照射下来。

【评析】

写梧下赏月，已是初秋，寒意可感。

白云泉[1]二首

犹借危岑势，独宜幽者闻。[2]色侵寒石静，声自乱云分。[3]
晴动苍萝径，秋生白鹭群。[4]壶觞莫早返，留看月纷纷。[5]

【注释】

①白云泉：孙廷铨《颜山杂记》卷一："大洪泉（又名白云泉），在凤岭之

阳阿。”泉在今山东淄博博山区凤凰山之南。 ②危岑：高峰。幽者：隐者。③前句写泉水之清澈。后句写泉声之响。乱云，水气氤氲如云。孙廷铨《颜山杂记》：“临石徙倚，如雾露沾人，虽去之若遥，砰雷之声，犹自在耳。” ④苍萝：青色女萝。白鹭：枚乘《七发》记观涛：“其始起也，洪淋淋焉，若白鹭之下翔。”此写泉水喷涌状。 ⑤此二句是说，自己在泉边饮酒，欣赏月光下的泉水流淌。

奇云吐洁岫，远似此泉光。①但在溪声内，同分山气凉。②
风烟接潋滟，城郭入清苍。③前浦孤峰下，森森鱼鸟乡。④

【注释】

①此二句写山岭白云与泉光相映。 ②孙廷铨《颜山杂记》：“每清秋霁夕，缘溪洄溯，雪浪飞寒，觉微风扇于蘋末。”可助理解此二句。 ③潋滟：水波动荡、波光闪耀状。《颜山杂记》：“倾岩争吐，石淙悬注，下激深潭，惊湍急峡，恍若动摇。”清苍：指青翠的山峰。 ④前浦：泉水汇成的水泊区域。王维《汉江临泛》：“郡邑浮前浦，波澜动远空。”森森：繁多状。鱼鸟乡：鱼鸟汇聚之处。

【评析】

山东淄博博山区有“小泉城”之美誉，名泉甚多，白云泉为其最著者之一。诗以山势为背景，写白云泉之喷涌、急流、光色与声响等，极为生动传神，表达了对此泉的赏爱之情。孙廷铨《颜山杂记》记“白云泉”一节，同时收录了这两首诗。

偶作

司马倦游善病，黔娄闭户常贫①。古云歌可当泣，臣本少不如人。②

【注释】

①司马：即司马相如，《史记·司马相如列传》：“长卿故倦游。”又，司马相如患消渴疾，故云“善病”。黔娄：据皇甫谧《高士传》记载，黔娄为春秋时齐

国人，隐士，家贫困，死时衾不蔽体。此处作者以相如善病、黔娄常贫自比。②歌可当泣：汉乐府《悲歌》："悲歌可以当泣，远望可以当归。"少不如人：语出《左传·僖公三十年》："（烛之武）辞曰：'臣之壮也，犹不如人，今老，无能为也已。'"

【评析】

此六言诗，作者写自己"善病""家贫"，表达悲慨不平，是牢骚之语。

田园五首（选三）

流水浮云物外，条桑种杏人间。①不厌溪头白鸟，高眠窗际青山。

【注释】

①条桑：采桑。《诗经·豳风·七月》："蚕月条桑，取彼斧斨，以伐远扬。"

入户叶声谡谡，绕村山雨霏霏。①鸠鸣屋角未去，鸭放溪边自归。

【注释】

①谡谡：风声呼呼作响。

蚕老麦黄时雨，瓜畦蓏架间风。①本无名抱瓮叟，微有事祝鸡翁。②

【注释】

①蓏：即果蓏。瓜果的总称。　　②抱瓮叟：《庄子·天地》："子贡南游于楚，反于晋，过汉阴，见一丈人，方将为圃畦，凿隧而入井，抱瓮而出灌，搰搰然用力甚多而见功寡。"祝鸡翁：汉代刘向《列仙传》："祝鸡翁者，洛人也。居尸乡北山下，养鸡百余年，鸡有千余头，皆立名字。暮栖树上，昼放散之。欲引呼名，即依呼而至。"杜甫《奉寄河南韦尹丈人》："尸乡余土室，难说祝鸡翁。"

【评析】

此组六言诗，述说田园逍遥、散淡生活，寄寓与世浮沉之意趣。

戏作

车马雍容甚都，夫婿鬑鬑有须。[①]不识垆头卓女，何如陌上罗敷。[②]

【注释】

①车马句：《史记·司马相如列传》：“相如之临邛，从车骑，雍容闲雅甚都。”都，美。夫婿句：汉乐府《陌上桑》：“东方千余骑，夫婿居上头。”“为人洁白皙，鬑鬑颇有须。” ②垆头卓女：指卓文君。《史记·司马相如列传》：“酤酒而令文君当垆。”陌上罗敷：汉乐府《陌上桑》：“秦氏有好女，自名为罗敷。”

宛转但回一笑，殷勤何用千声。试问大夫射雉，何如小妇调筝。[①]

【注释】

①大夫射雉：《左传·昭公二十八年》：“昔贾大夫恶，娶妻而美，三年不言不笑。御以如皋，射雉，获之。其妻始笑而言。贾大夫曰：‘才之不可以已。我不能射，女遂不言不笑。’”后以此典故指因才艺博得妻室欢心。小妇：指年青妇人，汉乐府有《三妇艳》，写大妇、中妇、小妇。调筝：即弹筝。

【评析】

此二首诗为戏作，重在用典表达谐趣。第一首谓卓文君与秦罗敷相比若何。此诗为分承句法：第三句承第一句，写司马相如与卓文君；第四句承第二句，写秦罗敷。第二首的意思是说，与其丈夫以才艺取悦妻子，不如年青妇人弹筝取悦丈夫。

闲居三首（选二）

踪迹非官非隐，田园半郭半村。[①]蓬蒿满径谢客，雨雪经年掩门。[②]

【注释】

①非官非隐：作者此时任行人司行人，时逢告假在家养病，故称。半郭半

村：作者住处靠近城郭，邻近乡村，故云。　②蓬蒿：蓬草与蒿草，即荒草。经年：此指一年。

科头应人不可，闭户与拙相宜。[1]茅舍卧闻微雨，石床风拂残棋。

【注释】

①科头：不戴帽子，露出发髻。此谓家居随意貌。与拙相宜：明代丘濬《二绝句》："闲官深与拙相宜，懒散过于未仕时。"

【评析】

诗写闲居风致，作者胸中散淡，情怀悠然。另，自《偶作》至此共十三首六言诗，因体式相同而编在一起，或非同时所作，但均为崇祯十五年（1642）夏至崇祯十六年（1643）秋家居时作。

园中小饮

微雨荒烟动薜萝，酒明苔暗影婆娑。
三升以后言犹放，十亩之间秋未多。[1]
幽树近知青嶂失，短箫高入碧云过。
药栏萤火飞相照，门外泉声欲作波。[2]

【注释】

①十亩之间：《诗经·魏风·十亩之间》："十亩之间兮，桑者闲闲兮，行与子还兮。"　②药栏：芍药之栏，也泛指花栏。杜甫《宾至》："不嫌野外无供给，乘兴还来看药栏。"

【评析】

作者在自家园林小饮，兴致颇高且闲逸，尾联"门外泉声欲作波"句，写出家乡博山"小泉城"之景物特征。

秋夜效温李[1]

莲脱红衣夜未央，高秋窈窕白云长。[2]
星摇荇藻芳溪静，露引葡萄素砌凉。[3]
欲启金笼围蟋蟀，渐收纨扇冷鸳鸯。[4]
谁家刀尺啼眉下，片月初侵玳瑁梁。[5]

【注释】

①温李：以温庭筠、李商隐为代表的中晚唐诗风。 ②红衣：荷花瓣。李商隐《如有》："芭蕉开绿扇，菡萏荐红衣。"窈窕：深远貌。 ③荇藻：水生植物。此二句是说，溪水流动，荇藻摇晃，星光映于其上。 ④金笼：极写蟋蟀笼之精美。纨扇：用细绢制成的团扇。 ⑤刀尺：剪刀与尺，指裁剪工具。啼眉：女子因悲泣而皱眉。元稹《瘴塞》："瘴塞巴山哭鸟悲，红妆少妇敛啼眉。"玳瑁梁：屋梁的美称。此二句是说，女子在屋内裁剪衣服，月光照映画梁。沈佺期《古意》："卢家少女郁金堂，海燕双栖玳瑁梁。"

【评析】

此诗写秋夜闺怨，在风格上模拟温、李诗，词藻华艳，如"红衣""金笼""纨扇""玳瑁"等，且对仗工整，语意婉约。

野眺

天末云开鸷鸟呼，遥随斜日掠苍芜。[1]
烟通墟里寒无定，秋满郊原山未孤。
积雨波迷幽渚鹭，枯杨风散女墙乌。[2]
金砧晚起伤寥落，清酒新亭欲自沽。[3]

【注释】

①天末：天边。鸷鸟：猛禽，如鹰、隼、雕类。掠：飞过。苍芜：苍茫原野。

②幽渚：幽静的水边平地。女墙：城墙上的矮墙。 ③金砧：砧为捣衣用的石质或木质垫板，金为修饰之词。寥落：空旷、冷落。新亭：此指新建的亭子，与“新亭对泣”之典无涉。

【评析】

作者于原野遥望中，写出一种孤独、悲凉之感受。

阳丘道中[①]

微雨度沙洲，苍岚澹未收。[②]人分鱼鸟夜，天入稻秔秋。[③]
水国寒犹静，枫林近自幽。谁能陇首望，摇落接澄流。[④]

【注释】

①阳丘：在山东济南章丘区境内，为汉代阳丘国故址。《章丘县志·古迹考》：“阳丘城在县治北七里回军镇。” ②沙洲：河边的沙滩。 ③鱼鸟：指梦境，《庄子·大宗师》：“且汝梦为鸟而厉乎天，梦为鱼而没于渊。”稻秔：即粳稻，稻的一种，其米不黏。 ④陇首：即陇头。古乐府《陇头歌》：“陇头流水，流离山下。念吾一身，飘然旷野。”摇落：宋玉《九辩》：“悲哉秋之为气也，萧瑟兮草木摇落而变衰。”

【评析】

此诗以下至《桑干》，均为崇祯十六年（1643）秋作者结束家居、回京复职的路上所作。此诗写路过章丘所见之情景，尾联表达离开故里之忧伤情绪。

历下[①]

晚木尽森森，鹊湖秋可寻。[②]露垂菡萏冷，雨沐薜萝深。[③]
水白鹈鹕下，苔明络纬吟。[④]频怜华不注，清夜梦登临。[⑤]

【注释】

①历下：今山东济南历下区，因位于历山之下而得名。 ②鹊湖：即鹊山

湖，在济南城北华山与鹊山之间。李白有《陪从祖济南太守泛鹊山湖三首》。③菡萏：荷花。薜萝：薜荔、女萝。　④鵁鶄：一种体型较大的水鸟。络纬：虫名，即莎鸡，又名纺织娘。　⑤怜：爱。华不注：又名华山，在山东济南城北。郦道元《水经注》称其“单椒秀泽”“虎牙桀立”。

【评析】

作者行至山东济南历下区，此诗写对鹊湖与华山的赏爱。

济水①

桥上孤烟断，天高野色开。晚岚浮月出，夜舫载秋来。②
城冷蒹葭暗，风清鹳鹤哀。③萧萧闻梵响，幽影散莓苔。④

【注释】

①济水：古四渎之一，济南因之得名。济水又名大清河，民国《齐河县志》载：“大清河，济水也。”今河道为黄河所侵占。此指济水在山东济南齐河段。②夜舫：河中夜行的船。　③蒹葭：芦苇。《诗经·秦风·蒹葭》：“蒹葭苍苍，白露为霜。”鹳鹤：鸟名，形似鹤，生活在水边。　④梵响：本指诵经声，此指佛寺中的钟声。幽影：月光。

【评析】

此诗写济水月夜，景物形声具备，作者突出描写月光，意境鲜明。

德水①

高楼流火意，戍角向秋心。②画舸依鸥远，归云带雁深。③
晨风游子辔，落月女郎砧。④何处银床暗，疏萤渐欲沉。⑤

【注释】

①德水：在山东德州。秦代时称黄河为“德水”，秦汉时黄河流经今德州地区，德州取名即来自德水。　②流火意：《诗经·豳风·七月》：“七月流火，

九月授衣。”流火指大火星往下移动，谓天气转凉。戍角：军中号角。 ③画舸：即画船，装饰精美的船只。 ④辔：马的嚼子与缰绳，此处代指马。砧：捣衣时的垫板，多为石质或是木质。 ⑤银床：井栏，或曰辘轳架。杜甫《冬日洛城北谒玄元皇帝庙》：“风筝吹玉柱，露井冻银床。”仇兆鳌注：“朱注：‘旧以银床为井栏。’《名义考》：‘银床乃辘轳架，非井栏也。’”疏萤：稀疏的萤火虫光。

【评析】

此诗名德水，但诗意似与德水无关，只是表明写作地点而已，此是作者命题之疏忽处。全诗写深秋感受，在清冷幽静的意境中，含蓄地传达出一种游子之感、故乡之思。

景州[①]

荒皋动野色，飒飒在霜前。[②]白日城阴雨，清秋塔影烟。[③]
饥鹰远击树，老鹤暮横天。野哭时能息，凋伤不足怜。[④]

【注释】

①景州：今河北衡水景县。 ②荒皋：荒凉的湖边高地。飒飒：风声。屈原《九歌·山鬼》：“风飒飒兮木萧萧，思公子兮徒离忧。” ③塔：景县有舍利塔，今仍存。 ④野哭：荒野哭声，指人之死亡。凋伤：草木零落枯萎。杜甫《秋兴八首》其一：“玉露凋伤枫树林，巫山巫峡气萧森。”此二句是说，人之死亡有甚于草木凋零。

【评析】

诗写作者路过景州时所见所感，在清冷萧瑟的气氛中，突出描写了人的死亡。荒野的哭声使人有触目惊心之感。

阜城[①]

渐觉昏鸦少，悲风自此兴。[②]荒城寒起柝，板屋夜呼灯。[③]

废市皆藏雉，乡人但见僧。[4]不堪策杖出，高阜旧曾登。[5]

【注释】

①阜城：今河北衡水阜城。　②昏鸦：黄昏归巢的乌鸦。马致远《天净沙》："枯藤老树昏鸦。"悲风：凄厉的寒风。《古诗十九首》："白杨多悲风，萧萧愁杀人。"　③柝：打更声。　④雉：野鸡。此二句是说，阜城街市已无人烟。　⑤高阜：高丘。此二句是说，自己不忍心拄杖登高，再看阜城之惨状。作者于崇祯十三年（1640）自湖北安陆赴京参加会试时路过此地，故曰"旧曾登"。

【评析】

此诗写阜城因战乱而人烟稀少，荒败不堪，作者对这座三年前曾经来过的城市表示惋惜。

献县[1]

晓露洗秋痕，疏烟辨远村。衰林大火后，寒雨滹沱源。[2]

短褐十年剑，幽鸿五夜樽。[3]放歌兼太息，当与酒人论。[4]

【注释】

①献县：今河北沧州献县。　②滹沱：河名。在河北西部。滹沱河出山西忻州繁峙东之泰戏山，经太行山，东流入河北平原，在献县和滏阳河汇合为子牙河，至天津，与北运河交汇而入海。　③此二句写自己中进士之前的游历。短褐，粗布短衣，为贫贱者所服。幽鸿，暗夜之鸿。樽，酒器，指饮酒。　④此二句是说，目睹现实，自己悲歌叹息，但这种心情只能与酒徒谈论。

【评析】

作者自景州、阜城至献县，一路所见，都是经清兵掳掠后的惨象，表达了悲愤填膺而又回天无力的心情。

涿鹿[1]

忽作故乡思，北来山色清。马蹄分异域，桑叶落边城。[2]
霜澹天鸡咽，秋高河鼓明。[3]今宵荡子梦，并入捣衣声。[4]

【注释】

①涿鹿：今河北张家口涿鹿。　②异域、边城：涿鹿在当时已是西北边境，故云。　③天鸡：神话传说中天上的鸡，黎明时，天鸡一鸣，天下的鸡随之而鸣。参见南朝梁任昉《述异记》。咽：声音低沉呜咽。河鼓：星名，一说即牵牛星。　④荡子：游子。《古诗十九首》："荡子行不归，空床难独守。"

【评析】

作者夜宿涿鹿，地处边境，忽生故乡之思，引发游子之梦。

良乡微雨[1]

尽湿紫游缰，西风代马凉。[2]鸥迷怀远渚，雀冷聚枯桑。
秋气浮城动，边声带雨长。深闺愁见月，不照郁金堂。[3]

【注释】

①良乡：在京城西南二十公里，今北京房山区良乡镇。　②紫游缰：紫色的马缰绳。西风：秋风。代马：北地所产良马。此化用《古诗十九首》"胡马依北风，越鸟巢南枝"之意，寓乡思之情。　③郁金堂：燃烧郁金之香的厅堂。郁金，植物名，一种珍贵的香料。唐代沈佺期《古意》："卢家少妇郁金堂，海燕双栖玳瑁梁。"

【评析】

此诗写秋雨微凉，表达思乡情绪。尾联从深闺着笔，是从杜甫《月夜》一诗翻出。

桑干[①]

桑干收宿雨，返照下林端。身手朔方健，箜篌赵女寒。[②]
屠博游皆倦，诙谐仕不难。[③]朝衣自可典，唯带鹿皮冠。[④]

【注释】

①桑干：河名，即永定河的上游一段，邻近京城。　②此二句写作者在桑干市上所见，既有北方健儿，又有弹琴赵女。　③屠博：屠夫与博徒，指市井之人。诙谐：滑稽谈笑。《汉书·东方朔传》："其言专商鞅、韩非之语也，指意放荡，颇复诙谐。"仕不难：对自己来讲，以东方朔式的滑稽应仕，亦不算难事。④朝衣：官服。典：典当。鹿皮冠：用鹿皮做成的帽子，为古代隐士所戴。

【评析】

临近京城，作者对官场愈加厌倦，欲以东方朔的玩世之法出仕，愿将官服典当沽酒，做一名头戴鹿皮冠的隐士。这也反映了在乱世之中，作者的一种消极态度。

机妇

罗裾新月凉，愁思能缝裳。[①]买辔辞东市，鸣机在北堂。[②]
飞蛾绕夜烛，促织上秋床。[③]暂有停梭处，裁书寄白狼。[④]

【注释】

①罗裾：即罗衣之襟。裾，衣襟。思：谐音"丝"，故曰"能缝裳"。②买辔句：女子置办马具，送丈夫出征。《木兰辞》："东市买骏马，西市买鞍鞯，南市买辔头，北市买长鞭。"辔，马的嚼子与缰绳。鸣机句：写女子在北屋织布。③此二句是说，女子秋夜织布不止。促织：蟋蟀。　④白狼：山名，即今辽宁朝阳喀左大阳山。白狼山汉末为乌桓部落所居地，曹操东征乌桓，大败之，清除北方后患。

【评析】

此诗为闺怨诗，写织妇秋夜织布，为出征的丈夫裁制冬衣。“寄白狼”用曹操东征乌桓之典，以乌桓代指清军，寓意为平定清军，永绝后患，用意甚深。

无题六首（选四）

弱似行云静似花，满帘新月照琵琶。①
柔寒自绕茱萸帐，晓露时沾杏子纱。②
一夜凋伤乌臼树，十年零落碧油车。③
烛残镜暗能无忆，已是前身萼绿华。④

【注释】

①行云：流动的云，此形容女子体形柔弱，婀娜多姿。此二句写美女月下弹琵琶。　②茱萸帐：古代传说茱萸可以辟邪，故放于帐中。南朝陈张正见《艳歌行》：“并卷茱萸帐，争移翡翠床。”杏子纱：女子所穿服饰。南朝乐府《西洲曲》：“单衫杏子红，双鬓鸦雏色。”　③乌臼树：《西洲曲》：“日暮伯劳飞，风吹乌臼树。”碧油车：用青蓝色油布作车帷的车辆，古代为女子所乘。古乐府《苏小小歌》：“我乘油壁车，郎乘青骢马。何处结同心，西陵松柏下。”　④萼绿华：道教中的女仙。李商隐《重过圣女庙》：“萼绿华来无定所，杜兰香去未移时。”

记度新歌劝绿觞，长卿垆畔善和坊。①
昼添娇梦宜男枕，夜触轻寒响屧廊。②
双桨何心向春水，单衣今日是秋霜。③
怀中温玉朝来冷，惆怅西风燕子梁。④

【注释】

①度新歌：唱新歌。绿觞：指酒杯。长卿：即司马相如，曾当垆卖酒。善和坊：唐代范摅《云溪友议》载崔涯《赠端端》：“觅得黄骝被绣鞍，善和坊里取

端端。”后以善和坊为诗人冶游赋诗之地。 ②宜男枕：一种枕头，据说女子枕后有助于怀孕生男孩。昼添句写女子昼梦状，也有企望生男之意。响屧廊：明代王鏊《姑苏志》：“响屧廊，在灵岩山。相传吴王建廊而虚其下，令西施与宫人步屧，绕之则响，故名。”屧，古代的一种木底鞋。夜触句写女子于寒夜在廊中漫步。 ③双桨：南朝乐府《莫愁乐》：“艇子打双桨，催送莫愁来。”双桨句写女子于春日无心划船荡水。单衣句言女子于秋日犹着单衣，写其无情无绪。④温玉：玉在怀中，故有温度。燕子梁：室内梁上有燕子筑巢，故名。惆怅句言秋季燕子南飞，燕巢已空，故目之令人惆怅。

日长曾系护花铃，檀板银槽夜未停。①
被酒微行帘下见，怀人细语梦中听。②
窗闲雨入葳蕤锁，月澹萤归屈膝屏。③
并是新来惆怅地，无聊自写种鱼经。④

【注释】

①护花铃：明代高濂《遵生八笺》：“天宝间，贵家园林，纽红丝为绳，缀金铃于上，有乌鹊至，则掣铃以惊之。”檀板：檀木制成的拍板，乐器。林逋《山园小梅》：“幸有微吟可相狎，不须檀板共金樽。”银槽：银制的琵琶槽。槽，架弦的格子。 ②被酒：酒后带有醉意。 ③葳蕤锁：指闺阁之物。唐代杜光庭《录异记》：葳蕤锁，金缕相连，屈伸在人。韩翃《相和歌辞·江南曲》：“春楼不闭葳蕤锁，绿水回通宛转桥。”屈膝屏：一种能随意展开的屏风。庾信《灯赋》：“舒屈膝之屏风，掩芙蓉之行障。” ④种鱼经：明代黄省曾所撰《种鱼经》，一本指导养鱼的书。

花映雕栏夜炙笙，画楼银烛照初晴。①
娟娟素袜侵霞湿，切切红弦带月清。②
因索指环知密意，愿为衣领是闲情。③
乌丝栏上分明记，自向幽窗录小名。④

【注释】

①炙笙：即调笙炙簧。笙为簧管乐器，由簧片发声，笙管调音。笙簧天寒发硬，要由火来烤柔软使之发声，故名“炙笙”。此指调整笙的发声。刘禹锡《历阳书事七十韵》：“日落方收鼓，天寒更炙笙。” ②娟娟：柔美貌。杜甫《寄韩谏议注》：“美人娟娟隔秋水，濯足洞庭望八荒。”切切：轻细而急促的乐声。白居易《琵琶行》：“大弦嘈嘈如急雨，小弦切切如私语。” ③索指环：此用范摅《云溪友议》所载韦皋赠玉箫女指环的故事，写男女两情相悦。隋代丁六娘《十索四首》：“欲呈纤纤手，从郎索指环。”愿为衣领：陶渊明《闲情赋》：“愿在衣而为领，承华首之余芳。” ④乌丝栏：画有细墨线的信笺。此二句是说，女子以笺传情，笺末署自己小名。

【评析】

《无题》诗是唐代李商隐开创的诗歌传统：一是多写男女情思，一般认为其间或有寄托；二是情辞隐约，含蓄吞吐，不欲明说；三是词藻优美，多用典故。作者这组《无题》诗，很好地继承了这一传统，可谓风神摇曳，颇肖前人，自有功力。唯题旨是否在描写男女情思之中有寄托寓意，尚不明确。联系作者此时的现实处境，说有寄托很勉强。这组诗的主题可能是忆旧，或为作者回忆崇祯十四年（1641）在南京或扬州的一段冶游生活，当时大概发生了一段刻骨铭心的情事，令其思之不已，感慨咏叹。

帝城早秋

纨扇深宫冷，石鲸暮雨收。①波明鸡鹊观，星动凤凰楼。②
苜蓿铜池净，梧桐玉畹幽。③夜长怜蟋蟀，年少解箜篌。④
紫帐芙蓉额，清溪菡萏舟。⑤遥怜安乐第，旧数富平侯。⑥
促柱弹卢女，新诗赠莫愁。⑦苔衣侵网户，柳叶落羊沟。⑧
流火征夫怨，裁书少妇羞。⑨榆关纵不远，砧杵岂堪秋。⑩

【注释】

①纨扇：细绢制成的团扇。石鲸：汉武帝曾将石雕的鲸鱼放置于宫中昆明

池，杜甫《秋兴》："织女机丝虚夜月，石鲸鳞甲动秋风。"此二句写帝城宫中情形。 ②鳷鹊观：南朝宫中的楼观，在江苏南京。凤凰楼：亦在江苏南京。王琦注李白诗："凤凰楼，在凤台山上，宋元嘉中建。"李白《月夜金陵怀古》"台倾鳷鹊观，宫没凤凰楼"，为此二句所本。 ③铜池：宫殿屋檐下承接雨水的铜槽。南朝徐陵《劝进梁元帝表》："芝房感德，咸出铜池。"玉畹幽：指宫中之苑囿幽闲静美。 ④蟋蟀：《诗经·豳风·七月》："七月在野，八月在宇，九月在户，十月蟋蟀入我床下。"蟋蟀出没为秋季特征。箜篌：乐器。此为宫女回忆少年时才艺。 ⑤芙蓉额：额如荷花，形容宫女之美。菡萏：荷花，此句写在清溪荷花间荡舟。 ⑥富平侯：汉代张汤子张安世封为富平侯，五世袭爵。此指京城贵族。 ⑦促柱：琴之急弦。卢女：相传为三国魏武帝时宫女，善鼓琴。后以卢女泛指善奏乐器的女子。莫愁：古洛阳女子，嫁为卢家妇。李商隐《马嵬》："如何四纪为天子，不及卢家有莫愁。" ⑧苔衣：苔藓。网户：结有蛛网的门。羊沟：流经宫苑的沟渠。后唐马缟《中华古今注·长安御沟》："长安御沟，谓之杨沟，植高杨于其上也。一曰羊沟，谓羊喜抵触垣墙，故为沟以隔之，故曰羊沟。" ⑨裁书：裁笺作书，写信。 ⑩榆关：山海关。砧杵：指秋季之捣衣声。

【评析】

此诗为崇祯十六年（1643）秋作者初入京之作。诗歌以宫苑为背景，以宫女为主角，表达秋季时令之感，暗寓对时世的感受。"苔衣侵网户，柳叶落羊沟"二句，写出宫中衰败之况；"征夫""榆关"又注目山海关的防御，表达了作者对明末时世的现实忧虑及悲观情绪。诗为五言排律，既对仗工整，又流动不板滞，节奏朗畅。在拟古诗中寄寓现实忧思，是这首诗的独到之处

寄孙介黄抚宁[①]

举白狂来欲浮天，蒹葭满目方苍然。[②]
待诏不及朱儒饱，折腰安得小儿怜。[③]
病余渐喜秋有月，客至何妨坐无毡。[④]
桥头贳酒与君醉，犹忆卢家十三弦。[⑤]

【注释】

①孙介黄抚宁：孙廷铨时任抚宁监纪推官。　②举白：举起酒杯。蒹葭：芦苇。　③待诏：明代时翰林院的属官，官阶低微。朱儒：本为身材矮小之人，汉代以之为倡优。《汉书·东方朔传》："朱儒饱欲死，臣朔饥欲死。"此为作者自指，谓官职低微，所得俸禄尚不及朱儒。折腰：此用陶渊明典。梁代萧统《陶渊明传》："渊明叹曰：'我岂能为五斗米，折腰向乡里小儿！'"此二句是说，作者为衣食之计不得已出任行人司行人这类微官。　④病余：作者上年因病告休，此为病后赴京，故云。坐无毡：《晋书·吴隐之传》："寻拜度支尚书、太常，以竹篷为屏风，坐无毡。"后以"坐无毡"谓官吏清廉贫素。杜甫《戏简郑广文虔兼呈苏司业源明》："才名四十年，坐客寒无毡。"　⑤贳酒：沽酒。卢家十三弦：五代徐凝《乐府新诗》："一声卢女十三弦，早嫁城西好少年。"此指作者的居家生活。

卧病怀人桂树残，漂摇空见劝加餐。①
长安米贵居何易，彭泽秫收醉不难。②
地接玉门人自壮，风回金埒马能看。③
倦游我忆归耕好，但著山中桑叶冠。④

【注释】

①桂树：淮南小山《招隐士》："桂树丛生兮山之幽。"作者用此典有后悔出仕之意。加餐：慰劝之辞，谓多吃饭，保重身体。"空见"写此种慰劝之无力。②长安句：用白居易典。白居易未成名时初至长安，谒顾况，顾因其名开玩笑说："长安米贵，居大不易。"彭泽句：用陶渊明典。南朝梁萧统《陶渊明传》："公田悉令吏种秫，曰：'吾尝得醉于酒足矣！'妻子固请种粳，乃使二顷五十亩种秫，五十亩种粳。"　③玉门：玉门关，故址在今甘肃敦煌，此泛指边关。金埒：指骑射场。唐代李端《赠郭驸马》："新开金埒看调马，旧赐铜山许铸钱。"此二句写孙廷铨奉命驻守北地。　④桑叶冠：用桑叶缝制的帽子，为隐者所戴。汉代刘向《新序·节士上》："原宪冠桑叶冠，杖藜杖而应门。"

【评析】

此二首诗为寄问孙廷铨，作于崇祯十六年（1643）秋初入京时。除表达对友人的问候外，主要写出京城居官之贫窘和出仕为官之无奈与厌倦，写为官不及在家隐居“归耕”，反映了作者此时的低落情绪。

吴子远写归舟离绪图见赠[①]

乡思夜夜满秋窗，蟋蟀惊寒近玉缸。[②]
何事君归复惆怅，布帆一夜秣陵江。[③]

【注释】

①吴子远：即作者友人吴道凝。　②玉缸：酒瓮的美称。　③秣陵江：即长江。秣陵，南京旧称。

【评析】

此诗为吴道凝赠画而作，画为《归舟离绪图》，引起作者思乡之情，吴道凝也借画表达归去之意，故有尾联分别之惆怅深情。

徐闇公李舒章吴子远高葱佩过雪鸿斋小饮作[①]

幽士悦秋草，寂寂林下宅。[②]雨声昨夜深，开门无马迹。
披襟对高牖，寒竹倚素石。[③]静友时偕来，秉烛坐良夕。[④]
抵掌发清论，反覆心所适。[⑤]纤月自能照，余樽安可惜。
慷慨纪乱离，悲凉感畴昔。[⑥]归意在渔钓，疏榛照荒泽。
共闻朔鸿过，云动长河白。[⑦]

【注释】

①徐闇公：即徐孚远。李舒章：即李雯。吴子远：即吴道凝。高葱佩：即高珩。四人已并见前注。雪鸿斋为刘正宗在京城的书斋。刘正宗，字可宗，号宪

石，山东潍坊安丘人，崇祯元年（1628）进士，任翰林院编修、侍讲学士，曾任礼部会试官，为作者中进士时的座师。　②林下宅：退隐之居。　③高牖：高窗。　④静友：恬淡静心之友人。　⑤抵掌：击掌快谈。　⑥此二句是说，当晚所谈内容，谈到当前的乱离情景，也感慨过去的安定岁月。畴昔，过去。　⑦疏榛句：月光照着水泽的荒草。朔鸿：北来鸿雁。长河：银河。李商隐《嫦娥》："云母屏风烛影深，长河渐落晓星沉。"

【评析】

此诗写作者同几位友人同赴刘正宗斋中饮酒、纵谈的情景，大家所谈与当前时事有关，表达出"慷慨""悲凉"之情绪，从末句"朔鸿"来看，所谈或与北方抗清形势有关。"朔鸿"同时也触动了作者的归隐之念，这一时期的诗歌反复表达这一主题。

秋日

雨后闲云映远山，绕篱黄叶水潺潺。
故乡风物常堪忆，何待归鸿白露间。

【评析】

此诗浅显明白，不待注而可读，将秋日背景中的思乡之情表达得很鲜明。

饮高葱佩邸中

素友非频至，安能不忆乡。①闭门因我醉，薄禄减君狂。②
久坐书签乱，空床药物香。道经方借录，何日可休粮。③

【注释】

①素友：素心之友，与前《徐闇公李舒章吴子远高葱佩过雪鸿斋小饮作》一诗中之"静友"意近。　②薄禄：俸禄微薄。高珩本年中进士，入选翰林院庶吉士。　③道经：指《老子》一书。《老子》又名《道德经》，分为《道经》和《德经》两部分。休粮：停食谷物，即辟谷。

【评析】

此诗对好友高珩诉说思乡情绪，两人时相过从，尾联表达对道家生活的向往。

归梦

阶前孤鹤欲惊霜，落叶萧萧秋漏长。[①]
更怨晓风吹不定，依稀唯记白银床。[②]

【注释】

①秋漏长：即秋夜长。漏，计时工具。　　②白银床：辘轳架，一说是井栏。《玉台新咏》载庾丹《夜梦还家》："归飞梦所忆，共子汲寒浆。铜瓶素丝绠，绮井白银床。雀出丰茸树，虫飞玳瑁梁。离人不相见，争忍对春光。"

【评析】

夜梦还乡，醒来后仿佛只记得梦中的辘轳架。此诗化用了南朝庾丹《夜梦还家》的意象。

夜闻邻家弹声

氤氲何用望容姿，月满秋溪夜有思。[①]
独倚客窗听不厌，弦声断处是颦时。[②]

【注释】

①氤氲：朦胧、迷茫之中。　　②颦时：皱眉之时。

【评析】

此诗写闻琴声而生想象。末句刻画细节，生动而有余意。

昌平道中[①]

板桥霜气发疏春，遥辨空濛向远峰。[②]

白日回风来朔漠，青山凉雨入居庸。[③]
乌啼古戍秋闻角，虫吊寒林夜有钟。[④]
郭外佽飞频教射，榆关闻道复传烽。[⑤]

【注释】

①昌平：今北京昌平，明十三陵建于此。　②疏舂：稀疏的捣衣声。空蒙：空旷迷蒙。　③朔漠：北方沙漠。居庸：居庸关，在昌平境内。　④古戍：古堡垒。角：军营中的号角声。　⑤佽飞：汉代武官名，后代遂成武官泛称。榆关：山海关。传烽：传递烽火。

【评析】

此诗为崇祯十六年（1643）秋祭茂陵时作，与下组诗同时。诗重在写山海关传来的烽火消息，来自清兵的威胁时时都能感受到。

重阳日诣茂陵因经九龙池翠屏山诸处[①]四首（选二）

丹叶离离万壑幽，并分山气护明楼。[②]
郊原淡丽边城晚，云物高闲寝树秋。[③]
凉月乍生松影散，诸峰不定涧光收。
翠岚常覆红泉色，去绕芳陂药草流。[④]

【注释】

① 茂陵：为明宪宗朱见深之陵墓。九龙池、翠屏山：刘侗《帝京风物志》："九龙水，出翠屏山之阳。泉出为池，池方十丈。"二者均在昌平。　② 丹叶：秋天红叶。离离：盛多貌。明楼：帝王陵墓前的高楼。　③寝树：茂陵之树。④翠岚：翠绿的山色。红泉：神仙境界中的泉水名称，见汉代郭宪《洞冥记》。谢灵运《入华子冈是麻源第三谷》："铜陵映碧涧，石磴泻红泉。"陂：池塘。药草：香草。

桥梁幽影散涟漪，草劲溪严猎猎吹。[①]

常见白云留紫殿，远分红树绕清池。[2]
松声欲带诸岩徙，石势遥争落日危。[3]
夕望山中佳气满，溶溶水木自多奇。[4]

【注释】

①桥梁句：桥梁影子散于九龙池涟漪之中。猎猎：秋风劲吹的声音。　②紫殿：帝王之宫殿，此指茂陵。清池：九龙池。　③此二句是说，松涛声欲将诸山带走，落日中山石之势摇摇欲坠。　④夕望句：化用陶渊明《饮酒》："山气日夕佳。"溶溶：水流盛大貌。

【评析】

崇祯十六年（1643）重阳节，作者奉祭茂陵，作四诗。诗以描写茂陵为主，同时照应九龙池、翠屏山诸景。突出秋意，境界或沉郁，或明朗，描写细腻、精工，特别擅长写光影，有迷离惝恍之感。

秋夜短歌[1]

高霞欲尽白日暮，钩阑虫断孤砧度。[2]
远天归鸿过无声，云引疏星照寒素。[3]
明月自出街鼓鸣，栖乌惊飞击空树。[4]
谁家哀笛吟清商，回风吹户来严霜。[5]
落叶冉冉下素砌，金鸭独卧茱萸凉。[6]
微波如縠动芳沼，几处芙蓉梦中老。[7]
不闻玉雁催幽弦，空听莎鸡泣短草。[8]
如何遥望不相思，应是别离非此时。[9]

【注释】

①短歌：乐府有短歌、长歌之分，是指曲调的长短，也与篇幅之长短有一定关系。曹丕《燕歌行》："短歌微吟不能长。"　②钩阑：即钩栏，指曲折如钩

的栏杆。 ③寒素：此处指寒衣。 ④街鼓：京城街道的警夜鼓，用于报更。 ⑤清商：凄清悲凉的商声。亦指秋风。 ⑥素砌：白色的台阶。金鸭：金质鸭形的香炉。 ⑦縠：有皱纹的纱。芳沼：长满芳草的池塘。几处句：谓荷花至秋已老。 ⑧玉雁：秋雁。幽弦：哀怨的琴声。 ⑨此二句是说：只是遥望而不相思，是初别离之时；而此时别离已久，则是遥望且兼相思矣。用直白、婉曲之语，道出相思之意。

【评析】

此诗写秋夜相思，调动密集的秋天意象来强化传达，有视听诸感觉，有或实或虚之印象，形成秋意弥漫、相思入骨之境界。诗为拟古格调，但情感是现实的，且有极饱满的表达。全诗三次换韵，最后两句一韵，有急促、顿挫之感。

赋得薄命妾①

秋山寒雨少蘼芜，小字桃根应错呼。②
余梦尚留罗荐冷，娇弦不动画帘孤。③
曾言昨日眉峰好，莫道深闺手爪殊。④
沟水东西皆有怨，何须陌上始踟蹰。⑤

【注释】

①赋得：凡是指定、限定的诗题，例在题目上加“赋得”二字，与咏物的“咏”字相同。薄命妾，诗歌旧题，唐代孟郊、曹邺等均写过此题。 ②蘼芜：一种香草。汉乐府有《上山采蘼芜》。桃根：东晋王献之《桃叶歌》：“桃叶复桃叶，桃树连桃根。”桃叶为王献之妾名，传说桃根为其姊妹。前句言此女尚少，无嫁人经历。后句言小名桃根，姊妹名字近，常被人叫错。 ③罗荐：丝织席褥。刘禹锡《泰娘歌》：“长鬟如云衣似雾，锦茵罗荐承轻步。”娇弦：琴弦。此二句是说，女子贪睡不起，不理琴弦。 ④眉峰：眉头。手爪：手指，也指女工手艺。汉乐府《上山采蘼芜》：“颜色类相似，手爪不相如。” ⑤沟水东西：汉乐府《白头吟》：“闻君有两意，故来相决绝。今日斗酒会，明旦沟水头。躞蹀御沟上，沟水东西流。”陌上：吴越王钱镠寄其夫人书云：“陌上花开，可缓缓归

矣。”踟蹰：即缓缓之意。

【评析】

此诗为拟古，写女子闺怨，多用乐府词语，怨而不怒，哀而不伤，有温柔敦厚之情致。

秋日偶作

悲歌莫拟西门行，避世欲作东方生。①
张华墓前秋草静，郭隗台上浮云横。②
清霜满地闭户卧，莫问户外车马声。
哀虫落叶不可寐，更闻谁家弹秦筝。③

【注释】

①西门行：汉乐府有《西门行》。东方生：即汉代东方朔。　②张华墓：西晋文人张华，其墓在今河北保定徐水区。郭隗台：战国时燕昭王为郭隗所建，亦称“小金台”，在易水之东南，即今河北保定定兴。　③秦筝：秦地乐器，传为蒙恬所造。

【评析】

此诗悲歌抒怀，写滑稽避世，借“张华墓”“郭隗台”写出不被重用之牢骚，借“秦筝”写出忧愤不平之气。

答高葱佩戏赠之作①

渐失他乡思，相逢各尽欢。自缘归未易，翻觉住能安。②
故友分书帙，奚童补药栏。③霜螯与素蚁，得此亦非难。④

【注释】

①高葱佩：即高珩。高珩来诗，此为答赠之作。　②自缘：自因。此二句

是说，因归去不易，反觉能住则安。 ③故友：指高珩。书帙：泛指书籍。奚童：未成年的男仆。药栏：花圃栏杆。 ④霜螯：霜降季节的螃蟹。素蚁：酒面上的白色泡沫。

【评析】

此诗寄赠高珩，反写乡思，表达异乡相处之安乐与友情。诗平易爽直，清空如话，风格颇高。

留别方密之①

霜覆清阶木叶疏，长安尽识草玄居。②
忧时结客风尘际，洒酒怀人雨雪初。③
七较玉门寒雁少，五陵银海画堂虚。④
石渠莫道谈经贵，涕泗能无太傅书。⑤

【注释】

①留别：此时作者奉命出使江西，此为离京时告别友人方密之之作。方密之：即方以智，亦为崇祯十六年（1643）进士。后成抗清志士，为著名明遗民。 ②草玄居：汉代扬雄在京城起草《太玄》，故称其在京城故居为草玄居。此以扬雄比方以智，谓其在京城埋头著书。 ③结客：结交友人。客，多指侠客。 ④七较：即"七校"，官名，"七校尉"之通称，汉武帝所设。玉门：宫阙，帝阙。刘向《九叹·怨思》："背玉门以奔骛兮，蹇离尤而干诟。"王逸注："玉门，君门。""七较玉门"指方以智在京城任官。五陵：汉代五个皇帝的陵墓，在长安附近，为富豪人家聚居之地。此指京城附近，亦以"五陵少年"代指方以智。银海：雪景。苏轼《雪后书北台壁》："冻合玉楼寒起粟，光摇银海眩生花。"画堂：精美的堂舍。指方以智在京中的宅舍。 ⑤石渠：即石渠阁，汉代皇家藏书之地，在长安未央宫殿北。石渠阁是侍从文人谈论经书之地。太傅：西汉贾谊曾为长沙王太傅，故人以贾太傅称之。此二句是说，方以智不以当侍从文人为贵，应当如贾谊那样关心时事，涕泣上书。

【评析】

此诗寄语方以智，写其忧怀国事，风尘结客，欲有所为。作为新进士，不以侍从文人为满足，必能关心国事，为皇帝建言上书。

留别李舒章①

北风落木散平原，烽燧东连羯鼓喧。②
天下皆知黄叔度，军中未得李长源。③
称诗南国才犹壮，谈剑燕台雪未繁。④
斗酒悲歌还起舞，读书何用数千言。

【注释】

①李舒章：即李雯，字舒章，云间（今上海松江区）人。　②落木：树木落叶。烽燧：烽火。羯鼓：本为胡乐，此处代指清军。　③黄叔度：东汉黄宪，字叔度，时誉甚高。《世说新语》："叔度汪汪如万顷之陂，澄之不清，扰之不浊，其器深广，难测量也。"此处疑指明末之黄道周。李长源：唐人李泌，字长源，历仕玄宗、肃宗、代宗、德宗等朝，德宗时入朝为相，颇有作为。此代指李雯。　④燕台：此指京城。谈剑：指议论兵事。称诗句写李雯出身南国，颇有诗才。谈剑句写其在京城亦能说兵事。

【评析】

此诗为赠李雯的诗，亦能突出李雯之性情与个性。从颔联看，李雯或有从军入幕之打算，故着意刻画其谈剑说兵、斗酒悲歌之情态。

涿鹿送别桑笈云使秦①

共捧鸾书出，飞尘夕照中。②襜帷十月冷，烽火万山空。③
树暗慈恩塔，鸟呼绣岭宫。④无衣如有咏，归日献秦风。⑤

【注释】

①涿鹿：今河北张家口涿鹿。桑笈云：即桑芸，字笈云，号纫兰，山西晋中榆次区人。崇祯十三年（1640）进士，授行人司行人。后入清为官。　②鸾书：书信。此指皇帝派遣出使的文书。　③襜帷：车驾。　④慈恩塔：即西

安大雁塔。绣岭宫：唐宫名，故址在今河南三门峡陕州区。此二句指桑芸出使秦地。　⑤无衣：《诗经·秦风》篇名，诗句有“谁曰无衣，与子同袍。王于兴师，修我戈矛”等语。当时秦地正抵御李自成部队，故作者愿桑芸有《无衣》之咏，《秦风》之献。

【评析】

崇祯十六年（1643）十月，作者奉使江西。桑芸与作者为同年进士，同为行人司行人，亦于此时奉使秦地。两人至涿鹿分别，一南一西，此为送别桑芸而作。诗歌表达了对西部战事的关切。

途中作

衰林霜气远相含，独发征车向晓岚。①
带甲满地吾何往，枯树与人并不堪。②
晚岁雪霜侵短剑，殊方风俗助高谈。③
遥怀泽国荷衣冷，归结沧洲钓客庵。④

【注释】

①晓岚：早上山中之雾气。　②带甲满地：杜甫《送远》：“带甲满天地，胡为君远行？”谓遍地皆兵。枯树与人：南北朝文学家庾信《枯树赋》：“桓大司马闻而叹曰：‘昔年种柳，依依汉南。今看摇落，凄怆江潭。树犹如此，人何以堪！’”　③晚岁：岁暮。殊方：远方，异域。　④泽国：南方水乡，指出使地江西。荷衣：传说中用荷叶制成的衣裳，指高人、隐士之服。屈原《九歌·少司命》：“荷衣兮蕙带，倏而来兮忽而逝。”沧洲：指滨水之地，为隐者所居。钓客：钓鱼之人，指隐者。

【评析】

诗写出使路上，满地兵戈，作者意兴阑珊，时时兴起隐居之念，诗歌末尾鲜明地表达了这种意绪。

晚行

迢递疏烟野色新，荒畴返照接河滨。[1]
隔林寒犬声如豹，绕树归乌飞避人。
冰雪渐惊时序暮，乱离转觉故乡亲。
依人松菊衡门下，归去陶潜有旧邻。[2]

【注释】

①迢递：遥远貌。荒畴：荒凉的田野。　②归去陶潜：陶渊明《归去来兮辞》有“三径就荒，松菊犹存”等句。

【评析】

诗写南行路上，荒畴返照，触目惊心。时序已近年末，作者思乡之情愈浓，欲效陶渊明归隐而不得。

饮酒放言

交尽贤良结博徒，玄谈未已复高呼。[1]
冰霜冉冉江湖远，鼙鼓纷纷天地孤。[2]
书剑嶙峋何所遇，酒杯跋扈不能无。[3]
神仙游侠俱寂寞，独使扬雄称壮夫。[4]

【注释】

①博徒：赌博之人。玄谈：辨析名理之类的空谈。此二句是说，既与贤良玄谈，又与赌徒纵酒高呼。　②前句言冬季离京出行。后句言乱世之中颇显孤单。　③嶙峋：刚直，有骨气。跋扈：放纵，无约束。　④扬雄：汉代文人，喜饮酒，曾说辞赋之作是“童子雕虫篆刻”“壮夫不为”。

【评析】

作者酒后放言，是借机发抒胸中闷气；偶尔的旷达背后，难掩对时局的极度悲观之情。

有感

自著山公白接篱，寒林哀壑晓烟移。[①]
独余纵酒犹宜世，未必谈兵解救时。[②]
辞赋激昂宁有托，干戈漂荡竟何之。[③]
莫陈古昔安危略，江左中原尽可悲。[④]

【注释】

①山公：即山简，字季伦。西晋时期名士，山涛第五子。　②此二句是说，此时宜纵酒，而于谈兵无益。此是愤世语。　③宁有托：岂有寄托。竟何之：究竟何处可去。　④莫陈：勿再陈述。安危略：有关国家安危的方略。

【评析】

此诗全篇充满悲愤语，颇有无计可施、无力回天之感。

晚望

云没青天雁阵迟，丘园寂寞自多思。[①]
初归鬓发惭朋旧，欲去江湖厌乱离。
浦树气深寒共敛，溪烟日静晚犹披。[②]
衡门雨雪宜高卧，藜杖春山近可期。[③]

【注释】

①丘园：故园。　②浦树：水边之树。披：散开。　③藜杖：用藜草（灰菜）老茎做的手杖，质轻而坚。

【评析】

此诗表达强烈的故园之思与深切的隐居之念。

冬月

满庭残雪掩深关，短烛时闻飞鸟还。①
未卜行藏忧战伐，欲销毁誉任疏顽。②
官因落魄闲方合，诗可逃名诞不删。③
多病岂堪长物累，拟将蜡屐满青山。④

【注释】

①掩深关：即深闭门。短烛：夜晚烧烛。烛已短，意味着夜深而未眠。②战伐：征战、战事。前句言在乱世行止未定。后句言将不计毁誉而疏于世事，尽情玩世。 ③落魄：潦倒失意。前句谓做官不得志，应该弃官隐居。后句谓作诗拟逃名，所以一些狂诞之篇也不须删。 ④长物：多余之物。蜡屐：以蜡涂木屐。典出《世说新语·雅量》："或有诣阮（阮孚），见自吹火蜡屐，因叹曰：'未知一生当着几量屐！'神色闲畅。"此指登山之木屐。

【评析】

战乱年代，是出是处，行藏未卜，一切毁誉、诗名、官位等，均为多余之物，作者唯愿抛却俗事，徜徉青山，逍遥于世而已。

寄高葱佩庶常时予有豫章之役二首①

清宵藜火动高城，海内皆闻刘更生。②
乱日愈难违世法，故人今颇近时名。③
壮游未觉江湖远，薄禄方知去就轻。④
岁晏西山多雨雪，杜门谁见草玄成。⑤

【注释】

①庶常：即翰林院庶吉士的代称，时高珩任此职。豫章：今江西南昌。②藜火：晋代王嘉《拾遗记》载：汉代刘向校书于天禄阁，夜诵书，有老父杖藜

以进，吹杖端，烟燃。后遂以“藜火”为夜读之典。刘更生为刘向原名。此二句是说，高珩在京城勤奋夜读，海内知名。 ③世法：世俗之法。时名：当时之名。此二句是说，慨叹世法难以摆脱，时名为人所趋。 ④壮游：实指此次江西出使。前句谓此次出使，觉得江湖未远。后句谓微官薄禄，去就之选择也容易。 ⑤岁晏：岁暮。西山：北京香山。草玄：汉代扬雄著《太玄》。此指高珩如扬雄闭门做学问。

与君相忆尽他乡，雁字飘摇关塞凉。①
远道驱车百战后，清时揖客五侯傍。②
中原伏枕书难达，碣石谈天夜未央。③
秘阁犹传圯上法，莫将辞赋拟长杨。④

【注释】

①雁字句：时维十月，尚见南飞之雁，边关已是寒冷。 ②远道句：言自己出使。清时句：高珩在京城与权贵客人来往。五侯，此指京城权贵。 ③伏枕：伏卧在枕上，暗指自己身体有病。碣石：指碣石宫，为燕昭王所筑。此处指京城。夜未央：夜未尽，指两人谈天至深夜。 ④秘阁：古代宫中收藏珍贵图书之处。圯上法：《史记·留侯世家》载，张良曾在下邳圯上（桥上）受老人一编书，谓“读此可为帝王师”。“旦日视其书，乃《太公兵法》也。”后以“圯上法”指兵法。辞赋拟长杨：《长杨赋》为扬雄名作。此二句是劝高珩莫学扬雄为一文人。

【评析】

诗写于作者出使离京之后，表达自己出使之倦意，写出与高珩两人相忆之真情。诗中称赞高珩刻苦读书，颇有时名；同时劝高珩不要满足于做一个扬雄式的文人，要多读有用之书，研究时务，效力君王。

对雪效李商隐二首①

云母屏深堂更空，缟衣人静漏声中。②

未离碧树初疑月，欲近红楼渐有风。③
永夜银泥双屐隔，晓寒玉砌一帘通。④
频移鹊尾冰弦冷，秉烛高林听远鸿。⑤

【注释】

①李商隐有《对雪二首》，作者亦用此题目，并模拟李商隐诗歌之写法。②云母屏：装饰着云母的屏风。李商隐《嫦娥》："云母屏风烛影深，长河渐落晓星沉。"缟衣：白绢衣服。此二句是说，夜深人静，雪纷纷飘落，作者披衣对雪，如着缟衣。 ③碧树：绿树。前句写雪附着在绿树上，起初怀疑是月光。后句写雪飘近红楼，渐渐又被风吹开。"碧树""红楼"均见于李商隐诗。 ④永夜：长夜。银泥：雪中泥水。玉砌：雪覆盖的台阶。前句言夜中雪泥阻隔。后句言早上唯有寒气相通。 ⑤鹊尾：一种鹊尾勺，可舀酒，见《朝野佥载》。一说为一种香炉，其柄为鹊尾形，故名。此处以酒勺说为佳，指雪夜饮酒。冰弦：传说中以冰蚕丝制作的琴弦。此二句是说，雪夜饮酒，秉烛弹琴，听到树林中远去的鸿雁叫声。

临春白纻欲先裁，不夜珠悬汉帐猜。①
十斛玉尘呼雉去，五铢仙帔道人来。②
帘垂银榜高相映，户绕石梁晓未开。③
体弱自矜长袖舞，飘飘何用避风台。④

【注释】

①白纻：白色纻麻织成的夏布。唐代张籍《白纻歌》："皎皎白纻白且鲜，将作春衣称少年。"不夜珠：夜间发光的珠子。汉帐猜：用汉宫中飞燕、合德姊妹被猜疑之典，可参见汉代伶玄《飞燕外传》。前句写雪之白。后句写雪之明亮。②十斛玉尘：此处形容雪大。十斛谓其多，玉尘谓雪。呼雉：本为赌博时的吆喝声，此处疑写风，写风卷雪团而去的情形。五铢句：雪花如身穿五铢仙帔的神仙翩翩而降。五铢仙帔，即五铢衣，传说古代神仙穿的一种衣服，薄而轻。道人，即仙人。 ③银榜：宫殿或庙宇门端悬挂的华丽辉煌的匾额。石梁：石桥。此

二句写雪天豪富之家帘幕低垂人未起，门户到天亮也未开。 ④此二句用汉成帝妃子赵飞燕典。《飞燕外传》记赵飞燕风中起舞事，晋代王嘉《拾遗记》又载赵飞燕弱不禁风，汉成帝为之造避风台。自矜，自夸。此二句以飞燕善舞，比拟风中雪花的飞舞。

【评析】

李商隐《对雪二首》写于大中三年（849）十月，李商隐应卢弘正之约出任徐州幕府判官时。朱鹤龄评此二诗："此对雪而寄漂泊之感也。"赵进美此二诗，是崇祯十六年（1643）十月出使江西之时，也是"对雪而寄漂泊之感"。这是同题而效的原因之一。另外，二诗写雪，都不出雪字，而运用典故、景物烘托等手法，突出雪之洁白与明亮，这是在写作手法上模拟李商隐原诗。另外，诗为对雪，而非咏雪，写雪之中，隐隐有作者的个人意态在，这也与李商隐原诗相同。总之，两诗模仿极佳，体现了作者扎实的艺术功力。

岁暮

孤城雪后晓烟新，岁晏萧条寒水滨。①
跼蹐兵戈多战斗，蹉跎湖海入风尘。②
粗求温饱犹关世，偶解诗书岂累人。③
落魄壶觞扶短杖，尚余五岳意相亲。④

【注释】

①此二句是说，时值岁暮，水边孤城，雪后寒冷，早上炊烟新生。 ②跼蹐：困顿窘迫状。蹉跎：失意而无所成就。此二句是说，到处都是战争，自己身在湖海，遍地风尘，感到困顿失意，无所成就。 ③此二句是说：自己只求温饱，但也与时世安定息息相关；自己只是偶解诗书，不料进入仕途，诗书反倒成了累人之物。 ④落魄：不得志状。此二句是说，如今落魄于世，拄杖饮酒，只剩下五岳能够情意相亲。自己今后将徜徉名山，脱离尘世。

【评析】

出使之路，遍地烽火，作者感觉困顿天地间，蹉跎风尘际，情怀极为落魄。

作者后悔出仕，向往隐居，表达与山水相亲的向往。

迎春日大雪戏作俳体①

岁暮雪下如乱巾，山城箫鼓迎芒神。②
欲随青帜移尊去，共着缟衣照水新。③
已见银花灿吏杖，宁无素酒丹妓唇。④
老牛踏冰浑能健，愁杀红裙挑饭人。⑤

【注释】

①迎春日：立春之日。俳体：俳谐之体，玩笑之作。　②芒神：勾芒，司春之神，也作为耕牧之神祀之。立春日迎芒神为当时风俗。　③青帜：酒旗。缟衣：白绢之衣，此处指覆雪之衣。　④银花：此处指雪花。素酒：未经蒸馏的低度酒，与荤酒相区别。前句言官吏的杖头已有雪花。后句言同妓女做伴饮酒。　⑤红裙挑饭人：妇女在迎春日为丈夫送饭。此二句是说，大雪结冰，老牛踏之稳健，但挑饭之妇女行之路滑，故为之发愁。

【评析】

此诗写立春日迎神风俗，时值大雪。所谓“俳体”者，一在于“宁无素酒丹妓唇”，一在于“愁杀红裙挑饭人”。从全诗来看，此诗应作于博山。是时作者奉使江西，于十月末出京城，一路迁延，岁暮至博山，在家中度岁后，方于崇祯十七年（1644）初春启程南去。

除夜

彩烛雕盘散五辛，寒花长笛夜逡巡。①
风尘入鬓畏良友，离乱辞家负老亲。②
寂寞才名官自拙，栖迟杯酒岁方新。③
短裘湖海犹堪傲，何用求怜乡里人。④

【注释】

①散：分布。五辛：五种具有辛辣刺激气味的蔬菜，具体名目说法不一。逡巡：迟疑、犹疑及不安状。　②此二句是说，涉足风尘畏良友之讥，离乱时代做官有负养亲。　③前句谓才名不显，为官自拙。后句写杯酒之中，又是新的一年。栖迟，漂泊失意状。　④此二句是说，自己尚可身着短裘，傲游湖海，不必局于故里，求得乡里人的怜惜。

【评析】

除夕之夜，辞旧迎新，百感交集，作者深感于乱世之中，出处两难。尾联写自己终不愿拘曲乡里，虽言傲游湖海，实则仕宦之意未泯也。

偶步城上

载酒凭高宿鸟来，远城柏叶映清杯。
登临广武英雄叹，携手河梁游子哀。[①]
双雁北飞寒日下，众峰西走片云开。
中原戎马今方急，异域虚称汉使才。[②]

【注释】

①广武英雄叹：《晋书·阮籍传》："尝登广武，观楚汉战处，叹曰：'时无英雄，使竖子成名。'"广武山在河南荥阳，有楚汉相争之鸿沟遗存。携手河梁：与友人分别。李陵《与苏武》："携手上河梁，游子暮何之？徘徊蹊路侧，悢悢不得辞。"前句感叹时世。后句写与友人分别。　②戎马：军马，指战争。异域：远方地区。汉使：代表国家的使者。

【评析】

作者在博山城头漫步，感慨时事，感觉中原战事方急，自己出使恐怕无益。

薄暮独眺

岂因谢客掩蓬蒿，独对青山引浊醪。[①]

夕照自临夹谷静，归云遥倚岱宗高。②
未堪落落称牛走，犹觉时时似马曹。③
王粲依人游不远，醉看秋水鷿鹈刀。④

【注释】

①此二句是说，不只是因为辞谢客人来访而掩门，也是要独对青山饮酒。 ②夹谷：夹谷台，为当年齐鲁会盟处，在山东淄博博山区西，一说在山东新泰。岱宗：泰山。 ③落落：襟怀磊落。称牛走：即牛马走，自谦之辞。司马迁《报任安书》："太史公牛马走司马迁，再拜言。"马曹：管理马的官署。多用以指闲散的官职或卑微的小官。《晋书·王徽之传》："徽之字子猷。性卓荦不羁……又为车骑桓冲骑兵参军，冲问：'卿署何曹？'对曰：'似是马曹。'"苏轼《次韵张安道读杜诗》："巨笔屠龙手，微官似马曹。" ④王粲：建安文人，因关中骚乱，南下依荆州牧刘表。秋水：此处指刀锋闪烁着秋水般的寒光。鷿鹈刀：以鷿鹈脂膏涂抹之刀。鷿鹈，水鸟名，其油脂可涂刀，防止生锈。

【评析】

傍晚独眺，见夕照归云，作者联系自己微官出使，隐隐表达一种磊落不凡之豪气。

微雪

寒烟微雪晚林虚，聊复高歌卧敝庐。①
叔夜违时频困酒，长卿耽病未成书。②
开元风俗闲能忆，京洛交游远渐疏。③
从此扁舟何所诣，故园烽火正踌躇。④

【注释】

①敝庐：破旧房子。 ②叔夜：即嵇康，字叔夜，曹魏文人，"竹林七贤"之一，不与时人交接，性好酒。长卿：西汉文人司马相如，字长卿，患消渴疾。《史记·司马相如列传》："相如既病免，家居茂陵。天子曰：'司马相如病甚，可

往从悉取其书；若不然，后失之矣。’使所忠往，而相如已死，家无书。”此二句以嵇康、司马相如自比。　③开元：唐玄宗年号，指太平之世。京洛交游：京城中结交的友人。陆游《晚晴书事呈同舍》：“因君共语增惆怅，京洛交游欲半空。”前句言太平时事已成回忆。后句言京中朋友日渐疏远。　④扁舟：小船，代指隐居。故园句：言故乡也不太平，是否是隐居之地，令人犹豫。

【评析】

作者雪天饮酒，慨叹生不逢时，因当今已非太平之世。自己离京城亦远，与友朋渐疏，今后的选择会是隐居；但烽火已至家乡，故园也未必是好的隐居之地。

大风示客时予将南行①

浮云遥拥四山空，惨澹春寒万里通。
穷巷尘惊长者辙，孤城昼掩庶人风。②
腐儒报国唯行李，乱日辞家感断蓬。③
何处危楼无画角，凭栏天际羡飞鸿。④

【注释】

①南行：即奉使江西。　②穷巷句：穷巷中风卷尘起，惊动长者之辙。穷巷，简陋之小巷。长者辙，显贵者所乘车辆之行迹。语本《史记·陈丞相世家》：“（陈平）家乃负郭穷巷，以弊席为门，然门外多有长者车辙。”孤城句：大风中城门白日关闭，百姓也闭门不出。庶人风，语出宋玉《风赋》：“夫庶人之风，塕然起于穷巷之间。”　③腐儒：迂腐之儒生。杜甫《江汉》：“江汉思归客，乾坤一腐儒。”行李：行人，使者。断蓬：无根的蓬草。比喻漂泊无定。
④危楼：高楼。画角：军中号角，指战事。羡飞鸿：羡慕飞鸿之翔于九天，自由自在，无恐惧之情。

【评析】

崇祯十七年（1644）初春，作者即将启程赴江西，大风之日，作此诗以示友人。诗中表达了出使之无奈和辞家之忧伤，尾联表达对自由、平安生活之向往。

南征草

《南征草》两卷诗歌作于崇祯十七年（1644）正月至清顺治二年（1645）九月。此时期诗歌创作以《江上闻国难四首》为界分为两段。前段是其出使江西、宣慰宁益二王的路上，内容以山水纪行为主，时时表露出对于仕途的厌倦和对于归隐生活的向往。前段诗歌古体诗学“二谢”，近体诗学盛唐王、孟。后段是其自江西返回的路上闻听明亡的消息，又目睹了南明弘光朝政不振，更是亲身经历了南明的覆亡，最后与宋琬等人避地吴村、江湾一带。后段诗歌抒情性强，悲伤哀痛，风格沉郁，明显受杜甫诗的影响。两卷诗共372首，选注148首。

宿盘阳高镇青携酒相过剧谈至夜分时镇青亦将赴都视葱佩庶常[①]

论交频握手，别酒自栖迟。[②]短烛驿庭静，寒风游子知。
著书常去土，作客莫忧时。入洛称辞赋，独闻二陆奇。[③]

【注释】

①盘阳：即“般阳”，今山东淄博淄川区的古称，因位于般水之阳而得名。高镇青：即高玮，字镇青，淄川人，高珩之兄，崇祯十二年（1639）山东乡试解元，清顺治三年（1646）进士。葱佩：即高珩，时任翰林院庶吉士，故称庶常。剧谈：畅谈。　②栖迟：滞留。　③二陆：指西晋陆机、陆云兄弟，吴亡后二陆隐居故乡华亭多年，于晋武帝太康十年（289）来到京城洛阳，一时名声大振。入洛：指高玮赴京。以二陆比喻高玮、高珩，两人都有辞赋高才，为人称奇。

【评析】

此诗作于崇祯十七年（1644）春，作者自家乡颜神镇赴江西出使，先到郡府青州，然后再南行。第一站宿于淄川，与高玮饮酒畅谈，得知他要赴京探望其弟高珩，遂写诗表达对二高的称赞，以及他们相互之间的劝慰。

金岭驿[①]

高枕对虚牖，北风夜尚骄。[②]时危依道路，计拙失渔樵。[③]
旧迹游频继，浮名病易消。[④]岂堪称傲吏，湖海自相招。[⑤]

【注释】

①金岭驿：地名，今山东淄博临淄区金岭镇。　②虚牖：虚窗。骄：风猛厉。　③此二句是说：时局危险，还要在路上奔走（出使）；计划迟钝，失去了做渔樵的机会。渔樵，指隐居。　④前句谓此次出使，所经之地均为旧游之地。后句谓病中最容易消除浮名之念。浮名，虚名。　⑤傲吏：不为礼法所拘、不向世俗低头的官吏，即有风骨的官员。郭璞《游仙诗》：“漆园有傲吏，莱氏有逸妻。”此二句是说，自己算不上是有风骨，但感受到了湖海的召唤。

【评析】

此诗仍写对出使以及出仕的厌倦，表现出强烈的归隐之心，这一切都源于对“时危”的清醒认识，这是此时作者在诗中经常表达的内容。

郡城望西南诸山有感[①]

蜡屐青山下，平生独此宜。[②]事宁从所好，名不受人知。[③]
丘壑心频负，行藏已亦疑。[④]江蓠徒有咏，唯与白云期。[⑤]

【注释】

①郡城：今山东青州。青州西南有云门山、驼山、仰天山等。　②蜡屐：晋代阮孚往木屐上涂蜡，见《世说新语·雅量》。后多用于登山。刘禹锡《送裴处士应制举》：“登山雨中试蜡屐，入洞夏里披貂裘。”此二句谓自己适宜山中生活。　③此二句是说，宁可做自己喜欢的事，哪怕姓名不为人知。　④丘壑心：即山中隐居之心。此二句是说：自己中进士、做官、出使，频频辜负隐居之心；是行是藏，自己也感到疑惑。　⑤江蓠：香草名。屈原《离骚》：“扈江蓠与辟芷兮，纫秋兰以为佩。”徒有咏：徒然吟咏江蓠诗句，即空怀隐居之志。白云期：与白云相约定。陈子昂《感遇》：“念与楚狂子，悠悠白云期。”

【评析】

作者遥望青州西南诸山，兴起隐居之志，表达行藏出处的矛盾。尽管现在不能如愿隐居，但与白云约定，终将践行承诺。

晚至临朐[①]

哀柝高林静，朱虚生晚烟。[②]宦情伏轼里，山色褰帷前。[③]
断岸河流急，荒城睥睨悬。[④]旧游悲落照，欲就酒垆眠。[⑤]

【注释】

①临朐：今山东潍坊临朐，在青州南。　②哀柝：傍晚的柝声令人感到悲

凉。柝，古代打更用的梆子。朱虚：临朐在汉代为朱虚县。　③伏轼：原指伏身靠在车前横木上，后用指乘车。《庄子·渔父》："孔子伏轼而叹。"褰帷：撩起帷帐。此处指车帷。　④睥睨：即埤堄，城上的女墙。　⑤旧游：指过去曾经过此地。

【评析】

诗写临朐晚景，柝声初起，山色当前，女墙高悬，落照相映，悲凉之情顿生。

冶源二首[①]

古树照清涟，柴门鸥鸟边。[②]独来因看竹，偶坐为听泉。[③]
野老惊投帻，溪鱼喜放船。[④]醉吟思白傅，池上有遗篇。
琢菴先生别墅。[⑤]

【注释】

①冶源：镇名，在临朐城南，有老龙湾胜景。此二诗即写游历老龙湾。　②清涟：清清的溪水。　③此二句写老龙湾竹泉之景。偶坐：偶尔小坐。贺知章《题袁氏别业》："主人不相识，偶坐为林泉。"　④野老：农夫。投帻：摘下头巾。帻，头巾。前句写农夫吃惊地看到作者摘下头巾。后句写自己放船湾中，喜爱溪中之鱼。　⑤白傅：白居易晚年任太子少傅，故称"白傅"。此处代指冯琦。琢菴：即冯琦，字用韫，号琢菴，临朐人。明万历五年（1577）进士，官至吏部尚书，《明史》有传，有《北海集》。

药草皆分径，寒流自绕陂。[①]偶乘谢公屐，一到习家池。[②]
解带临潭久，停车出竹迟。[③]海浮山色静，云气覆茅茨。[④]

【注释】

①径：小路。陂：山坡。此二句是说，所种药草皆可分出小路，泉水绕山坡而流。　②谢公屐：南朝宋诗人谢灵运所穿的登山木屐。李白《梦游天姥吟留

别》："脚着谢公屐，身登青云梯。"习家池：一名高阳池，在湖北襄阳岘山之南。《晋书·山简传》："简镇襄阳……诸习氏荆土豪族，有佳园池，简每出游嬉，多之池上，置酒辄醉，名之曰高阳池。"后多指园池名胜。此处代指老龙湾。③解带：解开衣带，为放松之姿态。迟：滞留、盘桓。　④海浮山：在临朐冶源镇，老龙湾居其下。茅茨：茅屋。

【评析】

二诗写临朐老龙湾，突出泉水与竹林，该地至今仍以竹林与池水最为人称道，是作者捕捉景物之准确处。全诗写出徜徉其间的惬意与放松。

冶源喜逢冯孔博谈旧因忆高葱佩孙介黄①

牢落逢君处，清溪度远吹。②烽烟当此日，朋旧各天涯。③

把袂浮云过，临流返照移。④林泉别不易，况有故人期。⑤

【注释】

①冯孔博：即冯溥，字孔博，青州人。明崇祯十二年（1639）举人，清顺治三年（1646）进士。后官至刑部尚书，文华殿大学士。有《佳山堂集》传世。②牢落：心情孤寂、无聊状。远吹：远方的吹角声。　③朋旧：与末句"故人"均指冯、高、孙三人。此二句是说，当时战火遍地，这些老朋友们散处各地，相隔天涯。　④把袂：拉住衣袖，表示亲近。此二句是说，知己交谈，不知不觉中时间过得很快，已是傍晚日落时分。　⑤林泉：结合颈联"临流"来看，此处分别之"林泉"仍是老龙湾。故人期：与朋友的约定，指相与归隐。

【评析】

诗写与冯溥的会面，"远吹""烽烟"渲染了当时形势，"把袂"两句写出清谈之快意，题目"喜逢"二字即寓其中。尾联"故人期"大概即"谈旧"内容，表达了乱世中欲归隐的意愿。

穆陵关二首①

褰衣千仞入氤氲，薜荔风高孤客闻。②

双鬓南征逢落雁，诸峰中断见归云。③
林端返照单车出，陇首寒烟大岘分。④
回首三齐岚气接，故人能不惜离群。⑤

【注释】

①穆陵关：在临朐南，为齐长城重要隘口。 ②千仞：形容山之高。西晋左思《咏史》："振衣千仞冈，濯足万里流。"氤氲：山上的云气弥漫。孤客：作者自指。此二句是说，登上云气弥漫的高山，能在风中闻到香草的气息。薜荔比喻隐居高士的志节芬芳。 ③此二句是说，南行途中见到归雁，旁边诸山峰之间能见到行云。归云，流动的云。 ④前句写夕阳映照林端，自己单车南行。后句写山顶寒烟被大岘山分开。大岘，沂山东侧一段南北走向的山脉，穆陵关在其上。 ⑤三齐：山东之古称，源于项羽分封齐王。岚气：山中云雾。离群：离开故人，独自出行。

绝壁岧峣四望开，襜帷林际暂徘徊。①
孤亭高柳山风起，万里浮云海气来。②
溪色远侵寒日动，春阴忽断片峰回。③
故关烽火何时息，薄暮遥怜画角哀。④

【注释】

①岧峣：山势高峻貌。此二句是说，穆陵关四周山势高峻，在林边停下车驾，徘徊流连。 ②万里句：穆陵关离海较近，故云。 ③此二句是说：日光远映溪水，水中见日色摇动；阴云遮山被风吹断，山峰又露了出来。 ④此二句是说，故乡的战事何时平息，傍晚的画角声中仍带哀怨。

【评析】

此二首诗，其一写穆陵关周边山势，表达南行愁绪，作者一人离开故乡、离开故人，踽踽独行。其二写穆陵关傍晚景色，写出对故乡的不舍，也表达对于时局的担忧。

高桥[①]

春动河干柳渐明，乡心长畏鸟啼声。[②]
共披野树随云宿，更涉清溪与石争。
愁见中原豺虎迹，难忘下泽鸥群盟。[③]
轺车岁岁频来往，父老遥看识姓名。[④]

【注释】

①高桥：地名，今山东沂水高桥镇。　②此二句写春景，河边柳绿鸟啼，牵动思乡之情。　③中原豺虎迹：指中原一带的李自成部队。下泽：指下泽车，一种适宜在沼泽地行走的轻便车辆，语出《后汉书·马援传》：“士生一世，但取衣食裁足，乘下泽车，御款段马，为郡掾史，守坟墓，乡里称善人，斯可矣。”此指乡居生活。鸥群盟：与海鸥结盟，见《列子·黄帝》，即指隐居乡里。④轺车：奉使者乘坐的车子，也指一匹马拉的轻便车，此指后者。此二句是说，自己年年来往此地，已被当地人认识。

【评析】

此诗首联、颔联写景，表达思乡之情；颈联、尾联感时，向往归隐。但作者无奈奉使，对此颇感厌倦。

东菀[①]

隔林曙色鸣乌远，洒酒荒城看佩刀。[②]
官舍乍寒芳树动，女墙遥辨启明高。[③]
时艰薄宦风尘拙，岁歉空山盗贼劳。[④]
惨淡兵戈尝满目，自怜仲蔚失蓬蒿。[⑤]

【注释】

①东菀：地名，即今山东日照莒县东莞镇。　②前句写晨景。后句“看佩

刀”写出意气不平状。 ③官舍：驿站。启明：启明星，即金星，早晨高挂于东方。 ④薄宦：地位低、俸禄少的小官。风尘：在路上奔波。盗贼：指为生活所困被迫揭竿而起的农民。 ⑤此二句是说，本来应像张仲蔚隐居不仕，但今出仕为官，失去了隐居的环境，想来觉得自己可怜。

【评析】

此诗前四句写小城晨景，突出心中不平，引出后四句之沉痛感慨。时世艰难，自己任一小官，出使在路上。年荒岁饥，百姓不得已铤而走险，写出对起义农民的理解。自己曾看到兵戈遍地，本该学张仲蔚隐居，却仍出仕，感到自己既“拙”且“怜”。

有感

转战荒山远，纷纷鼙鼓哀。①此时匹马去，乱阜夕阳开。②

寒水冰初断，空林鸟未来。③漂零惜回首，何处复登台。④

【注释】

①鼙鼓：战鼓。此二句是说，到处都是战事，连远僻的荒山也不能幸免。②阜：土山。此二句是说，傍晚时候，自己仍在匹马南行。 ③冰初断：春初景象，冰刚融化。 ④何处句：回望故乡，慨叹登台无所。

【评析】

春寒料峭之中，作者感时伤世，孤独南行，又不时回首故乡，可惜却连登台望乡的地方都没有。

郯城①

清川已再涉，落日晚林间。泯泯春流合，萧萧候雁闲。②

树深郯子国，鸟下马陵山。③几日烽烟定，居人尚闭关。④

【注释】

①郯城：地名，今山东郯城，因古为郯国地而得名。 ②泯泯：河水清

貌。萧萧：雁鸣叫声。此时为春初，南雁北归。　③郯子国：西周时小国，旧治在今郯城西南，国君称郯子。《左传·襄公七年》："郯子来朝。"马陵山：在郯城东，顾祖禹《读史方舆纪要》："盖其山冈阜，绵亘凡百余里，北接沂州，南抵宿迁，陵阜高耸，若马首之昂起，故名。"　④此二句是说，几天来没有战事，居民仍闭门不出。盖写其惊恐未定之状。

【评析】

此诗中写出一种难得的安宁与闲静，衬托居民于战乱后的惊恐未定。

钟吾行[①]

钟吾驿前水乱流，水禽夜语贾客愁。[②]
青楼下对沙棠舟，楼中少妇弹箜篌。[③]
红窗朝启见何处，烟绕长堤散芳树。[④]
不辞妾作石尤风，犹恐君从堤上去。[⑤]

【注释】

①钟吾：地名。今江苏宿迁的古称。宿迁为东周"钟吾国"的故地，遂有此称。　②驿：驿站。贾客：商人。　③青楼：女子闺房。沙棠舟：沙棠是一种名贵的树木，可以做舟。后用作船的美称。李白《江上吟》："木兰之枻沙棠舟，玉箫金管坐两头。"箜篌：乐器。　④此二句是说，楼上少女早晨开窗，不见意中人，只见烟笼长堤、岸边芳树，忧伤怅惘之意顿生。　⑤石尤风：顶头的逆风。南朝宋刘骏《丁督护歌》："愿作石尤风，四面断行旅。"

【评析】

诗为歌行体，是模仿汉魏古诗之作。这类诗多是磨砺诗艺，没有过多作者的个人情感。诗表达闺怨，前四句写欢会，后四句写分别。女子愿意化作"石尤风"，以阻止郎君的离开，显得深情满满。

黄河遇风[①]

荒村临断岸，薄暮片帆通。[②]草草劳人路，茫茫河伯宫。[③]

鱼龙五夜雨，灯火万林风。[4]不辨长天色，沧波惨澹同。[5]

【注释】

①黄河：时黄河自淮河河道入海，宿迁即在黄河之滨。 ②此二句写傍晚渡河。 ③草草：忧伤貌。劳人：忧伤之人。《诗经·小雅·巷伯》："骄人好好，劳人草草。"河伯：黄河河神。 ④鱼龙：黄河水族。前句写黄河鱼龙在夜雨中翻腾。后句写风吹树林，岸上有灯火在闪烁。 ⑤此二句是说，大风中河水与长天一色，同归暗淡无光。惨澹，暗淡无色。

【评析】

作者欲渡黄河，遇风而阻。此诗写风雨中黄河的面貌，苍茫混沌，笔力劲健。

野泊是夜大风雷电[1]

回风吹水水不流，短檠绝岸留扁舟。[2]
须臾天晦失明月，白浪如山电出没。
雷声在天疑在水，电射深波水族起。[3]
寒云远近不可分，长河上下相氤氲。[4]
夜静岂无鬼神集，舟空但恐鱼龙入。[5]
海畔迢遥风雨来，云中咫尺星辰急。[6]
波涛未息吟者谁，南征孤客河之湄。[7]
自援鸣琴清切悲，此声独有冯夷知。[8]

【注释】

①野泊：结合上诗，此指作者泊于黄河岸边，等待渡河。 ②回风：回旋的风。短檠：一种矮灯架，借指小灯。 ③前句写雷。后句写闪电。闪电射入深水，惊动黄河水族。 ④此二句是说，黄河上下远近都云气浓郁，不可分辨。 ⑤此二句写风雨雷电中内心的惊恐。 ⑥此二句是说，感觉海边风雨袭来，想象云中的星辰近在咫尺。 ⑦南征孤客：作者自指。河之湄：河边。

此二句是说，作者在风雨雷电、波涛汹涌中吟咏成这首诗。　⑧此二句是说，作者借琴声比拟诗情清切悲怆，这种感情只有河神懂得。冯夷，黄河河神，与“河伯”同。

【评析】

诗歌铺叙黑夜中黄河上风雨雷电之景象，写得惊心动魄，气氛逼人，有令人屏息之感。在这种氛围中，作者尚能鸣琴咏诗，清切悲怆之声情与波涛相应和，引河伯为知音。

桃源独饮[①]

斗酒亦堪豪，长歌看孟劳。[②]岂徒注齐物，更欲续离骚。[③]

雨气孤城静，河声一枕高。[④]穷途能自放，不用怨波涛。[⑤]

【注释】

①桃源：地名。　②孟劳：宝刀名。《谷梁传·鲁僖公元年》：“孟劳者，鲁之宝刀也。”　③注齐物：《齐物论》为《庄子》中的名篇，西晋郭象曾作《齐物论注》。续离骚：《离骚》为屈原名篇，写其遭遇忧患之悲伤。续离骚表达的也是这种忧愁、悲愤情绪。　④此二句是说，夜里下雨，河水上涨，水声很大。一枕，一卧，一觉。　⑤穷途：处境困窘，无路可走。自放：自我放纵，摆脱约束。

【评析】

作者酒后有豪情，心中有不平，既想学庄子之齐物达观，又不免效仿屈原抒发忧愁愤懑。作者自渡黄河后，即改行水路乘舟，雨后水涨，波涛碍行，如此“穷途”，唯有自我排遣而已。“穷途”者，也指乱世中的出仕与出使。

清江浦歌[①]

凫雁潇潇聚幽渚，客帆兢指清江浦。[②]

垆头沽酒夜数钱，河上祭神朝打鼓。

家本楼居即水居，妇能吴语还齐语。[3]
谁家少女娇阳春，妆成回首垂红巾。
并分罗幌窗中影，遥动金钏镜里身。[4]
南陌亦有青丝笼，只采柔桑不应人。[5]

【注释】

①清江浦：地名，运河码头，在今江苏淮安。 ②凫雁：野鸭与大雁。潇潇：形容禽鸟的鸣声。幽渚：幽静的小洲。客帆句写运河上的船都聚集到清江浦来。 ③此四句描写清江浦生活之繁华，酒店买酒，打鼓祭神。青楼女子居住水滨高楼，既能吴语又能齐语，善于接待南来北往之人。吴语，江南话。齐语，山东话。 ④娇阳春：写女子皮肤娇嫩白皙状。罗幌：丝罗制的窗帘。金钏：金手镯。此四句写年轻美貌女子顾影自盼状。 ⑤此二句是说，与青楼女子相比，南陌采桑女只顾采桑劳动，而无暇应答别人。汉乐府《陌上桑》："青丝为笼系，桂枝为笼钩。"此处兼用诗意。

【评析】

诗以白描手法写清江浦之热闹情形，以对比手法对水边青楼女子作了微讽，描写生动，语意委婉。

漂母墓[1]

英雄所贵行藏奇，神物何必求人知。[2]
王孙不遇游此地，平生智勇徒尔为。[3]
淮阴至今多恶少，漂母墓头唯荒草。[4]
假王一请真王成，千金报母何其轻。[5]

【注释】

①漂母墓：据《史记·淮阴侯列传》记载，西汉大将韩信，青年时贫苦，曾向漂母讨饭吃，一连数十天。"信喜，谓漂母曰：'吾必有以重报母。'母怒曰：'大丈夫不能自食，吾哀王孙而进食，岂望报乎！'"后人为纪念漂母施恩不图报

而修建此墓，在江苏淮安淮阴区西南。漂母，洗衣老妇。裴骃集解："韦昭曰：'以水击絮为漂，故曰漂母。'" ②英雄：指韩信。行藏奇：行为奇特，与一般人不同。神物：神奇的人，也指韩信。此句谓英雄常有韬晦，却不欲人知。③王孙：见《史记·淮阴侯列传》"吾哀王孙而进食"语。不遇：未发迹时。徒尔为：只干这种乞讨之事，即平生智勇尚未发挥出来。 ④淮阴：今江苏淮安淮阴区，为韩信故乡，也是其封地。恶少：韩信贫时，曾受到淮阴少年的欺负，令韩信"出其胯下"。此二句是说，淮阴作恶之少年至今犹多，而施恩之漂母已杳不可见。 ⑤假王、真王：韩信攻占齐地后，请求汉王刘邦封他假（代理）齐王。刘邦听从了张良、陈平的建议，封韩信为齐王，即真王。千金报母：破项羽后，刘邦将韩信封为楚王。《史记·淮阴侯列传》："信至国，召所从食漂母，赐千金。"此句谓韩信"千金报母"并非厚报。

【评析】

这是一首怀古诗，突出了英雄不遇时的世态。全诗的新意体现在尾联，认为韩信最后成就了封王的事业，但"千金报母何其轻"。韩信为贫士时，漂母对他的恩惠很大；更重要的是，漂母对韩信起到了极大的激励作用，激励他将平生智勇发挥出来。韩信的建功立业可以说自漂母始。这是诗人的独到见解。

宝应二首[①]

闻道君王有射陂，渔榔荒草令人悲。[②]
垂杨尚弱东风急，倦客停帆见雁时。[③]

【注释】

①宝应：今江苏扬州宝应。 ②射陂：即射阳湖，古称射陂，在宝应。西汉时，为广陵王所有。《汉书·广陵厉王刘胥传》记载，汉宣帝夺广陵王"射陂草田以赋贫民"。渔榔：渔人捕鱼时用以敲船舷、惊鱼入网的长木。此句写射阳湖的荒废。 ③垂杨：春天杨柳初绿，柳枝在风中摇曳。倦客：作者自指。此时正南雁北归。

白马湖头独系船，夕阳寂寂下寒天。[①]

伤心更有陈琳墓，无限乌啼出晚烟。[②]

【注释】

①白马湖：位于宝应西部。　②陈琳墓：陈琳为“建安七子”之一，擅长章表书记，诗亦有名，有《饮马长城窟行》传世。其墓在今宝应射阳湖镇。

【评析】

二诗写宝应的两个湖，重点突出今日之荒凉。第二首诗写凭吊陈琳墓，进一步表达了一种伤今吊古之情绪。

高邮[①]

汀洲微雨后，渐觉片帆孤。[②]树辨盂城驿，波分甓社湖。[③]
悲风悬鬓发，寒日出菰芦。[④]短楫将何适，逃名有钓徒。[⑤]

【注释】

①高邮：今江苏高邮。　②汀洲：水中小洲。　③盂城：高邮别称。据《高邮志》记载，高邮地形“四隅皆低，城基特高，状如覆盂”，故名。甓社湖：在高邮西北。　④悲风、寒日：此时为二月中旬，这一表述是为渲染气氛。菰芦：菰与芦苇。菰即茭白。　⑤短楫：短桨，指小船。适：去、到。钓徒：钓鱼的人，借指隐逸之士。

【评析】

诗前四句写微雨后进入高邮，情景逼真；后四句抒情，曰“悲”曰“寒”，均与心情有关，非关时令。因时间已是二月中旬，即使有风雨，也不至于寒冷。尾联表达隐逸志向，是作者一路上在诗中不断呈现的主题。

芜城[①]

烽火遥传尚未收，萧萧晓日动寒流。[②]
至今估客鱼盐少，何处离筵丝竹愁。[③]

遗迹尽消隋苑雨，怀人独上广陵舟。[④]
闲情犹记竹西路，柔橹虚窗近白鸥。[⑤]

【注释】

①芜城：即广陵城（今江苏扬州），因南朝诗人鲍照《芜城赋》而得名。故址在今江苏扬州江都区。　②烽火：此指中原地带李自成农民起义军的战事。萧萧：风声。　③估客：商人。扬州一带多出盐商。离筵丝竹：离别筵上的奏乐声。　④隋苑：园名，为隋炀帝所建，又名西园，故址在扬州江都区北七里。　⑤竹西路：禅智寺前一段道路的名称。杜牧《题扬州禅智寺》："谁知竹西路，歌吹是扬州。"白鸥：虽是写船上游赏所见的白鸥，但也有"白鸥盟"即归隐的意思。

【评析】

此诗写在船上游览扬州的情景。前四句感时，写时局不靖，扬州不宁，商贾减少。后四句忆旧，作者前年曾来扬州住过一段时间，也曾有风月之游，所谓"怀人""闲情"者，当指此类回忆。

吴鉴在钱幼光枉顾舟中以所集过江诗见示[①]

犹披短布困谈经，结友江湖见客星。[②]
应对乌衣悲故国，频携清酒上新亭。[③]
浊泥自惜歌声激，赤土同分剑气灵。[④]
日暮东风寒水立，哀吟莫使远人听。[⑤]

【注释】

①吴鉴在：即吴德操，字鉴在，号凫客，诸生，安徽桐城人。后为南明抗清志士。钱幼光：即钱澄之，初名秉灯，字幼光，晚号田间老人，安徽桐城人。明诸生，参加南明抗清，后退隐，终生做遗民。著名诗人，有《田间诗集》《田间文集》《藏山阁集》等传世。　②前句写吴、钱二人犹是诸生，困厄中仍坚持讨论经书。后句写两人外出结交朋友。客星，客居之人。　③乌衣：指南京乌

衣巷。悲故国：悲悼家乡桐城被农民起义军占领。新亭：在南京，此处用新亭对泣典。《世说新语·言语》："过江诸人，每至美日，辄相邀新亭，藉卉饮宴。周侯中座而叹曰：'风景不殊，正自有山河之异。'皆相视流泪。"此二句是说，吴、钱二人自南京过江来至江北。　④赤土：犹赤地，指被兵后的桐城。"浊泥""赤土"皆写二人之现实处境。剑气：剑的光芒。歌声激、剑气灵：指两人诗歌之激昂、有锋芒。　⑤哀吟：指过江诗的悲伤格调。

【评析】

吴、钱二人皆能诗，特别是钱澄之，在清初尤为著名。两人为作者所示的过江诗，多写故园被破之哀伤与悲壮，引起了作者的极大共鸣。

饮吴子远寓中①

慷慨抚雄剑，风云正渺茫。②客称文举盛，饮爱次公狂。③
短草蜀冈冷，征帆曲水长。④寒城微雨后，何处望垂杨。

【注释】

①吴子远：即吴道凝，字子远，号虚来，安徽桐城人。　②雄剑：吴国宝剑干将、莫邪分雌雄二剑。也泛指宝剑。李白《门有车马客行》："雄剑藏玉匣，阴符生素尘。"风云正渺茫：喻时局忧危，迷茫难辨。　③文举：即孔融，字文举。次公狂：汉代盖宽饶，字次公，清廉刚直，曾说自己是酒后发狂之人，故曰"次公狂"。此二句指吴子远家中客人之多。　④蜀冈：在今扬州西北角，绵亘四十公里。曲水：扬州地名，称西园曲水，为扬州二十四景之一。

【评析】

诗写在吴子远家饮酒情形，首联既写豪气，也写迷茫。末联表达对春景的盼望，也是对时局好转的企盼。

沚园①

芳草无高下，疏烟处处通。亭台一水外，丘壑百花中。

石古莓苔气，窗寒舴艋风。[2]羊裘无可老，春雨钓庵空。[3]

【注释】

①沚园：在瓜洲。古瓜洲在清代沉入江中，园已不存。　②舴艋：小船。李清照《武陵春》："只恐双溪舴艋舟，载不动许多愁。"　③羊裘：东汉严光为刘秀同学，刘秀即位后，严光变名隐身，披羊裘钓于泽中。后指隐居之士。钓庵：钓鱼之人的茅草屋。南宋赵蕃《晒蓑亭三首》："欲买宽闲结钓庵，一竿投老寄江南。"

【评析】

诗写沚园景致，表达隐居意趣。对仗工整，而辞气流宕，有清空如话之感。

瓜洲

新柳近危城，晴波燕子风。[1]潮声绕郭远，春色渡江明。[2]
细草烟中密，高林雨后平。疏篱临曲岸，小泊听啼莺。[3]

【注释】

①危城：高城。　②郭：外城曰郭。　③疏篱：宽松的篱笆墙。

【评析】

诗以轻快流丽之语言，写瓜洲城之春景，观察细腻，描写生动。

渡江

树远入晨烟，舟空载山色。[1]垂杨两岸风，去作江南客。[2]

【注释】

①此二句是说，远处的树木被晨烟笼罩，空荡荡的船中仿佛载着青绿的山色。　②此二句是说，风吹船疾，来到对岸，此番真成江南客矣。

【评析】

此诗前二句颇新奇，全诗隽永有味。

京口[①]

烟火千家带浴禽，初晴山气没寒林。[②]
城边古驿风云静，原上诸陵草树深。[③]
长剑涉江休作赋，横桥见月但披襟。[④]
苍苍泽国遥钟动，鼓枻犹成梁父吟。[⑤]

【注释】

①京口：地名，即今江苏镇江。　②带浴禽：江边水鸟入水觅食，故称。此二句以“初晴”为眼目，盖晴方能看见“千家”、“浴禽”以及“山气”。③城边古驿：京口古驿站。原上诸陵：此处指遥望钟山，为明太祖陵墓所在。④长剑涉江：屈原《九章·涉江》：“带长铗之陆离兮，冠切云之崔嵬。”长铗，即长剑。前句写虽然如屈原佩长剑而过江，但不作赋。后句写横桥见月，可披襟当风。　⑤苍苍：茫茫，广大貌。鼓枻：划桨，谓泛舟。梁父吟：即梁甫吟，汉乐府曲名。传说诸葛亮好为梁甫吟，为其闲居时吟诗遣怀之举。杜甫《登楼》：“可怜后主还祠庙，日暮聊为梁甫吟。”此二句是说，在京口茫茫水乡中泛舟江上，听到远处的钟声，真像闲居时吟诵梁甫吟一样。

【评析】

诗写京口泛舟的闲适、放旷，一切都很安静，作者也暂时忘却忧患，披襟当风，快哉一时。

甘露寺[①]

仆本狂歌士，幽志托林壑。[②]遨游发奇情，读书观大略。[③]
远寺林影深，高天云气薄。长桥维孤舟，层岸达紫阁。[④]

平树带初霞，皎日涤芳郭。[5]微风吹贝叶，窗际繁花落。[6]

大江万里来，波浪拥山阔。长啸倚危石，城空烟漠漠。[7]

侧身更怀古，怅望东飞鹤。[8]

【注释】

①甘露寺：在今江苏镇江北固山上。三国时孙、刘联姻的故事发生于此。②仆：我。此为作者自指。幽志：隐逸的志向。　③遨游：漫游、远游。观大略：《三国志·诸葛亮传》裴松之注引《魏略》："亮在荆州，以建安初与颍川石广元、徐元直、汝南孟公威等俱游学，三人务于精熟，而亮独观其大略。"④维孤舟：系船只停泊。紫阁：甘露寺的殿阁。　⑤皎日：明亮的阳光。芳郭：因城郭周边春花盛开，故云。　⑥贝叶：书写佛经的树叶。此写寺周围的树。　⑦长啸：撮口发出的口哨声，常用于表现登临。危石：高石。　⑧东飞鹤：宋代《秦楼月》词有句云："秋漠漠。登临常羡东飞鹤。东飞鹤。一襟乡泪，为君双落。"故末句写怀乡情绪。

【评析】

此诗是登临兼怀古，写甘露寺的壮观景色，写登临时的奇情，同时缅怀三国时的孙、刘等人物，心胸为之开阔。"读书观大略"用诸葛亮典，结合上诗用"梁甫吟"典，都表现了对诸葛亮的倾慕，也隐隐表露了作者的情怀。诗结尾与开头照应，表达隐逸、思乡情感。诗中"大江万里来，波浪拥山阔"二句，写甘露寺江景，如在目前。

寒食京口城下放舟[1]

新烟垂柳内，远客不宜看。[2]何处堪呼酒，谁家更倚栏。[3]

鸟窥征棹过，花隐女墙寒。[4]沧海来风雨，长歌觅剑弹。[5]

【注释】

①寒食：节日，一般在清明节前一二天。　②远客：作者自指。　③谁家句：谓谁家可以访问。　④征棹：行人船只。　⑤剑弹：即弹剑。典出

“冯谖弹铗”，表达激昂不平之气。李白《赠从兄襄阳少府皓》：“弹剑徒激昂，出门悲路穷。”

【评析】

诗写寒食节感受，尾联“风雨”也是对时局的一种隐喻。作者弹剑长歌，一种悲慷激昂之气溢于诗外。

寒食咏所见四首（选二）

修眉映金钿，风吹藕色衣。举袖桃花下，误使流莺飞。[①]

【注释】

① 金钿：女子首饰。前二句写女子修饰、穿着。后二句写女子在桃花下炫耀衣着，惊飞了流莺。流，谓音声婉转。

寒食冶游晨，罗衣艳水滨。与郎不相识，同是画船人。[①]

【注释】

①冶游：节日的游玩。寒食冶游，江畔多丽人。后二句写男女都乘坐画船，但尚不相识。写出女子对男子的爱羡。

【评析】

二首节日即景诗，写节日冶游的情形，健康明朗，洋溢着青春的气息，风格近似南朝民歌。

吴帝祠[①]

曹氏窃神器，横槊顾江东。[②]旌旗出上游，幕火连艟艨。[③]
孙郎方仗剑，紫髯扬长风。[④]上承父兄资，下收策士功。[⑤]
三吴菰芦地，驾驭皆豪雄。[⑥]车马照渌水，冠盖驰日中。[⑦]
寂寥千载后，伏腊余村翁。[⑧]荒祠对夕阳，棠梨参差红。

唯闻野鸟啼，如惜霸图空。[9]我登北固山，惆怅望故宫。[10]
大江自波涛，人谋遂不同。[11]回首感今昔，春草烟濛濛。

【注释】

①吴帝祠：纪念吴帝孙权的祠堂，在江苏镇江。 ②曹氏：即曹操。窃神器：窃夺国家政权。横槊：手持长矛，即拿着武器。苏轼《前赤壁赋》："酾酒临江，横槊赋诗，固一世之雄也。"顾江东：即赤壁之战入侵江东。 ③上游：从镇江看，赤壁在长江上游。艟艨：也作艨艟，即战船。 ④孙郎：即孙权。苏轼《江城子》："亲射虎，看孙郎。"紫髯：南朝梁沈约《宋书·符瑞志》记载孙权"方颐大口，紫髯长上短下"。 ⑤此二句是说，孙权上承其父孙坚、兄孙策创下的东吴基业，又重用策士，鼓励他们建功立业。 ⑥菰芦地：菰和芦苇长在水中，此指三吴乃滨江之地。后句言孙权驾驭的都是英雄豪杰。 ⑦渌水：清澈的江水。冠盖：指官吏。 ⑧伏腊：夏冬两种祭祀。此二句是说，千载之后，孙权祠已寂寥，只剩下村翁在夏冬祭祀。 ⑨此四句续写吴帝祠寂寥状。只听见野鸟啼叫，如惋惜当年的霸业成空。 ⑩北固山：在今江苏镇江。故宫：在今江苏南京。 ⑪此二句是说，大江波涛依旧，人谋早已变迁。此二句有刘禹锡《西塞山怀古》"人生几回伤往事，山形依旧枕寒流"之意味。

【评析】

此诗写登临怀古，感慨吴帝孙权的霸业已成过往。诗分两节，欲抑先扬，前十二句写昔日霸业，赫赫显扬。中间十句写今日祠堂之荒凉冷清，霸业成为过往，只有江水永恒。末二句写出今日之迷茫，有现实之隐忧寓含其中。

即景[1]四首（选二）

游女芳洲罗袖移，杏花零落燕泥知。
天涯惆怅清明节，处处船头插柳枝。[2]

【注释】

①即景：即写眼前所见，常用作诗题。 ②天涯惆怅：指作者离家在外的感受。船头插柳枝：清明节习俗，妇女游春，在船头插柳枝。

桃花疑雨草疑烟，陌上东风鹞子天。
绕尽垂杨招不下，为侬直去落欢前。①

【注释】

①疑，通“凝”。鹞子天：风筝。侬：我，常用作女性口吻。落欢前：妇女于清明节放风筝，风筝直落到心仪的男子面前。

【评析】

此组诗写清明节所见。迟日春丽的背景下，写出了南方女子的美丽、热情、活泼与朝气，风格清丽明朗，诗可入画。

清明

花间卷幔画桡轻，河上开樽双鸟鸣。①
远浦云霞春漠漠，中流箫鼓晚盈盈。②
登临我忆吴公子，辞赋谁怜汉长卿。③
不惜佳辰频作客，绕堤柳色故园情。④

【注释】

①卷幔：船上的布幔。画桡：即画船。河上开樽：即在船上开宴饮酒。②远浦云霞：远处的水面云霞映照。漠漠：广阔貌。中流箫鼓：河中的船上箫鼓作响。盈盈：形容音乐气氛浓郁。　③吴公子：此处用“季札观乐”典，参见《左传·襄公二十九年》。吴公子季札到鲁国，听了十五“国风”的音乐，不断地赞美音乐“美哉”。长卿：即司马相如，字长卿，为汉代辞赋作家。　④不惜：宁愿。后句言绕堤柳色牵动了自己的故园之情。李白《春夜洛城闻笛》：“此夜曲中闻折柳，何人不起故园情。”

【评析】

诗写清明时节河上饮宴的情景，节日的音乐气氛与春日的美丽景色牵动了作者的浓浓思乡之情。

三月三日[①]

修禊人传今日事，临觞我愧昔年豪。[②]
惊心节物家犹远，回首星河卧正高。[③]
自有山川供薄宦，莫因兵革负醇醪。[④]
濯缨泽畔歌渔父，何用扬雄作反骚。[⑤]

【注释】

①三月三日：即上巳节，每逢此日，人们到水边祭祀、游玩，称为修禊，以祓除不祥，祈求平安。杜甫《丽人行》："三月三日天气新，长安水边多丽人。" ②修禊：王羲之《兰亭集序》："暮春之初，会于会稽山阴之兰亭，修禊事也。"临觞：即修禊时文人举行"曲水流觞"活动。 ③节物：季节风物。星河：银河。此二句是说，正逢节日，星河灿烂，令人思家意浓。 ④薄宦：官职卑微。兵革：战事。醇醪：美酒。此二句是排解语。 ⑤濯缨句：《楚辞·渔父》："渔父莞尔而笑，鼓枻而去，乃歌曰：'沧浪之水清兮，可以濯吾缨。沧浪之水浊兮，可以濯吾足。'遂去，不复与言。"此句是说，自己欲效渔父所言与世推移，和光同尘。扬雄：汉代文人，曾作《反离骚》。《汉书·扬雄传》云："又怪屈原文过相如，至不容，作《离骚》，自投江而死，悲其文，读之未尝不流涕也。以为君子得时则大行，不得时则龙蛇，遇不遇命也，何必湛身哉！乃作书，往往摭《离骚》文而反之，自岷山投诸江流以吊屈原，名曰《反离骚》。"何用句是说，认同"遇不遇命也"，但无须像扬雄那样作赋来阐明。

【评析】

此诗写因节日风物而引起的思乡情绪，同时感叹时运，无可奈何。

微雨游惠山二首[①]

飘渺山连树色明，登高遥辨阖闾城。[②]
几家亭榭留泉影，满寺松杉入雨声。[③]
晚院风依斋磬落，春塘水覆钓矶平。[④]

薄游不少探奇意，自绕寒林戴笠行。[5]

【注释】

①惠山：在今江苏无锡。　②飘渺：高远隐约貌。阖闾城：春秋时吴王阖闾命大夫伍员所建造，故址在今江苏无锡滨湖区胡埭镇。　③泉：指惠山泉。寺：指惠山寺。　④磬：一种打击乐器。寺庙中陪伴诵经、作法事等常击磬。钓矶：用于垂钓的石头。　⑤ 薄游：为薄禄而宦游。

古寺春阴水渺茫，相传浣沼旧流觞。[1]
山光近人烟林浅，泉气遥通竹树凉。
上巳寒过微雨内，梁溪清绕岸帆傍。[2]
登楼更欲为僧住，囊底犹携陆羽方。[3]

【注释】

①古寺：仍指惠山寺。浣沼：惠山寺前有曲水亭，中有方池，名千叶莲花池，亦名浣沼。流觞：指上巳节之“曲水流觞”。　②上巳：三月三日。梁溪：河名，源出惠山，流入太湖。后为无锡之古称。　③陆羽：唐代人，名羽，字鸿渐，号竟陵子，湖北天门人。著有《茶经》，后世尊为“茶圣”。陆羽方即《茶经》中所载烹茶之方。

【评析】

此二首诗摆脱此时诗中思乡、感时之主题，变为全身心感受山景，充满好奇。作者留连古寺，品茗赏泉，兴致勃勃，更显写法新颖，令人神往。诗之颔联、颈联对仗，均在工整中注重格调，声韵高华。

舟行有感

泛泛兰舟客，苍苍泽国居。[1]浮生鸥鹭近，远道友朋疏。[2]
古木临吴苑，空山藏禹书。[3]徒怀谷口隐，欲逐具区渔。[4]

【注释】

①兰舟：船的美称。泽国：河湖遍布之地域。　　②浮生：短暂虚幻的人生。此二句是说：多行于水路，故与鸥鹭相互亲近；长路远行，故与朋友相隔甚远。　　③吴苑：春秋时吴国的苑囿，在苏州。禹书：大禹所刻之书，即蝌蚪书。《十洲记》记载：传说大禹治水，遍行九州，途经诸名山，便派工匠刻书于石壁上，记山之里数与高度，其字蝌蚪形。　　④谷口隐：西汉郑子真隐于谷口，躬耕自给，高尚不仕。谷口，在今陕西咸阳礼泉。此为借用。具区：太湖之古称。

【评析】

作者行舟路上，临近太湖，生发感慨。“徒怀谷口隐，欲逐具区渔”，诗之主意全在尾联两句。

寒山寺答老僧①

楼上安禅对两松，开窗时见天平峰。②
不辞晚泊枫桥下，愁听寒山半夜钟。③

【注释】

①寒山寺：在苏州郊外。因唐代张继《枫桥夜泊》“姑苏城外寒山寺，夜半钟声到客船”而名声显著。　　②安禅：佛家语，指打坐。王维《过香积寺》：“薄暮空潭曲，安禅制毒龙。”天平峰：即天平山，在苏州西南，有“吴中第一山”之称。　　③枫桥：在寒山寺附近。

【评析】

全诗从张继诗而来，“答老僧”之意在后二句，即回答因何至此、为何生愁。正可谓不答而答，诗意全在诗外。

金阊①六首（选五）

胥台高在早岚中，芳树新霞处处通。②

对酒忽过玄墓雨，荡舟时起锦帆风。[3]
闲情一夜生春水，落日千家绕故宫。[4]
遗俗至今游冶盛，独无五月被裘翁。[5]

【注释】

①金阊：苏州之古称。　②胥台：又名姑苏台，吴王阖闾所建，故址在今江苏苏州灵岩山。早岚：早上山中的雾气。　③ 玄墓：山名，在今江苏苏州吴中区，与光福、邓蔚二山相连。　④故宫：吴国故宫，即馆娃宫，吴王夫差为西施所建，在姑苏山上。　⑤游冶：出游玩乐。被裘翁：春秋时吴国人，五月披裘，曾面斥延陵季子，是隐士而有志节者。

垂杨如织半藏堤，油壁车轻春草齐。[1]
朝幌初开蝶已入，湘帘竞卷燕难栖。[2]
山传支遁曾调马，地接齐门旧蓄鸡。[3]
薄暮狂歌何处去，酒城远在越来溪。[4]

【注释】

①油壁车：古人乘坐的一种车子，车厢用油涂饰。此二句写春日出游。②幌：帷帐。湘帘：用湘妃竹做的帘子。　③山：即支硎山，在江苏苏州吴中区。支遁：东晋高僧，名遁，号道林，曾隐遁支硎山，性好马。齐门：苏州城的北门，因朝向齐国，故名。蓄鸡：苏州有鸡陂，传说是吴王养鸡处，又名养鸡城。唐代崔鹍《姑苏台赋》："走犬有塘，蓄鸡有陂。"　④越来溪：河名，在苏州。相传越国讨伐吴国之兵即由此河入，故名。

竹岸枫林郭外昏，清溪百道接名园。[1]
休官欲作吴门卒，怀古空传甪里村。[2]
柳下红桥春荡桨，烛前白纻夜开樽。[3]
双莺自啭真娘墓，无限莓苔过雨痕。[4]

【注释】

①清溪句：写苏州河道交叉，名园众多。　②吴门卒：《汉书·梅福传》："福一朝弃妻子，去九江，至今传以为仙。其后人有见福于会稽者，变名姓，为吴市门卒云。"休官句指自己欲效梅福辞官归隐。空传：意欲"欲作"而未能。角里村：在今江苏苏州吴中区。相传秦末角里先生在此隐居，故名。　③白纻：白色的纻麻。此指白纻做的衣服。烛前句谓身着白纻在夜晚宴饮。　④真娘墓：在苏州虎丘。真娘，唐代苏州名妓，葬虎丘，其墓多为后代文人题诗之处。

可中亭俯千人石，闻是生公旧讲堂。①
徒使徘徊鹤涧上，唯余歌舞剑池傍。②
烟林远接湖光澹，罗绮同分草气香。③
痛饮滑稽能几斗，遗簪坠珥不妨狂。④

【注释】

①可中亭：在苏州虎丘。千人石：在虎丘，为一盘陀大石。传说东晋高僧竺道生在此讲经，石上可坐千人听讲，故名。生公：即东晋高僧竺道生。旧讲堂：为竺道生在虎丘讲经处。　②鹤涧：虎丘有养鹤涧，传说唐代清远道士在此养鹤。清远道士有虎丘诗，因颜真卿书写而流传后世，享有盛名。剑池：虎丘著名景点，据说其下即吴王阖闾墓，墓中有著名宝剑"专诸""鱼肠"等，故名。③罗绮：丝绸。此处指身着罗绮在虎丘歌舞的女子。　④此二句用《史记·滑稽列传》淳于髡典。淳于髡借饮酒讽谏齐威王，其中讲到"州闾之会，男女杂坐""前有堕珥，后有遗簪，髡窃乐此，饮可八斗而醉二参"。

谷风返照满林端，云绕中峰欲去难。①
断岸自因芳草转，遥山宜共晚霞看。
并留人影衣香远，不断泉声石气寒。②
十里长松琳宇寂，更垂罗袖倚朱栏。③

【注释】

①谷风：山谷中的风。《诗经·小雅·谷风》：“习习谷风，以阴以雨。”中峰：指姑苏山之中峰。　②人影衣香：写女性衣裳艳丽，留有香气，且姿态优雅。　③琳宇：殿宇宫观的美称。此处或指吴宫。罗袖：以衣着代指女子。

【评析】

此组诗是作者游览苏州时所作，以怀古为主旨，兼寓现实感慨。诗借苏州山水地理及历史人物与典故组织成诗，高华流丽，工整雅致，极见功力。诗中的现实感慨则较复杂，可大致分两种：一是“休官欲作吴门卒”之归隐情绪，二是狂歌纵酒的享乐之意。作者对苏州的游冶风俗略有讥讽，但更多是参与和喜爱，对苏州女性之美也表示了欣赏。后来，清初著名诗人王士禛作《冶春绝句》，写扬州“日午画船桥下过，衣香人影太匆匆”，使“衣香人影”四字流传后世，为人称道。而此组诗“并留人影衣香远”则早于王作十几年，却从未有人指出此点。

嘉禾独饮偶作①

胥山遥散片霞明，舟近啼乌槜李城。②
病欲养生非慢世，贫能嗜酒即逃名。③
著书落魄游宜远，扫地高眠意自平。
月下扬舲仍击楫，鸳鸯湖水向人清。④

【注释】

①嘉禾：地名，在今浙江嘉兴。　②胥山：在嘉兴城大桥镇胥山村。槜李：嘉兴的古称。　③慢世：玩世不恭，不拘礼法。《世说新语·品藻》：“未若长卿慢世。”逃名：逃避名声，不愿有名于世。　④扬舲：扬帆。击楫：拍打船桨。鸳鸯湖：又称鸳湖，即今嘉兴南湖。

【评析】

此诗为月下游鸳湖之作，表达了作者慵懒、倦怠的生活态度。

即事[1]三首

隔岸罗敷歌采桑，银钩丝笼生微香。[2]
照水自怜红袖好，陌头莫怪使君狂。[3]

【注释】

①即事：看到眼前事物的即兴之作，常用作诗题。　②罗敷：汉乐府《陌上桑》中的女主人公，是一位美丽、坚贞的采桑女。《陌上桑》："秦氏有好女，自名为罗敷。"银钩丝笼：汉乐府《陌上桑》："青丝为笼系，桂枝为笼钩。"③使君：《陌上桑》中欲调戏罗敷而最终受到嘲弄的官员。《陌上桑》："使君从南来，五马立踟蹰。"

春雨初晴戴胜啼，满畴桑叶与人齐。[1]
小姑自道长如妾，乍入林中宝髻低。[2]

【注释】

①戴胜：鸟名，头上有凤冠状羽饰。　②小姑句：《孔雀东南飞》："新妇初来时，小姑始扶床；今日被驱遣，小姑如我长。"妾，女子自称。宝髻：小姑之头饰。

桑树成行自绕村，竹栏几曲接柴门。
晓来雨止香泥软，知是谁家罗袜痕。[1]

【注释】

①后二句是说，早上雨后，软泥路上留下一串脚印，不知是谁家女子采桑归来所留。

【评析】

此为作者因见越地采桑女而作。第一首从汉乐府《陌上桑》生发，将采桑女比作美丽的秦罗敷。第二首写小姑跟随采桑，没入林中，不及桑树高。第三首写雨后清晨，采桑女踏泥归来。诗歌明朗可诵，带有民歌意味，清新可喜。

虎林[①]四首

剪剪条风绕绿苔，双柑斗酒自徘徊。[②]
树分葛坞清阴转，烟接南屏黛色来。[③]
舟楫晓从花低见，楼台春向镜中开。
前朝陵阙长松冷，密雨平芜宿鸟哀。[④]

【注释】

①虎林：即浙江杭州武林山的别称。　②条风：东风。《淮南子·墬形训》："东方曰条风。"剪剪：风吹拂的样子。双柑斗酒：唐末冯贽《云仙散录》引《高隐外书》："戴颙春携双柑斗酒，人问何之，曰：'往听黄鹂声。此俗耳针砭，诗肠鼓吹，汝知之乎？'"此处指春天游玩胜景。　③葛坞：即葛岭，杭州西湖之北一山名，为道教名山，因晋葛洪在此炼丹而得名。南屏：杭州西湖之南屏山。　④前朝陵阙：前代的山陵与城阙。平芜：草木丛生的平旷原野。欧阳修《踏莎行》："平芜尽处是春山，行人更在春山外。"

郭外明霞照水红，黄鹂不语画楼空。[①]
频来油壁春难尽，相隔兰舟燕自通。[②]
珠箔影回初出日，罗衣香散正当风。[③]
幽情丽事珊珊步，尽在西陵松柏中。[④]

【注释】

①郭外：城郭之外。画楼：雕饰华丽的楼房。　②油壁：一种外厢涂油的轻便车子。兰舟：船的美称。　③珠箔：珠帘。　④珊珊：形容女子缓步慢移之姿态。西陵松柏：南朝齐时钱塘名歌妓苏小小诗："妾乘油壁车，郎骑青骢马。何处结同心，西陵松柏下。"

青舫常随绿树斜，玉津园冷听啼鸦。①
长风潮怒低春岸，细草山明入晚沙。
落日遥悬江外雨，流莺双起寺门花。②
不知临水罗襟远，共羡清湖生晚霞。③

【注释】

①青舫：即青雀舫。玉津园：北宋汴京有玉津园，属皇家园林。此借指杭州南宋帝王苑囿。　②江：指钱塘江。寺：指灵隐寺。　③罗襟：代指女子。清湖：当是西湖。

山连秦望烟岚远，共抱严城埤堄开。①
已见金牛浮水出，更闻劲弩射潮回。②
殊方花鸟衔杯尽，多病江湖拥传来。③
自有布帆能览胜，中原何地傍登台。④

【注释】

①秦望：山名，在浙江绍兴。严城：森严、宏壮之城，指杭州。埤堄：女墙。　②金牛：西湖原来叫金牛湖，传说湖底有金牛，能浮水现身。劲弩射潮：据《宋史·河渠志》记载："梁开平中，钱武肃王始筑捍海塘，在候潮门外。潮水昼夜冲激，版筑不就，因命强弩数百以射潮头，又致祷胥山祠。既而潮避钱塘，东击西陵，遂造竹器，积巨石，植以大木。堤岸既固，民居乃奠。"苏轼《八月十五看潮五绝》："安得夫差水犀手，三千强弩射潮低。"　③殊方：远方，异域。拥传：出使。传，即指驿站、传舍，出使要用驿站的车马，故云。④布帆：布质的帆，指帆船。览胜：游览胜景。中原句谓何处能登台望中原。

【评析】

组诗虽名武林山，但多落脚于西湖。前三首情辞隐约，多不可解，大意是写男女情事，似无寄托。诗风大类李商隐，用语华丽，对仗精工，虚处着笔，空际传神，情感忧伤。此类诗很见功力，不必猜测本事，赏其优美哀艳即可。第四首意旨比较明朗，写作者在西湖游览，但心系中原，关切国事，同时也思念家乡。

西湖四首

平湖十里净，远望晓烟消。游女经三竺，旗亭接六桥。①
山岚浮寺出，草树带舟遥。陌上杨花满，人看玉勒骄。②

【注释】

①三竺：浙江杭州天竺山，有上天竺、中天竺、下天竺三座寺院，合称“三天竺”，简称“三竺”。旗亭：酒楼。六桥：西湖苏堤上有六座拱桥，称“苏堤六桥”。　②玉勒：本指用玉装饰的马衔，后用来代指马。骄：指马的高壮。

柔风吹桂楫，平野散茭芦。①云浅南屏道，波明西子湖。②
鸟飞重阁晓，霞尽数峰孤。③放鹤亭前雨，苍岚澹有无。④

【注释】

①桂楫：船桨的美称。茭芦：茭白与芦苇。　②南屏：南屏山。　③此二句写晨昏景色。　④放鹤亭：在西湖孤山，为纪念北宋“梅妻鹤子”的林逋而修建。苍岚：灰白色的雾气。

本以危峰往，偶逢曲水留。①松杉前代寺，歌舞上湖舟。②
石立烟云健，天悬洞壑幽。不因近城市，此地亦奇游。③

【注释】

①危峰：高峰。西湖边有南高峰、北高峰。此二句是说，自己本欲爬山，却因溪水而停留。　②前代寺：应是净慈寺，在西湖南岸。建于五代时期。③此二句是说，西湖虽近城市，但来到这里亦属奇游。

斜阳徒有意，天末片云横。堤岸毵毵柳，江寒兀兀城。①
湖光晚欲变，山意雨犹清。洒酒兼长啸，生平丘壑情。②

【注释】

①毵毵：柳枝细长、下垂貌。韦庄《古离别》："晴烟漠漠柳毵毵，不那离情酒半酣。"兀兀：昏沉貌。②丘壑情：隐居之情。此二句是说，自己纵情游乐，喜爱山林景色之深，正与平生隐居之志相合。

【评析】

组诗写西湖游览之乐，有陶醉之意，写出作者留连忘返、由衷喜爱之情。末首点明与自己隐居之志有关。

浙江[①]

群峰来不已，寒水共苍茫。[②]潮接海门近，山连天目长。[③]

浮云行座上，落日散樽傍。不有扁舟意，安知傲吏狂。[④]

【注释】

①浙江：即钱塘江，在杭州城东南，为浙江省内最大河流，省因江得名。②潮接句写舟行水上，群峰奔赴而来之状。③海门：指杭州湾钱塘江入海口。天目：即天目山，位于杭州西北部临安区境内。④扁舟意：唐代徐坚《初学记》："句践灭吴，谓范蠡曰：'吾将与子分国而有之。'蠡曰：'君行令，臣行意。'乃乘扁舟泛五湖，终不返。"后世因以"扁舟意"表示隐遁的决心。傲吏：不为礼法所屈的官吏。

【评析】

诗前四句写钱塘江之气势，颈联写出江上落日景象，表现出作者善于观察与体物。尾联写出因勇于"退"而敢于"狂"，也道出了自己的真实心情。

舟行

初适沧洲志，因成渔父歌。[①]水寒山影动，舟暗树阴多。[②]

伏枕过雷雨，扬帆出薜萝。[③]尘缨如可洗，抱膝此岩阿。[④]

【注释】

①沧洲：阮籍《为郑冲劝晋王笺》："临沧洲而谢支伯，登箕山以揖许由。"后以"沧洲"称隐者的居所，此代指隐居。渔父歌：亦称《沧浪歌》，见《楚辞·渔父》，亦见《孟子》。此二句既是用典，也是写实。意思是舟行江上，似成就沧洲之志，因而唱起渔父之歌。　②此二句诗意颇生动：舟行山之动荡阴影中，感到寒意；船中时时觉暗，是驶入众多树荫中。　③伏枕：伏卧枕上，指睡觉。薜萝：薜荔与女萝，野生植物。扬帆句谓船驶离了生长薜萝的山脚。④尘缨：《沧浪歌》云："沧浪之水清兮，可以濯吾缨。沧浪之水浊兮，可以濯吾足。"岩阿：山之曲折处。此指隐居之所。

【评析】

诗能细致地描摹舟行水上的感觉，诗末表达徜徉山水、隐居山阿之志向。

自富春至桐庐道中①

轻帆逆长流，徒旅自怡悦。②众峰合烟霭，寒水辨眉发。③
晓色动微澜，萧条江雨歇。林壑既潆回，云物亦清发。④
高嶂隐余霞，爽气荡修樾。⑤俯观素鲔游，遥听渚禽聒。⑥
望远疑阻绝，逶迤入平阔。田畴接断岸，桑枯影明灭。
时见同泊人，群舟散天末。前山更窈窕，晨夕□□□。⑦
澹澹苍岚深，寂寂飞鸟没。峥嵘猿狖巢，回风鸣松栝。⑧
静闻幽泉落，艰难声初达。⑨容与历沙洲，泱漭忆乘筏。⑩
已负故园春，行歌采薇蕨。⑪

【注释】

①富春：县名，县治在今浙江杭州富阳区。桐庐：县名，今浙江杭州桐庐。富春至桐庐一段江水即富春江。　②徒旅：旅客。谢灵运《七里濑》："孤客伤逝湍，徒旅苦奔峭。"　③寒水句言水至为清澈。　④潆回：水流回旋。清发：清新焕发。　⑤修樾：高大的树荫。　⑥素鲔：白色的鲔鱼。王维《纳

凉》："涟漪涵白沙，素鲔如游空。"渚禽：水边的禽鸟。 ⑦诸本皆缺三字，故用三个"□"表示。 ⑧峥嵘：高貌。指猿狖巢于高树之上。回风：回旋的风。 ⑨幽泉：幽深隐僻的泉水。艰难句：泉水的声音在风声、水声中很难听到。 ⑩容与：自然闲暇。泱漭：水势广大貌。此二句写自己从容地经过沙洲，回首刚刚乘筏流过广大水面的情形。 ⑪采薇蕨：指归隐。用伯夷、叔齐典。

【评析】

作者舟行富春江，详细铺叙了行程所见。铺叙是古诗的长技，作者充分利用了这一手段，写山高水清、林壑曲折、鱼游禽聒等，调动视角、听觉等艺术感官，写形绘声，或前或后，或远或近，表达了对山水景物的欣赏与喜爱之情。这首诗很好地继承了谢灵运山水诗的写法，风格也近于汉魏古诗。

桐庐二首

溪频携竹杖，醉欲拜桐君。[①]鼓楫度黄鸟，开樽动白云。
游光微雨合，树色众山分。共指方千里，余风今不闻。[②]

【注释】

①桐君：《严州府志》："上古桐君，不知何许人，亦莫详其姓字。尝采药求道，止于桐庐县东隈桐树下。其桐，枝柯偃盖，荫蔽数亩，远望如庐舍。或有问其姓者，则指桐以示之。因名其人为桐君。"桐山、桐庐皆因此得名。 ②方千里：指纵横千里，是概数，言其广大。余风：指桐君之风。

万里桐溪客，登临志不违。[①]江波清病色，山气冷柴扉。[②]
石壁含云古，枫林带雨微。幽亭从徙倚，野鸟本无机。[③]

【注释】

① 桐溪：河名，在桐庐。"桐溪客"为作者自指。 ②江波句：江水清澈，使自己精神为之一振。 ③徙倚：徘徊、留连。无机：无有机心。

【评析】

诗写桐庐山水，有纵情沉浸之感。

严子陵钓台[1]

先生昔垂钓，远扫幽遁迹。[2]胡以大泽中，乃为人物色。[3]
羊裘见天子，坚卧不可迫。[4]钓台有嵯峨，江水倚危石。[5]
帆来鱼鸟分，日入松萝密。奔流既易怒，复受修崖逼。
寥寥浦溆清，渺渺烟岚积。[6]昔贤固高尚，此地宜栖息。
苍岩皆容人，何用结茅室。峰壑纷映抱，渔樵共萧瑟。
遗祠吊荒榛，怅望不能出。奔走依薄禄，愧作扁舟客。[7]

【注释】

①严子陵：名光，字子陵，会稽余姚人，东汉初著名隐士。曾与光武帝刘秀同学，刘秀即位后，其不慕荣利，坚拒出仕，披羊裘而钓于泽中，躬耕于富春山。其钓台在今桐庐城南富春江畔。　②远扫句：连隐居之迹也不让人知。　③大泽：《后汉书·严光传》载：光武帝刘秀派人寻找严光，“后齐国上言：‘有一男子，披羊裘钓泽中。’帝疑其光，乃备安车玄纁，遣使聘之”。　④坚卧句：谓严光坚拒出仕。不可迫：语出《后汉书·严光传》：“光曰：‘士故有志，何至相迫乎?’”　⑤嵯峨：高峻貌。危石：高石。　⑥寥寥：空旷广大。浦溆：水边。　⑦此二句是说，自己为薄禄奔走，为做一个扁舟客而感到惭愧。

【评析】

此诗写作者登临怀古，凭吊严子陵，赞美严之“坚卧不可迫”的品格。同时，诗中称道钓台之环境优美，宜于隐居。末二句感慨自己奔走出仕，为之惭愧。

七里濑[1]

两山势欲合，争奇出峭壁。其中走寒流，始见长波力。
宿云明遥岫，江气润松柏。[2]不知孤棹转，更觉前峰迫。

晓岚带归潮，淼淼千里白。鲜风击修林，初景洞石室。[3]
鹳鹤居何危，猿猱行屡息。悬崖既嶙峋，幽潭静不测。
远见沙禽飞，稍闻奔濑急。缥缈有凌越，冥漠失登历。[4]
扣舷答溪叟，行吟悲越客。[5]聊以浩荡心，玩兹川谷色。[6]

【注释】

①七里濑：又名七里滩、七里泷，在今浙江桐庐城南三十里。钱塘江两岸山峦夹峙，水流湍急，连绵七里，故名七里濑。濑，沙石上流过的急水。 ②宿云：夜晚的云气。 ③鲜风：清新的风。修林：长林。初景句：晨光照耀着洞室。 ④缥缈二句：模模糊糊中见到好像有人在攀登，但昏暗中又看不见了。⑤越客：作者自指。 ⑥浩荡心：开阔壮大之心。

【评析】

诗写七里濑一带山水风光，两山夹岸，江水奔涌，悬崖嶙峋，松柏幽深，诗中虽有"行吟悲越客"之淡淡忧伤，但主要是醉心其间的欣赏，是"聊以浩荡心，玩兹川谷色"的沉醉。

泊严州[1]

渔樵避世江湖上，药饵高眠天地间。
出处已知吾计失，风尘聊对此樽闲。
系舟一夜青溪雨，欹枕千重建德山。[2]
月暗危城鼓角静，津头独听水潺潺。[3]

【注释】

①严州：即严州府，府治在今浙江桐庐，下辖淳安、建德、桐庐、分水、寿昌、遂安六县。 ②千重建德山：建德周边山峰众多，故云。建德，今浙江杭州建德。 ③津头：船渡口。

【评析】

诗意全在颔联，作者出处之计已失，风尘奔波，此际唯有饮酒而已。

泛舟即景

郁郁林薄姿，日出山如悬。[①]危峰涤余霭，孤舟泛长川。
伏石发鸣濑，回沙潆清涟。[②]猿啼涧上松，鸟飞峡中烟。
灵岫合青冥，绿筱垂幽鲜。[③]布帆逗前浦，爱此百尺泉。[④]
女萝覆苍崖，古色同纷然。积雨散洪涛，弱荇摇高天。[⑤]
远游欲拂衣，行歌独刺船。[⑥]太息望岑谷，三复招隐篇。[⑦]

【注释】

①郁郁：生长茂盛。林薄：交错丛生的草木。日出句谓日出山头，悬于天边。　②鸣濑：急流发出的声响。潆：水流回旋。　③灵岫：仙山峰峦。《南齐书·张融传》："晒蓬莱之灵岫，望方壶之妙阙。"绿筱：绿色竹子。南朝宋谢灵运《过始宁墅》："白云抱幽石，绿筱媚清涟。"　④逗：停留。　⑤弱荇：弱谓纤细，荇为水生植物。　⑥刺船：撑船。《庄子·渔父》："乃刺船而去，延缘苇间。"　⑦岑谷：山谷。三复：反复诵读。招隐篇：《楚辞》有《招隐士》，传为淮南小山作，内容是说山中险恶，劝说隐士出山。后世《招隐诗》大多相反，是歌颂山中隐居，如左思《招隐二首》。此处也是赞美隐居。

【评析】

诗写山水美景，叹息归隐不成。诗风学汉魏六朝，受谢灵运影响明显。

晚行

飞鸟顾龙门，击楫临穀水。[①]驶流下奔峭，余澜动洲沚。[②]
轻舟会风湍，瞬息不可指。[③]雨气横苍林，青山散千里。
初喜原野阔，远眺凫鹭起。[④]乘险伤独游，玩奇遗众累。[⑤]
入暮氛霞敛，惊涛徒满耳。行子吟未已，渔父闲如此。[⑥]
灌木来幽寒，微飙散芳芷。夙昔慕鸱夷，忘情自兹始。[⑦]

【注释】

①龙门：结合后句“縠水”来看，应是专名，或在浙江桐庐。縠水：即衢江，向东北流入钱塘江。衢州龙游、常山二县俱有縠水，此为龙游段。 ②洲沚：水中的小块陆地。 ③会：适逢。 ④凫鹭：野鸭与飞鹭。 ⑤此二句是说：独游险景，感到孤单之忧伤；赏玩奇景，又有摆脱众多拖累之轻快。⑥此二句是说，自己作游子之吟，如渔父之闲。 ⑦慕鸱夷：即效仿范蠡隐于江湖。鸱夷，即鸱夷子皮，春秋时越国范蠡之号。《史记·越王勾践世家》：“范蠡浮海出齐，变姓名，自谓鸱夷子皮，耕于海畔，苦身勠力，父子治产。”

【评析】

作者徜徉于山水之间，忘情于奇险经历，诗末表达隐居意愿，写法与上诗相同，都是曲终奏雅，卒章显志。此诗语言平易，不用典故，却仍有古奥之气，是作者古诗创作所达到的境界。

兰阴[1]

暝色散广川，遐心恣幽讨。[2]月白香山巅，帆冷兰溪道。[3]
烟火隐深翠，云水照清皎。歌慕接舆狂，游较尚平早。[4]
佳境易栖迟，高怀复缥渺。[5]既欲凌紫霞，更忆拾香草。[6]
澹然长松下，遂与双鹤老。[7]

紫霞：洞名，志言兰阴山多兰蕙。

【注释】

①兰阴：山名，位于浙江兰溪西南，山上多兰蕙。 ②遐心：广阔之胸襟。幽讨：寻找幽静之所。杜甫《赠李白》：“李侯金闺彦，脱身事幽讨。”③香山：兰溪境中山名。兰溪：即兰江。 ④接舆狂：见《论语·微子》：“楚狂接舆歌而过孔子曰：‘凤兮凤兮！何德之衰？’”尚平：东汉尚长，字子平，隐居不仕，等子女婚嫁后，离家出游，隐逸不知所终。 ⑤栖迟：徘徊、留连。缥渺：幽深广大。 ⑥紫霞：此处指洞名。香草：即兰蕙。凌紫霞、拾香草是

神仙所做的事。　⑦长松、双鹤：寓有久视长生之意。

【评析】

诗写游历兰阴山的同时，借紫霞洞、兰蕙香草所生发出的向慕仙境和长生不老的情感，是这首诗的独特思想内容，为前后诸诗所不具。

晚泊对酒

清溪木兰树，远客沙棠舟。①孤吟置樽酒，静对江之幽。
遥岫度微雨，高枕临惊流。留连弄云物，澹荡思沧洲。②
紫葛交长阴，白水写明畴。③积岚没苍峤，疏星摇澄湫。④
鸟道限层峦，猿声如相求。故乡啬闻见，安能不远游。⑤

【注释】

①沙棠舟：沙棠木做的舟，此处用为舟的美称。　②思沧洲：想到归隐。　③白水句谓水中显出了明亮的田地。写，描绘。　④苍峤：青山。澄湫：清澄的池塘。　⑤啬闻见：很少见。

【评析】

作者的这一山水诗，明丽可喜。

江上作

沿洄境已异，清赏思未穷。不知前峰开，泬寥来长风。①
寒流漾文石，舟楫如乘空。②紫鳞牵细荇，黄鸟喧幽丛。
平畴望遥村，乔木自相通。晓雨沐美箭，孤松出云中。
青岩临巨壑，烟峤远微蒙。柴门见遗薪，布谷啼舍东。
初羡鸡犬闲，因闻年岁丰。依依茅茨下，谁是桑苧翁。③

【注释】

①泬寥：清朗空旷貌。《楚辞·九辩》："泬寥兮天高而气清。"　②乘空：

形容水之清澈。郦道元《水经注》："绿水平潭，清洁澄深，俯视游鱼，类若乘空。" ③桑苎翁：《新唐书·隐逸传》载："上元初，（陆羽）更隐苕溪，自称桑苎翁，阖门著书。"后用以代指隐士。

【评析】

诗前半部分写山水，后半部分转入写田园，以羡慕桑苎翁作结。

晓至龙游作歌①

栖乌哑哑曙色浅，游子身随孤棹远。②
榜师闲卧高帆行，江声雨声听不辨。③
一时雨止悲风呼，回顾山色澹若无。
脱帽长吟指江水，吾生飘泊胡为乎。
扁舟万里越溪道，鹧鸪三月飞春草。
姑蔑城上寒云生，亭步驿前酒家少。④
恢奇浩荡何所师，潦倒佯狂复是谁。⑤
岂甘伏首困长路，未能披发弃明时。
古人一事堪不朽，寂寞浮名非我有。
已见文园卧长卿，更传梁苑称枚叟。⑥
举杯仰视天茫茫，手抚鸣剑怀故乡。
中原惨澹白日没，山鬼哀啸狐跳梁。⑦
赤岸青枫暗南国，密雨斜风愁北客。⑧
闭户休闻猿狖啼，隐几但对波涛色。
沙边系缆江蒙蒙，老松倒立苍崖空。
参差欲与九峰语，惆怅独忆龙丘翁。⑨

【注释】

①龙游：地名，今浙江衢州龙游。 ②此二句写作者自衢江乘船，早上到

此。 ③榜师：船上的舵师。 ④姑蔑：春秋时的一个小国，本在黄河流域，周初迁入越地，故址在今浙江衢州境内。亭步驿：地名，在龙游。 ⑤恢奇浩荡：为人杰出，胸襟阔大。潦倒：失意，不得志。佯狂：假装疯癫。《史记·宋微子世家》记箕子："乃被发佯狂而为奴。" ⑥文园、长卿：汉代辞赋家司马相如，字长卿，曾任孝文园令，世称"文园长卿"。梁苑：西汉梁国都城（今河南商丘）内建的园林，为梁孝王刘武所建，规模宏大，聚奇花异草、珍禽异兽于一园。枚叟：西汉辞赋家枚乘，曾为梁王宾客，游于梁苑。南朝宋谢惠连《雪赋》："岁将暮，时既昏，寒风积，愁云繁。梁王不悦，游于兔园。乃置旨酒，命宾友，召邹生，延枚叟。" ⑦此二句写中原形势。山鬼，南朝宋鲍照《芜城赋》："木魅山鬼，野鼠城狐，风嗥雨啸，昏见晨趋。""山鬼"与"狐"指李自成农民起义军。 ⑧赤岸：江边山崖呈红色。北客：北来之客，乃作者自指。 ⑨九峰：九峰山，本属浙江衢州龙游，今属浙江金华。龙丘翁：即龙丘苌，西汉末年隐居九峰山（故九峰山又名龙丘山）。王莽时拒不出仕，东汉初，应会稽都尉任延之召，出山任职，号召地方士绅为新政权服务。不久病故，葬于九峰山下。

【评析】

作者由龙游山水激发出恢奇浩荡之气，欲追求不朽之事。但如今中原惨淡，文人无用，自己徒有悲愤在胸。诗末仍归于龙丘苌之隐居，但龙丘苌隐而复出，难道作者在惆怅中亦有所思乎？

怀孙介黄

吾友方鞅掌，渔阳近若何？①风清羯鼓壮，地近羽书多。②
露布飞狐道，军声天马歌。③材官皆指发，边月照横戈。④

【注释】

①鞅掌：事务繁忙。渔阳：地名，今北京密云区，为唐代"安史之乱"发生地。白居易《长恨歌》："渔阳鼙鼓动地来，惊破霓裳羽衣曲。"此处为用典，"渔阳"代指清军。 ②羯鼓：一种腰鼓，传说来自羯族，用于军中助阵。羽书：军中紧急文书。此二句是说，京城附近受到威胁。 ③露布：军中檄文、捷

报。飞狐道：飞狐古道，又称飞狐陉，为太行八陉之一，是重要的防御关口。天马歌：元鼎四年，汉武帝刘彻通西域、平南夷，得乌孙马，称“天马”，作天马歌。　④材官：西汉兵种之一，称材官士，为选拔出来的勇猛之士。指发：即“发指”，谓怒发冲冠。横戈：把戈横拿，多指作战。

【评析】

这篇怀念孙廷铨的诗歌内容很别致，主要是关心京城对于清军的防御。作者想象战事紧急，而胜况尚多，军队也士气高昂，同仇敌忾。其实，当时的实际情况完全不是如作者所想象的。

村行二首

宿雨净远色，孤客戒晨征。[①]古树暗石桥，淙淙田水声。
溪边一女桑，竹下双鸠鸣。乃知幽适地，能缓羁旅情。[②]

【注释】

①戒晨征：准备早行。　②幽适地：幽静、宜人之地。能缓句谓能缓解长期旅行的枯燥、疲惫。

时见樵风起，偶与荷蒉逢。[①]停车不能去，羡彼岩上松。
苍林霁凉雨，远山出奇峰。石路莓苔尽，过午闻村舂。[②]

【注释】

①樵风：顺风、好风。《后汉书·郑弘传》李贤注：“‘常患若邪溪载薪为难，愿旦南风，暮北风。’后果然。”荷蒉：背着竹筐子的人，语出《论语·宪问》，通常指隐士。　②村舂：村中舂米的声响。

【评析】

诗写山村景象，第一首突出“幽适”，表达喜爱。第二首刻意突出其适于隐逸，令人徘徊留连不止。

宿兴安二首[①]

徙倚庭阶暮，苔衣见屐痕。[②]月临官舍小，山带女墙尊。
古木寒兼雨，荒城静似村。天涯伤短发，独坐对虚樽。[③]

【注释】

①兴安：在浙江金华。 ②此二句写傍晚徘徊庭院的情形。苔衣：苔藓。南朝宋谢灵运《岭表赋》："萝蔓绝攀，苔衣流滑。" ③短发：头发稀疏，自感衰老。

庭际繁虫语，林风动草衣。雨应少客至，春已见萤飞。
小市贫无酒，疏春病掩扉。异乡难自适，不是宦情微。[①]

【注释】

①此二句是说，自己在异乡不舒适，并不是宦情淡薄。

【评析】

全诗写景鲜明，几近白描，流丽工整，最见功力。"异乡难自适，不是宦情微"，作者一路上表达的都是不愿出仕，而想要隐居，到此说"不是宦情微"，可谓前后矛盾。其实从作者的真实内心出发，这两种意愿确实很矛盾，自己反复地说隐居，实际上恰恰下不了决心，而出仕的想法很执着。这里的"不是宦情微"，倒是道出了一种真实心理。

弋阳[①]

远陌草芊芊，衡门绿树边。[②]溪光分县郭，竹影入人烟。
红旆胡姬馆，青枫估客船。[③]登楼非我土，驱马自江天。[④]

【注释】

①弋阳：今江西上饶弋阳。 ②芊芊：草木茂盛。 ③红旆：红旗。胡

姬馆：胡女卖酒的酒馆。李白《少年行二首》："落花踏尽游何处，笑入胡姬酒肆中。" ④登楼句：王粲《登楼赋》："虽信美而非吾土兮，曾何足以少留。"

【评析】

弋阳市景虽然美好，但非故乡，因而作者不作留连，驱马而去。

晚行即事

返照逐浮云，偶与微雨会。水流草香中，人行松影外。

【评析】

傍晚微雨，行走路上，水流草香，纯为即目所见。情景如绘，意余言外。

贵溪二首①

山县鼓声晴，微风木叶鸣。云来鬼谷远，帆落芗溪清。②
晚路花迎客，孤钟月度城。自为湖海士，浩荡失幽情。③

【注释】

①贵溪：县名，今属江西鹰潭。 ②鬼谷：贵溪有鬼谷洞，传说鬼谷子曾隐居于此。芗溪：即今江西鹰潭贵溪之信江。明代《嘉靖广信府志》卷二"贵溪县"："芗溪，县东南五十步，洲出郁金芗草，故名。" ③幽情：深沉郁结之感情。此二句是说，自己本为湖海之士，心胸开阔，不会有忧伤郁结之情。

已负林泉志，徒伤道路劳。①江清行客尽，树断藐姑高。②
候馆侵春草，啼鸟下晚壕。③兔园矜作赋，难向倦游豪。④

【注释】

①林泉志：隐居之志。 ②藐姑：即藐姑山，在江西鹰潭贵溪南七十里。③候馆：驿馆。晚壕：傍晚的护城河。 ④兔园：汉代枚乘曾有《兔园赋》，铺叙梁孝王之兔园。此二句是说，自己虽有如枚乘的作赋之才，但在游历的疲倦

中无此豪兴。

【评析】

第一首诗写在贵溪山水的感召下，胸襟为之开阔。第二首诗写景物虽美，但游历疲惫，无作诗赋之豪兴。

上清宫[①]

迢遥陟绝巘，晓色静闾里。[②]闲知云上下，默察峰终始。
鸟喧红泉边，雨止青松里。习习幽谷风，亹亹寒溪水。[③]
颇爱烟岚深，因识清静旨。何须吹玉笙，乃是瑶坛子。[④]

【注释】

①上清宫：道教宫观，在江西鹰潭贵溪。　②陟：攀登。绝巘：极高的山峰。静闾：幽静的里巷。　③习习句：《诗经·邶风·谷风》："习习谷风，以阴以雨。"习习，风声。谷风，山谷中的风。亹亹：水流貌。左思《吴都赋》："清流亹亹。"　④吹玉笙：《列仙传》："王子乔者，周灵王太子晋也，好吹笙，作凤凰鸣。"后成为神仙。瑶坛子：指神仙。瑶坛，用美玉砌成的高台，多指神仙所居。此二句是说，上清宫即如仙境，何必如王子乔才是神仙。

【评析】

上清宫为道教圣地，但诗意重在描绘、渲染其环境之静美，从这种山水景色中悟到清静之旨，认为居住此境即为神仙，不必另作他求。全诗表现了作者的现实审美，而非宗教情感。

挹秀亭独饮[①]金谿县令送酒

晚登危榭望林薮，上幕回飙动疏柳。[②]
已喜青山自入户，更见白衣能送酒。[③]
一身漂泊道尚长，万事惨澹吾何有。
既愧谷中鹿豕交，敢厌世上牛马走。[④]

带断犹堪结以绳，褐敝何妨露其肘。⑤
闭门时诵五千言，得意或倾七八斗。⑥
何物风尘累我狂，幸少浮名在人口。⑦
晏坐莫惜金凿落，远游唯携铁匕首。⑧
纵饮虚和击筑吟，抱瓮欲逐灌溪叟。⑨
遥从海滨义士乡，来与南州孺子友。⑩
生平讵识科头非，贫贱徒言曳裾丑。⑪
笑指襜帷尔亦劳，但制荷衣归不久。⑫
明日驱马雨未晴，道畔旗亭可沽否。

【注释】

①挹秀亭：在金溪县署中。金溪，县名，今属江西抚州。　②危榭：高亭，此指挹秀亭。上幕：指官署中的帘幕。回飙：回旋的风。　③前句写远望青山。后句写县令派人来送酒。　④鹿豕交：指山中野鹿、野猪等动物来来往往。敢厌：岂敢厌倦，岂能埋怨。牛马走：代指官差行旅，奔走路上。　⑤此二句是写路上衣带破败之情形。褐，粗布衣。露其肘，杜甫《述怀》："麻鞋见天子，衣袖露两肘。"　⑥诵五千言：诵《道德经》，写出自己的恬退心情。⑦此二句是说，怨远游风尘碍我狂态发作，幸好没有浮名，不为人知。　⑧金凿落：镶嵌金银丝线为装饰的酒盏。白居易《送春》："银花凿落从君劝，金屑琵琶为我弹。"铁匕首：侠客出游携带的武器。　⑨击筑吟：指慷慨之歌。《战国策·燕策三》载：荆轲赴秦行刺秦王，燕太子及宾客知其事者，"皆白衣冠以送之。至易水上，既祖，取道。高渐离击筑，荆轲和而歌，为变徵之声，士皆垂泪涕泣。又前为歌曰：'风萧萧兮易水寒，壮士一去兮不复还！'"抱瓮、灌溪：指隐居田园，安于拙陋。《庄子·天地》："子贡南游于楚，反于晋，过汉阴，见一丈人，方将为圃畦，凿隧而入井，抱瓮而出灌，搰搰然用力甚多而见功寡。"
⑩义士：指齐国鲁仲连。此句是指作者从遥远的山东而来。南州：指江西。孺子：指东汉名士徐稺，字孺子，屡征不就，人称"南州高士"，豫章太守陈蕃曾"悬榻以待"。来与句言自己这次在江西结识的朋友都是徐孺子一样的高士。
⑪讵识：岂识。科头：不戴帽子，露出头髻，为随意无拘之姿态。曳裾：拖着衣

襟，为贫贱之态。 ⑫襜帷：车上的帷帐，代指车辆。荷衣：用荷叶制成的衣服，为隐者、高士之服。屈原《九歌·少司命》："荷衣兮蕙带，倏而来兮忽而逝。"

【评析】

作者宿于金溪县署，县令派人送来酒菜，独饮于挹秀亭。诗抒发酒后情怀，表达向往隐居之情，也微露酒后狂放和侠义情态，有奇气纵横之感。

雨中山行

乱山三日雨，敝舆如乘舟。①左右闻水声，树杪悬惊流。
仆夫已况瘁，道路方阻修。②深竹无行迹，猿鸟鸣啾啾。
陟巇伤前险，入谷愁中幽。③古人叹宵征，日暮方夷犹。④

【注释】

①敝舆：破车。 ②况瘁：劳累、困顿。况，通"恍"。阻修：指道路艰险，遥远。前句从《诗经·卷耳》"我仆痛矣"化出，后句从《诗经·蒹葭》"道阻且长"化出。 ③陟巇：登山。 ④宵征：夜行。《诗经·召南·小星》："肃肃宵征，夙夜在公。"夷犹：迟疑不进，徘徊不前。

【评析】

诗写雨后山中夜行之艰辛，多从《诗经》化出，语句古奥典雅。

麻姑山歌①

翠羽为旌白蜺车，麻姑夜降蔡经家。②
瑰姿绰约十八九，长发委地身如霞。③
灵飔一返见者谁，至今麻姑之山何幽奇。④
龙岩千丈映飞瀑，丹崖红涧相透迤。⑤
我闻海外神丘弱水隔，秦始汉武求之终不得。⑥

仙人落落有深情，徒令怅望青山色。⑦

【注释】

①麻姑山：在江西抚州南城，因传说神仙麻姑在此得道而得名。葛洪《神仙传》记载：麻姑为神仙王方平之妹，“是好女子，年十八九许”，自言曾经“见东海三为桑田”。又记载：“又麻姑手爪不如人爪形，皆似鸟爪。蔡经中心私言，若背大痒时，得此爪以爬背，当佳也。方平已知经心中所言，即使人牵经鞭之。曰：‘麻姑神人也，汝何忽谓其爪可以爬背耶？’便见鞭着经背，亦不见有人持鞭者。” ②翠羽句：以翠鸟的羽毛为旗，以白虹为车。白蜺，白色的副虹。《楚辞·天问》：“白蜺婴茀，胡为此堂？”洪兴祖补注：“蜺，雌虹也。” ③瑰姿绰约：美丽的姿态。长发委地：葛洪《神仙传》有“于顶中作髻，余发垂至腰”的记载。 ④灵飔：灵风。此二句是说，麻姑乘风归去，只留下幽深奇瑰的麻姑山。 ⑤龙岩句：麻姑山有“玉练双飞”景观，即两条瀑布自山岩倾泻而下，犹如双龙。丹崖句：麻姑山为丹霞地貌，山崖涧壁皆呈红色。逶迤，曲折蜿蜒状。 ⑥海外神丘：海外神山。弱水：神话中的河名。《山海经·大荒西经》：“（昆仑之丘）其下有弱水之渊。” ⑦此二句是说，遥望麻姑山，仙人若有情，但求之不得，徒增怅惘而已。

【评析】

诗就神话传说着笔，表达求仙不得的惆怅，描写麻姑山景色仅“龙岩千丈”两句，是化实为虚的写法。诗歌虽表达对神仙的向往，但很理性地写出了神仙之虚幻。

晚

薄暮郡城静，空庭独树闲。①异乡唯听雨，归梦更愁山。②

离乱书难达，沧江行未还。③故园渺何许，遥忆海云间。④

【注释】

①郡城：此指江西抚州之南城，当时是建昌府所在地。 ②归梦句：归乡之梦为山所阻，醒而为愁。 ③沧江：即长江。江水呈苍色，故云。 ④海

云间：作者故乡濒海，故云。

【评析】

诗写于江西抚州，表达强烈的思乡之情。流丽畅达，对仗工稳，是其五律本色。

有感

溪边白鸟向人飞，远见苍林渡岭微。
落日田家争闭户，殊方使者欲沾衣。①
加餐左右频相劝，驱马东南尚未归。②
忧乱漫裁王粲赋，登高回首更依依。③

【注释】

①殊方使者：远方来的使者，此作者自指。沾衣：谓傍晚水气沾衣欲湿。②此二句是说，左右之人劝自己加餐保重，此时出使东南未得还乡。③漫裁：不要制作。王粲赋：此处指王粲的《登楼赋》，抒发客居异地、不得回乡的悲伤。依依：谓思乡情绪之深长。

【评析】

“有感”者，感于“忧乱”也。作者乱世出使，归思心切，登高望乡，情思深长。

早发进贤①

邬子驿静野水斜，钟陵城开啼早鸦。②
自怜道上嘶疲马，何人花边巾小车。③
日侵林气凉犹浅，雨湿山岚澹若加。
少年读书慕往事，曾闻八月有浮槎。④

【注释】

①进贤：县名，今属江西南昌。　②邬子驿：在江西进贤东北。钟陵城：西晋太康年间置钟陵县，治所在今江西进贤东北。此处作为进贤之古称。③巾小车：以帷幕装饰车辆，准备出行。　④八月有浮槎：张华《博物志》："旧说云天河与海通。近世有人居海渚者，年年八月，有浮槎去来，不失期。"但此处兼用杜甫《秋兴八首》之二："听猿实下三声泪，奉使虚随八月槎。"曾闻句谓盼望随八月槎回京复命，不失期。

【评析】

诗以写景为主，兼寓出使路上之疲惫，用"八月浮槎"典，写盼望早日回京复命之意。此时京城已被李自成占领，崇祯皇帝自缢煤山，只是消息尚未传到江西，作者还不知道。

至南昌二首（选一）

飘零裘马望明廷，敢道行吟是独醒。[1]
近郭树浮寒日落，绕州波散众帆停。
林中积雨生云气，江外群山拥地形。
即拟探奇成胜事，著书欲续道元经。[2]

【注释】

①裘马：穿皮衣乘马。此是在外出使状。明廷：朝廷。独醒：《楚辞·渔父》："举世皆浊而我独清，众人皆醉而我独醒。"此句谓一路行吟，不敢称是独醒之人。　②道元经：即郦道元《水经注》。此二句是说，南昌地形雄奇，胜景颇多，正可游览，若要著书，可以续写《水经注》。

【评析】

作者在抚州完成宣慰益王后，即赴南昌宣慰宁王。此诗为初到南昌时作。诗之颔、颈两联描写了南昌暮色以及群山环绕之地理形胜，表达了作者初到此城的好奇与喜爱。

江上感作

已愧遨游远，偏惊丧乱频。[①]客怀愁对雨，王事幸因人。[②]
故国婴城急，沧江入望新。[③]萧条向洲渚，寒日满青蘋。[④]

【注释】

①遨游：远行，指此次出使。　②王事：王命差遣的公事。因人：有人相助。　③婴城：环城而守。《战国策·秦策四》："小黄、济阳婴城，而魏氏服矣。"鲍彪注："婴，犹萦也。盖二邑环兵自守。"　④青蘋：洲渚上生的青草。

【评析】

此时"王事"已完，丧乱中消息不断，故乡也遍地烽火，作者在江边感到满目愁怀。

南昌偶作

微云不起树如积，零雨初晴山杳然。[①]
既闻高岭曾跨鹤，更有洪崖可拍肩。[②]
兵戈何地堪避世，药饵虚闻能驻年。[③]
乱离感慨令人老，且饮美酒学神仙。

【注释】

①零雨：小雨。《诗经·豳风·东山》："我来自东，零雨其蒙。"孔颖达疏："道上乃遇零落之雨，其蒙蒙然。"　②跨鹤：用仙人王子晋典。王子晋，又名王乔、王子乔，随道士浮丘公学仙，一日乘鹤飞临缑氏山头。洪崖：传说中的仙人，参见葛洪《神仙传》。拍肩：指与神仙洪崖同游。郭璞《游仙诗》之三："左挹浮丘袖，右拍洪崖肩。"　③此二句是说：到处兵戈，无处可以避世；有病吃药，能延长寿命之说是虚妄的。

【评析】

乱离现实令人痛苦，只好饮酒求仙，以求超越。这是作者短暂的想法，其主导思想还是儒家的积极用世。

五日戏作三首（选二）

堤外青帘出酒垆，小舟来往满平湖。
踏歌今日多新曲，谁忆当年屈大夫。①

【注释】

①屈大夫：即屈原。端午节日与纪念屈原有关，但今日小舟来往，多唱新曲，谁还忆起当年的屈原。

小窗雨过海留红，玉燕钗头彩胜风。①
游子樽前堪自解，故乡节物略相同。

【注释】

①海留：即石榴。玉燕钗：钗的美称。《洞冥记》卷二："神女留玉钗以赠帝，帝以赐赵婕妤。至昭帝元凤中，宫人犹见此钗。……后宫人学作此钗，因名玉燕钗，言吉祥也。"彩胜：用绢或纸剪成的头饰。

【评析】

诗写在江西南昌所见端午习俗，诗体类"竹枝"，语调轻快，注重情趣。第二首写节日风俗的同时，寄寓思乡之情。

雨中泛彭蠡①

乘流发棹歌，晨气散原泽。②挂帆不知适，千里寒云白。
远岫藏杳冥，长风破空碧。③阻树哀禽鸣，近浦游鱼掷。④

平湖天外净，苍山雨中积。客与凫鹥乡，惨淡鼋鼍宅。[5]
孤烟冒遥岭，颓波泛危石。[6]川声北渚合，地势南州坼。[7]
箬笠渔父吟，薜荔幽人迹。[8]揽衣独逍遥，怅矣遐征客。[9]

【注释】

①彭蠡：即彭蠡湖，为鄱阳湖之古称。　②棹歌：行船时所唱之歌。　③此二句写雨中泛舟、风吹雨霁情形。　④鱼掷：鱼跳出水面。　⑤凫鹥：凫为野鸭，鹥为鸥鸟。二者为水鸟，故称湖泊为“凫鹥乡”。鼋鼍：大鳖和鳄鱼。《国语·晋语九》：“鼋鼍鱼鳖，莫不能化。”鼋鼍生活在深水中，故称湖泊为“鼋鼍宅”。　⑥颓波：往下流的水势。郦道元《水经注·沔水》：“泉涌山顶，望之交横，似若瀑布，颓波激石，散若雨洒。”前句写炊烟自远处山峰升起。后句写波浪漫过高石。　⑦坼：裂开。杜甫《登岳阳楼》：“吴楚东南坼，乾坤日夜浮。”　⑧箬笠：渔父所戴避雨遮阳之帽，用箬竹叶编制而成。张志和《渔歌子》：“青箬笠，绿蓑衣，斜风细雨不须归。”薜荔：香草，指幽人隐士所居地。　⑨遐征客：远行客。此为作者自指。

【评析】

诗写雨中泛舟鄱阳湖的情形，多角度描写了湖的广大、开阔，写出了游览的逍遥、适意。全诗描摹工细，语句多用对仗。这类山水诗接近谢灵运开创的传统。王士禛所撰赵进美《墓志铭》说：“使江西时，多刻意二谢。”这首诗即典型地体现了“二谢”诗风。

望庐山[1]

匡庐天下奇，多难兹游壮。[2]负日位清严，过雨意凄旷。[3]
万峰通一气，合质森殊状。[4]晨夕无晦明，荆粤有背向。[5]
城郭静烟余，草木蔚霞上。潜壑幽不测，遥岫孤如创。[6]
飞瀑动苍岚，白云媚高嶂。[7]湖光澹欲平，轻棹远初放。
慨叹发歌谣，夷犹聊舒望。[8]灵区地贵偏，遐迹吾能抗。[9]
松桂自当深，羽人应不妄。[10]何日坐莓苔，挥手谢尘坱。[11]

【注释】

①庐山：在今江西九江。　②匡庐：庐山之别称。白居易《庐山草堂记》云："匡庐奇秀，甲天下山。"兹游壮：这次游历最为雄壮。　③此二句写阴晴山势：晴日中显得清正严肃；雨天中让人感到一种普遍的忧伤。　④此二句是说，万峰气息相通，形状森然而不一样。　⑤荆粤句：其前后分出楚粤两地。其前为粤，其后为楚。荆，楚国的旧称。　⑥此二句是说，巨壑幽深莫测，远山孤立突起。创，斧劈。　⑦此二句是说，瀑布摇动山间云气，白云使高峰更显姿媚。　⑧夷犹：徘徊留连。舒望：远望。　⑨灵区：美善之地。抗：抵达。　⑩羽人：能飞升的神仙。《楚辞·远游》："仍羽人于丹丘兮，留不死之旧乡。"　⑪尘块：尘埃，指尘世。此二句是说，何时登上庐山，与神仙为伍，挥手辞别尘世。

【评析】

从"湖光澹欲平"四句看，此或是作者在鄱阳湖遥望庐山而作，想象庐山的雄奇幽深，云蒸霞蔚，气象万千，松桂深处，或有神仙，盼望有朝一日，能登上庐山，与神仙相伴，辞谢人世。从写法与风格来看，这也是一首模仿"二谢"的山水诗。

江上闻国难四首[①]

鼙鼓金台暮转哀，先皇龙驭此时回。[②]
春深风雨虹频见，天畔星辰夜不开。[③]
白首驿庭三日哭，青枫江上片帆来。[④]
孤臣犹忆辞双阙，紫殿霜明绛帻催。[⑤]

【注释】

①国难：崇祯十七年甲申（1644）三月十九日，李自成攻入北京，崇祯皇帝于煤山自缢，明朝灭亡，是为国难。消息传到作者出使的江西，已经是五月端午以后了。　②鼙鼓：战鼓，指军队。金台：即黄金台，燕昭王礼遇郭隗所筑，

故址在河北定兴，此处代指京城。先皇：故去的皇帝，指崇祯皇帝。龙驭：即“龙驭上宾”，帝王去世的婉辞。　③虹：代表妖气，虹的出现为凶兆，见《宋史·天文志》。后句谓星辰不见，暗夜无光。　④白首：以白布裹头。前句写自己在驿庭哭祭皇帝。后句写自己闻听消息时正乘船自江而下。青枫，化用杜甫《梦李白》“魂来枫林青，魂返关塞黑”。　⑤双阙：指京城宫门。紫殿：宫殿。霜明：作者于冬日出京，故云。绛帻：红色头巾。汉代宫中宿卫之士头戴红色头巾，传唱报晓鸡鸣声，以警起官员早朝。王维《早朝大明宫》：“绛帻鸡人报晓筹，尚衣方进翠云裘。”此二句是作者回忆奉命出使时辞别宫阙的情形。

频闻烽火照甘泉，圣主宵衣十七年。①
不尽白云临碣石，一时紫气失幽燕。②
风尘泪尽襜帷暗，廷阙阴生大辂悬。③
万里苍梧今北望，萧条回首暮江边。④

【注释】

①甘泉：汉代宫殿名，此指京城宫殿。宵衣：即“宵衣旰食”，指崇祯皇帝为政勤劳。　②碣石：即碣石宫，代指京城。白云：指哀悼帝王之云气。紫气：帝王之气。幽燕：指京城地区（即北京）。此句指京城已失去了帝王之气。③襜帷：车上的帷帐。风尘句谓风尘昏暗，自己在车中哭泣泪尽。廷阙：宫阙。大辂：帝王所乘之车。悬：闲置。廷阙句谓帝王不能再乘车出入宫阙。　④苍梧：南方之山名，舜南巡时死于苍梧之野。此二句是指作者所在的南方，写自己远望北方而心伤。

谁使苍生困赤眉，忧勤海内尽能知。①
诏书夜下千门泣，阊阖晨开万马驰。②
白日御阶低雉扇，青山杂树掩虹旗。③
何人痛哭宫车后，薄暮冥冥细雨悲。④

【注释】

①苍生：百姓。赤眉：即汉代赤眉军，此处代指李自成的部队。忧勤：为国

事忧虑勤劳。此句谓崇祯忧劳国事海内尽知。　②诏书：或指崇祯遗诏。《明史·庄烈帝纪》载，遗诏中有“无伤百姓”语。阊阖：宫门。万马驰：指李自成军队涌入宫殿。　③雉扇：又称“雉尾扇”，常用于仪仗，放于御座之后。虹旗：又名“霓旌”，饰以五彩，形似霓虹，多用于仪仗。“低雉扇”“掩虹旗”均指帝王亡故，仪仗不再。　④宫车后：谓宫车后出，即帝王晏驾之义。冥冥：昏暗貌。

闲居欲采旧山薇，零落兵戈万事违。①
湖海一时惊鼓角，风尘何处望庭闱。②
袖中锦字经年隔，河上军书百道飞。③
独有茂陵无限泪，北来先洒使臣衣。④

【注释】

①采薇：即隐居之意。此二句是说，自己欲于乱世中、亡国后求得隐居。②庭闱：父母居住处。　③锦字：家书。此处或指奉旨出使时皇帝给予的文书。军书：报道军情的公文。　④茂陵：汉武帝的陵墓，此处代指崇祯墓。使臣：作者自指。

【评析】

这是作者闻听故国覆亡、崇祯帝死后写的一组哀诗。作者感到天日无光，于驿庭设位痛哭以祭，也回想到临行辞别宫阙的情形，心中无限哀伤。他对崇祯帝充满怀念，认为他是位宵衣旰食、忧勤国事的好皇帝，为帝王“晏驾”而痛苦不已。在北望洒泪的同时，他愈发怀念父母，也有采薇旧山的打算。这些感情都是很真挚的，具有打动人心的力量。

泊舟河中感作二首

冶城台榭乱云霄，戍鼓军烽昼寂寥。①
一苇截江烟漠漠，三山背日角萧萧。②
节旄未落黄尘断，繐帐空悬紫殿遥。③
岂为浮槎伤道路，漫凭归梦满渔樵。④

【注释】

①冶城：南京的别称。前句写南京宫室高耸入云。后句写南京军队寂寥无声。二句隐讽弘光朝无所作为。　②一苇句：此处用“一苇过江”之典，写长江上空云气密布。三山：山名。据《景定建康志》载：“其山积石森郁，滨于大江，三峰并列，南北相连，故号三山。”三山句谓三山遮住日光，角声萧萧。③节旄：使者所持的节符，上有旄牛尾。此指自己出使未久，遭遇巨变。繐帐：麻布做成的灵帐，指崇祯皇帝的灵柩所在。紫殿：宫殿。　④浮槎：传说中往来海上与天河间的木筏。此句写不甘心浮槎不通，难于返京。漫凭句写只能持此梦想，隐于江湖渔樵之中。

远树疏花隐岸灯，布帆一片雨难胜。①
何人慷慨临江水，几日悲歌望孝陵。②
故国浮云秋欲尽，新亭浊酒晚堪登。③
由来庾亮淹留意，作赋无烦向客称。④

【注释】

①此二句是说，下雨天气泊船河中，只能遥望南京。　②望孝陵：朱元璋墓孝陵在南京钟山。此时作者在南京郊外的船上，故云“望”字。前句慨叹无人能临江卫国。后句写几天来望孝陵而作悲歌。　③新亭浊酒：刘义庆《世说新语·言语》：“过江诸人，每至美日，辄相邀新亭，藉卉饮宴。周侯中坐而叹曰：‘风景不殊，正自有山河之异。’皆相视流泪。”　④庾亮：字元规，东晋名臣，曾任扬州刺史，力主北伐。此以庾亮代指史可法。此二句似讥史可法“迟缓”，并劝其不应只做个文人。

【评析】

两诗作于南京郊外的河上船中，此时正是弘光帝即位后不久。作者期望新朝振作，能守御长江，进而北伐。但作者观察形势，颇为失望，故表达了微讽之意。同时，亡国的悲凉意绪仍表现于诗中。

悲歌四首（选二）

燕赵悲歌士，三齐技击雄。①缟衣临故国，白日下离宫。②
哀角榆关月，垂杨太液风。③玉衣犹未掩，何处哭遗弓。④

【注释】

①燕赵：韩愈《送董邵南序》："燕赵古称多感慨悲歌之士。"三齐：秦亡，项羽以齐国故地分立齐、胶东、济北三国，皆在今山东东部，后以"三齐"代山东。技击雄：战国时齐国经过严格训练形成的勇武善战之步兵。当时有齐技击、魏武卒、秦锐士之称。 ②缟衣：白色衣服，指丧服。临：哭临。离宫：京城之外的宫殿，此处指南京的宫室。此二句是说，南京城的官员穿着丧服，傍晚哭祭崇祯皇帝。 ③榆关：山海关。太液：太液池，即今故宫旁之北海。此二句暗含清军已入关之意。 ④玉衣：帝王的葬服。遗弓：传说黄帝升天后，其乌号弓遗落人间，可参见《史记·封禅书》。此指崇祯帝。此二句是说，崇祯帝尚未安葬，何处能够痛哭先皇？

遥暗凤城云，风高鼓不闻。①筑坛亲命将，卷甲夜回军。②
玉树啼乌散，石鲸晓水分。③何人能致乱，明主本忧勤。④

【注释】

①凤城：京城。 ②筑坛：《汉书·高帝纪》："于是汉王斋戒设坛场，拜信（韩信）为大将军，问以计策。"此处指崇祯皇帝任用大将事。卷甲：收起武装，指撤退。此处写明军的败退。 ③玉树：宫中用珍宝装饰的树。北周庾信《谢滕王集序启》："甘泉宫里，玉树一丛。玄武阙前，明珠六寸。"石鲸：汉代长安昆明池中石雕的鲸鱼。杜甫《秋兴八首》："织女机丝虚夜月，石鲸鳞甲动秋风。" ④此二句是作者诘问是谁导致乱局，而皇帝本是勤劳忧国之人。明主，指崇祯帝。

【评析】

诗为悲悼故国而作，痛惜崇祯皇帝国亡未葬，也痛惜崇祯皇帝本是忧勤之圣明君主，偏偏遭逢如此亡国巨变。诗歌善于化实为虚，表现出强烈的抒情性。

秣陵[1]六首（选三）

秣陵春树合，紫阙夏云明。[2]气转南阳野，天回北斗城。[3]
丹书初进戒，白羽远征兵。[4]独愧终军少，萧条忆请缨。[5]

【注释】

①秣陵：南京的别称。　②紫阙：即紫宫，这里指皇宫。　③南阳野：东汉光武帝刘秀为南阳人，兴兵推翻王莽新朝，建立东汉，兴复汉室。此处以刘秀喻福王。北斗城：即京城。《三辅黄图·汉长安故城》：“城南为南斗形，北为北斗形，至今人呼汉京城为斗城。”　④丹书：《尚书·武王践阼》记载：武王登基后，曾从姜尚闻“丹书”，作“戒书”。此写福王即位，戒慎从事。白羽：古代军帅的指挥旗，又称“白旄”。《尚书·牧誓》：“王左杖黄钺，右秉白旄以麾。”此句写南明征兵。　⑤终军：汉朝人，字子云。终军主动要求出使，说服南越归降，表示“愿受长缨，必羁南越王而致之阙下”。后被杀害，时年二十岁。事见《汉书·终军传》。王勃《滕王阁序》：“无路请缨，等终军之弱冠。有怀投笔，慕宗悫之长风。”少：此处为多少之少，言很少有人如终军主动请缨。

灵武回戈处，金台得士年。[1]悬旌分汉将，跃马出秦川。[2]
地转朱旗下，天清黄屋前。[3]尽嫌淝水战，小谢至今传。[4]

【注释】

①灵武：安史之乱后，唐肃宗在灵武即位，抗击叛军，收复两京。此二句是说，从灵武杀回两京，正是得到人才相助之时。金台：即黄金台，燕昭王借以招揽人才。此以唐肃宗比弘光皇帝。　②此二句是说，肃宗悬挂旗帜，分配将领，领兵出秦川御敌。　③朱旗：战旗。曹植《东征赋》：“挥朱旗以东指兮，横大江而莫御。”黄屋：古代帝车所乘之车，车盖黄色，故名。“地转”“天清”皆指收复两京，扭转乾坤。　④尽嫌：却怪。淝水战：383年，东晋军队在谢玄率领下，以弱胜强，击败苻坚率领的强大的前秦军。因战役发生在淮南淝水之

畔，史称“淝水之战”。小谢：即谢玄。此二句是说，肃宗领导的收复两京战役胜过淝水之战，不应只是“小谢”留名。

驿路孤臣泪，扁舟五月涛。[①]黄尘隔水暗，皂帽避人高。[②]
大将分弓出，明廷执法劳。[③]遗民百战在，何处望旌旄。[④]

【注释】

①孤臣：作者自指。此二句是说，自己为亡国痛哭时，正值五月，漂流在长江的波涛中。 ②黄尘：烟尘，喻战争劫难。皂帽：黑色帽子，为隐者所戴。《三国志·管宁传》：“宁常着皂帽、布襦袴、布裙，随时单复。”杜甫《严中丞枉驾见过》：“扁舟不独如张翰，白帽还应似管宁。” ③分弓：调遣军队。明廷：圣明的朝廷，指南明弘光朝廷。 ④遗民：北方中原地区原属明朝的百姓。旌旄：旗帜。指南明军队北伐的旗帜。

【评析】

《秣陵六首》写出作者对南明弘光一朝的期望。作者希望南明振作有为，能像东汉光武帝、唐肃宗光复旧业，希望能早日北伐，不负百姓期待。其五有“早下缟衣檄，无深父老忧”之句，其六有“遗民百战在，何处望旌旄”，都是这一意思的充分表达。但南明很快就在马士英、阮大铖的主导下，倒行逆施，政治极为不堪，作者的期望也随之落空。

病二首（选一）

余生泽国羡鸥飞，伏枕中原志已违。[①]
药饵渐成终岁计，薜萝不改故山衣。[②]
天涯兄弟何人健，海上烽烟几处稀。[③]
莫望他乡忧鸟道，好因卧病老渔矶。[④]

【注释】

①泽国：江南水乡，故称泽国。伏枕：有病卧床。中原志：指恢复中原之

志。《世说新语·豪爽》："庚稚恭既常有中原之志。"此二句是说，自己卧病南方，心灰意冷。　②此二句是说，今后恐怕要终年服药，故山隐居的想法不改。薜萝，隐者之服。　③前句怀念兄弟。后句写故乡战火不宁。海上，山东濒海，故以海上称山东。　④此二句是说：身处他乡，忧虑归乡之路难通；因为生病，只好卧于江畔。鸟道，指道路险峻，时因战争，故云。渔矶，江边可以垂钓的石台。

【评析】

诗写作者病卧江干，表达对故乡、兄弟的思念，同时也寄寓对时局的失望之情。

愁云

愁云不散鼎湖悲，海内纷纷揭义旗。①
急草三秦讨罪檄，共迎八月渡江师。②
潮声月满田横岛，边气风寒乐毅祠。③
无数材官悬虎竹，雕弓独让羽林儿。④

【注释】

①鼎湖悲：传说黄帝在鼎湖升天，故以此代指皇帝去世。此指崇祯皇帝殉国。揭义旗：高举复明旗帜。　②三秦讨罪檄：声讨李自成的檄文。八月渡江师：指南明北伐的军队。　③田横岛：在今山东即墨海中，为汉初田横与五百义士聚集处。乐毅祠：在北京房山区良乡镇乐毅墓旁。前句写北方民心仍可用。后句写京城已被清军占领。　④材官：战国至汉存在的一种预备役制度，人员平时务农，战时征调。虎竹：虎符与竹使符的并称。虎符用以发兵，竹使符用以征调。羽林儿：汉武帝太初元年置，名"建章营骑"，后更名为"羽林骑"，为皇上的侍卫部队。雕弓句意为皇上应率羽林军亲征。

【评析】

诗写北方民心可用，义师纷起，无数"材官"待命，皇上应该早日下达讨罪诏书，率羽林军亲征。这与《秣陵》中"早下缟衣檄"的意思相同。全诗诗兴昂扬，但诗题名“愁云”，则低沉阴郁，恰成对比，也可看出作者对现实政治的清醒观察，对弘光一朝君臣的极度失望。

江上

江上枫寒一叶秋，蒹葭鸿雁绕汀洲。①
朝回作赋吴都盛，乱定裁歌楚客愁。②
何处蓬蒿归后径，伤心桃叶水边舟。③
故园刀尺无消息，倚槛惊看大火流。④

【注释】

①此二句写江边秋景，清冷肃杀。　②赋吴都：西晋左思作有《三都赋》，其中之一是《吴都赋》。楚客愁：悲秋之愁。《楚辞·九辩》相传为宋玉所作，起首即写悲秋。　③前句想象归后隐居之处何在。后句写当前正伤心地居住在南京。桃叶，渡口名，在南京秦淮河边，为西晋王献之送妾桃根桃叶处。　④刀尺：剪刀与尺，指裁剪冬衣。

【评析】

诗写悲秋之感，因作于亡国乱后，故而与寻常悲秋之作相比要更加沉痛。再加作者客居异地，亟思归乡，隐居之念与思乡之情交织在一起，使诗歌情感复杂而深沉。

九日

作客登临赋未工，浮云南国怨飘蓬。①
山中兄弟重阳酒，台上风烟六代宫。②
薄暮砧声催北雁，绕城秋色动江枫。③
年来乌帽悲何事，即插茱萸已不同。④

【注释】

①作客登临：重阳节有登高作赋的传统，但因漂泊南国，未能归乡团聚，故

有哀怨之感。 ②前句遥想兄弟们在家饮酒相聚，后句写自己在风烟中客居六朝故都南京。 ③此二句是说，薄暮秋色，砧杵声中，北雁南归，江枫染霜，绕城秋色，烘托思归情绪。 ④乌帽：即乌纱帽，为官员所戴。茱萸：重阳节插茱萸于头上以辟邪的风俗。此二句是说，今年即使插茱萸也大不一样，因为故国已亡。

【评析】

诗写于崇祯十七年（1644）重阳节，时维南明弘光王朝，地在南京。因思念家乡亲人、改朝换代，作者感到这个重阳节大不相同。

秋暮

千家砧杵共江关，不尽征鸿落木间。①
远道明河临紫塞，高秋寒雨动青山。②
故园薜荔终堪隐，游子沧洲且未还。③
几夜灯前歌九辨，晓庭蛩语一樽闲。④

【注释】

①砧杵：捣衣石与捣衣棒。征鸿：南飞大雁。落木：落叶之树。 ②明河：天河、银河。紫塞：古称长城为紫塞。前句写仰望银河，似照耀北方的长城。后句写深秋寒雨洒落青山。 ③此二句是说，故园最终可隐居，但眼前滞留江边未能还家。 ④九辨：即《九辨》，《楚辞》名篇，传为宋玉所作，起句为："悲哉秋之为气也，萧瑟兮草木摇落而变衰。"蛩语：蟋蟀鸣叫声。

【评析】

诗写深秋情景，表达思乡情怀，传达隐逸志向。全诗气氛浓郁，格调响亮，但意态悠闲。

冬日感怀

奉使非殊域，淹留竟未归。①狂歌依帝里，薄禄隔亲闱。②

短褐江湖远，高斋木叶稀。[3]干戈尔独在，鸿雁背人飞。[4]

【注释】

①殊域：异域。此二句是说，自己奉命出使江西，并非异域远方，但淹留甚久，未能归乡。　②帝里：此指南京。薄禄：微薄的官俸。　③短褐：粗麻布做的短上衣，平民服饰。短褐句谓故国已亡，官职已无，故自称处于江湖。高斋：指自己在南京暂居之处。　④尔：此处为自称。后句写鸿雁南飞，自己却盼望北归，雁与人相反，故曰“背人飞”。

【评析】

诗写冬日景象及思归情绪，全诗不用典故，清空流宕，一气贯注，代表了作者五言律诗的基本面目。

闲居四首（选二）

薄宦无工拙，唯知昨日非。[1]释之贫自免，庾信乱离归。[2]

看剑寒沽酒，摊书昼掩扉。[3]故园难独望，雨雪正霏霏。

【注释】

①唯知句：化用陶渊明《归去来兮辞》“识迷途其未远，觉今是而昨非”。②释之：即张释之，字季，西汉人。《史记·张释之冯唐列传》：“张廷尉释之者，堵阳人也，字季。有兄仲同居。以訾为骑郎，事孝文帝，十岁不得调，无所知名。释之曰：‘久宦减仲之产，不遂。’欲自免归。”此句写自己如张释之，宦而贫，欲免归。庾信：字子山，南朝文人，出使西魏被羁留北方，不得南归。此句写自己如庾信，出使在外，遭逢乱离，盼望归去。　③此二句写闲居生活，“看剑”中寓有不平之气。

漂零成旅食，僻性本长林。[1]岂不须微禄，宁堪负夙心。[2]

陆机才更小，张翰兴何深。[3]适意江湖上，休闻楚客吟。[4]

【注释】

①旅食：客居、寄食。僻性：不同流俗的、怪僻的性格。长林：稽康《与山巨源绝交书》：“虽饰以金镳，飨以嘉肴，愈思长林，而志在丰草也。”指隐居生活。　②此二句是说，自己虽然需要微薄的俸禄，但不能违背夙心。夙心，平素的心愿。　③陆机：字士衡，祖、父皆吴国高官。吴国亡后，陆机入洛出仕西晋，后率军讨伐长沙王司马乂，兵败被害。陆机之才世所公认，但作者认为其出仕西晋为不智之举，是才小的表现。张翰：字季鹰，西晋文人。《世说新语·识鉴》：“张季鹰辟齐王东曹掾，在洛见秋风起，因思吴中菰菜羹、鲈鱼脍，曰：‘人生贵得适意尔，何能羁宦数千里以要名爵！’遂命驾便归。俄而齐王败，时人皆谓为见机。”此即著名的“莼鲈之思”。此句谓张翰这种辞官归乡的情兴何其深长。　④适意：顺心顺意，此承张翰语而来。楚客吟：像屈原似的吟唱。

【评析】

《闲居》组诗主要表达客居中的思乡、乱离后的归隐，作者自我劝慰，努力做到悠游闲适。

雪

结庐乔木下，三径自相通。①孤灯照修竹，夜雪鸣幽丛。
披衣启北牖，肃肃来悲风。②晓色合氤氲，天地寒威中。③
宿禽引颈鸣，哀笳响未终。④闾巷敛晨烟，苍茫接汉宫。⑤
僻居断马迹，应门无弱童。⑥短褐岂不贱，庶足资微躬。⑦
弹琴临前除，曲罢闻归鸿。⑧浊酒开我颜，莫问箪瓢空。⑨

【注释】

①三径：归隐者的家园。赵岐《三辅决录·逃名》：“蒋诩字元卿，隐于杜陵，舍中三径，唯求仲、羊仲从之游。”陶渊明《归去来兮辞》：“三径就荒，松菊犹存。”　②北牖：北窗。　③氤氲：弥漫、充满。　④哀笳：悲凉的胡笳声。　⑤汉宫：南明的宫殿。　⑥弱童：童仆。　⑦短褐：粗布短上

衣。庶足句：虽是微薄的俸禄，但差不多够我使用。　⑧前除：前面的台阶。⑨箪瓢：陶渊明《五柳先生传》："短褐穿结，箪瓢屡空，晏如也。"箪，盛食物的竹器。瓢，盛水或酒的器具。

【评析】

诗写雪天景象，也写贫寒的生活。"哀笳响未终"和"苍茫接汉宫"二句，透露出对现实的关注，所以"天地寒威"就不只是天气，还包括当时肃杀的政治氛围。

冬日拟古五首（选三）

江城敛余照，高斋棱棱寒。①微云灭层岫，片月枯桐端。②
回飙薄原树，严霜委皋兰。③岂不顺时节，眷念旧所欢。④
佳人弃我去，远道郁漫漫。⑤悲禽号四隅，绝岸鸣幽湍。
惊沙蔽日月，游子声艰难。⑥延望独无适，孰谓天地宽。⑦
贱躯非黄鹄，安能生羽翰。⑧怀中金错刀，顾此成哀叹。⑨

【注释】

①江城：指南京。棱棱：形容严寒。　②此二句是说，微云遮住群山，片月挂于枯桐树梢。　③此二句是说，回风迫近原野的树，严霜枯萎了岸边的兰草。　④顺：依从。眷念：想念。旧所欢：过去之所爱。　⑤佳人：即旧欢。郁：忧郁。漫漫：路途遥远。　⑥声艰难：谓声音嘶哑，说不出话。⑦延望：引颈远望。孰谓句：孟郊《赠别崔纯亮》："出门即有碍，谁谓天地宽。"⑧黄鹄：天鹅。羽翰：翅膀。　⑨金错刀：张衡《四愁诗》："美人赠我金错刀，何以报之英琼瑶。"

美人在何所？高阁白玉床。①芳辞含幽兰，雅步垂鸣珰。②
木难为上饰，冰绮为下裳。③当轩理朱琴，泠泠声何长。④
一朝隔天汉，唯见浮云翔。朔气忽已厉，白日沙尘黄。
万树负严风，空谷被雪霜。⑤绿阶转惊蓬，遗珥罗道傍。⑥

翘首望素车，侧身怀流光。[7]欲去阻湘浦，将归限河梁。[8]
谁使生平欢，一往成参商。[9]

【注释】

①高阁句：写美人居所的高贵。　②此二句是说，美人说话语带芬芳，耳带明珰，走路优雅。明珰，珠玉串成的耳坠。　③木难：宝珠。曹植《美女篇》："明珠交玉体，珊瑚间木难。"李善《文选》注引《南越志》："木难，金翅鸟沫所成碧色珠也。"冰绮：冰蚕丝织成的绢。　④当轩：当窗。　⑤负严风：承载着强风的吹打。　⑥此二句是说：风吹蓬草，惊转阶前；美人珥饰，遗落道旁。　⑦素车：即灵车。怀流光：怀念其生前的光彩。流光，光彩。⑧湘浦：湘水之畔。河梁：桥。此二句是说，大舜死于南巡，自己欲往从之，却被湘水阻隔。此言欲归乡，而河桥不通。　⑨参商：两颗星名，不能同时出现在天空，喻人生不能相见。杜甫《赠卫八处士》："人生不相见，动如参与商。"

浮云薄城皋，大川日驰骛。[1]密云冒平林，朔风鸣劲树。[2]
珍禽无近栖，旷土多远慕。[3]登高望所思，恐为飞鸟误。[4]
深言苟已忘，新知谅非固。[5]燕婉在闺房，弃捐在道路。[6]
结带尚不亲，安能邀回顾。丹蕤方敷荣，阴条已代故。[7]
丛薄变凄候，落叶积霜露。[8]慷慨揽衣裾，涕泗戒徒御。[9]
四方多网罗，绸缪成怨怒。[10]怀君玳瑁簪，使人芳岁暮。[11]

【注释】

①城皋：城头。驰骛：即"驰骛"，奔流之意。　②密云句：云气从平林升起。　③珍禽句：兴起下句，旷达之士多高怀远慕。　④此二句是说，登高远望，欲托飞鸟传信，但恐其误事。　⑤深言：深切、坦率之言。苟：假如。谅：诚如。此二句是说，深言实不能忘记。　⑥燕婉：夫妇和爱之状。此二句是说，本为恩爱夫妻，岂料半道相弃。　⑦丹蕤：红花。敷荣：开花。阴条：秋冬仍青的树木。　⑧丛薄：草木丛生。凄候：凄凉的冬季。　⑨揽：提起。戒：同"诫"，劝告。徒御：驾车人。　⑩此二句是说，四方危险，过

分亲密反成怨家。 ⑪玳瑁簪：喻过去的恩义。南朝宋鲍照《拟行路难》九："还君金钗玳瑁簪，不忍见之益愁思。"

【评析】

这一组诗主旨在于怀念崇祯皇帝，以"美人"代指崇祯帝，以夫妻关系代指君臣关系，这是自《离骚》以来诗歌比兴的传统，即所谓"拟古"者。组诗除模仿《离骚》外，还借鉴汉魏古诗的写法，如曹植《美女篇》、阮籍《咏怀》等。组诗寄托深沉，表达反复离乱，绸缪婉转，君臣之谊，极为真挚深长。这是作者对崇祯皇帝的一次致敬，很可能作于一次冬日祭祀之后。

人日招客小饮[①]

林间芳蕙感离居，竹畔清歌返照余。[②]
柏叶帝城游子酒，草堂人日故园书。[③]
胜传汉苑寒方浅，燕入吴宫柳尚疏。[④]
自有梅花堪共笑，登高莫问赋何如。[⑤]

【注释】

①人日：正月初七。 ②芳蕙：芳草。 ③柏叶：酒名。帝城：指南京。草堂：作者栖居地。 ④胜：一种女性头饰。杜甫《人日》："尊前柏叶休随酒，胜里金花巧耐寒。"吴宫：三国时吴宫殿，在南京。李白《登金陵凤凰台》："吴宫花草埋幽径，晋代衣冠成古丘。"此二句谓南京春意尚浅，作者写时令而暗寓时事。 ⑤此二句是说，梅花报春，正可笑乐饮酒，不必登高作赋。唐代宋璟有《梅花赋》，甚有名。

【评析】

诗作于南明弘光元年、清顺治二年（1645）人日，作者邀客饮酒，有感于春日将至，再加新接到家书，情绪欣喜，诗风轻快。

赠耿玄度二首[①]

人从漂泊见夷吾，画省优游握虎符。[②]

故国松楸违雨雪，盛年须发变江湖。[3]
论文惟道两司马，赐爵谁称五大夫。[4]
樽酒高谈天下事，悲歌重按职方图。[5]

【注释】

①耿玄度：即耿章光，字玄度，山东聊城人。崇祯十年（1637）进士，曾任曲沃知县，时任兵部武库司员外郎，入清后因南明“杨鲲案”被杀。 ②夷吾：齐相管仲，曾经历贫困及幽囚，方成相位。此指耿玄度有管仲之才。画省：尚书省。虎符：调兵的兵符，为虎形。此指耿章光在兵部任职。 ③松楸：指故国乔木。违：指久不回去。江湖：隐逸之地。《南史·隐逸传序》：“或遁迹江湖之上，或藏名岩石之下。”此二句为作者自指。 ④两司马：指汉代文人司马迁、司马相如。五大夫：秦汉时的爵位。前句写两人一起讨论文章。后句写耿章光家族赐爵事。 ⑤职方图：地图，为耿章光之所在兵部管理。明亡后，舆图已变，故而“悲歌重按”。

藜火宵同剑气明，禁中今日重谈兵。[1]
论交自起青松色，得句兼传白雪声。[2]
屑涕初闻灵武诏，短衣苦忆鹿门耕。[3]
故人不浅烟波意，先逐鸱夷变姓名。[4]

【注释】

①藜火：晋代王嘉《拾遗记》记载：汉代刘向校书于天禄阁，夜默诵，有老父杖藜以进，吹杖端，烛燃火明。取洪范五行之文，天文舆图之牒以授焉，刘向请问姓名，老父云“太乙之精”。此二句写作者与耿章光夜间燃烛谈论兵事。②青松色：坚贞的节操。孟郊《赠韩郎中愈》：“何以保贞坚，赠君青松色。”白雪声：高雅的曲调，典出宋玉《对楚王问》。另，明“后七子”之一李攀龙的藏书楼名白雪楼，在济南大明湖畔。作者推崇李攀龙，或用此典。 ③屑涕：涕泪下落。灵武诏：唐肃宗在灵武即位后下的诏书，此指福王即位后所下诏书。鹿门：后汉庞德公携妻子隐于鹿门山，后以鹿门指隐居之所。 ④烟波意：即隐

居江湖之意。鸱夷：春秋时，越国范蠡助越王勾践灭吴后，激流勇退，变姓名为鸱夷子皮，隐居江湖。逐：追逐、效仿。

【评析】

作者与耿章光为同乡，在南京时多有交往，诗中记载了与耿章光相聚交谈的内容。两人关心国事，一起谈兵，为明亡而悲伤，说起国事有慷慨之意，希望南明弘光朝能有作为。诗中也讨论了亡国后的气节问题，即“青松色”。两人相约隐居，效仿范蠡，不参与时事。当时这种心情都是真诚的。后来耿章光于南明亡后隐于僧舍，暗中参与反清斗争，惨遭杀戮。而作者则出而仕清，两人结局完全不同。

将去金陵次刘宪石老师见送韵[①]

黯澹浮云色，萧条游子行。[②]江明初出雾，峰远欲分晴。
人意登临浅，天涯感慨平。伤心随越鸟，浩荡复南征。[③]

【注释】

①去：离开。刘宪石：即刘正宗，字可宗，号宪石，山东安丘人。崇祯元年（1628）进士，明朝任翰林院编修、礼部会试官等职。入清后官至大学士、吏部尚书。刘正宗是作者中进士时的会试官，故称“老师”。　②黯澹、萧条：既写云色与环境，也是写心情。　③南征：作者离开南京，将去苏州、浙江一带，故曰“随越鸟”而“南征”。

【评析】

诗写于顺治二年乙酉（1645）五月初，南京弘光朝刚刚覆亡，作者南行避难，与刘正宗告别。刘正宗先写诗相送，作者依韵作答，诗中表达了悲凉、伤心的意绪。

避地吴村[①]十二首（选五）

溪光分远陌，烟火隔林端。落日樵风急，荒园水气寒。[②]

江清悲旅鬓，世乱逐渔竿。[3]绕屋多修竹，愁来向月看。

【注释】

①吴村：今浙江嘉兴秀洲区。作者于顺治二年乙酉（1645）秋与宋琬、王崇简等人一起来此暂居。　②樵风：好风、顺风，典出《后汉书·郑弘传》。③旅鬓：因羁旅在外而愁生白发。白居易《九日登巴台》："旅鬓寻已白，乡书久不来。"

柴门依乱水，寂寞少经过。把酒来风雨，题诗坐薜萝。[1]
楚人芳草远，越峤晚山多。[2]何限淹留意，逍遥且放歌。

【注释】

①后二句是说，风雨时即饮酒，坐于薜萝下吟诗。薜萝，香草，常指隐居之地。屈原《九歌·山鬼》："若有人兮山之阿，被薜荔兮带女萝。"　②楚人：指屈原。《离骚》云："何所独无芳草兮，尔何怀乎故宇。"越峤：越地的尖而高的山。《尔雅·释山》："锐而高，峤。"

藜床高卧处，日夕鸟悲吟。[1]客路沧江隔，空山风雨深。[2]
浮云临涧合，晚树带烟沉。聊自耽幽适，萧然故国心。[3]

【注释】

①藜床：简陋的床榻。　②客路句：江水阻隔了回家的路。　③耽幽适：沉溺、迷恋于幽静、闲适。萧然：空旷。此二句是说，在幽适中，怀念故国之心被冲淡了一些。

积水无他适，空林宜昼眠。[1]未归鼓鼙乱，多病友朋怜。[2]
雨后分村火，花间出钓船。衡门时倚杖，薄暮起溪烟。[3]

【注释】

①空林：寂静的树林。　②鼓鼙：军中鼓声，代指战争。　③衡门：横

木为门，简陋的房舍。

不谓漂零地，犹成一壑幽。[①]拂衣吾自早，隐几病何求。[②]
身乱藤萝气，庭空竹树秋。[③]即当盟鹿豕，谁欲负林丘。[④]

【注释】

①一壑幽：一处幽静的丘壑。 ②隐几：靠着几案。 ③身乱句：身入藤萝中，将原来的青郁之气打乱了。 ④盟鹿豕：与鹿、猪等山野之物为盟。林丘：隐逸之志。

【评析】

诗写于顺治二年乙酉（1645）秋，作者与宋琬等人一起避地吴村，写下了这组诗。战乱年代的吴村，犹如一个避风港，幽静、闲适，环境优美，修竹薜萝，钓船渔火，作者对此感到满足，屡屡表达欲隐居之意，甚至忘了归家的急迫。第十二首末云：“乡心犹未迫，留此制荷衣。”诗多用白描，清空一气，情思幽远，意象鲜明。

吴村偶作十二首（选四）

村荒余古柳，吾病且高眠。世乱抽簪后，山明伏枕前。[①]
移家收药裹，觅竹上僧船。[②]淹滞诚何意，长怀种秫田。[③]

【注释】

①抽簪：古时做官的人须束发整冠，用簪连冠于发。抽簪即指辞官引退。伏枕：因病卧床。 ②此二句是说，自己不再吃药，出门乘舟与僧人来往。 ③淹滞：拖延、久留。秫：黏高粱米，可以酿酒。《宋书·陶潜传》写陶渊明任彭泽县令时，公田全令种秫，其妻劝止，遂令一半种秫，一半种粳。此句意即效仿陶渊明，饮酒隐居。

树暗岩扉冷，天高野兴新。[①]幽居松代杖，高卧鸟窥人。[②]

皂帽从吾远，青山觉汝真。[③]不须称谢客，三径本无邻。[④]

【注释】

①岩扉：门对山岩，故称。　②松代杖：以松枝为杖。　③汝：对青山的称呼。　④此二句是说，不用辞谢客人，因为住处本无邻居。三径，隐者所居园中的道路。陶渊明《归去来兮辞》："三径就荒，松菊犹存。"

纷纷闻跃马，流落足艰虞。[①]自顾无长计，谁能念病夫。
参差随雁鹜，珍重逐樵渔。[②]伫立天将夕，悲歌地一隅。[③]

【注释】

①跃马：指清军过江，南明覆亡。艰虞：艰难、忧患。　②随雁鹜、逐樵渔：均指隐居水乡。　③此二句是说，伫立将晚，在这一隅之地悲伤地吟诗。

怀抱幽栖内，艰危道路傍。幸无骨肉累，不厌旅思长。[①]
组甲黄尘暗，波涛白日凉。[②]浩歌答渔父，余意指沧浪。[③]

【注释】

①幸无句：作者出使江西，没有家人跟随，故云。　②组甲：指士兵、军队。　③渔父：《楚辞·渔父》写屈原与渔父的问答，最后渔父高咏《沧浪歌》"莞尔而去"。此处活用此典，写自己早有隐居之志，可以与渔父吟于江湖。

【评析】

此组诗与《避地吴村》组诗写于同时，内容也近似，宛如同一组诗。这两组诗都是在南明亡后，避地之时，表达隐逸志向。这组诗战乱的背景似更鲜明，有关生病的描写似乎也更多一些。

木榻行赠宋玉叔[①]

老僧木榻佛座前，宋子醉归登榻眠。[②]

短墙月出照疏柳，明河不动天茫然。[3]
夜深梵放绕茅屋，山风飒飒入修竹。[4]
跳鱼拨剌栖乌啼，曲肱缩足睡正熟。[5]
繁星射地清潭色，蒹葭满目夏萧瑟。
张融岸上有孤舟，元龙床下少佳客。[6]
西溪浮云三十顷，碧石澄波双鬓冷。[7]
僧寮寂寞百虑忘，一身惨澹沧洲永。[8]
朝看塔影挂山岚，晚逐渔人回舴艋。[9]
但愁骤雨出鼋鼍，时发长歌乱蛙黾。[10]
海内干戈今未休，吾曹落魄仍淹留。
乱离始觉妻子累，散发独卧将何忧。[11]
结友况是高阳徒，袒衣秉烛中宵呼。[12]
开樽取酒还遣沽，酒酣耳热捋君须。[13]
眼中世事乃如此，何用偃蹇悲泥涂。
佛火夜明钟磬起，平生踯躅胡为乎，年来客梦抑已无。[14]

【注释】

①木榻：木床，可以坐卧。宋玉叔：即宋琬，字玉叔，号荔裳，山东莱阳人。顺治四年（1647）进士，仕至四川按察使。清代诗人号称“南施北宋”，即施闰章与宋琬。此时宋琬与作者一起避地吴村。　②此二句是说，木榻本是庙中老僧物，宋琬醉后登榻睡眠。此二句叙作诗缘起。　③明河：银河，天河。④梵放：梵语诵经的声音。　⑤拨剌：鱼跳出水的声音。曲肱：枕着胳膊睡觉。《论语·述而》：“饭疏食饮水，曲肱而枕之，乐在其中矣。”　⑥张融：字思光，南齐吴郡人。据《南史·张融传》记载：“永明二年，总明观讲，敕朝臣集听。融扶入就榻，私索酒饮之。”另记载，梁武帝问张融住在何处，张融答曰：“臣陆处无屋，舟居无水。”后武帝问其从兄张绪，绪曰：“融近东出，未有居止，权牵小船于岸上住。”武帝大笑。元龙：东汉陈蕃，字元龙。其任豫章太守，曾设一专榻以待徐孺子，徐去则将榻悬挂起来。　⑦此二句写僧寺周边环境。西

溪，在今浙江杭州。曲水庵即在西溪，结合下面《曲水庵同玉叔题四首》组诗看，两诗同时作，宋琬木榻醉卧即在西溪曲水庵。　⑧僧寮：僧舍。沧洲：海边，指两人家乡，也可指隐居处。永：远。　⑨舴艋：一种小船。李清照《武陵春》："只恐双溪舴艋舟，载不动，许多愁。"　⑩鼋鼍：即大鳖与鳄鱼，都是深水中物。但愁句意为骤雨来自湖上。时发句谓酒后长歌，与蛙声相乱。⑪妻子累：指宋琬。散发句：作者谓自己一人在外，则独卧无忧。可参见前诗："幸无骨肉累，不厌旅思长。"　⑫高阳徒：即高阳酒徒。见《史记·郦食其列传》。李白《梁甫吟》："君不见，高阳酒徒起草中，长揖山东隆准公。"袒衣：脱去上衣，露出肌体。　⑬捋君须：抚摩胡须，是一种豪迈之气的流露。⑭踯躅：徘徊状。客梦：客中所做归家之梦。

【评析】

诗由宋琬醉卧寺中木榻引起，写了战乱后两人饮酒狂歌空度日的情形。表面上狂放不羁，实则内心饱含忧愁，故作排解之中，难以掩饰思乡的渴望。诗为歌行体，是作者不太擅长的一种诗体，前期所作较少，后期稍多。

曲水庵同玉叔题[1]四首（选二）

海内今如此，问僧尽不知。[2]轻雷积水外，乱树晚霞时。
野艇分烟远，清吟入磬迟。陶公辞白社，犹有虎溪期。[3]

【注释】

①曲水庵：在浙江杭州西溪。　②前句慨叹亡国及战乱，以至于此。后句谓僧人超然于世，不与外事。　③陶公：即陶渊明。白社：东晋慧远在庐山创立白莲社，修净土宗。曾招陶渊明入社，陶因嗜酒而不入。虎溪：庐山的一条小溪名。慧远在庐山修行，三十年不下山，不过虎溪。一日与陶渊明、道士陆静修等相谈甚欢，送二人下山，不知不觉间已过了虎溪，三人相视大笑。此二句言自己与宋琬和陶渊明一样，虽不入僧社，但乐于和僧人来往。

户外清无暑，繁阴生晚凉。微风分竹影，小院入溪光。
客梦依僧尽，明河照榻长。杜陵殊寂寞，高卧赞公房。[1]

【注释】

①杜陵：杜甫。赞公：唐代僧人，与杜甫往来交好。杜甫《别赞上人》："赞公释门老，放逐来上国。"此二句以杜甫喻宋琬，以赞公房代曲水庵之僧舍。

【评析】

组诗写作者与宋琬同游曲水庵之情形。两人心慕陶渊明，既嗜酒，又乐与僧人来往。诗写宋琬醉卧寺中木榻，正可与前诗《木榻行赠宋玉叔》相参看。

西塘[①]六首（选二）

余生随短楫，此地复荆扉。[②]沽酒因成醉，收书聊当归。[③]
微寒生竹径，细雨落莲衣。[④]徙倚危亭上，啼禽背客飞。

【注释】

①西塘：在今浙江嘉兴嘉善。　②短楫：短桨，代指小船。荆扉：柴门。指在此地暂住。　③收书句言自己能读书即可聊作归乡。　④莲衣：传说中荷叶制成的衣服，指隐者之服。屈原《九歌·少司命》："荷衣兮蕙带，倏而来兮忽而逝。"

秋原成独往，暝色入乡情。节序悲风雨，行藏托友生。[①]
鸟飞林果落，舟近岸灯明。不厌长歌苦，乾坤未息兵。[②]

【注释】

①行藏：行止。友生：朋友。李白《九日》："落帽醉山月，空歌怀友生。"
②不厌：不嫌。乾坤：天地。此句言天地之间战争未止。

【评析】

作者暂住西塘，亦与宋琬同行。"行藏托友生"者，即包含宋琬，但宋琬此时也是依赖当地朋友的帮助。诗中表达思乡之情，作者也深知家乡兵火未熄，归期难卜。

蒋湾[①]六首（选二）

路绕长林下，鸣蜩不可听。[②]霜前湖水白，日暮海烟青。
家远惊鼙鼓，沙寒见鹡鸰。[③]乡心愁晚眺，莫厌户长扃。[④]

【注释】

①蒋湾：在今浙江嘉兴嘉禾。 ②鸣蜩：鸣蝉。 ③鼙鼓：战鼓，指战争。鹡鸰：鸟名。《诗经·小雅·棠棣》："脊令在原，兄弟急难。"后以"鹡鸰"比喻兄弟。 ④扃：关门。

远浦敛舟楫，潮平落日遥。郊原飒以暮，云树莽萧条。
旅病仍淹滞，乡书转寂寥。[①]故人慰客意，杯酒共寒宵。

【注释】

①此二句是说，客居异乡，生病滞留，家书愈发稀少。

【评析】

蒋湾之诗，与吴村、西塘诸作大致相同，写客居思乡、旅中病况、乱世兵火，唯隐居之念不如吴村所作鲜明。

蒋湾秋怀十首（选五）

秋至卜居湖水滨，岸花汀树自成邻。
寒天夜激风雷气，短棹朝看鸥鸟亲。[①]
下濑双帆悬细雨，中原百口望归人。[②]
岂徒旅病伤摇落，戎马惊传已太频。[③]

【注释】

①鸥鸟亲：典出《列子·黄帝》。"鸥鸟无猜""鸥鸟忘机"为诗词常用之

典。刘长卿《送路少府使东京便应制举》:“谁念沧洲吏,忘机鸥鸟群。”辛弃疾《水调歌头·盟鸥》:“凡我同盟鸥鹭,今日既盟之后,来往莫相猜。” ②下濑:行于浅水急流的平底快船。苏轼《次韵刘景文周次元寒食同游西湖》:“絮飞春减不成年,老境同乘下濑船。”中原句谓家中百口人盼其归来。 ③旅病:客中生病。戎马:代指战争。

危亭日暮望烟浦,漠漠沙头起棹歌。①
南国秋花深熳烂,故园锦字太蹉跎。②
天涯双泪风尘隔,雨后扁舟雁鹜多。
独有水西羁客地,柴门不闭少经过。③

【注释】

①危亭:高亭。棹歌:渔歌。 ②锦字:书信,多指来自妻子的书信。蹉跎:极不易得。 ③羁客地:长期滞留之地。少经过:指少有人经过,写其寂寞之状。

独夜空樽秋可怜,草堂孤月冷娟娟。①
天清舟楫丹枫下,岁晚江湖白雁前。②
四海君亲当此日,殊方烽火已经年。③
莫因望远乡心切,越水吴山正杳然。④

【注释】

①娟娟:月亮弯曲貌。南朝宋鲍照《玩月城西门廨中》:“始出西南楼,纤纤如玉钩。末映东北墀,娟娟似蛾眉。” ②白雁前:即深秋白雁南飞之时。 ③此二句是说,四海君亲何在?远方战争已经一年。 ④越水吴山:处在越水吴山之地,望乡杳然。

昔愁北地征烽急,复见南天转战空。①
万里郊原悬夕照,几家砧杵入秋风。

清霜木叶淹留里，异域宾朋怅望中。[②]
自是登楼惊客思，故乡明月未应同。[③]

【注释】

①此二句是说，去年北地征战，今年又见南国战争。②异域句谓身在异地的朋友也不能相聚。③此二句是说：登楼望乡，遥想故乡的明月未必与此相同；故乡去年战火，今年南方不靖，故有此言。

远树天寒有暗鸦，江城夜夜听清笳。[①]
秋来客鬓悲人世，乱后朝衣付酒家。[②]
水槛过云留宛转，断堤枯柳趁欹斜。[③]
不眠徙倚望烟月，惆怅前洲芦荻花。[④]

【注释】

①清笳：北来军队传出的声音。②朝衣：官服。③水槛：临水栏杆。此二句写晴日湖边闲游。④徙倚：徘徊、流连状。惆怅句：化用杜甫《秋兴八首》其二："请看石上藤萝月，已映洲前芦荻花。"

【评析】

此组律诗写客居秋怀，抒发乱世之感，表达怀乡之情。写景多切秋，字里行间传达出南方战乱的氛围。此组诗明显学习杜甫《秋兴八首》，唯境界空灵，缺乏杜诗"沉郁顿挫"之感。

闻玉叔病诗以问之[①]四首（选二）

平湖秋色散涟漪，作客偏惊摇落时。[②]
已怪刘桢终日卧，似闻宋玉至今悲。[③]
雨侵门巷青枫冷，天入蒹葭白鸟迟。
自是离群称避世，怀中尚有五噫诗。[④]

【注释】

①玉叔：即宋琬。作者听说宋琬生病，作诗问候。　②摇落：宋玉《九辩》："悲哉秋之为气兮，萧瑟兮草木摇落而变衰。"　③刘桢："建安七子"之一。刘桢《赠五官中郎将》二："余婴沉痼疾，窜身清漳滨。"《三国志·王粲传》裴松之注引《先贤行状》："建安中，太祖特加旌命，以疾休息。后除上艾长，又以疾不行。"作者此处以刘桢自指。宋玉：楚国诗人，有《九辩》传世。此处指代宋琬。　④五噫：东汉梁鸿所作《五噫歌》，共有五句，每句后都有一"噫"字，故名。《五噫歌》有"顾览帝京"之句，是作者微意所存。

柳条藤蔓绕村平，泽国波寒雨易成。
不厌清樽为客尽，已惊素发向秋生。
羁人病后思乡县，野水舟中载弟兄。[①]
时序自裁潘岳赋，风尘沧海更沾缨。[②]

【注释】

①前句写自己与宋琬都患病思乡。后句美宋琬能与兄弟宋璜同游同处。②潘岳：西晋文人，曾作《闲居赋》。此以潘岳作赋自比，喻自己也有归田闲居之心。风尘沧海：指乱世巨变。沾缨：流泪，痛哭。

【评析】

时作者与宋琬同处，又同病相怜，故在问候时多表达思乡、叹世等共同情感。用梁鸿《五噫歌》之典，暗含"顾览帝京"之句，有凭吊故国的意味。

广陵三首[①]（选二）

日暮隋宫柳，凄凉邗水滨。[②]秋堂余蟋蟀，晚路入荆榛。
断浦鱼龙泪，高城战伐尘。[③]独怜何逊在，飘泊忆前春。[④]

【注释】

①广陵：扬州的别称。　②隋宫：隋炀帝在扬州所建的行宫。邗水：即邗

沟，古运河。 ③战伐：指当年五月清军攻陷扬州的战争。 ④何逊：南朝齐梁时期著名诗人，在扬州曾作咏梅诗，极有名。杜甫《和裴迪登蜀州东亭送客逢早梅相忆见寄》："东阁官梅动诗兴，还如何逊在扬州。"此处作者以何逊自比，谓自己只能在漂泊中回忆扬州往事。

犹对芜城月，箫声不可闻。①池边笳鼓乱，台上绮罗分。②
潮落飞江鹳，天寒起塞云。③此时能作赋，愁杀鲍参军。④

【注释】

①芜城：南朝宋鲍照有《芜城赋》写扬州，后"芜城"遂成为扬州的代称。②笳鼓：笳、鼓都是军乐，此代指战争。绮罗：指身着绮罗的女子。此处指战乱中扬州女子被劫。 ③塞云：边关之云。此处暗喻清军南侵。 ④作赋：指鲍照所作《芜城赋》。鲍参军：鲍照曾担任临海王刘子顼的前军参军，故称"鲍参军"，其诗集为《鲍参军集》。

【评析】

此诗作于清顺治二年乙酉（1645）秋，作者自江南返乡，路过扬州之时。本年五月二十五日，清军攻陷史可法把守的扬州城，大肆屠杀，十日后方止，史称"扬州十日"。组诗发挥抒情诗之所长，着重渲染扬州城的"凄凉"气氛，而对史实作了虚化处理，以"战伐""笳鼓""塞云"表现这场刚刚过去不久的战争。诗中用何逊、鲍照两位南朝诗人的典故，意在说明再高的文学才能，也无法写出遭屠戮后扬州的悲惨情景。

燕市草

顺治二年（1645）冬，赵进美赴京任清廷太常寺博士，后调任刑、户、礼三部给事中，直到顺治十三年（1656）出为江西按察使司副使，在京城待了十余年。王渔洋在《墓志铭》中说："博士冷曹，无所短长，而公负文章盛名，都人士负笈从游甚众。"这是说赵进美在京城与文人广泛交游，从事诗歌创作活动，也获得了较大的声名。上述只是一个方面。另一方面，赵进美在《燕市草·自序》中说："予以乙酉冬入春明，意忽忽欲尽弃笔砚事。而羁身薄禄，倏复十年。其间或迫于赠答，或触于游眺，或良辰入怀，或深居永念，楮墨在前，复不能自已。破笥败叶，积而成帙。以岁计之，较乙酉前所存，十未及半矣，工拙固勿论也。"按照赵进美自己所说，这段时间，他的写作热情并不高，诗歌数量不能与明亡前相比。这十年之中，他于顺治八年（1651）颁诏山西，所作诗歌结集为《西征草》一卷；顺治十一年（1654）主持湖广乡试，所作诗歌又单独结集为《楚役草》。除此之外，八九年间创作的诗歌全部纳入本卷，总计 198 首，与以前的创作数量的确不能相比。这种状况的出现，应该说主要与心境有关："迫于赠答"的诗不愿写，"深居永念"的诗又怯于表达，导致写作欲望不强，甚至一度想辍笔不为。这一卷诗歌中，最值得注意的就是赵进美的一部分诗歌隐微表达对前朝的凭吊，含蓄传递对自己再出仕的愧悔心理，这是他勇敢且最具良心的表达。本卷共选注 39 首。

初春登慈仁寺阁[①]二首

梵阁迢遥入碧氛，凭栏千里望氤氲。[②]
乌飞闾巷无乔木，日暗宫墙有暮云。[③]
紫雾岂从龙塞断，青山常向凤城分。[④]
燕台自昔惊心地，莫道鸣笳不可闻。[⑤]

【注释】

①慈仁寺：即今北京报国寺，在今北京西城区广安门附近。　②梵阁：佛教寺院的台阁。碧氛：晴空。氤氲：飘荡的云气。　③乌飞句：曹操《短歌行》："月明星稀，乌鹊南飞。绕树三匝，何枝可依？"此句即暗用其意。另，《孟子·梁惠王下》："所谓故国者，非有乔木之谓也，有世臣之谓也。"后以"乔木"代指故国。乌飞句有怀念故国义。日暗句写傍晚宫墙为暮云笼罩，表达自己在京城的感受。　④紫雾：日光中缭绕的雾气。龙塞：龙城。凤城：京城。此二句是说，京城仍保持着帝都气象。　⑤燕台：即黄金台，代指京城。鸣笳：军队行进时吹奏的笳号声。此二句是说，京城经过战争后，不要说鸣笳之声不会再听到。

绣拱丹梯俯帝乡，松阴幢影欲生凉。[①]
殊方羽短思黄鹄，故国书来怨白狼。[②]
苑雪河冰春寂寂，宫云关树晚茫茫。
天清旷野斜阳急，系马悲歌朔客傍。[③]

【注释】

①绣拱丹梯：指慈仁寺阁的斗拱与楼梯。幢：寺院中刻有经文的石柱，有时称"经幢"。　②殊方：远方。黄鹄：《商君书·画策》："黄鹄之飞，一举千里。"此句写自己没有黄鹄的长翅，无法飞到远方，只能徒然向往。白狼：古时以之为祥瑞。郭璞《山海经图赞》："矫矫白狼，有道则游。""怨白狼"似有责备应时出仕之意。　③此二句是说，斜阳急驰，系马悲歌。此二句写出心情起

伏不平。朔客，北方边地的将领。

【评析】

二诗写于顺治三年（1646）初春。去年冬，作者应诏出山，由明朝的官员成为清朝的太常寺博士官。这是一个重大的转折变化，其心情不可能没有影响，这两首诗即曲折地反映了这种心境变化。“无乔木”意味着无故国可倚，京城气象俱在，但已发生过令人惊心动魄的变化，令人至今心有余悸。第二首之颔联，意义深隐：自己身无飞翰，不能远飞，应时而出，受人责备。颈联、尾联写如今初春季节，依旧冰封大地，关树茫茫，系马悲歌，心情与歌声一样苍凉。

十五夜[①]

开樽握手殊乡客，节序惊心感慨平。[②]
桴鼓每从三辅起，星桥不向五陵明。[③]
高城宿鸟风犹急，小院吹箫月渐生。
燕市犹来矜击筑，狂歌莫避酒人名。[④]

【注释】

①十五：即正月十五元宵节。　②殊乡：他乡。　③桴鼓：鼓槌与鼓，此指战鼓，代表战事。三辅：本指汉代长安管理京畿事务的三种官职，后泛指京畿地区。星桥：本指牛郎、织女星，此处泛指星星。五陵：长安五个汉代皇帝的陵墓。此处喻指明陵。　④矜：夸耀。击筑：此处指战国末年的高渐离，可参见《史记·刺客列传》。高渐离于易水“击筑”送刺客荆轲赴秦。荆轲失败后，高渐离又以善“击筑”接近秦始皇，于筑内装铅，欲击杀始皇，事败被杀。筑，一种乐器。酒人：酒徒。《史记·刺客列传》记荆轲与高渐离皆“隐乎酒人”。

【评析】

此诗写于顺治三年（1646）元宵节，作者入京任职不久，心情亦颇复杂。在“节序惊心”中，慨叹京畿之地常常遭遇战乱，时移世换，星光不照明陵。自己身处京城，狂歌度日中，宁愿与酒人为伍，因为酒徒之中也有像高渐离这样不凡的人物。“击筑”者，或亦是像高渐离这样的侠客，只是不宜明言而已。

春日过秋岳斋头限韵近体各一章即席同赋①六首（选二）

春来犹自唱燕歌，浊酒浮云奈晚何。②
短剑岂知关塞远，闭门已觉姓名多。③
宫鸦落日临金掌，代马回风散玉戈。④
唯有玄亭能寂寞，时因问字得相过。⑤

【注释】

①秋岳，即曹溶，字秋岳，浙江秀水人。崇祯十年（1637）进士，入清后担任顺天学政，充会试监考官。限韵：规定作诗韵部。近体各一章：此次集会规定作格律诗，五律、七律、五绝、七绝、五言排律、七言排律各作一首，共计六首。②燕歌：悲壮的燕地歌谣。南北朝文学家庾信《哀江南赋》："燕歌远别，悲不自胜。" ③前句有跃跃欲试之心。后句有自悲失路之感。 ④宫鸦句：日落时分，乌鸦落于宫殿之上。金掌，汉时建章宫内筑有金铜仙人，掌捧金盘，以承露水，即李贺《金铜仙人辞汉歌》所咏。代马：胡地之马。回风：旋风。散玉戈：散落在雪地中的马蹄印。 ⑤玄亭：汉代扬雄曾著《太玄》，其在成都的住宅即名草玄亭，又名玄亭。此处指曹溶住宅。问字：请教。此二句是说，曹溶住宅是能耐得寂寞之处，我会时常前来请教。

宾筵春日静，帝里晚烟横。①树暗宫云落，沙回辇路平。②
鸣笳今北地，作赋自西京。③独雁临池下，繁花对客明。
尚动洛水诰，未息鬼方兵。④堤柳萧条尽，边尘暗澹生。
感时知庾信，解印本虞卿。⑤下客悲长铗，中宵泣短檠。⑥
岂徒伤道路，但合老柴荆。⑦初燕翻金网，微波冷石鲸。⑧
登楼游子意，扫径故人迎。⑨遥共柘枝饮，还凭蜡屐行。⑩
百年思秉烛，二月欲啼莺。⑪太息歌犹壮，虚堂酒复清。⑫
壶觞良友事，薇蕨旧山情。⑬开阁娟娟月，微风猎猎旌。⑭
青旗颁令序，白草绕寒城。⑮横笛愁无绪，银戈夜有声。⑯

文章余尔贵，去就向谁轻。[17]薄暮燕台侧，虚传避世名。

【注释】

①帝里：京城。 ②辇路：皇帝车子走过的路，即御道。 ③前句写战争之音来自北方。后句写文人聚集作赋。西京赋，西汉张衡作，写京城长安的繁华。 ④洛水诰：指《尚书·周书·洛诰》一篇，写周公营建洛阳，向成王报告之事。诰，政府文书的一种，类似于公告。鬼方：商周时北方部落名，为当时北方强敌。前句当指崇祯帝勤政。后句写清兵进攻不止。 ⑤庾信：借入北朝任职的庾信喻指聚会文人，同时也借以表达亡国悲伤情绪。虞卿：名信，战国时赵国人，力主抗秦，后为营救魏齐，抛弃官印，逃至魏国。晚年发愤著书。此处代指聚会文人。 ⑥下客：战国时贵族养士，分不同等级，末等为下客。悲长铗：用冯谖客孟尝君典。短檠：短的灯架。此二句是说，这批再仕文人地位不高，夜晚聚会于灯下饮泣。 ⑦岂徒句：不只是悲伤走错道路。此处指再次出仕。老柴荆：隐于乡下，直到老去。 ⑧金网：初春黄金柳条织成的网。此句写燕子穿行于柳枝当中。石鲸：汉代太液池中石雕的鲸鱼。 ⑨登楼句：王粲《登楼赋》："虽信美而非吾土兮，曾何足以少留！"此句是说自己将入京仕清看作游子出行。扫径句写朋友曹溶扫径相迎。 ⑩柘枝：乐曲的一种，名"柘枝曲"。蜡屐：一种木屐，涂蜡加以养护。《世说新语·雅量》："或有诣阮（孚），见自吹火蜡屐，因叹曰：'未知一生当着几量屐！'神色闲畅。" ⑪秉烛：即秉烛夜游、及时行乐之意。 ⑫虚堂：敞亮的庭堂。 ⑬壶觞：指饮酒。薇蕨：野菜，指隐者所食。 ⑭娟娟月：弯弯的月。猎猎：风吹旗子的声音。⑮青旗：北周庾信《答赵王启》："都尉青旗，即时春色。"倪璠注："此言赵王出师，载青旗，与春同色也。"令序：美好的节气。白草：枯草。岑参《白雪歌送武判官归京》："北风卷地白草折。" ⑯横笛句：指乐中饮酒，仍带愁绪。银戈：兵器。此句写夜间仍有军声。 ⑰余：剩余。去就：出处选择。

【评析】

这是清初一次颇有名的社集活动，时间是顺治三年花朝日（二月十五），发起人是龚鼎孳，地点是曹溶的住宅，参加者除龚、曹和作者外，还有宋琬、王崇简、李雯、张学曾等名流。这次集会的作诗形式是六种近体诗分别作一首。龚鼎孳共作了十首，今存《定山堂诗集》中。作者作了六首，这里选注了一首七律和一首五言排律。诗写出当时京城的战争气氛，集社者心里仍不踏实。关键是文人们表达了对再仕清朝的愧怍之情，对逝去不久的明王朝心存眷恋，表明他们的故国之思未泯。赵执信所作《赵进美行实》一文说：“一日，集并时文人同赋古今各体诗，击钵成诗，公擅场，众大折服。”赵进美的诗让众人折服，因此诗名大著。其实，让众人折服的未必是诗艺，恐怕更多的是诗情，即作者再仕清朝的愧怍之情会让众文人折服。

清明过介黄斋中同宋玉叔赋①

屏居感令节，驾言从子游。②布席临芳草，中心怀林丘。③
庶木各奋荣，黄鸟鸣相求。④何用丝竹音，即事成淹留。⑤
城郭澹初日，余霞散春洲。⑥浊酒可展欢，清文结绸缪。
向夕悲笳动，闾巷新烟收。边马行且嘶，下饮御水流。⑦
侧身望四方，冉冉生百忧。岂无采薇约，永与麋鹿俦。⑧

【注释】

①介黄：即孙廷铨。宋玉叔：即宋琬。　②驾言：即驾车。言为语助词。《诗经·邶风·泉水》：“驾言出游，以写我忧。”　③布席：摆下宴席。中心句用双关，既写喜爱山林景观，又寓林丘隐逸情结。　④庶木：众树。黄鸟：即黄雀。《诗经·周南·葛覃》：“黄鸟于飞，集于灌木，其鸣喈喈。”　⑤何用句：左思《招隐》：“非必丝与竹，山水有清音。”即事句：眼前事与景令人留连不已。　⑥余霞句：谢朓《晚登三山还望京邑》：“余霞散成绮，澄江静如练。”⑦悲笳、边马：此处皆指清军。此四句写清军占据京城的情形。闾巷已无人烟，兵马饮御河之水。　⑧采薇约：即隐居的约定。麋鹿俦：与麋鹿为伍，即隐居。

【评析】

诗写清明游春经历，以“向夕悲笳动”句分为前后两节。前节写游春之乐，芳草鸟鸣，初日余霞，触目可喜。后节叙“悲笳”方动，“边马”嘶鸣，转为百忧丛生。作者想到故国已亡，自己则出山再仕，实是辜负从前的隐居之约，不觉忧从中来。

窗下梨花二首

萦窗映砌春争发，弄蕊攀条晚未归。①
应为孤吟成漫烂，不令凉雨阻芳菲。②
坐宜微月娟娟入，更傍清樽细细飞。③
回首故园寒食过，野亭白帻愿休违。④

【注释】

①萦窗映砌：梨花绕着窗户，映照着屋前的台阶，在春天争相开放。弄蕊句写自己尽情欣赏的姿态。　②此二句是说：梨花烂漫开放，仿佛只为自己吟诗；不要让凉凉雨丝，妨碍了其绽放。　③此二句是说：最适合坐下来欣赏，娟娟月光照进来；更好是在梨花下，与好友一起饮酒。飞，飞盏，传杯行酒。④回首句：此时寒食刚过，想起家乡梨花也应盛开。野亭句：在野亭中，头戴白色头巾，饮酒赏花的愿望勿相忘记。

暮烟无语更依依，清影含春望欲稀。①
疏近琐窗留月照，寒垂网户见莺飞。②
共停阙外青丝骑，细舞灯前白纻衣。③
莫向后庭歌玉树，故宫风雨已全非。④

【注释】

①此二句是说，晚烟中自己仍在欣赏，清丽的梨花影中含着春意，望去却若有若无。　②疏：稀疏。琐窗：雕花的窗户。网户：刻有网状花纹的门。③阙：宫门。青丝骑：青丝为青色的马缰绳。此句写梨花吸引人来观赏。细舞：精致、美好的舞蹈。白纻衣：白色纻麻布做成的夏衣。此句写梨花如身着白衣的仙女在月下灯前跳舞。　④后庭歌玉树：《玉树后庭花》为南朝陈后主所作，史称“亡国之音”。因梨花洁白如玉，又在庭前，故与此曲联系。故宫风雨：指明朝已亡，故宫易主。

【评析】

这两首诗和下面《赋得枫叶微红近有霜》一诗，因王士禛的称道而成为赵进美最为有名的诗作。王士禛作赵进美《墓志铭》说："然'梨花''枫叶'诸篇，风致不减青丘、海叟。"青丘为明初诗人高启，曾有《咏梅花》组诗。海叟为明初诗人袁凯，有《白燕》一诗。这些诗都是咏物诗中形神兼备的佳作。王士禛推崇其"风致"，也就是说其诗有神韵。这两首诗写梨花，有形有神，同时表达对故国的凭吊，以第二首意旨最为显豁。对于诗中这种寄托，王士禛不能明言，只以"风致"评之。不过就算单论"风致"或神韵，这两首诗也的确足以当之。

赋得枫叶微红近有霜

郭外西风绕岸斜，长林秋静有啼鸦。①
微寒已入娟娟月，远色初分淡淡霞。②
千里题书临白雁，重阳疏雨映黄花。③
洞庭木叶伤心日，寂寞怀人在水涯。④

【注释】

①郭外句言河水绕着城郭。岸，河岸。　②此二句是说，月下已感微寒，远处已见淡淡的红叶。霞，喻红叶。　③题书：唐人"红叶题诗"典故，可参见孟棨《本事诗》和范摅《云溪友议》。"题书"从"题诗"演变而来。白雁：北方的一种雁，形体较小，羽毛白色。杜甫《九日》："殊方日落玄猿哭，旧国霜前白雁来。"黄花：菊花。　④洞庭木叶：屈原《九歌·湘夫人》："帝子降兮北渚，目眇眇兮愁予。袅袅兮秋风，洞庭波兮木叶下。"水涯：照应开头"绕岸"，写在水边怀人。

【评析】

王士禛推崇此篇已见前诗述评。此篇是重阳节时，咏枫叶而怀远人。所怀为何？颇耐思索。如以旧索隐方式求之，一则"红"者，"朱"也，与明王朝帝王有关；二则用《湘夫人》"洞庭木叶"之典，或是以"大舜南巡而逝"喻崇祯帝之殉国。如此情感，当时颇忌讳，故不敢明言，只能以咏物方式婉曲表达。如此写法，作者偶一使用，此后再不得见。这一解法，是否吹求过分，或可提出，供人批评。

秋怀

碛里双鸿起，蓟门桑叶凋。[①]虫鸣秋局促，道远夜逍遥。[②]
故垒星霜阔，寒天豺虎骄。[③]薜萝莫惆怅，远客正须招。[④]

【注释】

①碛里：沙漠，此处指边关。唐代李益《从军北征》："碛里征人三十万，一时回首月中看。"鸿：鸿雁。蓟门：京城外有蓟丘，古称蓟门。　②局促：声音细小。傅毅《舞赋》："嘉关雎之不淫兮，哀蟋蟀之局促。"逍遥：自在貌。③故垒：旧战场。豺虎：隐喻外敌。　④薜萝：代指隐居之处。远客：作者自指。

【评析】

诗写秋夜景象，表达出对时局不安定的感受，因此向往隐逸生活。

冬日感兴兼寄葱佩二首[①]

猎猎寒沙昼欲昏，纷纷画角晚仍繁。[②]
城边日落分尧甸，塞外山来绕蓟门。[③]
不少探丸乘暮发，虚传屠狗至今存。[④]
独余海上田横客，犹自悲歌忆旧恩。[⑤]

【注释】

①葱佩：即高珩，字葱佩。时高珩请假正在淄川老家。　②猎猎：寒风声。画角：军中号角。此二句写京城沙尘及战争情景。　③尧甸：指尧的土地。甸，本义为王田。　④探丸：《史记·酷吏列传》记载：汉代长安城中奸滑少年，以探取弹丸方式，分工杀害官吏。探得赤丸者杀害武吏，探得黑丸者杀

害文吏。后以“探丸”指京中强盗。卢照邻《长安古意》：“挟弹飞鹰杜陵北，探丸借客渭桥西。”屠狗：《史记·樊哙列传》：“舞阳侯樊哙者，沛人也。以屠狗为事，与高祖俱隐。”后指出身低微的豪杰之士。 ⑤海上田横客：田横本齐国贵族，秦末起义，与其兄田荣、田儋等占据齐地为王，号称“三齐”。刘邦即位后，田横与其门下众人退居海岛中。刘邦招田横入长安，至距洛阳三十里处，田横自杀。其随行门客二人亦自杀。消息传到海岛，其门徒五百余人皆自杀。田横号称得士，其门客则为豪气仗义、顾念旧恩之人。田横岛今在山东青岛即墨区近海中。

论文徒忆江东树，扶病还登蓟北楼。①
已见风烟催岁暮，竞传歌舞失边愁。②
殊方翡翠秋争入，傍郡旌旗晚未收。③
幸有清辞招客隐，故山丛桂足淹留。④

【注释】

①江东树：杜甫《怀李白》：“渭北春天树，江东日暮云。”此句写两人友谊，自己正在想念、回忆一起论文的日子。蓟北楼：指自己在京城的住处。 ②风烟：风卷烟尘，借指战火。边愁：边关战事。此二句是说，在战火中到了年末，到处是歌舞声，让人忘记边愁。 ③前句写远方进贡。后句写京畿仍不安定。④清辞：清雅的文辞。招客隐：寻找隐士，召唤人去隐居。丛桂：喻隐居之处。

【评析】

此二首诗写给高珩，因是同乡好友，莫逆之交，故能吐露心声。作者感受到了京城不安定的氛围，同时怀念故国，感叹京城中念旧恩者已少，只有“海上田横客”尚能念及故国，说明自己是“忆旧恩”之人。另，作者此时归隐之念甚重，愿与高珩一起隐于故乡。

雪夜集介黄斋中听弦索①

虚堂微月尚娟娟，秉烛飞花冷夜筵。②

白雪岂无郢客唱，清溪仍对小姑弦。[3]
北来騠駃开沙苑，南下旌旗绕画船。[4]
独有高阳狂吕在，悲歌时近酒胡前。[5]

【注释】

①弦索：弦乐器，多用于戏曲伴奏，此处或指戏曲。 ②微月尚娟娟：初月弯弯。飞花：指雪花。 ③白雪：双关。既指雪夜，也指高雅的演唱。宋玉《对楚王问》："其为《阳春》《白雪》，国中属而和者，数十人而已。"郢：楚国首都。清溪句：南北朝乐府诗《青溪小姑歌》，假托为蒋子文之妹所唱。歌云："开门白水，侧近桥梁。小姑所居，独处无郎。"清溪，南京钟山下一条小河名。④騠駃：骏马。沙苑：古代养马之园囿。旌旗：此处疑指南下军队的旗帜。⑤高阳狂吕：即"高阳狂侣"，指饮酒放狂之人，典出《史记·郦食其传》。郦食其见刘邦，自称"高阳酒徒。"酒胡：卖酒的胡姬。辛延年《羽林郎》："依倚将军势，调笑酒家胡。"

【评析】

此诗与前首寄高珩诗写于同时，隐约透露了作者在顺治三年（1646）冬季居于京城的特定感受，时时要借酒以解郁闷不安之愁怀。

送秋岳还里[1]五首（选二）

涧水接平陂，泉水多分流。[2]香兰虽无心，安能生道周。[3]
短褐喜穷巷，长剑志远游。[4]远游慕故乡，征路阻以修。[5]
鸣笳日夕悲，去去安可留。祖帐当晨餐，我马已驾辀。[6]
蓟门二月中，谷风和且柔。[7]杂树如争荣，径草亦已抽。[8]
登高见桑干，城云黯不收。[9]郁哉昭王台，寂寞成空丘。[10]

【注释】

①秋岳：即曹溶，字秋岳，浙江秀水人。 ②平陂：平地与斜坡。《周易·泰卦》："无平不陂，无往不复。" ③香兰：香草。此二句是说，香草应

生于幽谷，岂能生于道旁？　④短褐：粗麻布衣，指平民之衣。此二句写曹溶志向。　⑤征路句：行路既险阻又遥远。　⑥祖帐：为送行而设的帷帐，即送行宴。驾辀：车辕。　⑦蓟门：指京城城门。谷风：春风，或曰山谷中的风。　⑧争荣：争相开花。径草：道边的草。　⑨桑干：河名。下游即今永定河，在北京西南郊。黯：黑暗。　⑩郁哉：高貌。昭王台：即黄金台，为燕昭王所筑，以招揽人才。此二句是说，曹溶一去，京城人才顿空。

昔予游越都，泽域何寥寥。①凌晨帆长流，弱荇牵行舟。②
旭日文鲔出，骤雨鼋鼍骄。③凫雁嘈嘈鸣，飞聒无昏朝。
渚草被寒沙，岸蕊纷柔条。④荡舟感蔡女，采菱拟楚谣。⑤
干戈既阻绝，潭濑空清漻。⑥入夜水雾深，愈念中原遥。
南国今已违，北山未见招。⑦本无轩冕心，愧彼食场苗。⑧
良友弃我去，画舫仍飘飖。旧游如再历，仿佛闻惊潮。⑨
下士伤睽离，达人重久要。⑩送子以夙昔，无忘渔与樵。⑪

【注释】

①越都：越国都城乃绍兴。此处指曹溶家乡，今浙江嘉兴南湖区。泽域何寥寥：此处形容水域广阔。作者曾于顺治二年（1645）秋在此地居住。　②弱荇：柔弱的荇草。荇，水生植物。　③文鲔：鱼类。鼋鼍：鳖与鳄鱼，指大型水生动物。　④凫雁：野鸭与大雁。渚：水中陆地。蕊：花蕊。此指花朵。⑤荡舟、蔡女：《韩非子·外储说左上》：“蔡女为桓公妻，桓公与之乘舟。夫人荡舟，桓公大惧，禁之不止，怒而出之。”楚谣：楚地歌谣。此二句泛写南国水乡的女子与歌谣。　⑥前句写因战争阻隔未能还乡。后句写潭水的清澈明朗。⑦南国：指越乡。北山：指隐居之所。　⑧轩冕心：出仕之心。食场苗：《诗经·小雅·白驹》：“皎皎白驹，食我场苗。”为朝廷延揽贤才之意。　⑨良友：指曹溶。此四句是说，曹溶回到故乡，仿佛也把自己带到了旧游之地，能听到那里的潮声。　⑩下士：才德差的人。睽离：分别。达人：道德修养高的人。久要：长期交好。　⑪此二句是说，仍以过去常说的话送给你，不要忘了我们隐居的约定。夙昔，过去。渔樵，指隐居。

【评析】

顺治四年（1647）春，曹溶被革职回籍，此组诗作于此时，为其送行之作。第一首祝贺曹溶能归乡，并言其走后，京城遂空，是称赞其才华。“鸣笳”二句，颇可玩味，暗含京城不宜久留。第二首回忆前年自己在南方避兵时的情形，写曹溶家乡之美，同时表明自己“本无轩冕心，愧彼食场苗”。曹溶走后，自己顿感失落，日后也会回乡隐居。

送宋玉叔还莱阳[①]

长安二月东风回，九门如雾凌晨开。[②]
莺花得时自婀娜，笳鼓向暮何啾哀。[③]
此时重筑黄金台，莱阳宋子天下才。[④]
献书至尊赐颜色，穷巷不扫公卿来。[⑤]
干戈自昔有反覆，神物岂合终蒿莱。[⑥]
忆昨飘零逐渔艇，夜火荻花对清影。[⑦]
一身入世常坎坷，二十为文最遒警。[⑧]
怀古萧条拟过秦，开樽感慨歌哀郢。[⑨]
难同年少登石渠，稍喜词人称画省。[⑩]
意气何如诗崛奇，世情颇厌官孤冷。[⑪]
白日燕市愁风尘，张灯清夜留故人。
我昔结发与子友，十年落魄安足陈。[⑫]
江湖扰扰箭满眼，荆棘月暗生飞磷。
昭王寝墓群兔走，千岁松柏摧为薪。[⑬]
狐裘贵人光道路，冲泥瘦马何嶙峋。[⑭]
尺书远至妻孥泣，投策欲去僮仆嗔。[⑮]
巢父钓竿不肯住，仿佛夏云开岛树。
灵药神山自渺茫，海鸥野老非难遇。[⑯]

绕陌垂杨黄鸟飞，骊歌踟蹰送子归。⑰
天涯双鬓愁摇落，海上浊醪无是非。⑱

【注释】

①宋玉叔：即宋琬，山东莱阳人。　②长安二月：宋琬回到莱阳是在夏季，此是写宋琬本年参加会试的情形。九门：指京城九门，即正阳门、崇文门、安定门、宣武门、德胜门、东直门、西直门、朝阳门、阜城门。　③莺花得时：指春季一到，莺啼花开。此比喻宋琬得时中进士。笳鼓：胡笳与鼓声，多指战争。作者此时诗中时常出现“笳鼓”“笳声”等，多暗喻清军入主京城。④重筑黄金台：指又开科举。　⑤此二句是说，宋琬才能得到皇帝赏识，身居陋巷而常有高官惠顾。　⑥神物：神奇之物。比喻宋琬才能终不会湮没。⑦此二句回忆乙酉年夏秋两人一起避兵吴村、蒋湾的情形。　⑧遒謦：刚健謦策。　⑨过秦：此指汉代贾谊的《过秦论》。左思《咏史》：“著论准过秦，作赋拟子虚”。哀郢：此指屈原《九章・哀郢》篇。前句写宋琬文章之才。后句写其诗歌抒发亡国之悲。　⑩石渠：即石渠阁，汉代宫中收藏图书之所。画省：尚书省。前句写宋琬未能早年及第。后句写其中进士入尚书省为官。宋琬中进士后任户部主事，故云。　⑪前句誉宋琬诗才。后句写其官位冷清。　⑫此四句写两人在京城夜饮。其中，白日句写清军统治下的京城气氛。　⑬此四句写时移世变，暗喻明亡清兴。昭王寝墓，此以燕昭王陵代指明陵。　⑭狐裘贵人：穿着狐皮大衣的豪贵。冲泥瘦马：指宋琬骑着瘦马冒雨离京返乡。　⑮前句写家书到来，诉说妻与子的思念，引起怀乡之情。后句写欲离京，仆人不高兴。此二句写其矛盾心情。　⑯巢父：传说中尧时的隐士。灵药：仙药，长生不老之药。神山：指海上传说中的蓬莱、方丈、瀛洲三座神山。海鸥：典出《列子・黄帝》。王维《积雨辋川庄作》：“野老与人争席罢，海鸥何事更相疑。”此二句写宋琬决意归去。　⑰骊歌：即离歌。踟蹰：此处有留连不舍之意。⑱此二句是说：分别后相距天涯，年华老去；但海畔美酒，超然事外，脱离是非之地。

【评析】

顺治四年（1647）夏季之际，中进士后的宋琬暂时告假归里，作者写诗送行。诗写宋琬终于才不可掩，考中进士。回忆两人当年越中避兵，感叹时移世变，改朝换代。而今宋琬回家，作者感觉是巢父回头，野老相招，离开了京中是非之地。宋之返乡是暂归，在作者看来却像是辞官归隐。其实，这是作者将自己居官厌倦之情投射到他人身上的结果，未必与宋琬心情相合。甚至诗中不断表达的归隐，作者自己也未能真正做到。宦情并未真正抛开，归隐始终成为一种向往。诗歌里往往执着地表达一种情感，但在现实中则常常事与愿违，这在古诗里并不少见。

寄慰高葱佩时淄川乱定二首①

吾友适无恙，秋风骨尚惊。空堂飞暗雨，磷火出孤城。②
远梦青枫改，相悲白发生。③微霜催北雁，书到泪纵横。④

【注释】

①寄慰：寄诗慰问。淄川乱定：顺治四年（1647）六月，高苑人谢迁率领农民起义军占领淄川，杀死孙之獬。当年十月，清军打败谢迁。时高珩在家，并参与了清军平定之战，战后作者寄诗问讯。 ②磷火：俗称鬼火。此指淄川城死亡甚多。 ③青枫改：杜甫《梦李白》："魂来枫林青，魂返关塞黑。"此处化用杜诗，写梦中相忆。 ④北雁：此时北雁南返，正好传书。

黄尘今未息，之子岂能闲。①避世蓬蒿下，全身豺虎间。②
雨余来白鸟，乱后有青山。近郭扬雄宅，何妨更闭关。③

【注释】

①黄尘：即战尘。之子：那个人，指高珩。 ②此二句是说，本来避世，却遭逢战争，幸好保全全身。豺虎，喻谢迁部队。 ③扬雄宅：汉代扬雄，其宅在成都。杜甫《夏日杨长宁宅送崔侍御常正字入京》："醉酒扬雄宅，升堂子贱琴。"此代指高珩住处。闭关：关门不与外人来往。

【评析】

淄川谢迁之起义，杀孙之獬，在当时是一件颇为轰动的大事。顾炎武曾有

《淄川行》一诗，赞之以大快人心。但赵进美态度截然不同，称之为“豺虎”“乱”。赵进美对遭逢战事的高珩甚为关心，劝高珩于战后“闭关”休养，不与外事。关于“淄川之乱”，此诗之前有《夏夜》一诗，中有“萧条隔五亩，烽火复纵横”之句，说明作者已听闻消息。此诗之后还有《烈妇吟为孙夫人作》一诗，为此次事变中孙之獬次子孙琰龄之妻遇难而作。

暇日二首

暇日心无适，清樽座屡空。①闭门寒自卧，不雨昼常风。
失路婴长戟，余生配短蓬。②文园消渴久，惆怅汉陵东。③

【注释】

①暇日：空闲之日。　②失路：谓出仕。婴长戟：遭逢战事。短蓬：蓬草，风吹即飘转，喻人不能安居。　③文园：司马相如曾任孝文园令，后世以“文园”称之。消渴：消渴症，即今糖尿病。汉陵：指汉武帝之茂陵。据《汉书·司马相如传》记载：“相如既病免，家居茂陵。”此二句以司马相如自比，言应因病免官。“汉陵”虽是用典，亦有怀念明朝之微义。

未觉青门远，偏惊白羽频。①如何漏茅屋，更见起风尘。②
夜暗穹庐道，时危药饵身。③小堂愁雨雪，几处酒杯新。④

【注释】

①青门：指隐居之地。《史记·萧相国世家》：“召平者，故秦东陵侯。秦破为布衣，贫，种瓜于长安城东，瓜美，故世俗谓之东陵瓜。”李白《古风》九：“青门种瓜人，旧日东陵侯。”白羽：白羽箭。代指战事。　②风尘：此处亦指战事。此二句有“屋漏偏遭连夜雨”之意。“漏茅屋”喻下联之“药饵身”。③穹庐：古代游牧民族居住的毡帐。药饵身：指多病之人。　④小堂：作者在京中的住处。

【评析】

作者感念时事，自悲失路，感觉多病之体不宜为官，只应隐居。此诗可注意处有二：一是对于当年时事的反映，“长戟”“白羽”都与战事有关，可能指家乡平定的谢迁之军，也或与清廷调兵西南有关。二是“汉陵”“穹庐”等语词中皆有寓意，隐微地表达了明清易代的时代感受。

冬日集梁眉居先生水堂①

五亩初开地一隅，遂令归兴满江湖。②
河流夜入冰霜静，山气寒侵睥睨孤。③
岁暮岸烟晴自出，堂阴城鹳晚相呼。④
邀留莫负登临意，此日金台是酒徒。⑤

【注释】

①梁眉居：即梁云构，字匠先，号眉居，河南兰考人。崇祯元年（1628）进士，官至佥都御史，南明弘光时任兵部侍郎。入清为户部左侍郎。　②五亩：语出《孟子》，即所谓“五亩之宅”。后指住宅。此二句是说，在梁氏家里聚会，遂产生了归隐江湖的想法。　③睥睨：即埤堄，城墙上的女墙。　④堂阴：水堂之北面。鹳：水鸟。堂阴句谓水堂北面是城中的池塘，池中有鹳。　⑤金台：黄金台。此二句是说，今夜只做酒徒，纵情饮酒，都不是黄金台上的贤人。

千门初月动笳声，秉烛虚堂夜气清。①
大漠风云乘塞入，危檐星斗落樽明。②
交情四海谁悬榻，天意中原未厌兵。③
亦有一丘堪自老，故园东去虎纵横。④

【注释】

①此二句是说，初冬冷清，秉烛夜饮，月下能听到胡笳声。　②乘塞：从边关而来。危檐：高檐。　③悬榻：用汉代豫章太守陈蕃悬榻以待徐孺子事，写梁云构真诚待友。天意句写中原尚未太平。　④一丘：一座小山。《汉书·叙传上》：“栖迟于一丘，则天下不易其乐。”黄庭坚《复庵》：“归来一丘中，万事不改旧。”虎纵横：当指谢迁之军。

【评析】

作者饮于友人之家，表达对时局的感受，也流露纵饮之沉溺与归隐之向往，感慨于家乡战事频发，中原尚未太平。

快雪行酬介黄[1]

高堂置酒张明灯，朔云惨澹雪复作。
古城老鹳啼向人，薄暮白狐行近郭。[2]
此时匹马冲黄泥，入门枯树声凄凄。[3]
酒浊如泾邀君醉，穷居傍市闻鸡鸣。[4]
何况昨冬无片雪，徒见北风怒号吹地裂。
今春忽雪当吾筵，漫烂不愁梅树折。[5]
半酣流霰沾人衣，嗷嗷鸿雁呼且飞。[6]
蛟龙幽壑出不得，吁嗟天意亦难测。[7]

【注释】

①介黄：即孙廷铨。　②老鹳、白狐：衬托雪夜之寥落。　③此二句是说，作者骑马冲雪踏泥回家。　④泾：泾水。渭水清，泾水浊。此处形容酒浑质劣。　⑤后二句是说：一边饮酒，一边看雪；此时梅花已开，雪压梅花，亦不足惜。　⑥半酣：饮酒至半醉。流霰：飞扬的雪粒。嗷嗷：鸿雁哀鸣状。⑦蛟龙幽壑：苏轼《前赤壁赋》："舞幽壑之潜蛟，泣孤舟之嫠妇。"

【评析】

全诗主旨在于写下雪之快意，将"高堂置酒"与"今春忽雪"对比来写。末句"蛟龙幽壑"或有寓意，但不好臆测。

灯夕行

春城乌宿笳无声，今夕何夕灯复明。[1]

青丝系酒白纻舞，高楼百尺弹银筝。[②]
火树沉沉分万户，六鳌如昼香如雨。[③]
云中绛月出西清，苑外华星流北渚。[④]
绣毂金鞍夹道看，珠帘歌绕落梅寒。[⑤]
都人旧识金钱会，汉帝空留太乙坛。[⑥]
塞马夜嘶天似水，可怜紫陌飞尘里。[⑦]
偃蹇青樽且尽欢，纷纭世事今如此。[⑧]
旌旗满眼仍未休，东风箫管生边愁。[⑨]
徒悬灯火照燕市，华阳之馆成荒丘。[⑩]
荆卿不与酒人游，安能贫贱长淹留。[⑪]

【注释】

①春城：春日的京城。今夕何夕：《诗经·唐风·绸缪》："今夕何夕，见此良人。" ②白纻舞：一种流行于东晋和南朝的南方民间歌舞，舞者穿薄如轻纱的白色长袖舞衣。 ③六鳌：传说中托载海上神山的六只大鳌。此处指花灯夜的装扮。香如雨：指向外喷洒香雾。 ④绛：红色。此处指月亮被灯火染红。西清：清澈之西方。苑：宫苑。 ⑤绣毂金鞍：装饰华美的车马。落梅：《梅花落》的曲调。《梅花落》为古乐府曲。 ⑥金钱会：杜甫《曲江对雨》："何时诏此金钱会，暂醉佳人锦瑟旁。"仇兆鳌注引《旧唐书》："开元元年九月，宴王公百僚于承天门，令左右于楼下撒金钱，许中书以上五品官及诸司三品以上官争拾之。"金钱会为君臣同乐之会。太乙坛：又名太一坛，汉武帝时置坛以祀太一神，祭祀日即在元宵节。可参见《史记·封禅书》。 ⑦塞马：北地边塞之马。紫陌：京城道路。暗喻清军南来，京城昏暗。 ⑧偃蹇：困顿貌。 ⑨此二句写战事仍未休。 ⑩华阳之馆：唐代宗之女华阳公主的住宅，后舍为道观，为华阳观。白居易《春题华阳观》："帝子吹箫逐凤皇，空留仙洞号华阳。落花何处堪惆怅？头白宫人埽影堂。" ⑪荆卿：刺客荆轲，《史记》记其在燕嗜酒，常游于酒人中。

【评析】

诗以"都人旧识金钱会"句分为前后两段。前段写京城元宵灯会，铺张其火树银花，热闹非凡。其后笔锋一转，突显改朝易代，进入一种历史的感喟。用典隐晦，用词隐约，如“太乙坛”“塞马”“紫陌”“华阳之馆”，都有一种沧桑巨变的内涵。诗末的“荆卿”“酒人”也是突兀之笔，写京城中市井里不乏奇人存在，说不准会发生什么事情。此一时期的诗歌中，作者似乎总在一种不安的心境中，怀着一种莫名的期待。

夏同葱佩大木子下游城南池亭[①]三首（选二）

薄日城云敛，清沙郭路平。荒亭深草气，高柳聚蝉声。
荷出香仍湿，鸥飞远自明。桔槔吾不厌，浊酒晚凉生。[②]

【注释】

①葱佩：即高珩。大木：即冯廷櫆，字大木，山东德州人。有《冯舍人遗诗》。时冯廷櫆尚未中进士。子下：即王樛，字子下，山东淄川人，王鳌永之子，恩荫任官至通政使司右通政。有《息轩草》。　②桔槔：一种汲水工具。据《庄子·天地》载：汉阴丈人抱瓮灌畦，有桔槔而不用，认为有机事者必有机心。

并马沙行稳，孤亭野望遥。繁阴低护槛，乱水曲通桥。
蒲岸虫鸣急，林烟日气销。不期幽兴惬，吾意本渔樵。[①]

【注释】

①渔樵：指隐居。

【评析】

组诗写城南游历，以写景为主，略述心情。意象鲜明，清空流宕。语言自然，而又见锤炼功力。几乎不用典故，直达白描化境。

周清熙席上听筝歌[①]

高林叶下沟水清，宫云欲尽归鸿鸣。
主人日暮邀我醉，燕姬罗袖弹秦筝。[②]

秦筝切切感客耳，银甲错落明灯里。[③]
已喜骄歌逐慢弦，更怜密意传繁指。[④]
庭树月出乌争啼，绕窗修竹风凄凄。
杯行在手琥珀湿，霜飞入户星辰低。[⑤]
与子旅食金门下，秋来黄菊徒堪把。[⑥]
入市难寻击筑人，解衣且就当垆者。[⑦]
扰扰四海多旌旗，鸣笳伐鼓声酸悲。[⑧]
秦筝一曲差快意，如渑之酒安可辞。[⑨]
杨雄执戟官亦拙，庄生曳尾归胡迟。[⑩]
社木橘柚各为适，万物自谓天所私。[⑪]
时清岂敢厌葵藿，狂歌何为眠茅茨。[⑫]
质钱沽酒听数曲，子也如此诚吾师。[⑬]

【注释】

①周清熙：作者友人，余不详。　②燕姬：燕地的美女。秦筝：秦地的筝。或曰筝为秦代蒙恬所造，故称“秦筝”。唐代柳中庸《听筝》：“抽弦促柱听秦筝，无限秦人悲怨声。”　③切切：形容筝声清脆细长。银甲：弹筝戴的指甲，为银质。　④骄歌：高歌。此二句谓慢弦与繁指相对，言弹筝之缓急。⑤琥珀：美酒。唐代张说《城南亭作》：“北堂珍重琥珀酒，庭前列肆茱萸席。”⑥旅食：客居、寄食。金门：即金马门，汉代官署，为学士待诏之处。徒堪把：有黄菊可以把握赏玩，但徒然有陶渊明隐居之志。此句实暗用陶诗“采菊东篱下”之典。　⑦击筑者：此指高渐离一类的人物。当垆者：酒徒。　⑧此二句是说，四海未宁，还有战事，战场上的笳鼓之声更加悲伤。　⑨渑：河名，在齐国国都临淄旁。《左传·昭公十二年》：“有酒如渑，有肉如陵。”杜甫《苏端薛复筵简薛华醉歌》：“如渑之酒常快意，亦如穷愁安在哉！”　⑩杨雄执戟：杨雄即汉代扬雄，曾为郎官，执戟守卫宫门。此指官职低微。曹植《与杨德祖书》：“昔扬子云，先朝执戟之臣耳，犹称壮夫不为也。”庄生曳尾：典见《庄子·秋水》篇：“庄子曰：‘往矣！吾将曳尾于涂中。’”此处指苟活于世上。⑪社木：作为社主的树。橘柚：普通的果木。天所私：天之所爱。　⑫葵藿：

杜甫《自京赴奉先县咏怀五百字》："葵藿倾太阳，物性固莫夺。"茅茨：茅草屋。⑬质钱：典当换钱。

【评析】

此诗借写听筝，表达乱世中的感受。有饮酒狂歌之放纵，有安时处顺之恬淡。极意排解，难掩悲愤，一种压抑中的骨气流露诗中。歌行体诗，纵横排宕，节奏朗畅，诗艺愈发成熟。

拔剑行赠王子[1]

王郎拔剑歌仍哀，返照射壁西风来。[2]
渔阳草白鸿雁急，碣石倒立浮云开。[3]
我昔三年识子面，十千沽酒百壶宴。
饮罢犹嫌月易沉，时来岂悟身常贱。[4]
齐门鼓瑟术亦疏，蒯缑零落食无鱼。[5]
五陵少年垂两绶，罗敷夫婿专城居。[6]
男儿富贵讵有种，寒夜牛衣虚自拥。[7]
负巷原无冠盖过，抱关时听传呼宠。[8]
汲黯上殿称积薪，杨雄识字工食贫。[9]
久宦自知减兄产，夜归每愁逢吏嗔。[10]
古人失意孰可比，岁暮偃蹇风尘里。
羸马难过卿相门，敝裘常被市儿指。[11]
盐车鸣骥声空悲，鹄飞摩天肯傍谁。[12]
大树岂乐匠石顾，鹓鸰反致鸱鸟疑。[13]
昭王台馆今安在，桑干夕雨东连海。
黄金兀突虽难遇，红颜夙昔未曾改。[14]
长白山色高映天，山半往遄闻流泉。[15]
丈夫一饱亦易致，何不归种南皋田。[16]

严霜昨夜下庭柳，绕篱采菊尚盈手。
万事悠悠复何有，与子相见姑饮酒。

【注释】

①王子：王姓友人，余不详。 ②返照：夕阳回射。 ③渔阳：地名，唐代以后渔阳在今天津蓟州区。碣石：山名，在今河北昌黎。 ④前句写饮酒欢宴。后句写时运不济。 ⑤齐门鼓瑟：典出韩愈《答陈商书》："齐王好竽，有求仕于齐者，操瑟而往，立王之门，三年不得入。……客骂之曰：'王好竽而子鼓瑟，瑟虽工，如王不好何？'是所谓工于瑟而不工于求齐也。"比喻己之所长不为君王赏识。蒯缑零落：《史记·孟尝君列传》："冯先生甚贫，犹有一剑耳，又蒯缑。"蒯缑，以草绳缠绕剑把。喻贫穷潦倒之状。食无鱼：亦用冯谖客孟尝君典。 ⑥五陵少年：又作"五陵年少"，指纨绔子弟。白居易《琵琶行》："五陵年少争缠头，一曲红绡不知数。"垂两绶：指做高官。绶，丝带，用来系印，佩于腰间。罗敷：汉乐府《陌上桑》中的采桑女子，夸言其婿"四十专城居"。专城居：做一城的太守。 ⑦讵：岂。此处化用《史记·陈涉世家》"王侯将相宁有种乎"之典。牛衣：《汉书·王章传》："初，章为诸生，学长安，独与妻居。章疾病，无被，卧牛衣中，与妻决，涕泣。"此处意指贫寒未遇时。 ⑧负巷：即负郭穷巷，家居简陋贫寒。冠盖：官吏的帽子与车盖。抱关：看守城门者，指地位低微。 ⑨汲黯：汉武帝时大臣，以好直谏著名。他曾对汉武帝说："陛下用群臣，如积薪耳，后来者居上。"盖抱怨自己久不升迁。杨雄句：即汉代扬雄，著有《方言》，为辞典类著作，故称其"识字"。又有《逐贫赋》，称长与贫居，故称"工食贫"。 ⑩久官句：见《汉书·张释之传》，张释之与仲兄同住，以资财买得"骑郎"小官，十年不能晋升，于是感叹："久宦减仲之产。"逢吏嗔：用《史记·李将军列传》典。李广贬为庶人后，"尝夜从一骑出，从人田间饮。还至霸陵亭，霸陵尉醉，呵止广。广骑曰：'故李将军。'尉曰：'今将军尚不得夜行，何乃故也！'" ⑪羸马：瘦马。敝裘：破皮袍。《战国策·苏秦始将连横》："黑貂之裘弊，黄金百斤尽。" ⑫盐车鸣骥：喻贤才屈沉于下位。典见《战国策·楚策》："夫骥之齿至矣，服盐车而上太行。……伯乐遭之，下车攀而哭之，解纻衣以幂之。骥于是俯而喷，仰而鸣，声达于天，若出金石声者，何也？彼见伯乐之知己也。"鹄飞摩天：喻人之一朝得志。 ⑬大

树：《庄子·逍遥游》："惠子谓庄子曰：'吾有大树，人谓之樗。其大本拥肿而不中绳墨，其小枝卷曲而不中规矩，立之涂，匠者不顾。'"此句言大树保身，并不愿让匠者看上。鹓鸰：瑞鸟，也是清洁之鸟。鸱鸟：猫头鹰，专食腐鼠之类不洁之物。典见《庄子·秋水》。李商隐《安定城楼》："不知腐鼠成滋味，猜意鹓雏竟未休。" ⑭昭王：燕昭王，曾筑黄金台以招揽贤人。桑干：即桑干河。黄金：即黄金台。兀突：高耸的样子。红颜：指青春。 ⑮长白山：在今山东邹平境内。唐代张说《古泉驿》："长白临河上，於陵入济东。"张说诗题自注："於陵仲子宅也。"长白山即为於陵仲子隐居地。遄：急速。 ⑯南皋田：南坡之田。

【评析】

全诗充满一种屈沉下位、失意无聊的悲愤情绪，表明这是一个贤人不被重用的时代，不如隐于长白山，归种南山田，最后归于饮酒浇愁。这可能反映了作者长期不被重用的真实感受。全诗情感强烈，激昂纵横，用典密丽，在作者的全部作品中别具一格。

春雨叹

蓟门三月杂花开，东风淅淅雨细来。①
黄鹂无语林昼暗，黑云不辨昭王台。②
忆昨春初气凛冽，雨寒著树如霜雪。
百卉努力虽争时，淫雨相寻势未绝。③
晦明岂识物情苦，微晴已觉天心悦。④
长空黯澹鸿飞愁，春城瑟瑟忽清秋。⑤
城桥积水静不测，波涛亦有蛟龙游。⑥
蟠雷殷殷直北起，电影蜿蜒射窗紫。⑦
野哭萧条画角悲，天低日暮雨声里。
故人邀我黄昏归，林花零落桑叶肥。
九衢路滑潦水乱，马却不进泥在衣。⑧

西山咫尺不可见，回风吹雨洒我面。
沾湿宁嫌酒力微，欹仄方知奔走贱。[9]
檐溜飒飒夜向明，饱经丧乱睡易惊。
寡妻群盗今如此，安得征鼙湿不鸣。[10]

【注释】

①蓟门：京城城门。　②昭王台：即黄金台。黑云不辨：此处形容贤人不被重用。　③淫雨：连绵不停的过量的雨。　④晦明：阴晴。物情：人情。此句言淫雨之中，短暂的晴天也是老天开眼眷顾。　⑤此二句是说，长空昏暗，连鸿雁飞翔都觉发愁；天气寒冷，仿佛是秋天。　⑥此二句写桥下积水之深。　⑦蟠雷：左思《蜀都赋》："潜龙蟠于沮泽，应鸣鼓而兴雨。"古人认为雷是盘伏的龙击鼓而成，故称蟠雷。殷殷：雷声。电影：闪电之影。蜿蜒：曲折貌。　⑧马却不进：马退缩不前。　⑨西山：即京城香山。欹仄：歪歪斜斜。指酒后雨中行走不稳状。　⑩寡妻群盗：杜甫《题桃树》："寡妻群盗非今日，天下车书已一家。"仇兆鳌注："丁壮丧亡，寡妻因群盗所致。"安得句：雨中征鼙不响。即杜甫《洗兵马》"安得壮士挽天河，净洗甲兵长不用"之意。

【评析】

春天淫雨成灾，人以为苦，作者写出切身感受，并寄寓了自己屈居下位和饱经丧乱的感慨。全篇描写形象，体会真切，几乎不用典故，诗末借用杜诗拓展了诗意。

柬宋辕文卧病[1]二首

高卧君何意，薜萝孤馆清。[2]归怜十亩在，秋惜二毛生。[3]
树静凉风入，天空鸷鸟鸣。[4]长吟知不寐，砧杵蓟门城。[5]

【注释】

①柬：以诗代信，询问宋辕文生病的情况。宋辕文：即宋征舆，字辕文，号直方，江南华亭（今上海松江区）人。明末举人，清顺治四年（1647）进士，授

刑部主事。 ②薜萝句：写宋征舆孤馆独居之清幽。 ③十亩：《诗经·魏风·十亩之间》："十亩之间兮，桑者闲闲兮。"后指家中田园。二毛：黑发中生出白发。 ④天空句：写出羡慕天高任鸟飞之意。 ⑤砧杵：捣衣石与捣衣棒，此指捣衣声。

穷居负短巷，颇近子云庐。[①]一榻凉初至，清樽病亦疏。[②]
暗虫中夜雨，归梦故园渔。[③]七发谁同赋，新文我不如。[④]

【注释】

①负：背靠。子云庐：汉代扬雄住宅。穷居为自指，子云庐指宋征舆宅。②清樽句言病中饮酒也少了。 ③归梦句：写两人隐逸志向。 ④七发：汉代枚乘所作大赋《七发》，赋中言为吴太子治病事。此二句称自己文采不及宋征舆。

【评析】

此诗突出时令感，既推崇宋征舆之文采，又表达隐逸志向，可以看出清初"贰臣"文人的一些想法。

古剑歌为张幼量作[①]

土中古剑何时得，长天漠漠风淅淅。[②]
出匣不记莲花装，映地虚疑秋水色。[③]
禹碑云断岣嵝暗，周鼎日射波涛失。[④]
苔卧千年草木斑，气感中宵雷雨黑。[⑤]
绝鸿断象非尔用，楚工越客徒相识。[⑥]
荆卿匕首不可见，苍水使者意萧瑟。[⑦]
谁令此物入吾眼，酒酣摩挲三叹息。
沉埋岂知欧冶造，乱离亦在张华侧。[⑧]
呜呼！张华博物才不疏，华阴赤土今有无？[⑨]

【注释】

①张幼量：即张万斛，字幼量，明末工部尚书张延登幼子，山东邹平人。嗜奇好古。其所得古剑，丁耀亢为之撰铭，宋琬有《张幼量古剑歌》等。　②此二句谓古剑得于不可知之时。　③前句写剑匣上有莲花装饰。后句写剑光如水闪亮。　④禹碑：即岣嵝碑，在南岳衡山，传说为大禹治水时所刻。岣嵝：《山海经》郭璞注："衡山……南岳也，俗谓之岣嵝山。"周鼎：周代传国九鼎。《史记·秦始皇本纪》："始皇还，过彭城，斋戒祷祠，欲出周鼎泗水，使千人没水求之，弗得。"此二句以"禹碑""周鼎"不可得反衬古剑之宝贵。　⑤此二句是说，古剑卧于草莽中千年，夜晚与雷电相感应。　⑥绝鸿断象：指剑之锋利能斩断鸿雁与大象。尔：对剑而言。楚工越客：楚越两地的工匠、过客等。此二句是说：古剑有大用，非徒锋利而已；楚工越客也徒然相识，未识其真正价值。　⑦荆卿匕首：荆轲刺秦王所用的匕首。苍水使者：典见《吴越春秋》，大禹登衡山梦见赤绣文衣男子，自称"苍水使者"。其应为水神。　⑧欧冶：即欧冶子，春秋时铸剑工匠，曾为越王勾践铸剑。《吕氏春秋·赞能》："得十良剑，不若得一欧冶。"张华：西晋著名文人。他曾派雷焕到丰城县挖出"龙泉""太阿"两把宝剑，两人各得一把自佩。此处以同姓古人代指张万斛。　⑨张华博物：张华以博学闻名，著有《博物志》一书。华阴赤土：《晋书·张华传》："（张）华以南昌土不如华阴赤土……因以华阴土一斤致（雷）焕。焕更以拭剑，倍益精明。"此二句是说，今日还有没有华阴红土能擦拭古剑，使其放出光明？

【评析】

张万斛古剑当时曾得多人吟咏，宋琬即有诗。此诗虚写古剑来历非凡，沉入水中千年，出示当有秋水锋芒，应用张华所称的"华阴赤土"加以擦拭。诗奇气纵横，隐隐有寓意寄托。

重九日病起寻葱佩孔博皆出游不值①

微阴散北渚，廓然天宇清。②闭门断履迹，高卧临前楹。③
绿树尚余荫，黄菊已敷荣。穷巷发清砧，玄雁嗷嗷鸣。④
独起收药裹，远望缓旅情。故人不相待，樽酒隔平生。⑤

虚斋对落叶，寒乌下夕城。边风动百草，日没孤云征。
岁晚诵无衣，屏居感柴荆。[6]终返南山巅，樵牧堪同行。[7]

【注释】

①葱佩：即高珩。孔博：即冯溥，字孔博，山东益都人，顺治三年（1646）进士，时任翰林院编修。不值：言两人皆出去游玩，因而没有遇到。　②北渚：《九歌·湘夫人》："帝子降兮北渚，目眇眇兮愁予。"此处泛指北面的水涯。③此二句写在家卧病的情形。前楹，前堂柱子。　④清砧：清冷的捣衣声。玄雁：黑色大雁。　⑤此四句写病起寻高、冯二人不遇的情形。旅情，客居之情。　⑥无衣：《诗经·豳风·七月》："无衣无褐，何以卒岁。"屏居：退隐。⑦南山：泛指隐居之地。陶渊明《饮酒》："采菊东篱下，悠然见南山。"樵牧：打柴放牧之人。

【评析】

重阳节病愈后，作者去寻高、冯，二人出外游玩，终不遇，遂作此篇。诗叙重阳节令，病后思友，写不值之空落，诗末表达向往隐逸之情怀。

王敬哉招饮谈旧醉歌[1]

返照依依入修竹，主人留客张明烛。
即如杯酒有聚散，讵知世事无反复。[2]
自从海内歌大东，倦眼长近旌旗红。[3]
干戈未循古今理，生聚岂识天地功。[4]
碣石杳杳来飞鸿，尘土不辨华阳宫。[5]
昆仑日埋八骏迹，谁者猿鹤或沙虫。[6]
君不见昨夜重阴欲雨雪，崇朝烈烈唯天风。
高城吹角马首黑，乌啼野旷传惊蓬。[7]
仲尼浮海嗟道穷，汉廷亦有商山翁。[8]
人生若尔难逆测，试看此烛四座同。[9]

呜呼！且看此烛四座同。

停樽不饮，徒惜庭树清霜空。⑩

【注释】

①王敬哉：即王崇简，字敬哉，一作敬斋，今北京丰台区人。崇祯十六年（1643）进士，入清授翰林院庶吉士，后仕至礼部尚书。招饮：招人饮酒。②讵知：岂知。　③大东：指东方极远之国。《诗经·小雅·大东》："小东大东，杼柚其空。"谓东方之地。《诗经·鲁颂·閟宫》："奄有龟蒙，遂荒大东。"郑玄注："大东，极东。"此处指山东。此二句谓亲见战争，颇感厌倦。　④此二句是说，战争不合古今至理，生聚才是天地之大功。　⑤碣石：碣石山，在今河北昌黎。华阳宫：有两说，一说谓秦国华阳公主的宫室，二说指济南道教宫殿，在华不注山之南，故名华阳，为金代全真教所建。此指后者。此二句指清军攻占济南，即为诗题所谓"谈旧"内容。　⑥昆仑句：周穆王乘八匹骏马，西游昆仑，登上瑶池，会见西王母。见《穆天子传》。李商隐《瑶池》："八骏日行三万里，穆王何事不重来？"此句暗用李诗，谓周穆王已死。猿鹤或沙虫：传说周穆王南征，一军尽化，君子为猿为鹤，小人为沙为虫。后比喻死于战场的将士。此处以周穆王隐指崇祯皇帝。　⑦崇朝：从天亮到早饭时，指一个早晨。⑧仲尼浮海：《论语·公冶长》："子曰：'道不行，乘桴浮于海，从我者，其由乎？'"商山翁：即汉代商山四皓，代指隐士。　⑨试看句：蜡烛易燃尽，以喻人生短暂与幻灭。　⑩此二句叹惜庭树在秋霜中落叶殆尽，亦有寓意。

【评析】

王崇简招集友人宴饮，席间谈及旧事，引发作者感慨，遂作此诗。此旧事为何？即从"自从海内歌大东"至"谁者猿鹤或沙虫"八句所写。前四句大概指清军攻山东，占济南；后四句以周穆王喻崇祯帝，指君亡国破。好友聚会，谈的仍是明朝灭亡之事，这在清初的士大夫中是常见的事情；但记叙也颇为忌讳，故用典故隐约写之。诗中感情压抑，抒情有吞咽之感。诗末仍归于"商山翁"式的归隐。"徒惜庭树清霜空"，也是叹惜在战乱中人才的凋落。

送孙介黄使会稽祭南镇禹陵广州祭海二首①

繁阴紫陌乱啼莺，惆怅骊歌发禁城。②

越峤烽烟连海色，禹陵松柏带江声。[3]
离觞碧汉千门月，客梦青枫万里程。[4]
已见壮游多意气，缄书偏系故人情。[5]

【注释】

①孙介黄：即孙廷铨。清顺治八年（1651）奉命赴绍兴祭大禹陵，又赴广州祭南海。孙廷铨此行有《南征记》一卷以记游。会稽：今浙江绍兴。大禹陵在绍兴。　②骊歌：即离歌。禁城：京城。　③此二句写祭大禹陵。越峤，越山。峤，陡而高的山。二句谓绍兴乃越国古都，其地理连海带江。　④离觞：离别的酒。碧汉：碧空。青枫：杜甫《梦李白》二："魂来枫林青，魂返关塞黑。落月满屋梁，犹疑照颜色。"前句写京城分别。后句写道途相思。　⑤缄书：封上书信。此句写孙廷铨在壮游中会给自己写信。

夏云东望赤城梁，秋色南通古越裳。[1]
重译几年归秘阁，长缨今日下明光。[2]
坛边钟鼓祠官颂，岭外山川使者装。[3]
不为登临频载酒，金门谁识岁星狂。[4]

【注释】

①赤城梁：即赤城山，在今浙江天台，山赤色似云霞。孙绰《天台山赋》："赤城霞起而建标。"越裳：南方古国名。此指广东。此二句是说，孙廷铨夏在浙江，秋在广东。　②重译：经过几次翻译。《尚书大传》："成王之时，越裳重译而来朝，曰道路悠远，山川阻深，恐使之不通，故重三译而朝也。"此句言广州归入清朝时间未久。长缨：用汉代终军典。《汉书·终军传》："军自请：'愿受长缨，必羁南越王而致之阙下。'"此以终军代指孙廷铨。明光：汉代宫殿名，代指京城。　③坛：祭坛。祠官：掌管祭祀之官。岭外：广州在五岭以外，故称。　④金门、岁星：用东方朔故事。《史记·滑稽列传》："（东方）朔行殿中，郎谓之曰：'人皆以先生为狂'。""金马门者……门旁有铜马，故谓之曰金马门。"又据刘向《列仙传》记载，传说东方朔为岁星下凡，侍奉武帝十八年。此

二句是说，若不是孙廷铨出使路上频频登临饮酒，人们还不知这位朝廷大臣有东方朔式的狂态。

【评析】

诗写送行之意，也对孙廷铨的出使感到高兴，认为离开京城，登临饮酒，方能真正表现出文人本色。

寄宋辕文①

长安大道多风尘，与子居巷同比邻。
朝回徒步过相访，床头数斗兰陵春。②
新诗出箧我得读，薄暮鸿吟天正绿。
读诗饮酒两无言，时见凉飔入修竹。③
简书十月下承明，襜帷晓发黄云生。④
丈夫意气本如此，谈经亦作万里行。⑤
燕郊芳草歇欲久，啼莺更变天津柳。
贱子金门常索居，美人南征应回首。⑥
如云冠盖自一时，世路反覆安可期。⑦
武夷秋色坐长啸，却忆悲歌高渐离。⑧

【注释】

①宋辕文：即宋征舆，时任福建提学道，作者寄诗问讯。　②兰陵春：美酒名。此四句写两人在京城交游。　③天正绿：意即蓝天。柳宗元《觉衰》："日照天正绿，杳杳归鸿吟。"凉飔：凉风。　④简书：政府文书。承明：宫殿名。襜帷：车子的帷帐，代指车辆。　⑤谈经：谈论儒家经义，即论学。宋征舆担任的是学官，故云。　⑥贱子：作者自指。美人：指宋征舆。金门：金马门。　⑦如云：形容人多。冠盖：官吏的帽子与车盖，借指官吏。杜甫《梦李白》："冠盖满京华，斯人独憔悴。"安可期：怎能预料。前句指京城相会。后句指宋征舆出任外职。　⑧武夷：即武夷山，在福建。悲歌：指两人在京城饮酒

话时事的情景。高渐离：荆轲友人，擅长击筑，有侠义。此二句是说，宋征舆在福建，会经常想起京中的生活和京中的友人。

【评析】

全诗分前后两段。前八句为第一段，回忆两人在京城的交往，饮酒谈诗，相交莫逆。“简书十月下承明”以下为第二段，写宋征舆出任福建提学使，两人分手，两地思念。“燕郊芳草”二句点出写诗季节，时为顺治九年（1652）春季。去年十月宋征舆外任就职。末二句关联福建、京城两地，首尾呼应，章法历历。

送宋荔裳司勋赴秦州佥宪[①]五首（选三）

宋子经术士，雕虫固其余。[②]侧闻清庙作，往往凌黄初。[③]
矫羽奋天逵，下辞蓬蒿居。[④]执戟虽不贱，流涕邹阳书。[⑤]

【注释】

①宋荔裳：即宋琬。顺治十年（1653），宋琬出任陇右道佥都御史，通称佥宪。　②经术士：懂经学的人士。古代认为经学高于文章，学者重于文人。雕虫：指文章。汉代扬雄《法言·吾子》：“或问：‘吾子少而好赋？’曰：‘然。童子雕虫篆刻。’俄而曰：‘壮夫不为也。’”　③清庙作：《礼记·乐记》：“清庙之瑟，朱弦而疏越，一倡而三叹，有遗音者矣。”此指大雅之作。凌黄初：超过黄初之时。黄初为三国时魏文帝年号，其时文学继承建安传统，成就较高。后称优秀文学作品为“黄初”。　④矫羽：振动翅膀。天逵：天路。蓬蒿：《庄子·逍遥游》：“斥鴳笑之曰：‘彼且奚适也？我腾跃而上，不过数仞而下，翱翔蓬蒿之间，此亦飞之至也。’”此二句以鲲鹏比喻宋琬，言其不与燕雀为伍。
⑤执戟：执戟郎，古代守卫宫门的官员。《史记·淮阴侯列传》：“臣事项王，官不过郎中，位不过执戟。”此指下级官员。宋琬中进士后，曾任户部主事、吏部稽勋司主事。邹阳：汉代文人，受诬下狱，作《狱中上吴王书》以自辩。顺治七年（1650）冬，宋琬受仆人诬陷下狱，至顺治九年（1652）正月方出狱，并将狱中所作诗编为《北寺草》。

春曦回晨照，芳树初敷妍。[①]彼美扬华风，当户鸣朱弦。[②]

绸缪奉恩私，嫣婉及盛年。[3]贞心矢金石，勿令中道迁。[4]

【注释】

①春曦：春阳。敷妍：春花盛开。此二句是说，宋琬春天出狱，平反昭雪，如春阳初照。 ②彼美：《诗经·邶风·简兮》："彼美人兮，西方之人兮。"此指宋琬。华风：优美的风尚。此指文采。朱弦：指美妙的音乐。 ③绸缪：情意殷切。李陵《与苏武诗》二："独有盈觞酒，与子结绸缪。"恩私：恩惠、恩爱。杜甫《北征》："顾惭恩私被，诏许归蓬荜。"此句意谓感激皇上赦免出狱的恩情。嫣婉：美好貌。盛年：青壮年。此句写此时正值盛年，当奉献其美好。 ④此二句鼓励宋琬忠诚如一，忠贞之心如金石之坚，不要半道变迁。

予也共乡域，结发翰墨场。[1]莺鸣求其俦，联袂君子堂。[2]
渌水发徽音，琅琅安可忘。[3]相思望陇雁，庶贻瑶华章。[4]

【注释】

①共乡域：指两人是同乡。结发：甫成年。翰墨场：文苑。 ②莺鸣：《诗经·小雅·伐木》："嘤其鸣矣，求其友声。""莺鸣"即"嘤鸣"。求其俦：求其友声。联袂：即一起、并肩。袂，衣袖。君子堂：指宋琬住处。 ③渌水：清澈的河水。徽音：美好的音乐。琅琅：象声词，清脆悦耳之声音。此二句写出相互诗歌唱酬之情形。 ④陇：甘肃的古称。宋琬任职处在甘肃天水。庶：多义。贻：赠送。瑶华章：比喻诗文的珍美。岑参《敬酬杜华淇上见赠兼呈熊曜》："赖蒙瑶华赠，讽咏慰怀抱。"

【评析】

此组诗为送别诗，写出作者与宋琬的友谊，对其文采表示称颂，对其遭遇表示同情，劝其昭雪后保持忠贞之心。特别是对两人的诗歌来往极为珍重，将其视为文字知己，盼其多寄诗章，以慰离情。诗为古体，颇为朴实真挚。

西征草

顺治八年（1651）秋，作者颁诏山西，将这期间创作的诗歌编为《西征草》一卷，其“小序”称：“自燕而南，西历晋之州郡，为里者四千有奇。背秋逾冬，凡得诗六十首。”诗多为纪行程，多模山范水之作，现实内容并不深厚，思想情感也并不深刻。选注 13 首。

舟行

曲岸孤村转，平沙百里长。方舟随断雁，远树下微阳。[①]
野鹭闲窥客，汀花静被霜。[②]榜歌有新曲，清切兴难忘。[③]

【注释】

①方舟：两船相并。断雁：失群之雁，孤雁。　②汀花：即岸边之花。汀，水边平地。　③榜歌：船夫所唱之歌。清切：清朗真切。

【评析】

此诗为初出京之作。全诗情绪欣快，语调轻快，点染秋景，情兴有余。

舟雪

昼雪寒侵暮，溪流浅受冰。[①]回风惊渚雁，缺岸隐舟灯。[②]
旅食轻行役，天涯重友朋。长吟对摇落，浊酒意难胜。[③]

【注释】

①此二句写初雪情景颇细微。　②缺岸：此指堤岸不连接处，往往于此分水。唐代杜审言《和韦承庆过义阳公主山池》："径转危峰逼，桥回缺岸妨。"③摇落：宋玉《九辩》："悲哉秋之为气也，萧瑟兮草木摇落而变衰。"意难胜：意难尽。

【评析】

诗借秋末冬初之雪景，写出行役之清冷，表达离开友朋之孤独情感。

德州送宪翁师使秦[①]二首（选一）

维舟回夕流，严车履晨霜。[②]揽衣临往路，初日照河梁。[③]
浮云相背驰，倏忽天一方。[④]黄鹄虽健翮，北风乱其行。[⑤]

寒树低古垒，四野烟茫茫。夙昔客京华，翘首望故乡。
故乡今已迩，征途复何长。[6]失足事奔走，黾勉情内伤。[7]
既为外物牵，中怀安可将。[8]夫子清庙作，薜荔思不忘。[9]
归欤有嘉叹，愿言申此章。[10]

【注释】

①宪翁师：作者座师刘正宗，号宪石，故称。此时刘正宗出使陕西，作者出使山西，两人在山东德州相遇，有此二诗相赠。　②维舟：系船停泊。严车：整备车辆。作者舟行，刘正宗乘车。此二句为分指。　③揽衣：提起衣裳。河梁：桥梁。李陵《与苏武诗》："携手上河梁，游子欲何之。"此二句写分手情景。④此二句以浮云作比，写两人天各一方。苏武《与李陵诗》："俯观江汉流，仰视浮云翔。"　⑤黄鹄句：苏武《与李陵诗》："黄鹄一远别，千里顾徘徊。"健翮：翅膀矫健。此二句写刘正宗。　⑥此二句是说，德州与作者家乡颜神镇（今山东淄博博山区）相距不远，刘正宗为山东安丘人，两人都因公务不能回家。⑦失足：以出仕为失足，或暗含有"失节"之意。黾勉：努力、勉力。　⑧外物：与"中怀"相对而言，指官场诸事。中怀：内心、本心。将：安放、把握。⑨清庙作：即大雅之作。《诗经·周颂·清庙》为周室祭祀之歌。《礼记·乐记》："清庙之瑟，朱弦而疏越。一倡而三叹，有遗音者矣。"薜荔思：指隐居之情。⑩归欤：即归乡隐居之情。王粲《登楼赋》："昔尼父之在陈兮，有归欤之叹音。"陶渊明《归去来兮辞》："及少日，眷然有归欤之情。"愿言：情意深切貌。《诗经·卫风·伯兮》："愿言思伯，甘心首疾。"

【评析】

此为对师赋诗，颇具真心与深情。诗中写出两人为公务所牵，不得归乡之感伤，表达仕途厌倦、向往隐居之情怀。值得注意的是，此诗多用"苏李诗"语典，除表达分手之意外，似另有微意存焉。"失足"一词亦可注意。全诗似乎隐微表达了对入清后再仕的愧悔之情。

自获鹿至太原道中作[1]十首（选五）

鸣角辞石邑，驱车历山椒。[2]宿雾灭遥巘，四野无荣条。[3]

回风卷哀壑，微阳生东郊。[4]万岫乘一云，出没如来潮。[5]
气寒群动肃，征鸿独飘飖。客行犯严霜，悠悠双旆招。[6]
荒榛翳村径，仿佛闻远樵。[7]云木势参错，鸡犬冬寂寥。
长道陟幽境，愈叹居者骄。[8]

【注释】

①获鹿：今河北石家庄鹿泉区。　②石邑：古县名，在获鹿东南。山椒：山顶。　③遥巘：远山。此句指雾隐远山。荣条：茂盛的枝条。　④回风：旋风。此句写风吹沟壑发出悲响。微阳句写早行。　⑤此二句是说，众多山峰，随着云彩的流动，时出时没，如潮水一般。　⑥双旆：双旗。　⑦荒榛句：荒草掩盖了村中小路。　⑧陟：登高、上升。居者骄：相对于行者苦而言。骄，夸耀、骄矜。

仆夫戒前路，山谷何郁盘。[1]危栈引车辙，登降各异观。[2]
初日阻层岫，微照及林端。[3]桥回马首接，鸟度天风寒。[4]
驰驱嗟物役，况值芳岁阑。[5]高树停密霰，伏冰激鸣湍。[6]
生平丘中怀，灵境启遥攀。[7]陟险岂不劳，僻性庶所安。[8]

【注释】

①戒：告诫。郁盘：曲折幽深。　②危栈：高高的栈道。登降句言升降之间呈现出不同的景观。　③初日句言初日阻于层层山峰。　④桥回句：转过桥马首即与山峰相接。　⑤芳岁阑：指年末。　⑥密霰：密集的雪粒。⑦生平句：自己平生喜爱山水。灵境：优美的山水之境。　⑧僻性：怪僻之性，此指喜爱山水之本性。此二句是说，自己旅途虽劳累，见山水之美却心生欢喜。

长风吹我衣，策马乱陉水。[1]澄波泛弱荇，白云照幽沚。[2]
岸日晴有晖，冬暖鸣鸟喜。川末明早霞，平沙错如绮。[3]
林疏烟树澹，天青洲鹭起。人影惊游鳞，霜净石齿齿。[4]

垂纶未敢希，尘缨庶可洗。[⑤]

【注释】

①陉水：即井陉水，又名鹿泉水。在获鹿东北。　②弱荇：浮在水上的细弱荇菜。幽沚：清幽的小型水中陆地。沚，小渚。　③川末句写河流尽处朝霞明丽。平沙句写河岸平沙交错如绮。绮，有花纹图案的丝织品。谢朓《晚登三山还望京邑》："余霞散成绮，澄江静如练。"此二句从此化出。　④游鳞：游鱼。齿齿：石头排列整齐状。韩愈《柳州罗池庙碑》："桂树团团兮白石齿齿。"⑤垂纶：垂钓。即隐居。希：求也。尘缨：《楚辞·渔父》："沧浪之水清兮，可以濯吾缨；沧浪之水浊兮，可以濯吾足。"此句意为可以洗涤尘世情怀。

烈飙泛遥岑，返照栖幽谷。[①]冻云既垂野，惊沙复惨目。
枯蓬乃高飞，翔鸟转深伏。但闻阴条鸣，愈觉霜树秃。[②]
隔溪辨烟火，天寒少樵牧。穿崖出明牖，连冈成比屋。[③]
先秋收橡栗，山田亦早熟。[④]缅彼陶唐风，嘉此淳朴俗。[⑤]
胡为行役子，侵星未遑宿。[⑥]暖喜堤蔽映，暗忧径回复。[⑦]
群动夜有归，我马嘶踯躅。[⑧]揽辔发长谣，聊用慰羁束。[⑨]

【注释】

①烈飙：烈风。遥岑：远山。　②阴条：冬日仍青之树木。张协《七命》："阳叶春青，阴条秋绿。"吕向《文选》注："阴条谓竹松柏桂之流。"　③后二句写在山崖开凿的窑洞情形。明牖，明亮的窗户。　④橡栗：栎木的果实，能吃。杜甫《北征》："山果多琐细，罗生杂橡栗。"　⑤缅：怀想。陶唐风：帝尧时期的风习。嘉：赞赏。　⑥侵星句：夜已晚，未来得及住宿。　⑦堤蔽映：堤岸被树木遮蔽。径回复：道路回转曲折。　⑧群动句：夜晚各种声响俱已消歇。王维《春夜竹亭赠钱少府归蓝田》："夜静群动息，时闻隔林犬。"⑨揽辔：拉着马缰。发长谣：指吟诗。羁束：旅途劳累困顿。杜甫《客堂》："客堂叙节改，具物对羁束。"仇兆鳌注："羁束，旅困也。"

靡盖逾前坂，登丘望晋宫。[1]层城带远树，睥睨一何雄。[2]
崇台概霄汉，朱垣缭长虹。[3]飞甍临万井，驰道自相通。[4]
周室昔全盛，缨组被群工。[5]天子顾四方，元侯受剪桐。[6]
汾川纳众流，涧谷亦有宗。[7]高门竞钟鼓，甲第罗西东。[8]
浮云变盛衰，暧暧白日终。[9]兰堂落蛛网，紫殿生霜风。[10]
岂无笙竽场，遂觉繁华空。[11]时运若循环，叹息今古同。

【注释】

①靡盖：无篷之车。坂：山坡。晋宫：此诗写于到达太原时，太原有西周或春秋时之晋宫。明代朱元璋第三子朱㭎封于太原为晋王，其宫殿亦称晋宫。此处或指此，而借题发挥之。　②睥睨：即“埤堄”，城上的女墙。　③崇台：高台。概：平。朱垣：红色的城墙。缭：围绕。　④飞甍：建筑的飞檐。万井：千家万户。驰道：能通车的道路。　⑤周室：周王朝。缨组：指官宦。群工：指百姓。此句指官员众多。　⑥剪桐：即“桐叶封弟”。《史记·晋世家》记载：“成王与叔虞戏，削桐叶为珪以与叔虞，曰：‘以此封若。’”　⑦汾川：汾河。涧谷句指山涧之水各有来历与归宿，此处喻指晋王乃宗室，支派清晰。⑧钟鼓：即钟鸣鼎食。甲第：家门宅第。　⑨暧暧：昏暗貌。陶渊明《归园田居》：“暧暧远人村，依依墟里烟。”白日：暗喻明朝。此二句言盛衰变化，明朝已亡。　⑩兰堂：对厅堂的美称。南唐冯延巳《应天长》：“当时心事偷相许，宴罢兰堂肠断处。”紫殿：宫殿的美称。杜甫《赠蜀僧闾丘师兄》：“当时上紫殿，不独卿相尊。”　⑪笙竽场：众乐喧阗的热闹场所。其照应“高门竞钟鼓”之句。

【评析】

此组诗十首，除第十首外，都是山水诗，写一路所见，突出冬日山水景象，寄寓旅途劳顿。组诗写景明丽，有时颇具匠心，如其一之“万岫乘一云，出没如来潮”，其三之“高树停密霰，伏冰激鸣湍”，其四之“澄波泛弱荇，白云照幽沚”和“川末明早霞，平沙错如绮”等。这些诗明显受到汉魏古诗的影响，特别是继承了“二谢”之笔法。第十首为怀古，借咏晋宫慨叹盛衰变化，繁华成空。联系明亡清兴的历史大变迁，作者的这种感慨是极富现实感的。

太原作

漠漠寒沙映戍楼，乱余烽火未全收。[①]
天清句注连云起，木落汾河抱郭流。[②]
白草昼明吹角晚，黄榆风冷射雕秋。[③]
亦知万里轻行役，岁暮旌旗发旅愁。[④]

【注释】

①戍楼：用于防守、瞭望的岗楼。乱余句写太原乱后未靖。 ②句注：山名，在今山西忻州代县以北，为古代九塞之一。汾河：山西最大河流。 ③白草：冬日枯干之草。黄榆：树名。张籍《凉州词》："凤林关里水东流，白草黄榆六十秋。"射雕：狩猎。 ④轻行役：不以行役为苦。

【评析】

此诗写在太原感受到的氛围。时值冬日，北风送寒，阴冷凄清，烽火未靖，仍有军情，一路所见，颇增愁怀。颔联境界开阔，音节响亮，讲究格调，最典型地体现出作者所受"明七子"之影响。杨钟羲称此诗为"不废模拟，自有性情"，评论最为精到。

义堂镇[①]

寒日平林带远冈，午风初定冶烟长。[②]
清沙十里桥西路，游子依稀记故乡。

【注释】

①义堂镇：又名义棠镇，在今山西介休。 ②冶烟：煤炭燃烧形成的烟雾。

【评析】

"冶烟"二字为全诗之"眼"，义堂镇产煤，居民冬季家中燃煤，故"冶烟"

升起。作者家乡颜神镇亦是煤炭产地，居民家亦烧煤，故引起作者思乡之慨。

平阳偶作[1]六首（选二）

风俗犹传绵上田，空林落日起新烟。[2]
如何返国多奇策，不及舟中数语传。[3]

【注释】

①平阳：明清时期的平阳府，以今山西临汾为中心。　②绵上田：《左传·僖公二十四年》记载，介子推死后，晋文公曾封绵上田，且云：“以志吾过，且旌善人。”绵上，今山西介休介山下。另，因介子推被焚而死，后世遂流传为寒食节习俗。　③返国多奇策：晋文公重耳流亡在外十八年，多赖狐偃、赵衰、魏武子、介子推等出谋划策，终于返国为君。舟中数语：重耳归国，至于河上，与狐偃等盟誓：“所不与舅氏（狐偃）同心者，有如白水。”所谓“舟中数语”即指此。

后庭白纻动微风，向晚兰灯照座红。[1]
濮上一声堪下泪，诸侯置酒虒祁宫。[2]

【注释】

①后庭白纻：“后庭”“白纻”均为乐舞名称。兰灯：精美的灯具。　②濮上：淫靡之曲、亡国之音。典见《朝非子·十过》：卫灵公到晋国，宿于濮水之上，闻听琴曲，令乐师师旷模写记曲。后晋平公强迫师旷演奏此曲，师旷解释是师延为商纣王所作靡靡之音，为亡国之曲，听者不祥。“及武王伐纣，师延东走，至于濮水而自投，故闻此声者必于濮水之上。”虒祁宫：晋宫殿名，为晋平公所筑。《左传·昭公八年》：“于是晋侯方筑虒祁之宫。”“叔向曰……是宫也成，诸侯必叛。”

【评析】

组诗六首，多借晋国古事以寄慨。其二写晋文公返国事，慨叹功臣不受赏，只剩河上誓言流传于后，不足为凭。其四写晋平公沉迷新声乐舞，修筑宫殿，引发诸侯叛乱。组诗以绝句隐括史事，表达感慨，意在言外，极为概括，也极含蓄。

至邯郸

赵宫寂寞临漳水，大陆阴生落日圆。①
十里清沙山势尽，孤城寒树驿楼悬。②
春灯旧识丛台路，旅鬓空思竹马年。③
漂泊一经常自愧，敢劳父老拜车前。④

【注释】

①赵宫：邯郸为赵国故都，濒临漳河，有赵宫故址存焉。大陆：广袤平原。 ②驿楼：驿站楼台。作者至邯郸而宿，故点“驿楼”。 ③丛台：邯郸城内赵国所筑高台，数台相连，故名，至今尚存。竹马年：指童年岁月。李白《长干行》：“郎骑竹马来，绕床弄青梅。”作者之父赵振业天启五年（1625）中进士后，出任邯郸县令，作者于天启六年（1626）七岁时随父在邯郸生活，故云“旧识”“竹马年”。 ④此二句是说，当地父老听说老县令之子经过邯郸，在车前拜迎，而自己经历一番漂泊，面对父老之情，常常自感惭愧。

【评析】

此诗为出使山西，完成公务返京时经过邯郸所写。作者父亲赵振业曾任邯郸县令七年，惠政颇多，当地百姓为之建生祠加以纪念。此番经过，当地百姓又拜迎车前，极为热情，作者颇为感动。颈联在忆旧之中写出对邯郸的感情，而“自愧”之情中其实也包含着易代沧桑之感。此诗后有《邯郸过家大人生祠赠诸茂才是日上元》，写于顺治九年（1652）元宵节，其中颈联“隔代客惊今夕会，旧游地比故乡亲”，也是写易代之后旧地重游的感喟。

楚役草

顺治十一年（1654）秋，赵进美任湖广乡试主考官，出使湖北，自京城经河南到达武昌。乡试结束后，又顺江而下，经南京、扬州而回到家乡度岁。此行为期165天，作诗101首。赵进美此行所经地区，一是多经过明末战乱，破坏严重，目击现状，感慨颇多；二是顺江东下，正是甲申年明朝灭亡时他经行的路线，旧地重游，触发感怀。故此期诗歌意蕴深厚，风格沉郁，远胜于《西征草》一集。选诗并注28首。

出都

郭外炎天静，浮云映客鞍。乱蝉鸣灌木，急雨下桑干。[①]

晚照沙边湿，青山马首宽。[②]解衣问前馆，今夜梦长安。[③]

【注释】

①桑干：桑干河。　②青山：骑马前行，前方是开阔的青山。　③馆：驿站。长安：代指北京。

【评析】

这是季夏出都之作。诗写夏日雨后之景，尾联说“梦长安”，写对京城的留恋，实际上字里行间表达了离京的轻快心情。

宿定州忆予庚辰春过此今十五年矣[①]

凉思生城柝，明河雨后新。[②]官亭秋柳暗，客幌夜虫亲。[③]

渐远他乡梦，重来异代身。[④]中宵数歧路，回首忆垂纶。[⑤]

【注释】

①定州：今河北定州，为古中山国故都。庚辰：明崇祯十三年（1640），作者从湖北安陆赴京参加会试，路过定州，距本年整十五年。　②城柝：城上的打更声。　③客幌：驿站之帷帐。　④他乡梦：客居之梦，实则为思念故乡之梦。骆宾王《宿山庄》：“独此他乡梦，空山明月秋。”异代身：身属两个朝代。⑤歧路：岔路，喻难以选择方向之处。垂纶：垂钓，指隐居。

【评析】

相隔十五年后，作者重到定州，却已是两个朝代。自己本是明朝进士，又身仕清廷，经过了进退两难的选择。现在回想，是非难论，自己仍在不由自主的仕途之路上，往日的隐居之念只能付诸记忆了。

真定[1]二首（选一）

绕城山色太行多，立马凉风入薜萝。[2]
沙外小舟闻欸乃，一篙秋水渡滹沱。[3]

【注释】

①真定：今河北正定。　②太行：即太行山。真定城在太行山区域。③欸乃：行船摇桨的声音。柳宗元《渔翁》：“欸乃一声山水绿。”滹沱：河名，流经真定。

【评析】

诗以写景为主，情余言外，富有神韵，作者之所以为王士禛“神韵说”之先导者，从此类诗可以体会。

邺下有感二首[1]

孤舟晚犯滩声转，烟外沙平带野晖。[2]
隔岸余霞漳树远，绕城啼鸟邺钟微。[3]
空台月暗疏萤起，废井花明故苑非。[4]
长路悲笳何日息，闭门还听夜乌飞。[5]

【注释】

①邺下：即邺城，今河北临漳，汉末曹操驻地，为汉末政治、文化中心。②犯：船逆水而上。此指作者舟行漳河上。　③此二句是说：傍晚时分，余霞满天，漳河堤岸的树木渐行渐远；邺城四周，群鸟争飞，似闻啼鸣，远处传来城中的微微钟声。　④空台：指曹操在邺城修建的铜雀台。故苑：当年曹操营建的苑囿。此二句写宫苑故址荒废。　⑤悲笳：军队的号角声。表明此地仍有军队活动。夜乌飞：曹操《短歌行》：“月明星稀，乌鹊南飞。绕树三匝，何枝可依。”此处暗用诗意。

赤桥风急野烟收，寝殿人稀繐帐愁。①
花外铜鐎清入夜，露中罗绮静知秋。②
莓苔雾暗芙蓉水，鸟雀天寒玳瑁楼。③
白发欲生思秉烛，萧条海内少应刘。④

【注释】

①赤桥：邺城内桥名，邻近铜雀台。繐帐：麻布做的灵帐。此二句是说，曹操死后，邺城风流已散。　②铜鐎：即铜刁斗，军中白天用来做饭，夜晚用来巡逻打更。罗绮：华丽的丝织衣裳。喻指繁华。此二句是说，现在入夜还能听到当年的刁斗声，还能在秋露中感受到当年的繁华。　③芙蓉水：荷花池。柳宗元《登柳州城楼寄漳汀封连四州》："惊风乱飐芙蓉水，密雨斜侵薜荔墙。"玳瑁楼：邺城宫内楼名，见《邺中记》。此二句写邺城宫苑今日之荒寒。　④秉烛：秉烛夜游，指珍惜光阴，追求享乐。《古诗十九首》："昼短苦夜长，何不秉烛游。"应刘：邺下文人应玚与刘桢。曹丕《与吴质书》："昔年疾疫，亲故多离其灾，徐陈应刘，一时俱逝，痛何言邪？"

【评析】

作者经过邺城，有感于沧桑巨变、陵谷变迁而作，在怀古之中寄寓了很深的现实感慨。邺城当年是繁华中心，文人聚集；现在则满目荒寒，热闹不再。自古以来，世事无常，风流总被雨打风吹去。这种写法很像中唐刘禹锡的怀古诗歌，只是像"悲笳""萧条海内"等词句，写出作者的时代感受，表达现实的悲感，不比刘禹锡之达观与超然。

淇门道中①

匹马凉冲雨，疏林远映沙。平田低晚蝶，幽径带秋花。
草色通鱼桁，溪痕上酒家。②飘零愧野叟，欸欸话桑麻。③

【注释】

①淇门：地名，在今河南鹤壁浚县城南三十里，为卫河与淇河交汇处。

②鱼桁：捕鱼用的围栏。　③此二句是说，自己与野叟闲话农事，深感自己行役飘零，惭愧不如农人安逸。欸欸，叹息貌。

【评析】

此诗之颔联、颈联写田园风光，写景明丽，情感明快，节奏流畅。如此风格，在作者诗中并不多见。

宿荥泽二首①

隔河芦管露中闻，广武城高夜出云。②
万树秋风吹板屋，挑灯独诵战场文。③

【注释】

①荥泽：古县名，在今河南郑州西北。　②隔河：荥泽位于黄河以南，时作者渡河不久。河，黄河。芦管：又称芦笳。李益《春夜受降城闻笛》："不知何处吹芦管，一夜征人尽望乡。"广武城：在山西山阴，为明代防御重镇。此句写芦管声引发想象北方重镇广武城的景象。　③战场文：唐代李华的《吊古战场文》。李华文除吊祭战场亡灵外，多突出防御"四夷"以及与胡人之战。文中如"北风振漠，胡兵伺便""当此苦寒，天假强胡，凭陵杀气，以相剪屠""降矣哉，终身夷狄；战矣哉，暴骨沙砾"等，作者诵此，亦有微意。

绕岸疏林萤火生，旅灯无焰暗蛩鸣。①
沙头北客秋停棹，枕上南箕夜挂城。②

【注释】

①蛩：促织。　②北客：北来之客。南箕：星名，夏秋之时见于南方，故名。《诗经·小雅·巷伯》："哆兮侈兮，成是南箕。彼谮人者，谁适与谋？"后多以为此星主口舌，喻谗佞。此诗纯为写夜景，似无寓意。

【评析】

第二首诗纯为写景。第一首则感慨颇深，借用李华的《吊古战场文》，与明末残酷的战争情景联系起来，写出对战争亡魂的凭吊；而李华原文中的“胡夷”之论，则寄寓了作者不敢明言的异代之感。

新郑憩故相高少师废园[①]二首（选一）

断圃秋城下，莓苔客至稀。[②]野风销竹粉，檐雨暗墙衣。[③]
鸟影侵阶乱，蛩声出砌微。平泉遗树在，寂寞度斜晖。[④]

【注释】

①新郑：地名，今属河南郑州。故相高少师：指明代高拱，字肃卿，河南新郑人，曾封为少师兼太子太师，隆庆年间为首辅。 ②断圃：园圃荒废。 ③销：吹尽。竹粉：附着在竹节旁的白色粉末。墙衣：墙上的苔藓。 ④平泉：唐代宰相李德裕的别墅名，在河南洛阳龙门西南五公里的平泉。此处代指高拱家园林。遗树：既是写实，也是用典。暗用“甘棠”之典，赞颂高拱留声于后。《诗经·召南·甘棠》写召公曾在甘棠树下休息，此树因之受到后人爱惜。

【评析】

诗句多寓实于虚，写高拱故园之“废”之荒，表达世事变易之沧桑感受，有“物是人非事事休”之慨。尾联“遗树”用典，有缅怀、称道之意，但不是重点。

蔡州行[①]

城头埤堄隐半规，斜日欲下悬瓠池。[②]
欹枕忽闻蔡州角，过眼如闪元和旗。[③]
忆昔文城夜出甲，监军涕泣大校疑。[④]
雪片若掌湿弓剑，传呼问是洄曲儿。[⑤]
功成櫜鞬拜道左，绯衣建节导两麾。[⑥]
迎门妇子笑相语，巷犬不吠鸡在埘。[⑦]
天中之山地非远，孽牙百岁生貙罴。
亦知赐牛尽赤子，谁令跃马骄王师。[⑧]

古来治民若琴瑟，弦声缓促唯所施。
哀乐须臾视覆掌，治世岂必皆轩羲。[9]
至今古城乱后在，鹑衣谁子歌百罗。
浮云黯郭狐昼啸，颓垣漏屋侵蒿藜。
逆旅客过起哀柝，旧畦人归见旅葵。[10]
勋名世往终寂寞，文章大笔空留垂。[11]
君不见荒草已没丞相庙，后人重刻从事碑。[12]

【注释】

①蔡州：地名。今河南汝南。　②埤堄：城上女墙。半规：指落日隐于山峰，只剩下半圆形状。悬瓠池：城边池名，又名鹅鹜池、鹅鸭池，在蔡州。《新唐书·李愬传》记载：元和十二年（817），李愬袭蔡州，“夜半至悬瓠城，雪甚，城旁皆鹅鹜池，愬令击之，以乱军声”。　③角：即军中号角。元和：唐宪宗年号。元和十二年（817），李愬雪夜入蔡州，俘虏吴元济，平定淮西之叛。④文城：即文城栅。在今河南遂平西南四十里文城乡。《资治通鉴》载：唐代元和十一年（816），“吴秀琳以文城栅降于李愬”。李愬从此发兵，后雪夜袭蔡州。监军句：又据《资治通鉴》记载，李愬发兵后，保密甚严，出发后，“诸将请所之，愬曰：‘入蔡州取吴元济。’诸将皆失色。监军哭曰：‘果落李祐奸计！’时大风雪，旌旗裂，人马冻死者相望”。　⑤洄曲儿：即洄曲军。洄曲，地名，在河南漯河沙河与澧河会合处。此处原为吴元济据地，后洄曲军投降唐朝，成为平叛主力。　⑥櫜鞬：盛放弓箭的口袋。绯衣：表示品级的红色官服。建节：手执符节，宣示朝命。两麾：两边旗帜。此二句写平叛后李愬迎接丞相裴度。《新唐书·李愬传》：“乃屯兵鞠场以俟裴度，至，愬櫜鞬见，度将避之。愬曰：‘此方废上下分久矣，请因示之。’度以宰相礼受愬谒，蔡人耸观。”　⑦此二句写平叛后百姓安乐状。埘，在墙壁上凿出的鸡窝。《诗经·王风·君子于役》：“曷至哉？鸡栖于埘。日之夕矣，羊牛下来。”　⑧天中之山：即天中山，在河南汝南北，古蔡州地。孽牙：即孽芽，指祸端、祸患苗头。韩愈《平淮西碑》：“至于玄宗，受报收功，极炽而丰，物众地大，孽牙其间。”貙罴：虎和熊，喻指凶猛的叛军。李商隐《韩碑》：“淮西有贼五十载，封狼生貙貙生罴。”赐牛：即赐牛

酒，皇上对臣下或百姓的赏赐。跃马：指叛军。此四句诘问叛军何以形成。⑨治民若琴瑟：治理百姓如弹琴一样，或缓或促，宽严得宜。覆掌：反掌，变化迅速。轩羲：轩辕、伏羲的合称。指上古之世。此二句是说，百姓的变化就在须臾之间，太平之世不一定都在上古。谓关心百姓，可得治世。　⑩鹑衣：补丁很多的破败衣服。百罗：即“百罹”之意，指各种不幸与苦难。《诗经·王风·兔爰》：“我生之后，逢此百罹，尚寐无吪。”逆旅：客栈。旅葵：野生的葵菜。汉乐府《十五从军征》：“中庭生旅谷，井上生旅葵。”此六句写今日乱后蔡州城之荒败与百姓之苦难。　⑪文章句：指韩愈所撰《平淮西碑》一文，歌颂平叛战乱。　⑫丞相庙：指蔡州城内纪念宰相裴度之庙，著名的“韩碑”即在庙中。据《大清一统志》记载，平淮西碑在汝阳县城内裴度庙中。重刻：韩愈所撰文之碑已毁，作者所见为后人重刻。从事碑：指韩愈所写碑文。韩愈平叛时随裴度任行军司马。从事，官职的泛义。平叛战乱后，皇帝认为韩愈亲自参与了战争，命他撰文纪功。李商隐《韩碑》：“帝曰汝度功第一，汝从事愈宜为辞。”

【评析】

此诗怀古，歌咏历史上著名的“李愬雪夜入蔡州”事件，歌颂了裴度、李愬平叛战乱的功绩，并追究致乱之由，主张治民应宽严得宜。这种感怀也带有作者所处时代的现实意义。诗中对明末战争后蔡州的破败与百姓的贫困作了概括表达。诗末感慨裴、李事业皆成过往，裴度庙也已荒芜，著名的韩愈碑也非原物，而是被重新刻写。全诗格调沉雄，结构开合有致，叙事、议论、写景相结合，是歌行体的优秀之作。

安陆作①二首家大人饬戎此郡者七年（选一）

弭车清发湄，流眺秋城隅。②蔓草翳空巷，返景明废墟。
蟪蛄号中泽，饥鹰掠苍芜。雉堞暗夕烟，鹳雀寒相呼。③
眷念趋庭地，仿佛平生居。④亭阁委深莽，乔木亦已无。
昔来箭满眼，跃马骊山徒。⑤七年存此邦，寡妻有完襦。⑥
拂衣未逾境，长戟充修衢。⑦浮云变丘壠，回首人世殊。⑧
凄风自西来，时与悲笳俱。野气沉远山，鸡鸣立踌躇。

独余郭外寺，白露披松梧。[⑨]

【注释】

①安陆：今湖北安陆。家大人：作者父亲赵振业明末曾任湖广按察司副使，分巡荆西道，驻安陆七年。　②弭车：停车。清发：古河名。杨守敬《水经注疏》记载，清发即涢水，在湖北安陆。湄：河边。流眺：四周观望。　③翳：遮蔽。蟪蛄：一种昆虫，似蝉而小。雉堞：城上女墙。此六句写安陆城之荒凉。④眷念：怀念。趋庭：接受父亲教诲。语出《论语·季氏》：孔子“尝独立，鲤趋而过庭”。　⑤骊山徒：秦时去骊山修秦始皇陵的刑徒。据《史记·高祖本纪》记载，刘邦曾在丰泽纵放“骊山徒”逃走，自己遂聚众起兵。此句指明末安陆一带农民起义军活跃。　⑥寡妻有完襦：写父亲在安陆七年，有保卫镇守之功，贫家也能得养。　⑦拂衣：振衣而去。修衢：长路。此二句是说，父亲辞官，尚未出境，农民起义军即占据道路。　⑧此二句写浮云变化，时移世改。⑨此六句是说，重来此地，独寓城外寺中，感受到秋意凄凉。

【评析】

诗分忆旧与感今两部分，首尾感今，中间忆旧。作者回忆父亲在安陆的政绩，以及安陆城所经历的易代变迁。感慨今日所见安陆城之满目荒寒，写出抚今追昔之苍凉感。全诗沉郁顿挫，很是厚重。应该指出，感今追昔，是作者这一时期诗歌中经常表现的主题，今昔对比是其常用的手法。

武昌杂感[①]十首（选四）

蔼蔼层城阴，白日照双流。[②]高岸忽斗折，下有万里舟。[③]
驰波渺东注，空阔鱼龙游。[④]泄云带平树，雨气散青洲。[⑤]
危构冠修峦，沙明起浴鸥。[⑥]回澜动华榱，苍然鄂渚秋。[⑦]
泛泛前浦渔，浦静生烟收。[⑧]行吟渌水谣，岁暮写我忧。[⑨]

【注释】

①武昌：武汉三镇之一。历史上为湖北治所在地，作者即在此主持湖广乡

试。②蔼蔼：暗淡貌。双流：指长江与汉水。③斗折：如北斗之曲折。形容江岸弯曲状。④渺东注：往东流向远方，空阔的江面如有鱼龙出没。⑤泄云：飘散之云。杜甫《送殿中杨监赴蜀见相公》："去水绝还波，泄云无定姿。"仇兆鳌注："泄云，云之飘散者。"⑥危构：高大的建筑，疑指黄鹤楼。修峦：长长的山冈。⑦华榱：雕画的屋椽。与"危构"对应，似指黄鹤楼。鄂渚：相传为黄鹤楼上游长江中的一块陆地。屈原《九章·涉江》："乘鄂渚而反顾兮，欸秋冬之绪风。"王逸注："鄂渚，地名也。"⑧生烟：冒出的烟气。⑨渌水谣：即《渌水曲》，古曲名。李白《渌水曲》："渌水明秋月，南湖采白蘋。荷花娇欲语，愁杀荡舟人。"写我忧：宣泄忧愁。《诗经·邶风·泉水》："驾言出行，以写我忧。"

流云拂层岑，郊扉存远目。①微风起蘋末，吹我游子服。
秋花雨犹殷，阴霞晓如沐。②水气荡寒城，霜色静茅屋。
朱甍委苍藓，高台隐杂木。③旧寝鸣乳雀，蓬蒿乱修竹。
岂复闻笙镛，时见登樵牧。④以兹俯仰叹，愈念代谢速。
踌蹰暮江深，洲空下双鹄。⑤

【注释】

①层岑：层层山峰。郊扉：郊外住宅。存远目：放眼远望。②殷：深红色。阴霞：云霞。③朱甍：朱红色屋顶的房屋。④笙镛：乐器。镛，大钟。此二句是说，昔日歌舞繁乐之地，今日成了砍柴放牧场所。写出变化之大，破坏之巨。⑤双鹄句：用汉乐府《淮南王》"愿化双黄鹄还故乡"语意。

晋室既板荡，江表遂播弃。①势弱难自存，投刺尽除吏。②
虽拥天堑险，终无百里寄。③舳舻屯上游，按剑乃鹰视。④
兴酣击唾壶，慷慨歌老骥。⑤扬舲出夏口，山岚浮兵气。
旌旗暗汀雾，漠漠飞鸟避。⑥前驱方豕突，妖孛已雨坠。⑦
舆尸杂戎轩，清笳动哀吹。⑧吁嗟晋阳甲，永为千古戾。⑨

【注释】

①板荡：社会黑暗，时局动荡。语出《诗经·大雅》中《板》《荡》二篇名。江表：长江以南地区。播弃：舍弃。　②投刺：投递名片。除吏：任用为官吏。此句写急不择人状。　③天堑：指长江。百里寄：能够管理一县之地的人才。《论语·泰伯》："曾子曰：'可以托六尺之孤，可以寄百里之命，临大节而不可夺也。'"　④舳舻：大船。鹰视：形容看人凶狠。　⑤唾壶：古代的痰盂。"击唾壶"乃意气激昂状。《世说新语·豪爽》："以如意打唾壶，壶口尽缺。"歌老骥：曹操《短歌行》云："老骥伏枥，志在千里。烈士暮年，壮心不已。"即歌咏《短歌行》来表达志向。　⑥扬舲：扬帆开船。夏口：汉水入江处。此处即指武昌。此四句写出兵之气势。　⑦豕突：像野猪一样乱窜，形容混乱状。妖孛：妖星。孛，灾厄之星。星坠喻首领已死。　⑧舆尸：以车运尸体。戎轩：战车，泛指军队。清笳句谓军中胡笳声很哀伤。　⑨晋阳甲：杜甫《八哀诗》："司徒天宝末，北收晋阳甲。"仇兆鳌注引《公羊传》："晋赵鞅，取晋阳之甲以逐荀寅，君侧之恶人也。"戾：罪过。此二句是说，叹惜起兵本为清君侧，结果成了千古罪人。

出郭凫鹥集，向野汀烟乱。①竹埤倚篱根，曲曲带江岸。②
瘦男行荷锸，衣结不及骭。壮妇鸣夕舂，散发垂两丱。③
十年奉军实，硗田困水旱。④昨日卖耕牛，吏呼夜未半。⑤
扁舟破百家，千里供一爨。⑥无乃戍士劳，自觉民生贱。⑦
比邻蒿藜长，骨肉各兽散。⑧幸余干戈身，敢起征输叹。⑨
荒豁窜硕鼠，霜风送凉雁。⑩悔不当盛年，努力事弓剑。⑪

【注释】

①凫：野鸭。鹥：鸥鸟。　②竹埤：竹篱。　③此四句是说，瘦男在田中劳作，且衣不蔽体；壮妇在家中舂米，日夜劳作而无暇装饰打扮。骭，小腿骨。杜甫《新安吏》："肥男有母送，瘦男独伶俜。"壮妇，健妇。两丱，发髻向两边分开。　④奉军实：供应军队粮食。　⑤吏呼：杜甫《石壕吏》："吏呼

一何怒，妇啼一何苦。” ⑥一爨：一饭。此二句写行船千里为军队运粮。⑦无乃：反问词，为“岂不”之义。 ⑧此二句是说，邻居家已经没有人了，或逃或亡。 ⑨征输：赋税徭役。 ⑩荒豁句写百姓不能安居。硕鼠，大老鼠。 ⑪事弓剑：即事弓箭，习武从军。从军可以免征赋税。

【评析】

此组诗十首，是作者乡试结束以后游历武昌时所作。组诗内容丰富，运用的手法也多样。有些诗歌写经明末战乱后武昌之破败，如所选第一首，是这一时期作者创作诗歌的基调。所选第二首慨叹时事变迁，人世代谢，也是作者经常表达的时代感受。所选第三首，以晋之板荡、东晋南迁代指南明弘光王朝，写左良玉起兵武昌，以“清君侧”为名进攻南京，最后病死军中。第四首写当时征输繁重，百姓不堪重负，写出其深重苦难，作者深抱同情之心，精神上颇类杜甫“三吏”“三别”，用语也注意借鉴杜诗。作者的古体诗明显有学习汉魏古诗的倾向，但这组诗由于经历易代，其感情的深沉、内容的厚重，早已突破了拟古之藩篱，而独具面貌。

刍豆行①

大船十丈如连屋，小船数尺走相逐。
白浪十月高于山，大船小船浪中宿。
渔船最小如凫轻，渔父赤脚牵缆行。②
破席作帆不得挂，持篙逆浪鸡未鸣。
鸡鸣喔喔霜在须，五船载豆十载刍。③
借问何往军前须，西走溯江南越湖。④
荒村瓦飞船尾转，水气昏蒙日易晚。
蛟龙欲与战士争，羽书讵责风伯缓。⑤
忆昔年丰歌纳稼，青刍之微岂论价。
自从烽火传江边，城中鬻女村鬻田。
陆行负载水舟楫，一束近欲值千钱。⑥

吁嗟遗民经乱少安栖，卑杂鱼鳖高狐狸。[7]
复见逃亡余败堵，苦陈敲朴无完肤。[8]
昨闻军符夜深至，朱批白版数行字。
空城人稀鸺鹠啼，郡吏无言顾县吏。[9]

【注释】

① 刍豆：粮草。刍，草料，豆，粮食。此诗写为军队供应粮草，故为题。②后二句是说，即使最小的船也要人力牵挽。凫，野鸭。 ③后二句是说，天寒早起，或载豆或载刍。 ④军前须：即军前需。西走句写西则逆江而上，南则越过洞庭湖。 ⑤蛟龙句写冒着舟沉于水的危险。羽书句写因风迟缓会受到文书的责罚。羽书，插有羽毛的军队紧急文书。 ⑥此六句是说，过去收成好，青刍不值钱。自兴起战争，需求太多，再加上水陆运输，价格暴涨，逼得老百姓卖儿女卖田地来供应。 ⑦遗民：战乱后遗存的百姓。《诗经·大雅·云汉》：“周余遗民，靡有孑遗。”后二句写百姓逃亡惨状，或居水上，或居山里。⑧此二句是说，人几乎逃亡已尽，剩下的还要被拷打逼迫。敲朴，敲打鞭笞。⑨此四句是说：昨夜又下了催征的军令，但人去城空，只剩下猫头鹰在鸣叫。郡吏无处催征，只好与县令相对无言，毫无办法。鸺鹠，小猫头鹰。

【评析】

此诗写时事，风格上追唐代白居易“元和体”，内容上与同时吴伟业“梅村体”近似。吴伟业有《马草行》一诗，即与此诗题材相近。但本诗在写法上与风格上均与“梅村体”不同：吴诗重辞藻，善于用典；而此诗通俗晓畅，语言直白浅显，有中唐元白之风。诗前半段语句多用“船”字，类似连珠格。后半段善于选取角度加以表现，颇见匠心。

江行[1]十二首（选五）

岸云汀树渺愁予，岁晏扁舟诵卜居。[2]
故垒波明催角起，远林烟绕映沙虚。[3]
千帆雨色飞鸿外，十月山寒返照余。

江水茫茫通建业，西风回首武昌鱼。[④]

【注释】

①江行：作者主持完湖广乡试后，离开武昌，顺江东下，至南京。此组诗作于长江船行之际，故有此题。　②渺愁予：远望引发自己的愁怀。屈原《九歌·湘夫人》：“帝子降兮北渚，目渺渺兮愁予。”岁晏：岁暮。卜居：即《楚辞·卜居》，此篇写屈原向詹君占卜，问以处世之方。　③故垒：遗弃的堡垒，乃战争遗迹。　④建业：南京的别称。武昌鱼：东吴孙皓时童谣：“宁饮建业水，不食武昌鱼。”此二句言自己告别武昌，向南京而去。

红树丹崖入目稠，乱山斜日过蕲州。[①]
微岚映水寒尤重，绝壁回船翠欲留。[②]
木杪云霞茅屋静，烟中鸡犬石门幽。[③]
薜萝自接危樯色，野径苍茫动白鸥。[④]

【注释】

①红树丹崖：写江景。稠：繁多。蕲州：今湖北蕲春西南部，长江北岸。②此二句写天寒时节，江上青翠依然。　③木杪：树梢。此二句写江边人家之清幽。　④薜萝、白鸥：作者寄寓自己追求隐居、与世无争之心态。

蒹葭夹峡转萧萧，水气层阴晚未消。[①]
细雨鱼龙寒自出，短蓬鸿雁夜方遥。[②]
临风古堞微生柝，隔浦疏钟渐上潮。[③]
云外匡庐增怅望，谋身何止愧渔樵。[④]

【注释】

①蒹葭：芦苇。《诗经·秦风·蒹葭》：“蒹葭苍苍，白露为霜。”　②鱼龙：水族。短蓬：即短篷，小的船篷。此二句写雨中江行情景。　③古堞：古城墙。柝：打更声。隔浦句：写对岸的钟声随潮声断断续续地传来。　④匡

庐：庐山，在江西九江。前句写时船行九江，望见庐山，故生感慨。后句写自己出仕为拙于谋身，尚不如渔樵之人。

客舟独与雁徘徊，黯黯寒沙漠漠苔。①
石壁烟扉冬寺出，松林风叶暮山开。②
空岩鸟影千寻落，斜日江声万里来。③
南渡干戈余旧垒，黄云戍角至今哀。④

【注释】

①漠漠：密布貌。枚乘《柳赋》："阶草漠漠，白日迟迟。" ②此二句是说：寺庙傍石壁而建，烟笼庙门；晚风吹动松林，摇曳于山间。 ③此二句是说：仰观飞鸟俯冲，傍晚听到江声万里而来。 ④此二句是说：清军南渡的战争，至今令人悲哀。

冶亭烟起众山凝，鹢首清江下秣陵。①
鸟出断云分塔日，潮侵细浦接河冰。②
残杨石垒生冬雾，古巷虹桥敛夜灯。③
惆怅十年劳远梦，秦淮水槛旧时凭。④

【注释】

①冶亭：即冶城，今江苏南京东七里许。鹢首：船头。秣陵：南京之别称。此二句写临近南京之情景。 ②此二句是说：片云漂浮，鸟飞离塔；江潮与河冰相接。断云，片云。河，秦淮河。 ③石垒：石筑的城墙。虹桥：长桥如虹。敛：集中。此二句是写南京秦淮河冬日夜景。 ④惆怅十年：此诗作于顺治十一年（1654），十年前为南明弘光元年、清顺治二年（1645）。作者正在南京，亲身经历南明之亡。凭：身子靠着。前句指离开南京已十年，经常梦中回来。后句言秦淮河畔的栏杆自己过去曾经倚靠过。

【评析】

《江行》组诗，是作者精心创作的一组作品，表达了丰富的思想感情。因为公务结束，顺江而下，要自南京归乡，因此大多数诗歌的情感是轻快的。作者也偶因时地的感发，或表达向往隐居的思想，或表达乱后萧条的感慨等。最后一首诗写到达南京，感情是复杂的，这里是明代的留都、南明弘光朝的首都，某种意义上是前朝的象征。作者曾多次来过，特别是十年前的弘光元年，自己在此居处近一年，亲身经历了南明覆亡的历史事件。如今重来，既有隔世之感，更有易代之悲，这些又不易明言，只能以吞咽、含蓄出之。这组诗擅长写景，精于对仗，着重从虚处落笔，情韵悠远深长，是作者七律一体的佳作。

金陵怀古四首（选二）

石城虎踞竟如何，芦管吹烟起夜波。①
别巷柳寒乌自宿，空堂草长燕频过。②
千年银汉针楼影，一夕秋风玉树歌。③
当日中原留滞客，更从荆棘辨铜驼。④

【注释】

①石城虎踞：南京别称石头城，又号称龙盘虎踞。此谓南京城雄伟坚固，如龙盘伏、如虎蹲踞。芦管：军中乐器。此句谓夜间被军队攻破。　②柳寒：古诗多写白门柳，如李白《杨叛儿》："君歌杨叛儿，妾劝新丰酒。何许最关人，乌啼白门柳。"白门为南京别称。燕频过：刘禹锡《乌衣巷》："旧时王谢堂前燕，飞入寻常百姓家。"乌衣巷亦在南京。　③针楼：南朝梁顾野王《舆地志》："齐武起曾城观，七月七日宫人登之穿针，世谓穿针楼。""针楼"谓宫女所居之楼，指帝都风俗。沈佺期《牛女》："粉席秋期缓，针楼别怨多。"玉树歌：即《玉树后庭花》，南朝陈后主所作，为亡国之曲。此二句谓千年故都，一夕沦亡。④留滞客：十年前作者留滞南京，此句自指。荆棘辨铜驼：《晋书·索靖传》："靖有先识远量，知天下将乱，指洛阳宫门铜驼，叹曰：'会见汝在荆棘中耳！'"指亡国悲凉情形。

水犀壁垒未全荒，返照烟生朱雀桁。①
虚说连营屯鹊尾，岂知高舰下龙骧。②

胭脂列肆开中苑，烽火传书置御床。[③]
旧馆夜寒刁斗急，天风淅淅落枯桑。[④]

【注释】

①水犀：披水犀甲的水军，指水上劲旅。最早为吴王夫差的水军，见《国语·越语上》。杜牧《润州》二：“谢朓诗中佳丽地，夫差传里水犀军。”朱雀桁：亦称“朱雀航”，南京南城门（朱雀门）河上的浮桥，连船而成。 ②鹊尾：渚名，在安徽无为境内。《资治通鉴·宋纪》：“邓琬遣其豫州刺史刘胡帅众三万、铁骑二千，东屯鹊尾。”龙骧：古代有龙骧将军。此二句指左良玉，本指望其为南明主力，他却率兵顺江而下进攻南京。 ③胭脂句：在皇宫中开胭脂铺，讽刺南明弘光帝选秀女。中苑：京中苑囿，代指皇宫。烽火句言报告敌人入侵的紧急文书送达皇帝住处。此二句言南明朝廷荒淫，导致亡国。 ④此二句是说：当年居住的旧旅舍，仿佛还能听到军队入侵的刁斗声；现在看到风吹枯桑，落叶纷纷。汉乐府《饮马长城窟行》：“枯桑知天风，海水知天寒。”

【评析】

所谓“怀古”，其实是十年前的“近事”。四首诗全为凭吊南明而作，加之结合自己的亲身经历，故主观情感极为浓郁，悲情满纸，悲凉满眼，不加掩饰，无所顾忌。作者利用极为擅长的从虚处着笔，融化典故，吟咏唱叹，做了精妙的抒情处理，真如羚羊挂角，无迹可求。

高坐寺访无可上人[①]

一时辞赋重西京，乱后方干更隐名。[②]
殿绕炉烟传大雅，座依幡影悟无生。[③]
虚坛日落留乌语，修竹天寒出磬声。[④]
闻道万缘皆不染，独从玄度见交情。[⑤]

【注释】

①高坐寺：在南京城南中华门外的雨花台。无可上人：方以智的法号。方以

智与作者为同年进士，入清后出家为僧，为明遗民。 ②西京：长安，代指北京。方干：唐代诗人，此处代指方以智。以同姓诗人代指，是时人写诗的习惯。此二句写方以智早年的文章声名与明亡后隐于寺庙。 ③大雅：此处指诗文正宗。无生：佛家观念，谓诸法空相，无生灭变化可言。 ④虚坛：佛家诵经道场。此二句写寺中情景，传达并赞赏方以智的虚静心境。 ⑤万缘皆不染：佛家语，谓万事皆空，不住于心，不扰于心，保持内心的清静圆融。玄度：晋人许询的字。此处指富有才情的人，也指朗月下会面清谈。《世说新语·言语》："清风朗月，辄思玄度。"刘孝标注引《晋中兴士人书》："许询能清言，于时士人皆钦慕仰爱之。"

【评析】

方以智为明末"四公子"之一，得享大名，与作者为同年进士。方以智坚不仕清，曾参加南明抗清斗争，后出家为僧，保持坚定的遗民立场，是文化贡献极为突出的遗民人物。在明末，作者与方以智是好友，在京城诗歌唱和，入清后出处不同。此次见面，估计是唯道友情而已。从诗中看，作者对方以智充满钦敬，尾联也特意写出两人交情。殊不知，这钦敬与交情之中也包含着作者不为人察觉的一丝自惭。

广陵二首①

争奉华林翠辇游，空传宰相领扬州。②
青巾结阵兵先破，白水临江气已收。③
五马荆榛迷晋渡，千家灯火乱隋楼。④
遗民犹自歌袁粲，日暮风烟接石头。⑤

【注释】

①广陵：扬州的别称。 ②华林：宫苑名，三国时吴国所建，在南京台城内。翠辇：帝王坐的车子。此句指南明弘光时大臣争奉弘光帝享乐。宰相：即史可法，字道邻，河南祥符人。南明时任大学士、兵部尚书，故以"宰相"称之。明亡后，南明建立，史可法自请出镇扬州，督领江北四镇。第二年扬州被清军攻

陷，史可法殉国。③青巾：青色的软帽，为儒生装束。“青巾结阵”谓史可法乃一文人领军。另，青巾军为元末进入四川的农民起义军。江北四镇之一的高杰原为李自成部下，后降明。故“青巾结阵”也可解为高杰的部队排兵布阵。当时高杰与黄得功兴兵争夺扬州，是江北四镇内讧的开始。白水：东汉皇帝刘秀为南阳白水乡人，当时谶语称刘秀为“白水真人”，当为天子。福王朱由崧在洛阳陷落后也曾流落南阳，时人以“白水真人”相比附。此二句写扬州城破与南明灭亡。④五马：西晋灭亡，司马氏五王渡江南迁，最后琅邪王司马睿于建业（南京）即位，史称东晋。时有谣谚曰：“五马渡江去，一马化为龙。”此以东晋代指南明。荆榛：用“荆榛铜驼”典，指国亡。隋楼：又称迷楼，在扬州，为隋炀帝所建。此二句写南明国亡与扬州陷落。⑤袁粲：字景倩，南朝宋人，曾任扬州从事，元嘉中拜相，后讨伐萧道成，兵败被杀。此代指史可法。石头：石头城，即南京。

沟水芜城感废兴，竹西亭畔暮烟凝。①
雁飞瓜步生残照，雀语雷塘隐断罾。②
江艇夜潮消客梦，寺门双树出禅灯。③
旧游十里朱楼路，落叶寒侵野岸冰。④

【注释】

①沟：邗沟。芜城：扬州。竹西亭：在扬州城北。杜牧《题禅智寺》：“谁知竹西路，歌吹是扬州。”后人以此名亭。此二句写在扬州兴起感怀。②瓜步：即瓜步山，在今江苏南京六合区东南，长江北岸。雷塘：在扬州城北，隋炀帝葬此。罗隐《炀帝陵》：“君王忍把平陈业，只博雷塘数亩田。”断罾：破旧的鱼网。③夜潮：扬州素有观潮之说，最早见于枚乘《七发》之“广陵涛”。寺门：扬州有禅智寺，唐宋诗人多咏之，以杜牧《题禅智寺》最有名。又张祜《纵游淮南》云：“人生只合扬州死，禅智山光好墓田。”扬州又有大明寺，亦有名。此处不必专指。④旧游：作者数次经过扬州，尤以崇祯十四年（1641）所居时间最长。当时在扬州赁屋而居，与扬州士人多所交往。十里：杜牧《赠别》：“春风十里扬州路，卷上朱帘总不如。”此暗用杜诗句。尾联写扬州冬日景象。

【评析】

第一首诗怀古，写扬州之破与南明之亡，对史可法深致怀念，感慨极为沉郁，笔下有难以言传之悲感。“千家灯火乱隋楼”，实隐喻“扬州十日”，但不敢明言，只以写景句朦胧言之，此即作者寓实于虚之高明手法。“日暮风烟接石头”看似寻常，实则慨叹扬州与南京之命运联系，盖当年扬州不破则南明不至于遽亡。第二首叹今，作者旧地重游，感于废兴，叹惜扬州今日之荒寒。二诗沉郁顿挫，意余言外。清末杨钟羲《雪桥诗话》评其诗作：“不废模拟，自有性情。”作者作诗有模拟“明七子”之痕迹，但像这两首以及《太原作》等，在模拟之中具有自己的性情、面貌与个性，故这类诗早已超越模拟，而独具风格。

人日集园亭二首①

胜地逢人日，初归慰老亲。②小园春日早，高座酒行频。
溪暖苔痕长，林开鸟语新。不须称抱瓮，来往即闲身。③

【注释】

①人日：正月初七。园亭：作者族叔的园林，在城东之秋谷。　②初归句：作者主持湖广乡试后，年前回家，与父母团圆，足以告慰。　③抱瓮：喻抱朴守拙之人。可参见《庄子·天地》，孔子学生子贡于汉阴见一老人“抱瓮灌圃”，拒绝使用机械“桔槔”。

兄弟登高兴，郊原载酒来。①度桥沙路转，残雪石堂开。
冷蕊巡檐见，幽鸿倚杖回。②醉吟新月色，城角莫深催。③

【注释】

①郊原：原野。作者兄弟有住城外者，此次携酒前来相聚，故云。　②冷蕊：寒花。幽鸿句：写倚杖观看鸿雁飞回，恐是想象之辞。　③此二句是说：新月之下，耽于饮酒吟诗；欢乐之中，城巡的角声莫要催促人归去。城角，城中巡夜之人的打更声。

【评析】

作者解脱了公务的羁绊，回家度岁，新春团圆，兄弟聚会饮酒，快乐莫过于此。诗歌尽情写出这种快乐心情，表达了融于亲情的惬意。

白鹭草

顺治十三年（1656），37 岁的赵进美被任命为江西按察司副使，分巡湖西道，驻守江西吉安。他先是假道归省，不久即从家乡出发，经行扬州，然后溯江而上，至彭蠡、白鹭洲，再到任所。顺治十五年（1658）初，他将江西任职三年内创作的诗歌编为《白鹭草》一集。此集诗歌多登山临水之作，也多与同僚、友人唱酬，缺乏此前诗歌充实的现实内容与深沉的内在情感，显得较为平淡。此集共古今体诗 138 首，选注 18 首。

闰月端阳真州观竞渡[①]

故国菖蒲酒，行歌涧水滨。[②]岂知千里外，重见五丝新。[③]
楚俗重于岁，吴舟捷若神。[④]共言风日好，莫厌冶游频。[⑤]

【注释】

①闰月：此指顺治十三年（1656）闰五月。端阳：端午节。真州：今江苏仪征。　②故国：故园。菖蒲酒：用菖蒲泡过的酒，饮菖蒲酒为端午习俗。南朝梁宗懔《荆楚岁时记》："五月五日……以菖蒲或镂或屑以泛酒。"此二句谓在家乡已经过了端午节。　③重见：谓闰月端午。五丝：即五丝缕，用五种颜色的丝线捻作细绳，系于手腕，称五色长命缕，据说有辟邪、祛病之效。为端午习俗。端午食粽，用五色丝缠粽，此又一解。　④楚俗：端午据说为纪念屈原而起，屈原系楚人，故楚俗特重此节，不亚于过年。吴舟：泛指南方之龙舟。端午有龙舟竞赛之民俗，南方最盛。　⑤冶游：此指节日游玩。

【评析】

诗突出端午习俗，如菖蒲酒、五色缕、赛龙舟等，语言轻快，情感喜悦。

舟行即事

草树浮烟绿几湾，双飞属玉掠波还。[①]
乍矜帆饱轻前浦，更喜窗虚纳远山。[②]
万里渐看邮历减，一家全对水云闲。[③]
何殊纵酒披襟地，击楫长歌雉子班。[④]

【注释】

①属玉：一种水鸟。张孝祥《蝶恋花》："漠漠飞来双属玉。一片秋光，染就潇湘绿。"　②矜：自夸。此句谓顺风船快速，前浦很快就到。更喜句谓开窗看到远山景色，心中喜悦。　③邮历：即日历。谓时间一天天过去。一家句：此次外任，妻子张氏随行。　④何殊：何异，没有两样。披襟：敞开衣襟，谓

心情舒畅。击楫：击打船桨。雉子班：乐府古曲。《乐府古题要解》曰："右古词中有云：'雉子高飞止，黄鹄飞之以千里。雄来飞，从雌视。'"此取"雄飞雌从"义，盖从"一家"句而来。

【评析】

诗写舟行江上情景，前半写景，后半抒情。因妻子随行，家人同在，故借歌古乐府曲以表达快慰之情。此诗如与《楚役草》一集《江行》诸七律对比阅读，其深浅厚薄之处可一望而知，可知此行作者心情已无往日之沉痛。

维舟滕王阁感旧①

征帆欲落西日微，豫章城头双乌飞。②
高阁依城对寒翠，画箔珠栏下无地。③
冲炎敢惜万里行，维舟却忆十年事。④
桂殿当时称上宾，于今束带走风尘。⑤
池边修竹不复见，谁记临池作赋人。⑥

【注释】

①滕王阁：在江西南昌赣江边。　②豫章：古郡名，即今江西南昌。双乌飞：李梦阳《土兵行》，写土司兵入赣，屠戮百姓，祸害南昌。其首句为："豫章城楼饥啄乌，黄狐跳踉追赤狐。"此诗或受其影响。　③高阁：即滕王阁。寒翠：指翠绿的江水。王勃《滕王阁》："滕王高阁临江渚。"画箔珠栏：亦写滕王阁。画箔，绘有图画的帘子。下无地：谓下边即江水。　④冲炎：冒着炎热。维舟：停舟。十年事：崇祯十七年（1644），作者奉命宣慰宁王，来到南昌。距此诗写作十二年，十年取其整数。　⑤桂殿：宫殿之美称。此指宁王之宫。王勃《滕王阁序》："桂殿兰宫，列冈峦之体势。"上宾：尊贵之客人。当时作者系皇帝所派，故宁王待之以上宾。　⑥此二句是说，宁王宫已荒芜，谁还记得当年在此作赋之人？作赋人，即当年作《滕王阁序》之唐人王勃。此处乃作者自指。当年作者出使江西，在南昌作诗数首。

【评析】

此诗怀念十几年前出使南昌时情景，慨叹今昔不同，旧景不再，无人能记得自己。诗意低沉，但与此前作品相比，感情力度显然衰减不少，特别是易代之感不再强烈，遂使诗的感染力大不及前。

白鹭洲晚眺[①]

草明沙远披襟地，时有渔歌入座闻。[②]
渚路乱帆开晓郭，风原高叶暗秋云。[③]
日侵山气寒犹浅，碛拥江流细渐分。[④]
但制荷衣归未得，何妨常对鸥鹭群。[⑤]

【注释】

①白鹭洲：在江西吉安赣江中。取李白《登金陵凤凰台》“三山半落青天外，二水中分白鹭洲”诗句而得名。　②披襟地：开心之地、舒畅之地。　③渚路：通向白鹭洲的水路。开晓郭：船只早上从城外出发。风原句写秋风吹过，树叶翻动。　④碛：浅水中的沙石。　⑤荷衣：用荷叶做成的衣服，喻指隐者、高士之服。屈原《离骚》：“制芰荷以为衣兮，集芙蓉以为裳。”又，《九歌·少司命》：“荷衣兮蕙带，倏而来兮忽而逝。”鸥鹭群：用《列子》典，指与世无争，与无机心之鸥鹭相伴。

【评析】

诗重在写景，情绪平淡。尾联表达隐居不得，只好忘情世事。

南康登楼[①]

返照临高阁，苍烟淡淡分。城空何所有，一半是匡君。[②]

【注释】

①南康：即古南康府，今属江西九江，在庐山之南。　②匡君：即庐山，

传说周朝的匡俗曾入山求道学仙，故称匡庐。

【评析】

诗写南康城景致大半在庐山。末二句造语奇妙。全诗语言平淡，意余言外。王士禛对此诗评价颇高，《渔洋诗话》云："赵韫退按察官湖西，有诗百余篇。余取其《南康登楼》一绝句，云云。"究其原因，即此诗最契合王士禛之"神韵"诗说。

渡彭蠡①

我昔泛彭蠡，四顾浩茫茫。②长风激巨浪，劲鸟飞不翔。③
众山列如拳，照影湖中央。岂无朝夕岚，荡漾成湖光。④
今来方隔岁，一水势可梁。乱石倚素濑，飒飒轻帆张。⑤
沙禽抚翼鸣，群飞堕我傍。⑥恬目舟望适，枉渚川途长。⑦
消息有至理，汩没岂其常。⑧

【注释】

①彭蠡：湖名，江西鄱阳湖的古称，或曰鄱阳湖的一部分。 ②昔泛：崇祯十七年（1644），作者出使江西，曾泛舟彭蠡，有《雨中泛彭蠡》诗，故云。 ③此二句是说，湖面广大，风高浪巨，连善飞的鸟也不敢飞过。 ④前二句是说，众山排列如拳，倒映湖中。二句写出山岚与湖光融为一体。 ⑤梁：桥梁。此四句是说，水势与往年相比少了许多，可以架桥通过，也可驾小船行驶。 ⑥此二句是说，群鸟飞鸣，时时落于人旁。堕，落。 ⑦此二句是说，心情愉悦，又适合乘舟远望，仿佛能够看到遥远的枉渚。枉渚，地名，在今湖南，也借指僻远之地。 ⑧消息：消歇与生长。汩没：埋没。此二句是说，这一增一减中包含着道理，不能埋没这种常理。

【评析】

诗写十余年中所见彭蠡湖的变化。往年水势浩大，长风巨浪；今年水浅风轻，容易渡过，也适宜远望。一动一静，对比来写。状物鲜明，表现力强。"众山列如拳”几句，善于选取角度，衬托表现。唯诗末说理，不算圆融透彻。

御史大夫龚芝麓谪丞上林于役东粤过吉见访惠示二律次韵奉答[①]二首（选一）

林寒沙碧未啼莺，握手相看万里行。[②]
岂为飘零传谏草，转因弃置见交情。[③]
袖中字灭书仍在，泽畔诗来句更清。[④]
但怪双帆风正急，应怜今夕月同明。[⑤]

【注释】

①龚芝麓：即龚鼎孳，字孝升，号芝麓，安徽合肥人。崇祯七年（1634）进士，入清官左都御史。顺治十二年（1655）被责为偏袒汉人，奉旨降八级使用。又因顺天巡按顾仁事，再降三级。顺治十三年（1656）补为上林苑蕃育署署丞。年末颁诏广东，路过吉安，与作者相会。龚鼎孳赠诗在前，作者步原韵唱和。龚鼎孳诗题为《酬别赵韫退观察》，见《定山堂诗集》卷二五。　②前句写天寒水碧。后句写依依不舍。　③飘零、弃置：都指龚鼎孳被降职闲置。此二句是说，因被贬而留名，因降职更看出两人交情。交情，特指龚鼎孳此次“见访”而言。　④袖中字灭：《古诗十九首》：“置书怀袖中，三岁字不灭。”此处反用此语典，言字虽模糊而书信犹在。泽畔：放逐。《楚辞·渔父》：“屈原既放，游于江潭，行吟泽畔。”此句称道龚鼎孳这次赠诗写得好。　⑤此二句是说，自己埋怨匆忙就要离开，珍惜两人在一起的时光。

【评析】

龚鼎孳是作者在京城时的好友，也时常诗歌唱和，特别是顺治三年在曹溶家的分体赋诗，龚鼎孳大展才华，赵进美也极为擅场，众人折服。此次相会，是龚鼎孳最不得志之时，作者诗中有宽慰，也有称道，诗末更是依依不舍，体现了二人的深厚友谊。

峡江道中[①]

青山白鹭两娟娟，逆水欹风晚进船。[②]

返照江深城倒出，横林石侧缆斜牵。③
亦知失足簿书下，且复狂歌渔钓前。④
万里烟波劳北望，故园音问已经年。⑤

【注释】

①峡江：今江西吉安峡江。 ②白鹭：或指白鹭洲。娟娟：美好。欹风：斜风。 ③城倒出：即城在江中的倒影。 ④失足：视出仕为误入歧途，故曰。簿书：官署的公文簿册，指公务琐事。狂歌：纵情高歌，一种摆脱羁绊的姿态。杜甫《赠李白》："痛饮狂歌空度日，飞扬跋扈为谁雄。" ⑤经年：多年。

【评析】

此诗视仕途为"失足"，愿狂歌以发泄。作者思乡之情愈切，为官之念越淡。

有感

哀鸿风不定，壮邑半蓬蒿。①涕泗终何补，征求无乃劳。②
新交贫覆手，旧俗盗如毛。③唯有青山色，时时慰马曹。④

【注释】

①哀鸿：悲鸣的鸿雁。壮邑：大邑。 ②涕泗：伤心痛哭。贾谊《治安策》："臣窃惟事势，可为痛哭者一，可为流涕者二，可为长太息者六。"征求：征索赋税。杜甫《又呈吴郎》："已诉征求贫到骨，正思戎马泪盈巾。"劳：过分、过多。 ③新交句：新交情因贫穷而翻覆。覆手，翻手之间。 ④马曹：喻官职低微。《晋书·王徽之传》："徽之字子猷。性卓荦不羁……又为车骑桓冲骑兵参军，冲问：'卿署何曹？'对曰：'似是马曹。'"苏轼《次韵张安道读杜诗》："巨笔屠龙手，微官似马曹。"

【评析】

诗写因见城市破败，有感而发，为时事担忧，为百姓苦难痛哭，体现了作者同情民瘼的情怀。

严氏柱国伯禄二坊①

丧乱城空在，嵯峨字尚新。②不知当日意，千古示何人。③

【注释】

①严氏：即严嵩，字惟中，号介溪，江西分宜人，为明代臭名昭著的奸臣。柱国伯禄：即“柱国”牌坊、“伯禄”牌坊。二牌坊为当年纪念严氏功德而建。顺治十四年（1657）冬，作者巡视军队，经过分宜，作此诗。　②嵯峨：高大貌。　③此二句是说，不知当日建坊之意，是写给何人所看。为讽刺语。

【评析】

严嵩是臭名昭著的奸臣，其死后多年，且经丧乱，其家乡“柱国”“伯禄”二牌坊仍在。“柱国”有国之栋梁之意，“伯禄”有享有厚禄之意，作者认为这种称颂是历史的笑话，会受到后人的鄙视，因而冷语讽刺。

无题三首（选二）

为惜桐花霜雪时，三更石阙夜啼悲。①
楼中帐掩粗疏葛，箔上蚕萦漫烂丝。②
谁忆故人工织素，虚言贱妾共餔糜。③
亦知刀尺裁缝倦，明月空床自不宜。④

【注释】

①桐花霜雪：桐花陨落于霜雪之中。南朝民歌《子夜四时歌》：“仰头看桐树，桐花特可怜。愿天无霜雪，梧子解千年。”石阙：坟墓前的石门。　②前句写人去楼空，葛帐虚掩。后句云昔日劳作之蚕箔上乱丝尚相存。漫烂，散乱状。　③故人工织素：汉乐府《上山采靡芜》：“新人工织缣，故人工织素。”贱妾共餔糜：汉乐府《东门行》：“他家但愿富贵，贱妾与君共餔糜。”　④刀尺：剪刀与尺子，指裁缝用具。此二句是说，自己倦于裁剪，又见明月空床，令人难以适应。

咫尺莓苔断履綦，难将烟雾共容姿。[①]
相看斗酒东西水，已负锦衾红绿丝。[②]
晓日露桃空覆井，秋风山水自生枝。[③]
翠帷尘满余花枕，犹忆当年十索辞。[④]

【注释】

①履：鞋。綦：鞋带。此处代指脚印。此句写院中莓苔上已久无足迹。难将句写难于在烟雾中看到容姿。 ②东西水：喻人虽分离，但终有相逢。晏几道《少年游》："离多最是，东西流水，终解两相逢。"锦衾：锦被。此句言锦衾永负，人已逝。 ③露桃：桃花。《乐府诗集·鸡鸣》："桃生露井上，李树生桃旁。"自生枝：疑"枝"谐"知"。古乐府《越人歌》："山有木兮木有枝，心悦君兮君不知。"疑用此句。 ④翠帷：翠帐。十索辞：郭茂倩《乐府诗集》载隋代丁六娘《十索》诗，每诗末有"从郎索衣带""从郎索花烛""从郎索指环""从郎索红枕"之类，表现男女相昵爱之情景。

【评析】

《无题》诗不易解，此诗写男女情感，而女子已去世，成为死别，故抒情痛惋，语言有偏重修饰、略带香艳气息的倾向。此诗并非悼亡诗，因作者之妻张氏在顺治十六年（1659）殁于吉安，此诗作于顺治十五年（1658），于创作时间不合。此诗若解作以男女之情比喻君臣之谊，写悼念崇祯先帝，亦觉牵强。无以解之，只好付诸阙疑。

登楼望螺山有感[①]

天涯仍岁暮，惆怅对庭柯。[②]落日依城静，登楼逢雁过。
腊尊浮绿蚁，晚岫出青螺。[③]咫尺清江水，归帆何处多。[④]

【注释】

①螺山：在江西吉安北。《大明一统志》卷五六载：螺山"在府城北一十里。

南临赣江，宛行如螺。或云，昔有渔人游此，忽遇风雨，见神螺光彩五色，取而怀之，至山下涉水，螺失所在。俗呼为螺子山”。 ②庭柯：庭中之树。③腊：腊日。腊月初八，俗称“腊八日”。绿蚁：酒名。新酿米酒未经过滤时浮在上面的泡沫。白居易《问刘十九》：“绿蚁新醅酒，红泥小火炉。”青螺：螺山之青秀状。刘禹锡《望洞庭》：“遥望洞庭山水翠，白银盘里一青螺。” ④清江：清澈的赣江。螺山在赣江边。

【评析】

诗写岁暮傍晚，目睹江上归帆，悠然兴起思乡之情。

闲日庭花盛开即物漫兴八首（选二）

翠袖冰肤细更匀，时将微笑破轻颦。①
凌波不是分明见，尚道陈王赋感甄。②
右水仙。

【注释】

①翠袖冰肤：写水仙绿叶白花貌。轻颦：微微皱眉。此二句写水仙花开，以美女比水仙。 ②凌波：水仙又名凌波仙子。陈王：三国时曹植被封为陈王，谥号“思”，后人习惯以“陈王”或“陈思王”称之。感甄：曹植所作《洛神赋》的别称。传说赋中洛神形象即曹丕之妻甄妃，故此篇又名《感甄赋》。《洛神赋》中有“凌波微步，罗袜生尘”之语，此写水仙恍若曹植笔下的洛神。

竹西桃树亦无赖，窥户萦窗更拂苔。①
最是倚楼烟雨里，收灯时节一花开。②
右桃花。

【注释】

①无赖：可爱且顽皮。辛弃疾《清平乐》：“最喜小儿无赖，溪头卧剥莲蓬。”窥户句写桃花临窗，桃枝低拂苍苔。 ②收灯时节：农历正月十八日。此二句

写桃花在烟雨里收灯日开花，照应开头“无赖”句。

【评析】

诗写花不重写形貌，而以取神为主，状物生动。

茉莉

曲栏斜护月痕凉，深院萤飞照羽裳。[①]
汉女夜游珠作佩，小姑居处石为梁。[②]
玉床骄倚吴宫影，熊席浓薰汉寝香。[③]
瘴雨蛮烟全不染，素肌绰约在炎方。[④]

【注释】

①此二句是说，月下茉莉开花，深院中萤火虫光照映花影，一身仙姿。羽裳：神仙所着之衣裳。　②汉女：《文选》李善注引《韩诗外传》：“郑交甫将南适楚，遵波汉皋台下，乃遇二女，佩两珠，大如荆鸡之卵。”此句以汉女所佩两珠比喻茉莉花蕊。小姑居处：乐府《青溪小姑曲》：“开门白水，侧近桥梁。小姑所居，独处无郎。”此句以青溪小姑喻茉莉风姿。　③吴宫影：以西施喻茉莉。熊席：熊皮坐席。汉寝香：以汉宫赵飞燕喻茉莉。此二句一写其形影，一写其浓香。　④瘴雨蛮烟：南方潮湿、瘴气之地。言其环境恶劣。辛弃疾《满江红》：“瘴雨蛮烟，十年梦，尊前休说。”素肌：言其色白。绰约：言其风姿美好。

【评析】

此诗咏物而有寄托，咏物沿袭了作者一贯的写法，不重形迹，善于空际传神。诗中多以美女比拟其美、其香。此诗寄托之意全在尾联，含义为在恶劣的官场上能保持自己高洁的品格，正如茉莉在南方的烟雨瘴气中能保持自己素肌绰约之美。

季秋苦热三首（选一）

中原木落日，玄霜布庭除。[①]炎方节候异，挥汗无宁居。[②]

束带已不堪，况复亲簿书。[3]故园有凉风，安得飘座隅。
步林感栖羽，临渊羡游鱼。[4]秋虫响欲清，夏蕊灿复舒。[5]
久旱废岁功，烈景灼天衢。[6]远岫吐微云，怅望心踌蹰。[7]

【注释】

①中原：指北方，与“炎方”相对比。木落日：秋天。玄霜：秋霜。庭除：庭院中的台阶。　②炎方：南方。宁居：安居。　③束带：指官服。簿书：指处理公务。　④栖羽：林中的栖鸟。　⑤此二句是说，秋虫仍响，夏花仍开。　⑥岁功：一年收成。烈景：烈日。天衢：指广阔的天空。王逸《楚辞·遭厄》：“蹑天衢兮长驱，踵九阳兮戏荡。”　⑦此二句是说，远山起了微云，盼望能带来清凉。

【评析】

诗写深秋仍天热，想起家乡的凉风，也担忧烈日会带来干旱。语言通俗，炎热之情形如感。

至永新县作[1]

千骑虚言拥画戈，天涯回首意蹉跎。[2]
城鸦将子冲人起，邮吏呼更报虎过。[3]
小邑征求残岁急，短檠魂梦故园多。[4]
驿庭霜冷官梅落，横笛高楼奈晚何。[5]

【注释】

①永新：今江西永新。　②千骑：指郡守一级的官员。汉乐府《陌上桑》：“东方千余骑，夫婿居上头。”画戈：戈上雕刻花纹，用为仪仗。蹉跎：失意，心情不快。　③鸦将子：乌鸦带着幼雏。邮吏：驿站的差吏。此句言县城有虎。　④残岁：岁末。短檠：短柄的灯。　⑤官梅：官府所种的梅。杜甫《和裴迪登蜀州东亭送客逢早梅相忆见寄》：“东阁官梅动诗兴，还如何逊在扬州。”横笛句：傍晚高楼闻笛声，愈增思乡情怀。

【评析】

时近岁末，又见府中梅花盛开，傍晚高楼闻笛，思乡之情不可遏止。诗中又穿插了于永新县城见百姓苦于征税的悲悯心情，以及在外做官的厌倦心理等，内容充实，情感丰富。

白鹭续草

顺治十六年（1659）初，作者又将本年所写诗歌编为《白鹭续草》，仍延续了前三年《白鹭草》的题材与风格，多山水以及与友人酬赠之作。值得一提的是，这年郑成功进攻南京，作者在江西积极防御，守卫一方，且平定安国叛兵，巡抚张朝璘将赵进美功绩上报朝廷，请求奖励。但如此重大的现实题材在其诗歌中竟无反映。这既与其诗歌观念有关，也与其在本集《自序》中所说“簿牒之缘既浅，吟咏之思亦倦”有关。本集共古今体诗 62 首，选注 13 首。

舟雪

炎方雪不易，况复泛舟看。暗渚飞将合，回风下故难。[1]

光摇万岫动，气摄大江寒。[2]徙倚闻清啸，渔榔度远滩。[3]

【注释】

①后二句是说，雪欲覆盖阴暗的渚地，旋转的风中，雪花在空际飞舞盘旋。　②万岫：众多山峰。　③徙倚句：徘徊观赏中听到了啸声。榔：敲击船舷的长木，也可代指渔船。

【评析】

诗写泛舟观雪，取材生动有趣，描写全着眼于感觉，写雪不落俗套。尾联写于清啸中乘船远去，别有韵味溢出诗外。

上巳[1]

返景支颐立，荒园曳杖回。[2]径寒春草合，鸟定暮钟来。

月试初弦照，花迎上巳开。自宜称小隐，未可厌深杯。[3]

【注释】

①上巳：即农历三月三日，有踏青游春、河边祓禊之俗。　②返景：夕阳。王维《鹿柴》："返景入深林，复照青苔上。"支颐：手托下巴。白居易《除夜》："薄晚支颐坐，中宵枕臂眠。"　③小隐：隐居山林。隐居朝市称"大隐"，语见《反招隐》。

【评析】

作者于夕阳下赏荒园，夜晚又赏新月，花边饮酒，自称小隐，反映了作者对官场生活的厌倦。作者在《白鹭续草·自序》中说："讼狱日简，宾从复稀，支枕高卧，懒僻逾于家食时。"此诗也可看作是这种生活的写照。

庭花后咏[①]十首（选二）

轻香冉冉光风转，艳质亭亭晓露间。
何异月陂堤上见，不因瘴疠损红颜。[②]
右牡丹。

【注释】

①后咏：此续《白鹭草》之《闲日庭花盛开即物漫兴八首》而作，故曰“后咏”。　②月陂：月形的池塘。

寒英绕座影离披，况值霜天橙蟹时。[①]
手版抛归公府去，方知秋色在东篱。[②]
右菊花。

【注释】

①寒英：寒花。影离披：菊影错杂貌。橙蟹：用橙子和螃蟹调制的食品。秋天橙与蟹皆成熟，故调制食品最可口。　②手版：官员所持笏板，此代指官员所用之物。此句是说，摆脱公务羁绊。东篱：陶渊明《饮酒》：“采菊东篱下，悠然见南山。”

【评析】

与前《闲日庭花盛开即物漫兴八首》相比，此组诗寄托之意较明显。咏牡丹之作“不因瘴疠损红颜”，即《茉莉》一诗“瘴雨蛮烟全不染，素肌绰约在炎方”之意。咏菊一诗全用陶渊明诗意，意在摆脱官场束缚，返于自然。

锦鸡[①]

日照褵褷锦翼张，石栏花榭烂生光。[②]
但除饮啄无余事，自觉樊笼意已忘。[③]

【注释】

①锦鸡：野鸡。此处指养在笼中的野鸡。　②褵褷：野鸡羽毛散乱状。石栏花榭：石头栏杆、种花的临水台屋。　③饮啄：吃喝。

【评析】

此咏物诗，也是寓言诗。锦鸡驯化，习惯已成，渐渐失去了本性，身在樊笼也浑然不觉。

画眉[1]

常将飞燕比身轻，天付双蛾画岂成。[2]
不悟受怜兼受妒，雕笼更啭出群声。[3]

【注释】

①画眉：鸟名。眼圈白色，往后延伸似形成两道眉毛，宛如画成，故名。②飞燕：双关语，既指燕子，也指汉成帝宠妃赵飞燕。双蛾：双眉。《诗经·卫风·硕人》："螓首蛾眉。"　③受怜兼受妒：被人喜欢的同时，也被人嫉妒。啭：指画眉宛转的鸣叫声。

【评析】

此诗同《锦鸡》，咏物兼寓言，写画眉不自知其处境，反而自鸣得意。作者此时作六首咏鸟类的诗，选二首以见其写法，另有《鹤》《白鹇》《鸜鹆》《鸽》。

中秋无月饮查伊璜感旧二首[1]

闻语重看貌，别君十九年。[2]共惊衰飒后，因忆乱离前。[3]
花曲舟重入，歌停酒更传。[4]应刘谁尚健，寂寞蜀冈烟。[5]

【注释】

①查伊璜：即查继佐，字伊璜，浙江海宁人。崇祯六年（1633）举人。曾参

加南明抗清，入清以著述讲学为业。 ②十九年：崇祯十四年（1641）两人曾在扬州见面，作者有《将赴白门留别查伊璜》一诗，距今已十九年。 ③乱离：既指明亡，也特指扬州之惨变。题目所谓“感旧”者即此。 ④花曲：旧指妓院。此二句写旧地重游，听歌饮酒。 ⑤应刘：典出曹丕《与吴质书》，指应玚、刘桢，后泛指文人朋友。此处指崇祯十四年（1641）在扬州的朋友郑元勋、姜垓、汤来贺等，郑、姜都已去世。蜀冈：扬州地名，代指扬州。

良宵还秉烛，客思转纷纷。[①]虫急初惊露，河明未出云。[②]
行藏双鬓改，去住一樽分。[③]且复听清咏，楚歌久不闻。[④]

【注释】

①客思：思乡之念。 ②河：银河。 ③行藏：出处行止。《论语·述而》：“用之则行，舍之则藏。”作者是行，查氏是藏。去住：作者是住，查氏是去，指分手。 ④清咏：清雅的吟咏。楚歌：楚地的歌曲。楚歌是悲歌、陷入困境之歌，此处所指或与南明有关。

【评析】

作者与查继佐的见面，相隔了十九年，也相隔了两个朝代，极有沧桑之感。当两人“因忆乱离前”时，话语中明显带有对明朝的回忆；所怀念的“应刘”诸朋友，或亡或存，也是感慨满怀；“楚歌久不闻”的“楚歌”中，也定有关于南明抗清的往事或近事。诗句平淡老成，但意蕴颇为深厚。

庭际芙蓉一株始开花正白既而澹红久而深红矣即昔人所称三醉也二首[①]

绰约临邛晓镜傍，倚风无力玉肌凉。[②]
歌终欲散霓裳队，澹染胭脂作午妆。[③]

【注释】

①芙蓉：此处当指木芙蓉，高树红花。 ②临邛：今四川邛崃，为汉代卓

文君家乡。此二句以卓文君喻木芙蓉。玉肌，喻花始发时白色状。 ③霓裳：即《霓裳羽衣曲》，此指歌舞之队。午妆：此指题目中“既而澹红”之意。

玉笛银床金叵罗，一规秋日绣帘过。[①]
已怜翠袖娇相倚，更指朱颜晚更酡。[②]

【注释】

①银床：银饰之床。金叵罗：金制酒具。一规秋日：圆圆的秋天太阳。一规，犹言“一轮”。此二句写闺房女子饮酒，引起后二句。 ②酡：酒后脸红，即酡颜。此二句写题目所称之“久而深红。”

【评析】

此二诗以美女喻木芙蓉，写出其颜色三变，即所谓“三醉”过程，描写有动有静，情态娇艳柔媚，富有想象力。

早行

寒灯促哀柝，严霜满征舆。[①]鸡鸣起邮吏，吹角戒其徒。[②]
深林多惊栖，况彼城上乌。[③]远烟带群动，岁暮山情孤。
旅心悦晨曦，泄云时有无。[④]奔走安敢厌，所惜非归途。[⑤]

【注释】

①哀柝：悲凉的打更声。征舆：出行的车子。 ②邮吏：驿站官员。戒其徒：告诫驿站人员。 ③此二句写早晨群鸟乱飞。 ④晨曦：早晨的阳光。泄云：飘散的云。 ⑤厌：厌倦。归途：归乡之途。

【评析】

作者早起出行，忙于公务，晨光可喜，旅途心悦，但可惜不是归乡的路。最后二句曲终奏雅，反出思乡之情。

泰和县作[①]

寒树聚孤城，睥睨照江湄。[②]塔影挂苍翠，烟岫相参差。
平沙接县门，北风扬戍旗。朝听租吏呼，夜闻寒女悲。[③]
我怀涪陵翁，荒榛没残碑。高阁快登临，披襟赋新诗。[④]
官事不易了，继者今其谁。[⑤]

【注释】

①泰和县：今江西吉安泰和。　②睥睨：即埤埦，城上女墙。江湄：江岸。　③作者《阅伍三记》之二记过泰和县境云："今此邑征输促迫，邮传络绎。"可助理解此两句。　④涪陵翁：即黄庭坚，字鲁直，号山谷道人，晚号涪翁，江西修水人。元丰三年（1080）曾任泰和知县，在泰和留下名作《登快阁》。披襟：快意状。作者《阅伍三记》之二云："泰和以山谷快阁名，今阁已废不可问。闻旧碑尚存，在某仓中，询吏人无知者。"　⑤黄庭坚《登快阁》："痴儿了却公家事，快阁东西倚晚晴。"又云："万里归船弄长笛，此心吾与白鸥盟。"末二句因黄诗而生发，写自己厌倦官场情态，盼望能有早日继任者。

【评析】

据作者《阅伍三记》之二记载，作者于顺治十四年（1657）巡视军队，路过泰和，登快阁，寻找黄庭坚题诗旧碑。此诗所写与《阅伍三记》完全相同。但此诗编入《白鹭续草》一集中，而此集诗全作于顺治十六年（1659），故时间略有参差。此诗疑为顺治十四年（1657）所作，误编入本集中。或作者于顺治十六年重到泰和，作有此诗。

予至吉四腊矣，丙申观雪于铜鼓道中，戊戌观雪于新淦，吉州独无。今岁腊十七日，大雪自辰达午，喜而有作[①]

四年留滞逢今雪，岁暮江城慰索居。[②]
青树声连鸳瓦动，红窗光入画檐虚。[③]

北堂昼漏沉沉度，东阁寒花苑苑舒。④
却忆故园风景切，冰溪载酒出双鱼。⑤

【注释】

①四腊：四个腊月，即四年。丙申：顺治十三年（1656）。铜鼓：今江西铜鼓。戊戌：顺治十五年（1658）。新淦：县名，今江西新干。自辰达午：自辰时到午时，也即自早晨至中午。　②江城：指吉安，在赣江之畔，故名。索居：独居。　③鸳瓦：即鸳鸯瓦，指成对的瓦。白居易《长恨歌》："鸳鸯瓦冷霜华重，翡翠衾寒谁与共。"光：雪光。画檐：雕画的屋檐。虚：静。　④漏：计时的漏壶。沉沉度：即时间慢慢度过。东阁句写雪寒中花仍缓缓开放。　⑤此二句是说，此时故乡寒冷，从冰河中凿冰打鱼、聚会饮酒。风景切，家乡情景如在目前，感到亲切。

【评析】

诗写赏雪之喜。颔联动静结合，有声有色。后两联写雪中寒花舒放，以南方物候反衬家乡此际正冰封河流，花意全无。诗中既写南北差异，也很好地表达了思乡之情。

江粤二岁草

顺治十七年（1660）十月，赵进美奉调广东布政使司参政，分守左江道，驻守端州。他在本集《自序》中说“久客投荒，北望踟躅”，实不愿往，所以一直到第二年正月才离赣赴粤。顺治十八年（1661）十二月，赵进美因公赴京，腊月二十二日离开端州，经过七十多天回到家乡，在博山住一宿即赴京缴命。此后，赵进美闲居故园十余年（中间有短暂起补）。康熙元年（1662），他将在江西、广东两年间所作诗歌编为《江粤二岁草》，此后几乎不再写诗，其诗歌创作生命结束于43岁时。本集诗歌，继续延续了在江西创作的题材与风格，老成工稳或有过之。其中，最优秀的作品是记录其返乡历程的《述征诗十八首》。本集共古今体诗104首，选注55首。

早春江上作

扁舟来往岁何频，岂为沧浪可寄身。[①]
欲去塞鸿应笑客，独眠洲鹭不惊人。[②]
初晴草树犹含雾，晓日江山已受春。
谷口微风吹五两，岸烟遥散鸟声新。[③]

【注释】

①沧浪：此指江、湖、河。　②前句写塞鸿北上，笑客滞留。后句写洲鹭独眠，以比人之安闲。　③五两：亦作“五緉”，古代的测风器。将鸡毛五两或八两系于高竿顶上，借以观测风向、风力。

【评析】

此诗仍写于江西，表达对春景之欣赏，暗含对仕宦生活之厌倦。

次韵答王迈人方伯[①]

章门寒雨维征棹，众里逢君见不疑。[②]
握手十年劳远梦，侧身千载况同时。[③]
星桥夜转江城色，薜荔春生故国思。[④]
南浦回舟增怅望，永和风度建安诗。[⑤]

【注释】

①王迈人：即王庭，字言远，一字迈人，浙江嘉兴人。顺治六年（1649）进士，此时为江西右布政使。方伯：商周时期的一方诸侯之长，后泛称地方长官。②章门：江西之代称，江西有章江，南昌古城门有章江门，故有此称。此二句写两人初见。　③劳远梦：谓只能梦中相见。侧身：犹“厕身”，置身其间。此句谓两人同时相处。　④前句写桥上观江城夜色。后句写春日生出故园之思。故国，故园。　⑤南浦：指分手之地。南朝梁江淹《别赋》：“春草碧色，春水

渌波，送君南浦，伤如之何。”永和风度：即魏晋风度。王羲之《兰亭集序》：“永和九年，岁在癸丑，暮春之初，会于会稽山阴之兰亭，修禊事也。”建安诗：以“三曹”“七子”为代表的建安诗风。尾联称赞王庭有魏晋风度，诗有建安之风。

【评析】

此酬和诗写出两人情谊，表达分别之情感，同时传达故园之思。

暮春江行

无限平林远带莺，桐花风软画桡轻。
拂帆晴絮高低落，映水春云断续生。①
床载束书如作客，窗闻布谷忆归耕。②
扣舷且尽登临意，夹岸青山照酒明。③

【注释】

①画桡：画船。此四句写暮春景象，江行之意包含在其中。　②束书：成捆的书。布谷：鸟名，又名杜宇、杜鹃。　③扣舷：敲打船舷。登临意：想象中的登临。此二句是说，船上饮酒，夕阳映照，两岸青山之倒影既入江水，也入酒杯。

【评析】

诗写暮春景色，巧于取景，也巧于造句。意境开合，俯仰高下，活泼有致。颈联写出意绪，尾联亦巧于运思，耐人寻味。

舟中听涂生弹琴

窗静纳江色，横琴独对君。①山光随指动，滩响入弦分。②
晚浦萧萧日，春空冉冉云。③曲终无限意，独使白鸥闻。④

【注释】

①窗：船窗。君：指涂生。　②此二句是说，江上弹琴，琴声与山光水色

融为一体。 ③萧萧日：日色凄清、昏暗貌。冉冉：缓缓移动。 ④白鸥：白鸥无机心，故有闲适之意。此处用《列子·黄帝》典。李白《江上吟》："仙人有待乘黄鹤，海客无心随白鸥。"

【评析】

诗写弹琴，纯借江上自然景色映衬，琴声荡漾于山水之间，令人入迷。尾联借"白鸥"一典点题。全诗气氛浓郁，情景交融，情感饱满而又鲜明，是"神韵"诗写作的路数。

江上偶作

日暮春江带雨平，远烟初灭万帆生。
风波不用询津吏，但作习池载酒行。①

【注释】

①津吏：管理渡口的官员。李白《横江词六首》五："横江馆前津吏迎，向余东指海云生。郎今欲渡缘何事，如此风波不可行。"此借用李白诗意。习池：即习家池，又名高阳池，在湖北襄阳。《晋书·山简传》："简镇襄阳……诸习氏荆土豪族，有佳园池，简每出游嬉，多之池上，置酒辄醉，名之曰高阳池。"孟浩然《高阳池送朱二》："当昔襄阳雄盛时，山公常醉习家池。"

【评析】

此诗为作者目睹日暮春江景色，想到李白的《横江词》而即兴作。诗把江水视为习家池，但求饮酒，莫问风波，既是沉溺，也是解脱。

暑日登白鹭洲阁①

赣江千里来，分流错城东。②清沙漾文澜，高阁踞其中。③
霞际出朱槛，万木交天风。④俯首视飞鸟，关关鸣幽丛。⑤
窗虚写列巘，联蝉势不同。⑥苍翠无定质，泄云变遥空。⑦
塔影乱征帆，出没天蒙蒙。⑧杯底动棹歌，逶迤响未终。⑨

炎烝忽已失，坐收白帝功。[10]欲去更徙倚，斜阳浮水红。

【注释】

①白鹭洲：位于江西吉安东面赣江中，洲上有阁。 ②赣江：长江支流，位于江西。错：交叉。 ③漾：漾荡，指水的冲刷。文澜：指水的波纹。此句指水的冲刷形成了清沙。 ④朱槛：朱红色的栏杆。 ⑤关关：鸟鸣声。《诗经·周南·关雎》："关关雎鸠，在河之洲。" ⑥写：描摹。列巘：排列的山峰。联蝉：连续、相连。 ⑦泄云：飘散的云。此二句写山之苍翠与云之飘散均变幻不定。 ⑧塔影句：塔之倒影斜入江中，与船帆纠结在一起。⑨棹歌：船歌、渔歌。此二句写在悠长的棹歌声中饮酒。 ⑩白帝：掌管秋天之神。此句指江上如秋天之凉爽。

【评析】

此为山水诗，登临观江景而作，写法上模仿"二谢"尤其是谢朓之诗风。多客观描摹，观察细腻，体会真切，角度新颖，如"窗虚写列巘""塔影乱征帆"等，语言清绮优美。末句写夕阳映江，水面变红，色泽鲜艳，似受谢朓"余霞散成绮"之影响。

题泰和署中[1]

返照孤城鼓角哀，当年快阁半蒿莱。[2]
炎荒留客何时去，官舍惊心几度来。[3]
败牖斜风熠耀度，空堂积雨决明开。[4]
巡檐怅望银河色，薄暮移床拂绿苔。[5]

【注释】

①泰和：今江西吉安泰和，位于江西西南部，赣江中游。 ②快阁：在江西吉安泰和，黄庭坚有《登快阁》一诗，甚有名。蒿莱：荒草。 ③炎荒：南方炎热荒远之地。西晋傅玄《述夏赋》："清徵泛于琴瑟，朱鸟感于炎荒。"官舍：即诗题之"署中"。 ④败牖：破窗。熠耀：荧火，也名鬼火。《诗经·豳风·

东山》："町畽鹿场，熠耀宵行。"毛传："熠耀，磷也。磷，荧火也。"另解为光亮鲜明貌，见高亨《诗经今注》。朱熹《诗经集传》注："光不定貌。"决明：一种豆科植物，八月开花，花呈黄色。 ⑤巡檐：在檐下行走。拂绿苔：写署中之冷清状。

【评析】

诗既写泰和衙署，又写泰和快阁，两者已同归于荒凉破败。首联之"鼓角哀"，点明是因为战争的破坏，作者为之深致感慨。

晚宿万安①

曲岸疏林静似村，萧条烟火几家存。
迷人野蔓遥牵屋，畏虎山城早闭门。
落日鸟衔归树影，乍晴水掩上滩痕。
无衣何处鸣哀柝，江外云低夜气昏。②

【注释】

①万安：今江西吉安万安。 ②无衣：《诗经·秦风·无衣》："岂曰无衣，与子同袍。"哀柝：军中的打更声，低沉悲凉。

【评析】

全诗以写景为主，突出万安之萧条荒疏。尾联"哀柝"点题，表明此地仍有军队和战事，而战争正是造成社会凋敝的主要原因。全诗景中含情，意象鲜明，流丽而沉郁，诗境老到。

晚凉江行

四年南国吏，性已狎沧波。暑力风中减，晚凉水上多。
万山浮日动，孤棹掠烟过。徙倚披襟处，如闻渔父歌。①

【注释】

①徙倚：徘徊、流连。渔父歌：《楚辞·渔父》："渔父莞尔而笑，鼓枻而去，

乃歌曰：‘沧浪之水清兮，可以濯吾缨；沧浪之水浊兮，可以濯吾足。’”

【评析】

作者于顺治十三年（1656）来到吉安任职，至顺治十七年（1660），已是“四年南国吏”。全诗语气平静，正与“渔父歌”之“濯吾缨”“濯吾足”同，有与世浮沉之感。颈联写景生动，为作者最擅长处。

赠李太虚先生①

清秋江上相逢地，杖履依然道义存。②
一代文章留虎观，百年姓字仰龙门。③
乱余娄敬非无策，世去臧洪始见恩。④
独有东山丝竹在，可怜檀板对金尊。⑤

【注释】

①李太虚：即李明睿，字虚中，号太虚，江西南昌人。明天启二年（1622）进士，曾力劝崇祯帝南迁，因受到大臣陈演等极力阻挠而未成。入清后任礼部侍郎，奉命上崇祯帝谥号为怀宗端皇帝。晚年优游隐居，多养声伎。 ②杖履：手杖与鞋子，指行走。此句写李明睿之气质，称赞其为道义之所在。 ③虎观：即白虎观，汉宫观名，在未央宫，东汉时在此地举行“白虎观会议”，讲议五经。龙门：古代科举考场的正门称龙门，称科举登第为跃龙门。李明睿在明代为科举考试官，其门生有著名诗人吴伟业等。 ④娄敬：西汉初年齐地人，曾力劝刘邦定都长安。此处用娄敬典指李明睿建议崇祯帝南迁事。臧洪：字子源，广陵射阳人。东汉末年游说群雄讨伐董卓，后为救张超，与袁绍交恶，被袁绍所杀。史称义士、烈士。此代指李明睿。见恩：见出恩义。 ⑤东山丝竹：东晋谢安曾在东山隐居，常叫随从带上乐器奏乐游玩，时称“东山丝竹”。檀板：一种乐器，又称拍板，常用檀木制成，故称。李明睿隐居后，耽于享乐，家有戏班，即为尾联所指。

【评析】

李明睿在明末以建议崇祯帝迁都而闻名，此诗写作者与李明睿相见，亦叹惋此事，可见在明亡之事上，作者与李明睿有共同感受。诗称颂李明睿之文章，赞誉其在士人中享有大名。诗末以谢安之“东山丝竹”为喻，除写李明睿有家乐享受外，也可能对其寓有“东山再起”之祝愿。

九日雨中游青原听南昌涂君弹琴①

高阁平临飞鸟回，寒岩风叶乱苍苔。
傍筵石出溪流改，绕寺竹鸣山雨来。②
野径重过松渐老，天涯无恙菊仍开。
自寻薜荔幽人约，更对茱萸九日杯。③

【注释】

①九日：此为顺治十七年（1660）重阳节。青原：山名，在江西吉安。南昌涂君：即前《舟中听涂生弹琴》之“涂生”，为南昌人。　②筵：古人席地而坐所铺的坐席。　③薜荔幽人：指隐居之高士。茱萸：重阳节有登高饮酒、佩插茱萸的习俗。王维《九月九日忆山东兄弟》：“遥知兄弟登高处，遍插茱萸少一人。”

绝壁流云影渐移，未霜丹叶半离离。
殊方家远登台倦，衰鬓寒侵落帽知。①
绕座溪传松外响，隔林山出雨中姿。
临风不尽鸣琴意，况复凭高有所思。②

【注释】

①殊方：远方。落帽：《世说新语·赏鉴》刘孝标注引《孟嘉别传》：孟嘉“后为征西桓温参军，九月九日温游龙山，参寮毕集，时佐史并着戎服，风吹嘉帽堕落，温戒左右勿言，以观其举止。嘉初不觉，良久如厕，命取还之”。“孟嘉落帽”既是名士风流的代称，也是重阳习俗的写照。　②有所思：杜甫《秋兴八首》四：“鱼龙寂寞秋江冷，故国平居有所思。”唯杜甫所思是故都长安，作者此时所思恐是故乡。

【评析】

二诗突出重阳节习俗，描写青原山景物，表达对故乡亲人的思念。诗以写景为主，情寓景中，第二首结末方出“弹琴”之意，写法与《舟中听涂生弹琴》一诗蹊径有别。

维舟夜雨[1]

孤棹浪中宿，短篱乱后存。[2]舟灯明细雨，渚雾暗空村。
曲岸交虫语，平沙失雁痕。五年身万里，漂泊负清尊。[3]

【注释】

①维舟：系船停泊。 ②短篱：低矮的篱笆。 ③五年：作者自顺治十三年（1656）离京城至吉安赴任，到写此诗之顺治十七年（1660），总计五年。

【评析】

全诗明白如话，清空一气，流畅的节奏中又让人感受到沉郁的情绪，不虚不浮。作者后期诗歌往往臻此境界。

舟中骤暖

沙暄草暖鸟争飞，竹缆摇波风力微。
万里炎荒今日始，舟中正月换春衣。[1]

【注释】

①炎荒：南方炎热、荒远之地。此指广东端州。

【评析】

顺治十七年（1660）十月，作者调任广东布政司参政，分守左江道，驻守端州（今广东肇庆）。思家心切，意不愿往，故迟至第二年正月初二方启程赴任。此诗为作者离开吉安时所作。

雨雪①

玄云变暄旸，积阴断遥渚。②扁舟三日行，节候异寒暑。
凄风动长林，密霰随急雨。③芳树敛秾华，谷鸟戢嘉羽。④
群峰隔苍茫，出没乱平楚。⑤野旷众光低，空江应叠鼓。⑥
薄暮渔榔归，岸灯静可数。⑦萧瑟愁居人，况此远行旅。

【注释】

①雨雪：雨夹雪。另，雨作动词，即下雪。从下面“密霰随急雨”一句看，应是雨夹雪。　②玄云：黑云、浓云。暄旸：晴天。遥渚：远处的水中平地。③凄风：寒风。密霰：密集的雪粒。　④敛：收起。谷鸟：山谷中的鸟。李白《江夏别宋之悌》：“谷鸟吟晴日，江猿啸晚风。”戢：收藏。　⑤平楚：平野。⑥叠鼓：轻快地击鼓。谢朓《鼓吹曲》：“凝笳翼高盖，叠鼓送华辀。”《文选》李善注：“小击鼓谓之叠。”　⑦渔榔：指渔船。

【评析】

此诗直是一幅雨雪行舟图也。作者善摹景象，历历在目，且动感十足。

初霁早行

明霞荡空翠，日气散林薄。前畴秀疏木，宿云澄远壑。①
激流石势争，枉渚帆影错。②参差众峰攒，透迤大江阔。③
暖景嘉卉发，断岸幽泉落。候禽既关关，夭桃亦灼灼。④
游鳞牵密藻，疏筱荫红药。抚时悼屡迁，揽物感所托。⑤
行役非不劳，旅怀厌栖泊。⑥既骋烟际目，复此风中酌。

【注释】

①前畴：前方田野。宿云：夜晚的云气。　②枉渚：古地名，即枉水流入沅水的小水湾。《楚辞·九章·涉江》：“朝发枉渚兮，夕宿辰阳。”　③攒：聚

集在一起。 ④关关：《诗经·周南·关雎》："关关雎鸠，在河之洲。"灼灼：《诗经·周南·桃夭》："桃之夭夭，灼灼其华。" ⑤后二句是说：自己感念时事，悲悼自己要经常迁徙；看到万物，就想到各有所托。 ⑥栖泊：旅途中的停靠。

【评析】

早行中的景物，得之于目验，触之于内心，写景明丽，感情饱满，语句注重对仗，整齐而不呆板。这些手法都自汉魏古诗中来，特别是与"二谢"诗风相近，可以看出作者古诗之着力处。

微雨

零雨布晨甸，泄云涨春岑。[1]烟浦势相错，风帆力自任。
殊方变物候，恬目延赏心。[2]岸桃坼红萼，山鸟弄清音。
鸣泉委虚壁，崇阴结远林。[3]石立伏濑浅，路转平潭深。[4]
磷磷感唐什，湛湛伤楚吟。[5]桡歌静不发，聊拂匣中琴。[6]

【注释】

①晨甸：早晨的郊外。春岑：春山。 ②恬目句：此句表达作者赏心悦目之感。 ③委虚壁：泉水汇集到空虚的石壁间。委，水流汇集。 ④伏濑：从石头间流出的水流。濑，水流。 ⑤磷磷：水中石头突立的样子。张九龄《自豫章南还江上作》："归去南江水，磷磷见底清。"白居易《南侍御以石相赠助成水声因以绝句谢之》："泉石磷磷声似琴，闲眠静听洗尘心。"唐什：唐诗篇章。因唐诗中多用"磷磷"，故云。湛湛：清澈。《楚辞·招魂》："湛湛江水兮上有枫，目极千里兮伤春心。"楚吟：即《楚辞》。 ⑥桡歌：渔歌、船歌。

【评析】

诗写微雨中江行所见，多客观描写，主观感情仅借"湛湛伤楚吟"一句点出，使赏心悦目的春景流露出淡淡的忧伤。句式多对仗，手法多与上篇同。

度庚岭数里山势郁秀松萝蒙蔚怪石嵌空苔绣错出有作①

劳役获幽赏，炎荒慰此行。②桃花春坞静，松叶石梁清。③
路逐溪声得，山如人意成。晚霞生积翠，斜日鸟边明。④

【注释】

①庚岭：即大庚岭，为五岭之一，位于江西赣州大余南，为通往广东的通道。松萝蒙蔚：指山上遍布松树及藤萝。苔绣错出：绿苔如绣，交错出现。②劳役：行役之劳。幽赏：指优美的山景。炎荒句：见此美景，足以告慰此次远行。 ③坞：四面高中间低的地势。石梁：石桥。 ④晚霞句：晚霞从厚重的绿色中生出。

【评析】

诗写出观赏庚岭美景的惬意，注重色彩的传达与感受。

韶州作①

鸣桡出上游，云日万山幽。②碧槛芙蓉驿，青帘杜若洲。③
郡形开百粤，塔影照双流。④渔火清沙远，茫茫发旅愁。⑤

【注释】

①韶州：今广东韶关，位于广东北部。 ②鸣桡：开船。 ③芙蓉驿：驿站名，在今广东韶关曲江区南。青帘：酒家门口挂的幌子，借指酒家。杜若洲：唐代赵嘏《曲江春望怀江南故人》："杜若洲边人未归，水寒烟暖想柴扉。"是杜若洲亦应在今广东韶关曲江区。或是虚指。 ④百粤：亦称"百越"，指今广东、广西之地。韶关为广东北大门，进入韶关，即进入广东之地，故云"开百粤"。塔：今韶关曲江区有仙人塔。双流：两条河流。 ⑤此二句是说，遥望远处的渔火，感到无边的旅愁。茫茫，广大貌。

【评析】

诗写出韶关特征，尾联表达旅愁，含有厌倦仕途之感。

浈阳峡[①]

斜日浈阳峡，轻帆趁急流。波光清度鸟，山势曲随舟。[②]
乱树双泉落，明霞半壁收。渔榔带远火，一笑听蛮讴。[③]

【注释】

①浈阳峡：浈水的一个峡谷，位于今广东英德。唐代张九龄有同名诗作。②山势句：写乘船沿山势曲折而行。③渔榔：渔船。蛮讴：南方语音的歌曲。

【评析】

诗从远近高低写景物，色彩明丽，表达初到此地的新鲜感。

端州登舟[①]

更作泛舟役，其如客梦何。[②]春残余上巳，江远自牂牁。[③]
不断莺时雨，遥传蛋浦歌。[④]炎方殊节候，花事未蹉跎。[⑤]

【注释】

①端州：即今广东肇庆，时作者驻节于此。②客梦：即思乡之梦。③上巳：农历三月三日。牂牁：即牂牁江。发源于云南，大部分河段在贵州，故贵州亦称为牂牁。端州西江自牂牁江迤逦而来，故称。④莺时雨：即春雨。蛋浦：亦作“疍浦”，古代南方在船上居住、从事渔业的人家。⑤此二句是说，炎热的南方节气不同，但花事未曾错过。蹉跎，失时。

【评析】

作者虽有思乡之忧，但被初到之异乡景色所深深吸引，喜悦之情溢于言表。笔调轻快，表达生动。

舟中有感

海云晴未散，雨后晚林疏。岩势绣相错，波纹熨不如。[①]

人疑重译外，地是尉佗余。[2]一岭沧江隔，空怀双鲤鱼。[3]

【注释】

①绣相错：指山势如锦绣交织。波纹句：波平如镜，人工熨烫也比不过它。②重译：多次翻译。此句是说，当地方言听不懂，好像要经过多次翻译。尉佗：即赵佗，秦时曾任南海郡尉，后盘踞广东称南越王。③一岭：指南岭。沧江：江水。双鲤鱼：代指书信。汉乐府《饮马长城窟行》："客从远方来，遗我双鲤鱼。呼儿烹鲤鱼。中有尺素书。"此二句写南北遥远，即便有书信也不能寄达。

【评析】

诗以写景为主，尾联表达思亲念家之感。

登阅江楼[1]

独立苍茫百尺楼，飞甍垂影下沧洲。[2]
炎天疑在虚无外，暇日还登最上头。[3]
塔拥地形分槛远，雨含山色渡江幽。[4]
自怜近郭成清赏，且散乡心付白鸥。[5]

【注释】

①阅江楼：在今广东肇庆，南临西江。②飞甍：楼之飞檐。沧洲：指江水。③炎天：炎热的南方。此句写阅江楼似矗立在虚无之天空。④前句写塔占地势，视野开阔。后句言隔江青山，雨后清幽。⑤怜：喜爱。乡心：思念家乡之心情。付白鸥：指像白鸥那样闲适自在。

【评析】

诗前六句写楼之高、地形好、视野阔，最后表达爱赏之意，并借此排遣思乡之情。

夏日放舟

夏云明郭外，飞鹭满东皋。[1]日气抱林静，江流入峡高。[2]

蛮歌出椰酒，墟饭荐番桃。[3]异域炎烝候，双帆愧尔劳。[4]

【注释】

①东皋：水边高地。　②入峡高：指江水流入峡谷后水大流急浪高。③蛮歌：南方歌曲。椰酒：用椰子水与浆酿成的酒，为广东特产。宋代苏过《己卯冬至儋人隽具见饮既罢有怀惠许兄弟》："椰酒醍醐白，银皮琥珀红。"墟饭：在集市上吃饭。番桃：一种热带水果，又名"番石榴"，南方特产。　④此二句写乘船可避炎热。炎烝候，炎热的气候。

【评析】

全诗突出南方特征，除炎热外，还有"蛮歌""椰酒""番桃"等，很好地表达了异域风情。

羚山寺[1]

峡尽江流转，维舟步野苔。[2]寺门丹荔熟，石磴佛桑开。[3]
幽磬临风落，闲云隔水来。[4]午凉松畔好，况上最高台。

【注释】

①羚山寺：在今广东肇庆端州区羚羊峡边，建于南朝，亦名"峡山寺"。②峡：指羚羊峡。　③丹荔：成熟的荔枝呈红色，故名。佛桑：植物名，即扶桑花。　④幽磬：寂静中磬声响起。

【评析】

诗写游寺所见，语调轻松，语言自然，对仗工整而流动。

食荔枝歌[1]

海风吹林黛幕垂，繁星照空何离离。[2]
仙衣自吐云霞锦，瘴烟不侵冰雪肌。[3]
江村野老乘露摘，青笼影透珊瑚色。[4]

雕盘绮席空闻名，独在炎方慰迁客。⑤
从来尤物推增城，玉肤芳腻风骨清。⑥
苎萝巫山不择地，新兴有女如双成。⑦
绛绡重护珠房簇，丽质天然托幽谷。⑧
娉婷徒忆翠钗悬，尘埃不作朱樱绫。⑨
崧台六月火云发，榕叶冥冥荫石榻。⑩
轻红百颗带缃枝，冻乳无声水晶滑。⑪
蝉鸣雨止开中堂，端州酒浓琥珀香。⑫
东皋他年话今夕，岭南乐事安可忘。⑬

【注释】

①荔枝：水果名，产于南方，以广东最多。　②黛幕：黑色幕布。离离：盛多，繁多。　③仙衣句：荔枝成熟时呈红色，累累满树，如同云锦一般。瘴烟：南方潮湿之气。冰雪肌：荔枝果肉呈白色，故称。　④青笼：树干高大，树叶茂密，浓郁青色笼罩，故称。珊瑚色：红色，指荔枝果实。　⑤雕盘：雕花盘子。绮席：华美的宴席。迁客：此为作者自指。迁客本为贬谪之人，作者将调任端州视同贬谪。　⑥尤物：特异、美好之物。增城：今广东广州增城区，以盛产荔枝闻名。玉肤句：形容荔枝美好可口。　⑦苎萝：浙江诸暨苎萝山，为西施故乡。巫山：宋玉《高唐赋》写巫山神女。新兴：地名，今广东云浮新兴，亦以产荔枝著名。双成：仙女董双成，传为西王母侍女。此二句以美女比拟荔枝之美。　⑧绛绡：红色的绢。此处指荔枝的外皮。珠房：荔枝肉白似珠，外皮呈红色，故云。簇：荔枝果聚集、簇拥在一起，故称。　⑨娉婷：女子姿态之美。翠钗：翡翠钗，女子妆饰。此句以美女妆饰喻荔枝枝头摇曳。朱樱：即“朱缨”，朱红色的穗子，为俗世装饰。此句言荔枝不作俗世之物。　⑩崧台：地名。在今广东肇庆城西。六月：为荔枝成熟、采摘季节。冥冥：昏暗貌。此句指榕树遮荫。　⑪缃枝：浅黄色的树枝。冻乳：指荔枝果肉。　⑫中堂：正堂的大厅。琥珀香：酒呈琥珀色，飘散香味。　⑬东皋：此指隐居之地。

【评析】

历代写荔枝，大致分为两类：一为讽喻，如杜牧之“一骑红尘妃子笑，无人知是荔枝来”；二是赞美，如苏轼之“日啖荔枝三百颗，不辞长作岭南人”。此诗是赞美荔枝，效仿苏轼，可能也受到苏轼诗的影响，观诗末两句即可知。此诗为古体，重铺叙描摹。诗用美女比喻荔枝，突出荔枝之红与白，加上自己的品尝体验，将荔枝之美作了很好的表现。

送鲍夏生宪副赴秦臬便道归省①二首

北望自惆怅，谁堪送所思。②雨余晨树静，帆外夏云迟。
卧阁功名晚，归装父老知。③离心无去住，故国在天涯。④

【注释】

①鲍夏生：即鲍开茂，字夏生，号素垣。济南长山（今山东淄博周村区）人。明崇祯十五年（1642）举人，清顺治三年（1646）进士。鲍开茂时任广东按察使副使，调任陕西按察使副使。宪副：对按察使副使的简称。臬：按察使又被尊称为臬台。归省：回家探亲。　②所思：所喜爱的人。屈原《九歌·山鬼》：“被石兰兮带杜衡，折芳馨兮遗所思。”此指鲍开茂。　③卧阁：卧床之阁，谓治政简易，即《汉书·汲黯传》所谓“卧而治之”。　④去住：犹去留。蔡琰《胡笳十八拍》：“十有二拍兮哀乐均，去住两情兮难具陈。”“无去住”即去意甚坚，无犹豫之情。

万里殊方客，同怀白发亲。①遥知过里日，应念未归人。②
瘴疠维舟远，云霞度岭新。③秋来函谷月，霸气属三秦。④

【注释】

①殊方：远方。白发亲：指思念父母之情。　②过里日：此指鲍开茂“归省”。未归人：作者自指。　③瘴疠：南方地区。此句指作者停舟相送。度岭：北过大庾岭。此句指鲍开茂北去。　④函谷：即函谷关。此代指陕西。霸气：即称霸气象、强悍之气。三秦：项羽灭秦后，将秦地一分为三，封章邯为雍王，董翳为翟王，司马欣为塞王。故称陕西为“三秦”。

【评析】

鲍开茂与作者同为淄博人，又同在端州任职，鲍开茂的调任特别是“便道归省”，引起了作者极大的感慨。诗以近乎直白的语气表达了强烈的思家念亲之情，对鲍开茂的调任羡慕不已。

食荔枝戏作

绛囊紫膜护冰丸，未吐先知气若兰。[①]
闻道多食益颜色，明朝衰鬓镜中看。[②]

【注释】

①绛囊紫膜：指荔枝的红色外壳。冰丸：荔枝白色的果肉。 ②益颜色：传说荔枝有驻颜之效。

【评析】

所谓“戏作”者，在后两句：据说吃荔枝能让人年轻，明天就照镜子，看自己衰老的容颜有没有变化。作者以谐语写出对荔枝的喜爱。

闰月七夕[①]二首（选一）

已度洗车雨，云开夜气清。[②]更传乌鹊信，偏系绮罗情。[③]
月冷露如缀，秋深河转明。[④]巧筵羞再乞，用拙自吾生。[⑤]

【注释】

①闰月：顺治十八年（1661）闰七月。 ②洗车雨：七夕前后下的雨。一说专指七夕前一天下的雨。 ③更传：再传。指闰月七夕。乌鹊信：传说七夕乌鹊搭桥渡牛郎织女相会。绮罗情：男女相会之情。 ④河：银河。 ⑤巧筵：七夕有乞巧之俗。作者言羞于乞巧，将一生守拙。

【评析】

此诗意思全在尾联，借七夕风俗，表达自己将抱朴守拙。前面写七夕风俗都是铺垫，最末点出正意，所谓曲终奏雅也。

寄王贻上①

少年治郡出名家，桥畔箫声对放衙。②
画舫光摇胥浦月，襜帷香动蜀冈花。③
故园书近秋来雁，卧阁诗成晚上霞。④
旧迹千年重问讯，隋堤烟柳几行斜。⑤

【注释】

①王贻上：即王士禛，字贻上，号阮亭、渔洋山人。济南新城（今山东淄博桓台）人，顺治十五年（1658）进士，时任扬州推官。 ②少年：谓年轻。时王士禛二十八岁，正值青年。治郡：管理一郡。王士禛任扬州推官，管理一郡司法事。名家：新城王氏为名门望族，人多仕宦，故称。桥畔箫声：此处化用杜牧写扬州的名句："二十四桥明月夜，玉人何处教吹箫。"放衙：即衙门下班。此句指王士禛在扬州有"红桥修禊"等韵事。 ③胥浦：地名，在今江苏扬州仪征。此代指扬州。襜帷：车子的帷幕，代指车辆。蜀冈：地名，在扬州西北郊，是扬州名胜。此二句写王士禛乘坐舟车在扬州各地游历。 ④前句谓秋季王渔洋曾寄来书信。后句称赞王渔洋在扬州所写诗之优美。卧阁，卧床、卧室，代表个人生活。 ⑤重问讯：多次问候。作者曾多次游历扬州，对扬州极为熟悉，故云。隋堤烟柳：隋炀帝在运河大堤边广种杨柳。此二句为问讯扬州风景是否还似往日。

【评析】

赵进美的诗歌创作，上承明"前后七子"，下开清初王士禛，是文学思潮过渡期的山左代表人物。赵与王的交游是一个值得注意的文学现象。两人此时书信往来，赵进美曾写信给王士禛，为明"前后七子"辩护，此信被王士禛作为其诗集的序言，可见重视。这首诗是两人相互欣赏、相互称道的见证。颔联正是吴伟业说王士禛"昼了公事、夜接词人"之意，王士禛著名的"红桥修禊"等文学活动也当为赵进美所知，故称颂其诗如晚霞一样富有光彩。尾联关于"隋堤烟柳"的问讯，也不可泛泛看过，其中含有明清易代之际扬州所经历的劫难，近二十年以后，扬州恢复得如何？这才是作者关心的真正内容。

龙眼[①]

翠盖扶疏比目稠，炎方琪树应新秋。[②]
珠胎出浦藏难见，金弹抛林散未收。[③]
向日露凝仙掌重，当筵冰堕玉盘流。[④]
布衣云壑甘同老，不受风尘驿骑羞。[⑤]

【注释】

①龙眼：水果名，又称“桂圆”，生长于华南地区，七八月份果实成熟。②翠盖扶疏：形容龙眼树的树冠枝叶茂盛。比目：龙眼的别名。北魏贾思勰《齐民要术》引《吴氏本草》：“龙眼，一名益智，一名比目。”稠：盛多。琪树：仙境中的玉树。唐代崔珏《哭李商隐》：“只应物外攀琪树，便着霓裳上绛坛。”③珠胎出浦：此用“合浦珠还”典故，见《后汉书·孟尝传》：合浦海中出珠宝，因当地官吏贪渎，珠宝都迁到邻县交趾去了。后孟尝到任，清正廉明，为百姓办事，珠宝又回来了。此处以珠胎喻龙眼果肉。金弹句：龙眼成熟时，果实呈黄褐色，累累挂于树上，如同金弹抛于林中。　④仙掌：汉武帝在建章宫造铜人，捧铜盘玉杯，以承接天上的仙露。此处指采摘龙眼的盘子。此句写早晨采摘带露水的龙眼。当筵句：龙眼剥开后放置玉盘中，呈上宴席，龙眼晶莹如冰，在盘中滚动。　⑤布衣：平民。云壑：云雾缭绕的山谷。风尘驿骑：杜牧《过华清宫》：“一骑红尘妃子笑，无人知是荔枝来。”苏轼《荔枝叹》：“颠坑仆谷相枕藉，知是荔枝龙眼来。”此二句将龙眼与荔枝对比，赞赏龙眼能与百姓共处于山谷，不愿作为贡品受风尘驿骑、“颠坑仆谷”之羞。

【评析】

此为咏物诗，写树写果，写新剥后如冰之果肉，都表达了作者对于龙眼的喜爱。典故运用灵活，是本诗的一大特点。尾联借与荔枝对比，表明志向，借物咏志，恰到好处。

初游七星岩[①]四首（选二）

百顷平潭转，千寻翠壁开。[②]水阴清慧殿，云气涌香台。[③]

幽鹭分花立，孤蝉倚磬来。岩扉题字满，留客辨苍苔。[4]

【注释】

①七星岩：在今广东肇庆端州区，有星湖与七个山峰，七峰如北斗倒映湖中，故名。　②平潭：指七星岩之星湖。　③慧殿：佛殿。指七星岩有水月宫寺庙。香台：燃香供佛之平台。　④后二句是说，七星岩之摩崖石刻，自唐宋以来文人题咏刻字甚多。

晚照翠堪挹，秋容近可攀。[1]上方连下界，北斗挂南山。[2]
日射芙蕖影，云封薜荔班。[3]龙床清不寐，晞发对僧闲。[4]

【注释】

①挹：舀取。形容七星岩翠色如流。　②上方、下界：天上为上方，人间为下界。寺院也可称上方。北斗：七星岩七峰如同北斗。　③芙蕖：荷花。薜荔：香草。班：即成行成列。前句写日射湖中。后句写云封石壁。　④龙床：雕龙的床，喻指床之名贵。晞发：洗发后晾干。此处也表示一种清洁的心境。

【评析】

此组诗写出七星岩之形胜，表达喜爱之情。第二首尾联写与僧闲话，借以写出一种超尘脱俗之境界。

再游七星岩四首（选二）

岩壑秀参差，空蒙秋更宜。[1]应随碧汉落，恐逐海风移。[2]
石拥朱楼出，烟含锦树滋。[3]幽踪人不到，独有片云知。

【注释】

①秀：此处可作动词，也可作形容词。作动词即表现、展现之意。　②碧汉：银河。此二句写七星岩“一柱摘星”之景观。　③朱楼：指天柱岩上之摘星楼。滋：生长、繁茂。

水月开初地，星夜控上岩。[1]松根空欲堕，石影静相衔。[2]
浮雾通游屐，飘香点客衫。[3]高楼倚虚敞，十里度江帆。[4]

【注释】

①水月：七星岩之水月宫。上岩：七峰中之最高峰。　②此二句写最高峰天柱岩景观。　③此二句写雾中登山，香气沾襟。　④高楼：指天柱岩之摘星楼。十里句写在摘星楼遥望江中情景。

【评析】

此二诗突出七星岩之顶峰天柱岩及岩上摘星楼，突出其高危幽僻，与天相接，作者善于抓住景物加以摹写，作出人意料之语句，如两诗之颈联，写出摇摇欲坠之感。二诗对仗工整且流宕，写法平易中见奇崛，作者五律往往如此。

舟行不寐

收书仍不寐，高枕觉帆轻。小榻孤灯照，乱山疏雨鸣。
家遥寒梦短，潮满夜江平。[1]独喜闻人说，冬深瘴疠清。[2]

【注释】

①家遥句：寒夜中梦见遥远的家乡，醒来后颇为留恋，故曰“梦短”。②冬深句：瘴疠因热湿而成，故冬天则无。

【评析】

诗极有境界，意象鲜明，思乡之情表达得很别致。

述征诗[1]十八首

嗟予滞炎徼，七载空忆归。[2]岁暮戒严装，中怀尚疑非。[3]
鸣笳启首途，寒郊布澄晖。[4]樯末度微飙，余霞映我衣。[5]
旷渚鸡鹊鸣，翠羽穿林飞。[6]祖道散夕筵，峡静渔舟稀。[7]

北望虽慰心，回首情依依。[8]挥手谢父老，夙志诚已违。[9]

【注释】

①述征：记述征程。　②炎徼：炎热的南方。徼，边界、边陲。七载：作者自顺治十三年（1656）离京至江西吉安赴任，实为六年；至康熙元年（1662）归家后，则前后计为七年。空忆归：想归家而不得。　③戒：准备。严装：行装整齐、完备。中怀句：尚不敢相信这是真的。　④鸣笳：吹奏笳笛。古代官员出行，前导鸣笳以启路。澄晖：明亮的阳光。　⑤微飙：微风。　⑥旷渚：开阔的水中平地。鸡鹌：一种水鸟，长腿丹喙。翠羽：代指鸟。　⑦祖道：送行宴会。　⑧此二句是说，北归虽然高兴，但离开端州仍感依依不舍。⑨谢：辞别。夙志：久存于心的志愿。此诗写启程、送别以及对端州之不舍。

江势引征樯，山色亦无尽。[1]初阳散惊澜，流云敛余润。[2]
泽国旷多愁，谷风微有信。[3]予棹何容与，来舟横一瞬。[4]
群力争乱石，劳歌递远韵。[5]稍觉苍翠移，方悟川途进。[6]
揽胜志易更，目遥行不近。[7]回沿非归程，旅怀安可问。[8]

【注释】

①征樯：征帆。　②此二句是说，旭日照着急流，流云收起，天气晴朗。③谷风：《诗经·邶风·谷风》："习习谷风，以阴以雨。"信：谓花信。前句言水域旷远，令人发愁。后句言习习谷风，带来微妙的春天花信。　④容与：安闲、从容。来舟句言来舟迅猛，转瞬即过。　⑤此二句写纤夫拉船。劳歌，纤夫号子。　⑥此二句是说，感觉青山移动，方知船在前行。　⑦此二句是说，贪观胜景，情绪不断变化，胜景只能远望而不能靠近。　⑧回沿：回头、返程。此诗写水路之难行。

江流泻寒玉，苍壁空嶙峋。[1]珠阁不可见，蜂台化微尘。[2]
万松郁蛟虬，去作爨下薪。[3]徒闻吊鸟雀，犹传役鬼神。[4]
莓苔翳石扉，泉声落荒榛。[5]啼猿动哀壑，碧树迷冬春。[6]

蜀客昔南迁，披发伤灵均。[7]如何雾雨中，尚忆髻鬟人。[8]

伤飞来寺也。[9]

【注释】

①寒玉：喻江水。嶙峋：山石突兀，高耸参差。　②珠阁：华丽的楼阁。李白《双燕离》："玉楼珠阁不独栖，金窗绣户长相见。"蜂台：指佛塔。佛塔远望如蜂房，故称。此句写佛塔渐渐淡出视野。　③蛟虬：松枝形如蛟龙。爨下薪：做饭的柴火。　④此二句是说，飞来寺现在只闻鸟雀声，而过去传说是役使鬼神搬来。飞来寺传说是神人用神力将安徽舒城延祚寺搬来的。　⑤翳：遮蔽。荒榛：杂乱丛生的草木。　⑥哀壑：凄凉的山谷。迷：迷蒙。　⑦蜀客：指苏轼。苏轼为蜀人，故称。苏轼贬谪惠州时，作《屈原庙赋》，以凭吊屈原。灵均：屈原字灵均。　⑧此二句化用苏轼《峡山寺》典。苏轼《峡山寺》诗末云："忽忆啸云侣，赋诗留玉环。林空不可见，雾雨霾髻鬟。"诗题下注："传奇所记孙恪袁氏事，即此寺。"据唐传奇《孙恪传》：孙恪妻子袁氏，乃峡山寺白猿所化，后随孙恪赴任，路过该寺，遇群猿追呼，乃悟前身。遂缴还玉环，化猿而去。髻鬟人：指袁氏。　⑨飞来寺：在广东清远北，建于南朝梁武帝时，亦名峡山寺。此诗感伤于飞来寺之荒圮。

烟林含半规，群峰翠可挹。[1]磊磊如伟夫，森然冠剑立。[2]

向背或分曹，进退时旅揖。[3]我舟随低昂，泄云互出入。[4]

冬树远愈孤，暮禽逐相及。何当一褰裳，独荷春山笠。[5]

【注释】

①半规：落日衔山，成半圆状，故称。翠可挹：清翠如流，可以舀取。②磊磊：众多貌，此处指山峰。伟夫：大丈夫。森然：耸立、严整貌。冠剑：戴冠佩剑。　③分曹：分班。旅揖：众人一起作揖。此二句是说，山峰如同官员，或背对如同分班，或前后相互作揖。　④泄云：飘散的云。　⑤何当：何时能。褰裳：撩起下衣。《诗经·郑风·褰裳》："子惠思我，褰裳涉溱。"此二句谓自己何时能在春天登上此山游历。作者此次经过时正值隆冬。此诗写江行所见之山景。

凌晨陟陇首，明霞耀修麓。[1]辍棹捐昔忧，登车豁今目。[2]
寥寥鸣垤鹤，呦呦食野鹿。[3]曲岸隐众芳，平隰秀高木。[4]
南日千嶂开，北云一峡束。[5]石磴红泉悲，寒沙鉴澄绿。[6]
古寺结榕阴，履声乱藤竹。[7]生烟何芊眠，回径亦纡复。[8]
登顿良已劳，及此叹幽独。[9]

【注释】

①陇首：乐府诗“清晨登陇首，坎壈行山难”，此化用其句。修麓：长长的山坡。　②辍棹：停下船桨。捐昔忧：把过去走水路的担忧都忘掉。豁：开阔。此二句写改走陆路。　③寥寥：声音稀疏、零落，此指鹤鸣。垤：土丘。呦呦：鹿鸣声。《诗经·小雅·鹿鸣》：“呦呦鹿鸣，食野之苹。”　④平隰：低平的湿地。　⑤此二句是说：往南看，日照千峰耀；往北看，云束一峡中。⑥石磴：石台阶。红泉：为神仙境界之景，可参见《洞冥记》。南朝宋谢灵运《入华子冈是麻源第三谷》：“铜陵映碧涧，石磴泻红泉。”鉴澄绿：照出清澈的绿色。　⑦履声：人行走的声音。　⑧芊眠：茂盛状。纡复：曲折回转。⑨登顿：上下。谢灵运《过始宁墅诗》：“山行穷登顿，水涉尽洄沿。”李周翰《文选》注：登顿，“上下也”。此诗写改走陆路，登山游寺之情景。

晓郭下春星，江月闻扣舷。[1]初辞岭海日，遂觉山川妍。[2]
宿云丽中椒，回沙灼清涟。[3]夭夭桃始华，岸鸟鸣柔烟。[4]
群动顺嘉辰，我行方沛然。[5]触类异欢戚，道远情屡迁。[6]
双桡漾初日，急濑摇高天。[7]独谣托遐心，浩荡白鸥前。[8]

【注释】

①此二句写早行情形。离开城郭时，春星在天；江月犹挂，就听到敲击船舷的声音。扣舷，指要开船。　②岭海：广东地区。其地北倚五岭，南临南海，故名。妍：优美。　③丽：附着。中椒：半山腰。椒，山顶。南朝宋谢庄《月赋》：“菊散芳于山椒。”灼：明亮。　④夭夭：花盛开貌。《诗经·周南·桃夭》：“桃之夭夭，灼灼其华。”　⑤嘉辰：好时节。沛然：行疾貌。　⑥此

二句是说：沿涂所见事物，或欢或戚；行程遥远，感情经常变化。戚，忧伤。⑦双桡：双桨。漾：飘荡。急濑：湍急的流水。　⑧谣：歌谣。遐心：远心。浩荡句：杜甫《奉赠韦左丞丈二十二韵》："白鸥没浩荡，万里谁能驯。"此二句是说，像自由的白鸥一样，走向开阔的远方。此诗写初离岭南，浩荡北行。

返景澄远林，乱石纳轻舟。①水宿无信期，滩路多险投。②
偶喜中渚旷，聊为前山留。③连冈接归翼，翩翩鸣其俦。④
绪风吹柔条，空翠渐以收。⑤侧身辨来途，奔走岁适周。⑥
长歌襆被去，敢与妻子谋。⑦

【注释】

①返景：此指傍晚的阳光。王维《鹿柴》："返景入深林，复照青苔上。"②此二句是说，走水路投宿于险处，而且无法预期。投，投宿。　③渚旷：空旷的水中平地。聊：姑且。　④归翼：归巢之鸟。翩翩：形容鸟飞状。鸣其俦：呼唤同类。　⑤绪风：余风。柔条：柔软的枝条。空翠句谓枝条颜色越来越深。　⑥此二句是说，回头一算，现在来到端州正好一年了。　⑦襆被去：整理行装离开。敢：谦词，冒昧地。谋：商量。此诗写北归之欣快。

轻帆会急湍，漠漠随所向。①十日章贡春，烟雨非一状。②
红萼披惠风，素鸥下圆浪。③屯雾近渚封，漏日远峰创。④
崩云既婉娈，平畴亦骀荡。⑤扁舟落千仞，始知彭蠡壮。⑥
大壑万象归，惊波一苇杭。⑦沙明缀雁影，林暗起渔唱。⑧
回首问匡庐，吾意已霞上。⑨

【注释】

①漠漠：迷蒙状。　②章贡：到了赣江。"章贡"为"赣"的拆字。③红萼句谓花在惠风中绽放了。惠风，柔和的风。王羲之《兰亭集序》："惠风和畅。"素鸥：白鸥。圆浪：急流为石所阻而激起的回旋波浪。　④此二句是说，屯集的雾将近处的水中平地封住，远处的山峰出现一道裂缝，把日光漏了出来。

⑤崩云：碎裂的云彩。婉娈：美好貌。骀荡：令人舒畅。　⑥扁舟句写船只经过多次下落。千仞，八尺为一仞，此处是夸张的写法。彭蠡：彭蠡湖，即鄱阳湖的古称。　⑦大壑：巨大的沟壑，也指大海，此处指鄱阳湖。一苇：形容小船。《诗经·卫风·河广》："谁谓河广，一苇杭之。"　⑧此二句写鄱阳湖傍晚的情形，群雁飞翔，渔舟唱晚。　⑨匡庐：即庐山。末句写心意已在庐山的云霞之上了。此诗写到达鄱阳湖、望庐山情形。

我爱石钟山，位置如人工。①高下临飞涛，虚灵受天风。②
小孤更奇拔，翛然立空蒙。③影摇芙蕖萼，静对鲛女宫。④
迢递桑落洲，霭霭阴霞通。⑤适目有往来，观化无始终。⑥
恬波带柔橹，倒景生长虹。⑦逍遥散冥寄，怅望渔灯红。⑧

【注释】

①石钟山：在江西九江，位于长江与鄱阳湖的交汇处。苏轼有《石钟山记》记之曰："《水经》云：'彭蠡之口有石钟山焉。'"位置句写石钟山如人工布置而成。　②虚灵：空虚而有神明。　③小孤：即小孤山，矗立在长江中的一座孤立山峰，在安徽宿松城东南。翛然：超然、独立状。空蒙：迷茫、迷蒙状。　④此二句是说，小孤山有时摇动如荷花的花萼，有时安静地对着江水。鲛女宫，水中神女的宫殿。鲛女，传说中住在水中的女子，其眼泪能化成珍珠。　⑤迢递：形容远处。桑落洲：在安徽宿松，传说是三国时周瑜练兵之处。霭霭：云雾密集。　⑥此二句是说，眼中所见有时间的流转，看到自然变化无始无终，永不停歇。　⑦恬波：波浪平静。柔橹：轻快地行驶。倒景：倒影。　⑧冥寄：迷茫、混沌的情绪。此诗写经过石钟山、小孤山之所见所感。

击楫逾皖口，疾风发中渡。①斜日烝乱云，惊涛过高树。②
帆回山谷移，舟触蛟龙怒。③苍茫辨故渚，峥嵘失前路。④
篙师默不喧，客子眩屡顾。⑤千崖响欲合，一叶轻无附。⑥
虽秉探奇怀，宁免乘危惧。⑦维缆新月微，更起沧洲慕。⑧

【注释】

①皖口：皖河入江口，在今安徽安庆大观区。　②斜日句：斜阳映射云彩。　③此二句是说，船在峡谷中行驶，在怒涛中起伏。　④此二句是说，还能依稀辨认以前的洲渚，但在高峻、突兀的山峰面前，已不能认清往前的道路。峥嵘，指山势高峻。　⑤此二句是说，船夫集中精力，不敢说话，旅客都屡屡感到头晕。　⑥一叶：喻小船。　⑦此二句是说，虽有探奇心情，但难免有经历危险的恐惧。　⑧维缆：停船系缆。沧洲慕：向往隐居生活。惊涛骇浪或使作者想起了仕宦生活，故云。此诗写经过皖口时的惊险。

霁郭布明澜，晓凉袭芳沚。①如见烟中人，婵娟照春水。②
繁阴鸟关关，细路石齿齿。③楚思怀杜蘅，吴歈荐蘩芷。④
清晖含碧鸟，柔吹泛红蕊。徘徊棹歌发，川末云如绮。⑤
灵旗光未收，翠袖更徙倚。⑥

【注释】

①霁郭：风雨过后的城郭。明澜：清澈平静的水面。芳沚：鲜花盛开的水中小块陆地。　②此二句写如有美人在洲渚之上。婵娟，美好，形容美女。③关关：鸟鸣声。齿齿：石头排列整齐的样子。　④楚思：楚地的情思，或楚辞般的情思。杜蘅：香草。屈原《离骚》："畦留夷与揭车兮，杂杜衡与芳芷。"屈原《九歌·山鬼》："被石兰兮带杜衡，折芳馨兮遗所思。"吴歈：吴地的歌曲。荐：献上。蘩：白蒿。芷：白芷，指香草。　⑤棹歌发：即船又要出发。川末句：化用谢朓名句"余霞散成绮，澄江静如练"。云如绮，云彩如罗绮一般绚烂。⑥灵旗：神灵的旗子。翠袖：代指美女。徙倚：徘徊、流连。此诗主旨隐约，大意是有所思慕，具《离骚》之情思。

空江暮增波，芦火依寒汀。①咏诗估客船，月出声泠泠。②
我来亦清夜，怀古心杳冥。③幽崖被女萝，平渚垂繁星。④
迢遥白纻山，仿佛蛾眉亭。⑤孤情托遐契，雅音无众听。⑥

踟蹰待明发，峦岫犹余青。[7]

【注释】

①芦火：芦荻点燃的火。寒汀：清寒的小洲。　②估客船：商人的船。《世说新语·文学》："闻江渚间估客船上有咏诗声。"泠泠：声音清脆、悠扬。③杳冥：奥妙莫测。　④被：覆盖。女萝：一种香草。屈原《九歌·山鬼》："若有人兮山之阿，被薜荔兮带女萝。"　⑤白纻山：在安徽当涂。《太平寰宇记》载：白纻山"本名楚山。桓温领妓游山奏乐，好为《白纻歌》，因改为白纻山"。蛾眉亭：在安徽当涂之采石矶上，建于北宋熙宁中，文人题咏甚多。⑥孤情：不为人知的个人情怀。遐契：谓遥相契合。　⑦踟蹰：迟疑、流连。明发：天亮、黎明。峦岫：山峰。此诗意旨与上首相近，写一种不欲人知的怀古"孤情"。

冶城俯天堑，双阙郁嵯峨。[1]一传铁瓮烽，不闻璧月歌。[2]
白门春柳暗，乌啼至今多。[3]乱松石冈云，细雨青溪波。[4]
方舟率江浒，黄鸟交交过。[5]良辰俨故游，日暮思如何。[6]

【注释】

①冶城：今江苏南京朝天宫一带，春秋时代曾是冶铸兵器之地，故名。此代指南京。天堑：指长江。双阙：古代宫殿、祠庙等两边高台上的楼观。嵯峨：高峻貌。　②铁瓮：即铁瓮城，古城名，在镇江北固山前，为三国时孙权所建。烽：烽火。南明弘光时，清军从镇江渡江进攻南京。璧月歌：《陈书·皇后传》："（后主）与狎客共赋新诗，互相赠答，采其尤艳丽者以为曲词，被以新声。……其曲有《玉树后庭花》《临春乐》等，大指所归，皆美张贵妃、孔贵嫔之容色也。其略曰：'璧月夜夜满，琼枝朝朝新。'"此二句以南朝陈的覆亡代指南明弘光朝灭亡。　③白门：南京城门名，用作南京的别称。南朝乐府《读曲歌》："暂出白门前，杨柳可藏乌。欢作沉水香，侬作博山炉。"乌啼：李白《杨叛儿》："何许最关情，乌啼白门柳。"此二句写对南明弘光朝覆亡的哀伤至今不止。④石冈：即石子冈，在南京城南。《三国志·吴书·诸葛恪传》："建业南有长陵，名曰石子冈，葬者依焉。"青溪：南京秦淮河的一段。南朝乐府《青溪小姑歌》：

“日暮风吹，叶落依枝。丹心寸意，愁君未知。”此二句写出南明亡国气氛。⑤方舟：两船相并。率江浒：沿着江边。此句指明时左良玉军东下。黄鸟句：《诗经·秦风·黄鸟》：“交交黄鸟，止于棘。”交交，黄鸟声。用“黄鸟”典指大将黄得功防守左良玉事。 ⑥良辰句：俨然是过去游历的好时节。此诗咏南京，哀悼南明弘光朝的覆亡。

橹背指石帆，更进烟际艇。①静闻广陵钟，春林悬塔影。②
城郭殊绮丽，云物自清迥。③曲巷萦柔丝，高甍跻朝景。④
娟娟柳覆陌，蒙蒙花垂岭。⑤鸟飞山气佳，竹抱溪流永。⑥
杂木鸡台荒，残霞萤苑冷。⑦览迹感逝留，抚运发深省。⑧

【注释】

①石帆：即石帆山，在江苏南京六合区东，长江以北，又名石帆堆。此二句指乘船从石帆山向北。 ②广陵：扬州别称。此二句指来到扬州，时值春日。 ③清迥：清明旷远貌。 ④柔丝：指柳条。高甍：高高的飞檐。跻：上升。 ⑤娟娟：美好。蒙蒙：细小、密集。岭：疑指梅花岭。 ⑥山气佳：陶渊明《饮酒》：“山气日夕佳，飞鸟相与还。”溪流永：溪水长。 ⑦鸡台：在扬州，传说隋炀帝曾游于此。萤苑：《隋书·炀帝纪》：“上于景华宫征求萤火，得数斛，夜出游山，放之，光遍岩谷。”萤苑本在洛阳，后附会为在扬州。杜牧《扬州》：“秋风放萤苑，春草斗鸡台。” ⑧逝留：亡与存。抚运：顺应时运。深省：深深地省悟。此诗写在扬州感慨存亡。

秣马大道傍，我车亦载脂。①长堤没飞隼，远树烟离离。②
抗策犯惊尘，清梦仍水湄。③午鸡鸣前墟，麦陇风参差。
轻靄失盂城，微帆生射陂。④背溪兰若开，戴胜飞短篱。⑤
苔径延履痕，磬出藤萝迟。⑥苍莽见淮阴，斜景当湖垂。⑦
蘋叶长春渚，萧条漂母祠。⑧

【注释】

①秣马：喂马，即准备出发。载脂：车轴上抹油，亦指准备出行。 ②飞

隼：一种善飞的猛禽。离离：迷蒙状。　③抗策：扬鞭驱马。水湄：水边。④盂城：今江苏高邮的别称。射陂：即射阳湖，在今江苏宝应东北。　⑤兰若：兰草与杜若，两种香草名。戴胜：一种鸟名。　⑥履痕：足迹。　⑦淮阴：今江苏淮安。　⑧漂母祠：在淮阴运河畔，为纪念当年周济韩信食物的洗衣女子（漂母）而建。此诗写经过高邮、射阳湖及淮阴的情形。

夕宿淹河干，晨兴越前冈。①燕雀有深栖，鹄鹜乃高翔。②
昕暮自推移，物性安其常。③临深戒短楫，波广天茫茫。④
二渎会中流，清浊各已忘。⑤鱼龙何瀺灂，海近云昼黄。⑥
揽辔循古岸，纡回得平疆。⑦惊风鸣茂林，裂若笙与簧。⑧
既开马陵照，遂历钟吾乡。⑨客思厌修途，矫首浮云长。⑩

【注释】

①淹：停留。河干：黄河岸边。　②燕雀：一种小型鸟类，栖于芦苇深处。鹄鹜：天鹅与鸭子。鹄鹜乃偏义复词，侧重在“鹄”。《史记·陈涉世家》：“燕雀安知鸿鹄之志哉！”　③昕暮：朝暮。此二句是说，事物早晚在推移变化，要顺应事物的本性。　④临深句：在深水面前勿用短桨，要用长桨。此二句写渡黄河情形。　⑤二渎：指淮河、黄河。当时黄河自淮入海，二渎汇于一起。　⑥鱼龙：黄河水族。瀺灂：出没、沉浮状。潘岳《闲居赋》：“游鳞瀺灂，菡萏敷披。”　⑦揽辔：提着马缰绳。纡回：曲折、绕过。此二句写渡河后沿着岸边骑马而行。　⑧笙、簧：两种乐器。此处谓风吹树林之美妙声音。⑨马陵：即马陵山，在今山东临沂郯城，是战国时孙膑战胜庞涓的地方，即“马陵之战”所在地。钟吾：今江苏宿迁的古称。此二句是说，过了宿迁，即可看到阳光照耀下的郯城马陵山了。　⑩修途：长路。矫首：抬头远望。此首写渡黄河及继续北行的情形。

露下星未稀，鸡鸣何草草。旅梦无端倪，征裳亦颠倒。①
登岫逐落月，入林惊栖鸟。②野风自萧瑟，陇霞渐缥缈。③
忽觉马首横，始见龟蒙绕。④孤村李花明，茅屋鹊声晓。

居人启户观，慰我万里道。[5]山川易为远，岁月易为老。

局促风尘间，安得颜色好。[6]

【注释】

①此四句谓早起。草草，匆促貌。端倪，头绪。征裳亦颠倒，《诗经·齐风·东方未明》："东方未明，颠倒衣裳。" ②登岫：登山。此二句写急切赶路状。 ③陇霞：田陇上的朝霞。缥缈：隐约出现，若有若无。 ④龟蒙：龟山与蒙山的合称，在今山东平邑、蒙阴以及新泰一带，呈西北向东南走势，长约八十余里，其西北一段名龟山，东南名蒙山，主峰为龟蒙顶。《诗经·鲁颂·闷宫》："奄有龟蒙。" ⑤此二句是说，天亮时到达一村庄，村民对其慰问。⑥局促：拘束，受约束。此诗写星夜赶路，到达龟蒙二山附近的情形。

行迈及暮春，江山何邅回。[1]依然齐鲁郊，遂见夹谷台。[2]

蔼蔼平生亲，辍饭惊我来。[3]久客变乡音，入门童稚猜。[4]

莫问玄发丝，聊拂缁衣埃。[5]秉烛述所经，侧望思徘徊。[6]

风物纷以殊，境运互相催。夭桃独有意，万里随人开。[7]

予腊月发岭南，江右正月，江南二月，吾乡三月，桃花皆盛开，物候递异若此。[8]

【注释】

①暮春：作者三月到家，故言。邅回：路途险阻，难于行进。《淮南子·原道训》："邅回川谷之间，而滔腾大荒之野。" ②夹谷台：春秋时齐鲁会盟之地。其址有两说，一说在新泰之夹谷峪，一说在淄博博山区西石门。此句写见到夹谷台即到家，或以后者为是。 ③蔼蔼：和蔼可亲貌。辍饭：停下吃饭。④此二句是说，作者离家七年，形貌和口音已变，小孩子不敢相认。 ⑤玄发：黑发。缁衣埃：黑衣上的尘土。 ⑥秉烛句：到晚上还在秉烛夜谈，聊自己的经历。侧望：侧身而望，回想。思徘徊：思绪纷然，若有所怀。 ⑦风物句：一路风景众多，各有不同。境运句：环境、风物的运行变化似乎是互相催促。夭桃：桃花。 ⑧递异：按顺序变化不同。

【评析】

这是作者这一时期最为重要的一组诗，写于顺治十八年（1661）冬至次年春。作者在端州十个月，为政厌倦，渴欲归家。其间曾有机会因公务北归，但被同僚挽留。顺治十八年十二月，又有赍万寿表（为皇帝祝寿的表文）赴京的机会，在作者的力争下，方得以成行。作者归心紧切，遂于腊月二十二日启程，走了七十天，到达家乡颜神镇，住一宿后即赴京缴命。一路所经，写成此十八首诗。此后，作者便辞官归家，养亲不出。作者诗集的编纂也到此为止，此后几乎不再写诗，殊为可惜。

这一组古诗，在记述行程这一大前提下，从内容上可分为两部分。一是记述山水为主，即第一首至第十首，多写水程之风高浪急与两岸山势，多表达路途风险，其中有暗寓仕途风险之意，表达辞官归隐之想法。第二类是表达对明朝（包括南明）亡国的哀伤，即第十一首至第十三首。第十一首旨意隐约，借用《楚辞》的语言与意象，似表达对于崇祯帝的怀想。这可能是十八年前作者在长江上听到了崇祯帝殉国的消息，如今重经此地，引发感想。第十二首与第十一首诗意近似，但更侧重于一种心情的表达，“怀古心杳冥”“孤情托遐契”，有一种被故国离弃的哀伤。第十三首是路过南京，回忆往事，对南明弘光王朝的覆灭表达悲怀。明朝灭亡已经过去十八年了，作者也早已在清廷做官，但对前朝的感情仍萦于心怀，这体现了作者的故国之思。这些内容都是充满现实忌讳的，不能明言，故作者只能用闪烁的笔法和隐约的词汇加以表达。如第十三首“方舟率江浒，黄鸟交交过”两句，写左良玉东下与黄得功奉命防守，只能涵泳词句并联系当时的政治背景，方能得之以仿佛。这也近似“神韵”诗说中的“羚羊挂角，无迹可求”。应该说，作者是很谨慎的，但又有不得不加以表达的冲动，于是才有这三首极为隐晦的表达。

这一组古诗，风格上也可大略分为两类。第一类是山水类诗歌，多类似齐梁古体诗，以王士禛所称许的“刻意二谢”为主，善于描摹物象，语言也精工雕琢，注重对仗等。另一类是写生活内容的诗歌，多类似汉魏乐府，朴实无华，具有口语风格。如第十七首之“山川易为远，岁月易为老。局促风尘间，安得颜色好”，第十八首之“秉烛述所经，侧望思徘徊。风物纷以殊，境运互相催。夭桃独有意，万里随人开”。总之，这组诗体现了作者古体诗的较高写作水平。

未刻遗诗

《清止阁集》尚有“未刻遗诗”部分，是赵进美诗歌集之外散见的诗篇，也是《清止阁集》编纂时的辑佚之作。总计 25 首，选注 12 首。

元夕月蚀戏拈

箫鼓千门玉漏微，星桥火树夜忘归。[①]
长空忽掩冰蟾色，欲使新灯自放辉。[②]

【注释】

①箫鼓：乐奏。当是正月十五的节庆演奏音乐。玉漏：古代计时的漏壶。星桥火树：天上星光与地上灯火相辉映。　②冰蟾：代指月亮。此句写月蚀。

【评析】

此诗“戏拈”者，全在后二句。元宵节忽然发生了月蚀，遮住了月光，使灯火更加璀璨。

华岳二首[①]

凌虚仙掌倚嵯峨，天际霞封鸟道过。[②]
晓日三峰临紫气，秋风万里出黄河。[③]
声传鸾鹤秦川远，影落芙蓉汉苑多。[④]
即拟红尘生羽翼，石楼玉井近如何。[⑤]

【注释】

①华岳：即西岳华山，在今陕西渭南华阴。　②凌虚：凌空。仙掌：华山东峰上有一巨掌印迹，俗称仙掌，为华山胜景。嵯峨：高峻貌。天际句：通往仙掌的道路被天边云霞封住，唯有鸟道可通。　③三峰：华山主峰有三，南峰“落雁”为极顶，又有东峰“朝阳”、西峰“莲花”，三峰鼎峙。紫气：紫色霞气。　④鸾鹤：鸾鸟与仙鹤，相传为仙人所乘。唐代郑谷《华山》：“绝顶神仙会，半空鸾鹤归。”秦川：泛指今陕西、甘肃秦岭以北平原地带。芙蓉：华山主峰“莲花峰”又名“芙蓉峰”。汉苑：汉朝宫苑，在西安。　⑤石楼玉井：华山玉井在莲花峰下镇岳宫内，井深丈余，井水甘洌。玉井旁建有石楼，人称玉井楼。

回峰翠壁昼泠泠，白帝深宫静不扃。[①]
谷口流云垂大壑，掌中初夏堕明星。[②]
天门带日开三转，石洞含秋聚百灵。[③]
无限烟霞通箭括，玉函缥缈在青冥。[④]

【注释】

①回峰：回转的山峰。泠泠：寒凉。白帝：主西方的神，华山为西岳，上有白帝祠。扃：关门。 ②大壑：大海。《庄子·天地》："夫大壑之为物也，注焉而不满，酌焉而不竭。"明星：华山有明星崖，此处语义双关。 ③天门：华山南峰有天门，称南天门。百灵：百神。 ④箭括：即岐山，在今陕西岐山东北，最高处曰箭括岭。玉函：华山有"锦鸡守玉函"石景，传说玉函中藏有仙人炼丹的秘诀。青冥：青天。

【评析】

此诗应作于康熙四年（1665），时作者起补为陕西布政司参政，分守关西道，驻凤翔。路过华山，作诗咏之。诗写华山之雄奇峻伟与烟霞气象，多组合地名，穿插景点，结构成篇，音节响亮，气势雄壮。

为王贻上题画二首[①]

数株最忆慈仁寺，隔断长安十丈尘。[②]
闭户青天明月下，夜深风雨起龙鳞。[③]

【注释】

①王贻上：即王士禛，字子真，一字贻上，号阮亭，别号渔洋山人，济南新城（今山东淄博桓台）人。 ②慈仁寺：又称报国寺，在北京广安门内，明成化年间建。寺中元代古松最为有名，王士禛有《慈仁寺双松歌》。在王士禛引领下，一时题咏慈仁寺松者甚夥。隔断句：慈仁寺松下清幽，不惹京中朝市尘埃。 ③龙鳞：龙的鳞甲。松桧之皮似龙鳞。闭户句：王士禛曾在给友人的书信中称：

“长夏僦居慈仁寺，日坐双松下，凉风时至，爽沁肌骨。”

黄叶离离已满丛，婆娑独得伴幽翁。[①]
尽将万壑烟霞色，散入霜林五鬣风。[②]

【注释】

①黄叶：秋天树叶，逢霜变黄，遇风摇落，故称。离离：众多貌。婆娑：随风摇曳状。幽翁：隐士。　②烟霞色：秋来万山红遍景色。五鬣风：松风。五鬣，一种松树名，见段成式《酉阳杂俎》。

【评析】

二诗为王士禛题画，一画为松树，一画为黄叶，均能借物喻人，写出人之品格。

为冯易斋题冶泉图有忆甲申旧游二首[①]

尺素传来远，心知冶水春。[②]卷帘云石晓，开径薜萝新。[③]
潭影含群动，泉声满四邻。[④]谢公丝竹兴，杖履莫辞频。[⑤]

【注释】

①冯易斋：即冯溥，字孔博，号易斋，山东青州人。清顺治三年（1646）进士，历官至太子太傅、刑部尚书兼文华殿大学士。冶泉：又名冶源，即今老龙湾，在山东临朐。甲申旧游：崇祯十七年（1644）甲申春，作者奉旨出使江西，从家乡出发，至青州南行，经过临朐，与冯溥同游老龙湾，作《冶源》《冶源喜逢冯孔博谈旧因忆高葱佩孙介黄》等诗。　②尺素：书信。冶水：即冶泉。③卷帘、开径：冶源有冯氏旧居，故云。晓：拂晓。　④潭、泉：均指冶源。群动：群物之动。　⑤谢公丝竹：东晋谢安隐居东山，经常带着乐器游玩，称为“东山丝竹”。此处以谢安代指冯溥。杖履：拄杖游历。

昔来小车客，偶遇大冯君。[①]并坐竹间屋，同看潭上云。[②]

渔樵当日识，耆旧至今闻。[③]开卷依依处，轻舟凫鹭群。[④]

【注释】

①昔来：即指“甲申旧事”。车客：坐车之人。“小车客”乃自谦之词。当年作者奉命出使，乘车而行，故曰。大冯君：谓冯溥。　②竹间屋：此指冯溥家居。　③渔樵：渔父、樵夫。耆旧：年高望重者。　④卷：指《治泉图》画卷。依依：思慕、怀念状。轻舟句：当年乘坐小船，游于治泉，与凫鹭同处。

【评析】

诗为冯溥题画卷而作，在依依回忆中，写出一片深情。

秋日王贻上节推招游红桥[①]八首（选五）

银榜朱栏拂柳丝，澹烟如幕隔疏篱。[②]
小亭尚弄柔花色，秋在红桥细雨时。

【注释】

①王贻上：即王士禛。节推：“节度使推官”之简称，掌管司法。时王士禛任扬州推官，故称。红桥：扬州名胜。王士禛曾组织“红桥修禊”等诗歌创作活动，轰动一时。　②银榜：匾额。

二十年前忆旧游，垂杨不改广陵秋。[①]
重来载酒何人识，野寺桥边舴艋舟。[②]

【注释】

①二十年前：作者在崇祯十四年（1641）在扬州赁屋居住数月，到本诗写作时，已经二十余年。广陵：扬州的别称。　②舴艋舟：一种小船。李清照《武陵春》：“只恐双溪舴艋舟，载不动，许多愁。”

玉钩斜畔竹离离，遥望平山欲暮时。[①]

闻道红桥新唱好，至今谁记醉翁词。[2]

贻上先有红桥唱和诗。[3]

【注释】

①玉钩斜：在今江苏扬州江都区，为游宴胜地。宋代陈师道《后山诗话》："广陵亦有戏马台，其下有路，号玉钩斜。"竹离离：竹子茂盛。平山：即平山堂，宋代欧阳修建，在扬州大明寺内。　②醉翁：欧阳修曾任扬州太守，写有《朝中措·平山堂》。此二句写王士禛新作的红桥诗已胜过欧阳修。　③红桥唱和诗：指王渔洋倡导的"红桥修禊"。《渔洋山人自撰年谱》"康熙三年甲辰（1664）"记："在扬州。春与林古度茂之、杜濬于皇、张纲孙祖望、孙枝蔚豹人诸名士修禊红桥，有《冶春》诗，诸君皆和。"

群飞属玉散溪光，微雨萧萧竹树凉。[1]

自是千年遗恨地，夜深渔火指雷塘。[2]

【注释】

① 属玉：一种水鸟。张孝祥《蝶恋花》："漠漠飞来双属玉。一片秋光，染就潇湘绿。"　②千年遗恨地：扬州自古多难，南朝宋鲍照《芜城赋》、南宋姜夔《扬州慢》等，皆表现扬州之遗恨。顺治二年（1645），清军攻陷扬州，制造"扬州十日"，"千年遗恨"亦包括此次劫难。雷塘：在扬州城北，隋炀帝葬于此。罗隐《炀帝陵》："君王忍把平陈业，只博雷塘数亩田。"则"千年遗恨"当从隋炀帝算起。

石壁藤萝照水滨，寺门古树静无邻。[1]

东南胜地重回首，我亦当年泛宅人。[2]

【注释】

①寺门：扬州著名寺庙有大明寺、天宁寺等。　②泛宅人：本义是以船为家，即浮家泛宅。此处指暂住。作者于崇祯十四年（1641）在扬州赁屋居住，有《扬州卜寓》诗，故曰"当年泛宅人"。

【评析】

据“贻上先有红桥唱和诗”自注，此组诗应写于康熙三年（1664）秋天，王士禛来信邀请作者秋游红桥，作者未能成行，但创作了此组诗。诗中除了称道王士禛在扬州的诗学活动外，主要内容是写对扬州的回忆，诗歌基调是低沉的、感伤的。作者称扬州是“千年遗恨地”，这是基于扬州的历史而发，基于扬州在明亡清兴中的特殊遭遇而发。诗言短情长，意余言外，耐人回味，与王士禛的“神韵”诗表现手法相近，也算是对王士禛诗风的桴鼓相应。

后 记

选注赵进美的诗歌，是我在整理赵进美《清止阁集》过程中产生的想法，可以说是赵进美全集整理的一个副产品。之所以有这一想法：一方面是对赵进美的文学地位有一种不断加深的认识，也为他长期以来不为今人认识乃至重视颇感不平；另一方面，是对赵进美诗歌有一种不断加深的喜爱，同时也感觉注评是一种最好的细读方式，通过注评，对诗的理解自然就深入一层，非泛泛阅读所可比拟。于是我鼓起勇气，开始做这项工作。起初想做全部诗歌的注评，但完成了其诗集前三卷以后，感觉数量较多、部头偏大，且遍注、评析不易，故改为择其精华的方式，遂有现在这个本子的面貌。

关于择其精华，要说明一点。赵进美的诗歌创作以出仕清廷为界，分为前后两期，其诗歌创作成就以前期为高，理由在“前言”中已经论述过了。所以现在所选诗歌，前期创作占了三分之二多，后期诗歌不足三分之一，主要就是基于这种判断。当然，也因前期诗歌有“全注”的基础，后来改变计划后不忍割舍，但这不是主要的原因。如果全面了解赵进美诗歌创作情形，深入了解其诗歌思想与艺术价值，就不会对这部诗选产生畸重畸轻的感觉。

关于注释，我采取的原则有两条：一是通俗，二是简明。这部诗选，其定位是给有一定文化水平的读者阅读的，有普及的意味，所以想将诗意讲得更为清楚明白。有些是直接疏通句意，这与旧注方式就有许多不同，是为通俗。对于事典、语典，点明出处，略引原文，不作过多延伸，不求繁征博引，适当留白，让读者自己寻绎思索，是为简明。一切以有助于理解原诗为目的。有些注释前后分别出现，没有采用“见前”这种传统方式，而是随诗重出，这虽有重复之嫌，但便于阅读，省却读者翻检之劳。评析部分，或说明诗意，或领会情感，或揣摩意境，有时点出艺术特征，有话则长，无话则短，也以通俗、简明为要。

现在的注释工作，离不开现代网络的支持，大量的数字化资料方便检索，这是前辈学者赶不上的好条件。说实话，没有现代网络这一条件，我也不敢开展这项工作，因为自认腹笥俭薄。但在浩如烟海的数字化资料面前，需要细心选择，精心判断，这也不易。再者，要时刻提醒自己切勿堕入网络陷阱中，避免被误导，这就需要大量地核对原文，核查文献。这方面我虽然尽量去做了，但肯定很不够，会留下许多问题，这是我最大的担忧。希望细心的读者、精深的学者对此多加指教。

我现在是退休之人，能继续坚持做一点学术工作，好处是有时间，坏处是记忆与精力都不如从前，但兴趣引导着，爱好推动着，还时时会有一种虚幻的“余勇可贾”之感。我总感受到一些来自好友的关心与鼓励，心中充满感激。在此，仍要衷心感谢宏森、培国、玉国、中兴、培锋、锡锋诸君，他们经常问起我的工作，并对我这种不自量力的桑榆之勇表示支持。这些关心都至为宝贵，成为我继续工作的一种动力。感谢毕绪龙君，他既为我在从事《赵进美集》整理工作中提供了难得的帮助，也为本书的出版给予可贵的支持。同时感谢邹青山君为本书的出版所做的很多联络工作。还要感谢博山的毕玉奇、李福源两位先生，我最早使用的赵进美《清止阁集》的版本就是他们提供的。特别要感谢齐鲁书社能够接受这部不甚成熟的书稿，感谢责任编辑为此付出的辛勤劳动。

就所处的学术环境而言，我有点像《礼记·学记》所说的“独学而无友，则孤陋而寡闻”。僻处乡村，徜徉湖畔，本是求养生的，做学问就显得“孤陋”，陶渊明所说“闻多素心人，乐与数晨夕”“奇文共欣赏，疑义相与析”遂成一种奢望。学问学问，有学有问才好，学可靠自己努力，问则有时求之而不得。这也是没有办法的事，一时难以改变，但还会坚持做下去，否则生活觉得空空荡荡，索然无趣，正所谓：“不为无益之事，何以遣有涯之生？”这种情形下写的东西，有时自己也很不自信。就如这部书，是真能有益于赵进美研究，还是“黄茅白苇，一望弥眼”？可任由读者判断。敝帚犹可自珍，在别人看来，或许直堪覆瓿耳！

2021 年 6 月中旬初稿
2023 年 4 月中旬修改于博山五阳湖畔